Anne-Marie Käfer

Eifersucht hat rote Haare

Roman

Dies ist die Fortsetzung von Karo Geigers, geb. van Goch, Geschichte. Der erste Roman „Lügen haben rote Haare" ist als Taschenbuch und eBook erhältlich.

Taschenbuch 1. Auflage Juli 2014

annemariekaefer@yahoo.de

www.annemariekaefer.de

Herausgeber: Karin Wachsmann, Ottenschlag 7a, 46244 Bottrop
Korrektorat, Buchblock-Erstellung und Umschlag-Gestaltung:
ebokks, www.ebokks.de
Umschlag-Motive: © NinaMalyna - Fotolia.com

Für meine geliebte Großmutter Dorchen,
als sie noch eine junge Frau war.

1. Ein Tic mit Folgen

»Findest du nicht, dass du *etwas* übertreibst?«

Meine Arbeitskollegin Bruni, die gleichzeitig meine beste Freundin ist, sitzt mir am Schreibtisch gegenüber. Sie beobachtet kopfschüttelnd, wie ich mit einem Wattepad die Gläser des kleinen Opernglases putze, das ich von meinem Opa Heini zu meinem siebten Geburtstag geschenkt bekam.

Vor wenigen Tagen, als ich die Kartons mit den ›Schätzen‹ meiner Kindheit aus meinem Elternhaus geholt und in meinen Corsa gewuchtet habe, fiel es mir in die Hände. Als Kind habe ich damit in der Weihnachtszeit mit hochroten Wangen Theateraufführungen wie ›Hänsel und Gretel‹ von Nahem betrachtet oder im Sommer schöne Wolken beobachtet, nun leistet es gute Dienste im Büro.

»Quatsch! Wie soll ich sonst aus *der* Entfernung sehen können, ob es Paul gut geht?«

Die Entfernung beträgt circa fünf Meter bis zu einer blitzeblanken Glastür, dann noch einmal circa fünf Meter bis zum massiven Holzschreibtisch, hinter dem Paul sitzt und arbeitet.

Ich drücke das kleine Fernglas auf meine Augen, drehe an dem Rädchen und stelle Paul ›scharf‹. Jetzt habe ich sie voll im Visier, seine schön geschwungenen Lippen.

»Wie hältst du das nur aus, Bruni? Den ganzen Tag schwingt Heiner seinen Pinsel in Wohnungen oder Firmen, malt Wände an, tapeziert, wird von schönen Frauen angeschmachtet … und du bekommst es nicht mit.« Ich seufze.

Heiner ist selbstständiger Malermeister. Als er mit seinen Angestellten im letzten Jahr, nach dem Ableben unseres Seniorchefs Nikolaus Geiger, Pauls Büro renovierte, verliebten sich die beiden ineinander.

Kurz danach funkte es zwischen Paul und mir, der die Firma weiterführt. Bis wir jedoch richtig zusammenfanden, lieferten wir uns ein

Duell, das es in sich hatte. Es krachte am laufenden Meter – in der Firma des Hamburger Kaugummiherstellers *Geigers Jummy-Gum* wackelten die Wände.

Bruni reckt sich und reibt ihren Rücken. Sie gähnt verhalten. »Ich weiß auch so, dass es meinem Pinselschwinger gut geht. Außerdem weiß ich: Er liebt *nur* mich ...« Sie tippt auf ihren Bauch. »... und den kleinen ›Kasper‹ da drinnen.«

Ich muss lachen. Bruni und ich haben seit circa zwölf Wochen beide einen kleinen ›Kasper‹ in der ›Trommel‹.

Nachdem sich die Teststäbchen aus der Apotheke, auf die wir Morgen für Morgen auf der Firmentoilette gepinkelt hatten, bei uns beiden positiv verfärbten, sind wir uns vor Freude um den Hals gefallen. Brunis schusselige Cousine Simone, die ebenfalls unsere Freundin ist, eiferte uns nach: Sie strapazierte den ›kleinen Willi‹ ihres tatsächlich kleinen Willis so arg, dass sie nun in der sechsten Schwangerschaftswoche ist.

Bruni steht auf und macht eine Rumpfbeuge. »Wenn ich während der gesamten Schwangerschaft die dollen Kreuzschmerzen habe, lieber Heiland ... dann gute Nacht.« Sie stellt sich mit dem Rücken zu mir und zeigt auf einen Muskelstrang. »Hier tut es weh ... reib mal.«

Ich lege das Fernglas in die Schublade und reibe.

»Mensch, Frau Tietjen müsste doch längst vom Arzt zurück sein! Paul hat schon zweimal nach der Statistik gefragt.« Ich drehe meinen Kopf zur Uhr.

»Ist doch egal, wann sie kommt. Die Hauptsache ist, *dass* sie kommt und ihr Augenzucken verschwunden ist.«

Im selben Moment öffnet sich die Bürotür und unsere Chefsekretärin, die seit genau zehn Tagen bei uns arbeitet, kommt angehastet. An ihrem Blick sehe ich sofort, dass etwas nicht in Ordnung ist.

Bruni schaut sie ebenfalls aufmerksam an. Die kleine Frau steht vor uns, ihre Finger spielen verlegen mit den Knöpfen ihres Mantels.

Ihr rechtes Auge zuckt noch immer im Sekundentakt. Da sie seit Tagen unter diesem Tic leidet, hat sie heute früh einen Neurologen aufgesucht.

»Konnte der Arzt Ihnen nicht helfen, Frau Tietjen? Ihr Augenlid flattert ja *noch* schlimmer!«

Jetzt fängt ihr rechter Mundwinkel an, sich selbstständig hin- und herzubewegen.

»Der Doktor hat gesagt, das kommt von zu viel Nervenstress.« Ihr Finger zeigt auf den Mundwinkel. »Das da ist noch dazugekommen.« Wieder zuckt es, ich verkneife mir ein Lachen.

»Ich habe ihm erzählt, dass ich aus einem mittelständischen Betrieb in diese Kaugummifabrik gewechselt bin. Und dass die viele Arbeit mir über den Kopf wächst. Ich bin doch so gewissenhaft und möchte immer alles perfekt machen ... Der Doktor hat mir geraten, zu überdenken, ob ich dem Ganzen hier auf Dauer gewachsen bin. Er meinte, er könne mir auch ein Medikament zur Beruhigung aufschreiben ... aber damit wäre die Ursache nicht behoben. Und die Ursache ist die viele Arbeit.«

Paul streckt den Kopf aus der Tür und lacht seine neue erste Kraft an. »Hallo, Frau Tietjen. Geht es Ihrem Auge wieder besser?«

Unsere Sekretärin kramt mit zittrigen Fingern ein Spitzentaschentuch aus ihrer Handtasche und presst es vor den Mund. Dann fängt sie an zu schluchzen.

»Ach, Herr Geiger, es tut mir so leid. Ich muss fristlos kündigen ... oder bis zum Ende der Probezeit krankfeiern. Meine Gesundheit leidet unter dem Job, mich überfordert das alles.«

Paul legt einen Arm um das zierliche Persönchen und führt sie in sein Arbeitszimmer. »Na, kommen Sie mal mit und berichten Sie in Ruhe.«

Ich lasse mich auf meinen Schreibtischstuhl plumpsen. »Mist, Bruni. Wenn die Tietjen geht, fängt der ganze Murks von vorne an.«

Bruni legt den Kopf auf den Schreibtisch. Sie jammert. »Oh nein. Wieder Bewerbungsunterlagen abfangen, attraktive Frauen aussortieren, heimlich Absagen schreiben, Pauls Unterschrift fälschen und nur die Mappen der Hässlichen und alten Semester an Paul weiterreichen ...«

Ich schiele in Pauls Büro. Frau Tietjen sitzt mit dem Rücken zu mir. Sie scheint Rotz und Wasser zu heulen, denn Paul reißt gleich vier Kleenex-Tücher aus der Box und reicht sie an das Nervenbündel weiter. Dabei redet er auf sie ein.

»Wenn wir genauso vorsichtig sind, kommt das nicht raus. Ehrlich nicht, Bruni. Da müssen wir leider noch einmal durch, ob wir wollen oder nicht.«

Mein Blick fällt auf das verglaste Büro, in dem vor vierzehn Tagen noch unsere gute alte Gundula Piefke saß und den gesamten Laden hier mit Links geschmissen hat. Nachdem sie nach einem Treppensturz im letzten Jahr am Oberschenkel operiert wurde und da sie keinerlei Verwandte und Freunde hat, kümmerten Bruni und ich uns um die arme Gundula. Meine Mutter und Opa Heini, der seit ewigen Zeiten verwitwet ist, haben sie ebenfalls im Krankenhaus besucht, und wie das Leben so spielt, verliebten sich die Piefke und Opa ineinander. Es dauerte nicht lange, da zog sie in mein Elternhaus, in dem auch Opa Heini lebt. Auf sein Drängen hin hat sie ihren Job nach über dreißig Jahren aufgegeben.

Bruni fährt sich durch ihre schwarze Kurzhaarfrisur. »Deine Hormone gehen mit dir durch …«

Ich reagiere hitzig. »Besser *meine* Hormone knallen durch als die von Paul. Weißt du eigentlich, wie ich in wenigen Monaten aussehen werde?« Ich blähe meine Wangen auf und rolle mit den Augen. »Und genau darum ist es mir *nicht* egal, welche Sekretärin Paul künftig ›die Stange halten‹ wird, verstehst du?«

Als Paul Frau Tietjen bis zu unserem Schreibtisch begleitet, nickt er uns zu. »Frau Tietjen hat heute ihren letzten Arbeitstag. Wenn eine von euch die Arbeitsvermittlung anrufen würde? Ach ja … und gebt bitte zusätzlich eine Annonce in der *Hamburger Morgenpost* auf, es pressiert.«

»Ach je. Die Statistik, Herr Geiger … die Statistik.« Frau Tietjen läuft, ohne sich den Mantel auszuziehen, in ihr ›Glashaus‹, zieht die Tür leise hinter sich zu und setzt sich in voller Montur an den Schreibtisch.

Paul redet leise. »Schade. Sie hat sehr korrekt gearbeitet, aber so hat es wirklich keinen Sinn. Ihr Nervenkostüm ist zu dünn für diesen Job. Ich hoffe, es bewerben sich jetzt auch jüngere qualifizierte Damen, die in den Anforderungen eine Herausforderung sehen.«

Mein Kopf wippt auf und ab, meine roten Locken wippen mit. »Auf *jeeden* Fall, Paul. Du hast recht. Jung, dynamisch, talentiert, flott, ehrgeizig, flexibel, überstundengeil … nun, und hübsch darf sie auch sein. Schließlich soll sie dir ja ›die Stange halten‹.«

Brunis Schreibtischstuhl dreht sich ad hoc Richtung Kopierer, ihr Körper beugt sich nach vorn, sie hustet und lacht zugleich. »Tschuldigung … verschluckt …«

Paul überlegt kurz, er verzieht keine Miene. Ihm scheint die Zweideutigkeit der letzten Worte nicht bewusst zu sein.

»Ja, Möhrchen. Ich brauche wirklich jemanden, der mich tatkräftig unterstützt.«

Und schon ist Frau Tietjen wieder bei uns. Sie reicht Paul die ausgedruckten Statistiken. Paul tätschelt ihren Arm, dann geht er zurück in sein Arbeitszimmer.

Bevor Frau Tietjen wieder in ihr Büro eilen kann, halte ich sie am Ärmel fest, knöpfe ihr den Mantel auf und helfe ihr hinaus.

Sie schlägt sich vor den Kopf und ringt sich ein Lachen ab. »Na, da sehen Sie mal, Frau Geiger, wie sehr ich durch den Wind bin.«

Bruni kümmert sich um die Anzeige in der *Hamburger Morgenpost*, ich spreche mit dem freundlichen Herrn Hebeling von der Arbeitsvermittlung, dem wir auch Frau Tietjen zu verdanken haben, und erkläre die Situation. Er verspricht, sich sofort darum zu kümmern. Es seien innerhalb der letzten Tage so viele neue Arbeitssuchende hinzugekommen, wir würden bestimmt etwas Geeignetes finden.

»Oh … das hört sich prima an. Schicken Sie die Unterlagen wieder zu meinen Händen?«

Nach einer kurzen Fingergymnastik prüfe ich einige Male, ob ich Pauls Unterschrift noch so einigermaßen gut zu Papier bringe.

»Mensch, Karo. Wenn Paule uns auf die Schliche kommt, *dann* ist was los.«

»Blödsinn. Wieso sollte er uns auf die Schliche kommen? Und selbst wenn? Was soll schon passieren? Meinst du etwa, der würde mich anzeigen?« Ich tippe mir gegen die Stirn.

Sie lacht und schüttelt den Kopf. »Quatsch. Natürlich nicht. Aber er wäre stinksauer.«

»Keine Sorge, du Schisshase. Er wird niemals dahinterkommen.«

Bevor wir in die Mittagspause gehen, pudern wir vor dem großen Spiegel auf der Toilette noch einmal unsere Näschen. Verärgert stelle ich fest, dass auf meiner Nasenspitze ein vorwitziger kleiner Pickel sitzt. Es ist unfassbar! Der Mensch verfügt über circa 1,7 Quadratmeter Haut. Und wo kriegen schwangere Mädels Pickel? Immer im Gesicht, vorzugsweise auf der Nasenspitze. Ich schimpfe laut und schrubbe meine Hände.

Bruni grinst mich von der Seite an. »Ich hab's im Rücken, du auf der Nasenspitze. Frag mich jetzt nicht, was ich schlimmer finde.«

Auf dem Weg in die Kantine beschließen wir, heute lediglich einen großen Salat mit Geflügelstreifen zu essen. Doch daraus wird nichts, denn Ingo, unser Küchenchef, hat Grünkohl mit Mettwurst im Angebot. Daran kommen weder Bruni noch ich vorbei. Die Thekenbedienung Sabine schaut Bruni fragend an, als wir an der Reihe sind.

Amüsiert beobachte ich, dass Bruni drei Mettwürste bestellt und doppelt Grünkohl ordert. Ihr Appetit ist ansteckend. Ich bestelle das Gleiche, denn so groß ist eine Mettwurst ja nun auch nicht.

Wir steuern unseren Stammtisch an, an dem bereits Ulrike Assmann und Heike Gebauer sitzen. Nachdem Paul und ich geheiratet haben, hat sich das Verhältnis zu meinen Arbeitskolleginnen und -kollegen nicht verändert. Ich trenne strikt das Private vom Beruflichen und verpetze niemanden, der sich über den Chef, der auch schon mal Geigenpaul oder Paule genannt wird, aufregt.

Ulrike, die sehr füllig ist, kratzt mit ihren langen künstlichen Fingernägeln ihr Doppelkinn. Sie seufzt mit einem Blick auf unsere Teller: »Ihr habt es gut. Schwangere dürfen so richtig zuschlagen.« Ihre kleinen, runden Schweinsaugen schielen neidisch auf Brunis und meinen Teller.

»Ne, du.« Heike schüttelt den Kopf. »Das sind Ansichten aus dem Mittelalter. Werdende Mütter sollen sich bewusst ernähren und eben *nicht* für zwei essen.«

Bruni lacht. »Spinnt ihr? Ich esse doch nicht drei Mettwürste.« Sie holt eine Tupperdose aus ihrer Handtasche. »Die Hälfte des Grünkohls und zwei Würste bekommt heute Abend Heiner, dann brauche ich nicht kochen.« Sie füllt eine ordentliche Portion ab.

Ich lasse mir nicht anmerken, wie sehr ich mich auf das Trio gefreut habe. Stattdessen sage ich: »Eben. Als wenn wir drei Mettenden futtern würden. Also wirklich, Ulrike.« Ich schüttele den Kopf. »Wir wissen schon, dass Vitamine und Co unsere besten Freunde sind.«

Ich stöckele noch einmal zur Theke und lasse mir von Ingo ein großes Stück Alufolie geben, in die ich aber lediglich die Würste einrolle. Den grünen Krauskohl gebe ich nicht her.

Innerhalb weniger Minuten liegt in meiner Handtasche das, was ich am liebsten in einem Rutsch gegessen hätte.

Ich sehe, dass Heike meinen Pickel begutachtet, und bin dankbar, dass sie keinen Kommentar abgibt. Dieses ›Du hast da einen Pickel‹ finde ich vollkommen überflüssig, denn man weiß es ja selbst.

Als Bruni berichtet, dass Frau Tietjen heute ihren letzten Arbeitstag hat, und die Gründe dafür erklärt, ernten wir mitleidsvolle Blicke.

»Dann müsst ihr ja wieder richtig klotzen. Na, hoffentlich findet ihr bald Ersatz. Dröpjes hat schon vor einigen Tagen gesagt, dass die Tietjen einen sehr labilen Eindruck macht. Psychisch … und so. Er meinte, dass das auch kein Wunder sei, weil ihr zwei nur auf der faulen Haut liegen würdet … und die arme Frau deshalb wahrscheinlich total überfordert sei.« Ulrike kichert.

Ich schnaufe leicht. Mit unserem Prokuristen Dröpjes stehe ich auf Kriegsfuß, seit ich in der Firma arbeite. Wenn ich mich vornehm ausdrücken wollte, würde ich sagen, ›zwischen uns stimmt die Chemie nicht‹. Und weil ich mich sehr selten vornehm ausdrücke, antworte ich sehr laut: »Weißt du was, Ulrike? Der Oberarsch Dröpjes kann mich mal!«

Bruni zischt mich an. »Pst. Nicht so laut, er ist im Anmarsch.«

Dröpjes rauscht mit seinem Tablett an uns vorüber und setzt sich, wie immer, an den Tisch hinter uns.

Heike senkt die Stimme. »Ich bin ganz zuversichtlich, dass ihr flott Ersatz für die Tietjen findet. Stehen ja genug Leute auf der Straße. Wir könnten auch noch zwei Hände mehr in der Buchhaltung gebrauchen. Was bin ich froh, dass endlich Wochenende ist. Scheiß Stress.«

Ulrike kaut auf ihrer Unterlippe. »*Ich* freue mich, wenn das Wochenende schnell vorüber ist. Am Sonntagnachmittag habe ich einen wichtigen Termin, der mir hoffentlich Gewissheit bringt.« Dann starrt sie ins Leere.

»Gewissheit?« Bruni schaut sie fragend an.

Sie nickt, beugt sich vor und wispert: »Ich gehe zu Kassandra … einer spirituellen Lebensberaterin, die auch hellsehen kann.« Ihre Hand dreht sich in der Luft. »Ich weiß nicht, ich weiß nicht. Mein Mann fährt seit drei Wochen jeden zweiten Abend zu irgendwelchen Arbeitskollegen. Angeblich joggen die zusammen. Er behauptet, dass sie sich anschließend ständig verquatschen. Meistens kommt er erst gegen 22 Uhr nach Hause. Ich meine, das ist doch nicht normal. Wer weiß, was der treibt.

Ich habe durchblicken lassen, dass ich ihm nicht glaube, er bleibt jedoch steif und fest dabei. Mal schauen, was die Karten sagen.«

Heike hält sich eine Hand vor die Augen. »Damit nervt sie mich schon seit vierzehn Tagen.«

Ulrike redet weiter. »Außerdem sehen seine Klamotten und Schuhe nicht so aus, wie sie nach einem Sprint durch den Wald aussehen sollten. Und was mich am meisten beunruhigt, ist, dass er *vorher* duscht.« Sie hebt den Finger. »Und sich einparfümiert.«

»*Oops.*« Bruni fällt die Kinnlade runter. »Fahr ihm doch einfach nach. Dann siehst du, ob er joggt oder nicht.«

Ulrike macht einen genervten Eindruck. »Boah, ich bin ihm nachgefahren. Holger fährt mit seinem Motorrad! Hast du schon mal ein Motorrad verfolgt? Um die Zeit ist Rushhour. Der fummelt sich immer bis zur Ampel vor und gibt bei Grün Gas, während ich noch drei Ampelschläge warten muss, bis ich weiterkomme. Null Chance.«

»Kennst du denn niemanden, der so einen Feuerstuhl fährt … ich meine, du machst den Sozius und ab … hinterher.«

»Doch. Die Theken-Sabine. Ich habe ihr von meinen Vermutungen erzählt. Sie würde mir ja gerne helfen, ihre Karre ist jedoch kaputt. Ihr fehlt im Moment die Kohle, sie reparieren zu lassen.«

Ich versuche, zu beschwichtigen. »Mach dich bloß nicht verrückt. Du hast eh den Hang, immer zuerst an das Schlechte zu glauben. Und ganz ehrlich, Ulrike … dass du so naiv bist und an so einen Humbug wie Hellseherei glaubst, das hätte ich nicht erwartet. Sei mir nicht böse, aber für mich klingt das nach Schwachsinn.«

Heike und Bruni stimmen mir zu.

»Von wegen, Humbug! Kassandra soll ihr Handwerk hundertprozentig beherrschen. Eine … ähm … Bekannte von mir hat Unglaubliches von ihr berichtet und mir ihre Adresse gegeben. Die hat schon ganz andere Dinge aufgeklärt. Die wusste Sachen, mein lieber Scholli!«

Bruni ist neugierig. »Wer hat dir denn ihre Adresse gegeben? Welche Wunder hat sie mit ihrem Wissen vollbracht?«

Ulrike hält sich bedeckt. »Das kann ich euch nicht sagen. Ich habe versprochen, es für mich zu behalten.«

Ich hole tief Luft. »Na dann …« Es hat keinen Sinn, Ulrike vom Gegenteil zu überzeugen. Sie kann stur wie ein Esel sein. Soll sie ihr Geld zum Fenster hinauswerfen. Mich ärgert es, wenn Menschen so naiv sind. Ich stehe abrupt auf. Mein Stuhl kracht gegen den von Dröpjes, der sofort hochgeht wie eine Bombe. Er dreht sich wütend um.

»Können Sie nicht aufpassen … Ständig rempeln Sie mich an!« Dann setzt er seine Brille auf und beäugt meine Nasenspitze. Er grinst.

»Nanu? Da hat wohl jemand sein vorwitziges Näschen wieder einmal in fremde Angelegenheiten gesteckt, was? Übrigens, ich habe mitbekommen, dass Frau Tietjen …«

Ich unterbreche ihn. »Dass Sie überhaupt noch etwas mitbekommen, freut mich, Herr Dröpjes. Wo Ihr Kopf doch ständig im Hintern meines Mannes steckt …«

Seine Halsschlagader schwillt an, und bevor er tatsächlich vor Wut explodiert, rauschen Bruni, Heike, Ulrike und ich im Gänsemarsch aus der Kantine.

Kurz vor Büroschluss meldet sich Herr Hebeling noch einmal. Er erklärt, dass er noch heute die Unterlagen von drei arbeitssuchenden Damen in die Post geben wird. Anfang kommender Woche schicke er weitere.

Frau Tietjen räumt ihre persönlichen Sachen aus dem Schreibtisch, dann verabschiedet sie sich von Paul. Als sie aus seinem Büro kommt, kullern erneut Tränen. In ihrem Gesicht zuckt es jetzt überall.

»Ich bin so erleichtert, Frau Geiger. Ihr Mann zeigt so viel Verständnis. Wenn Sie einmal nicht klarkommen, rufen Sie mich ruhig an. Meine Telefonnummer haben Sie ja.«

»Das ist ganz lieb von Ihnen, Frau Tietjen. Sie ruhen sich jetzt erst einmal richtig aus.« Ich umarme sie spontan, Bruni macht es genauso. Wir wünschen uns gegenseitig alles Gute, dann verlässt uns Frau Tietjen.

Brunis Augen werden feucht. »Menno. Die ist richtig lieb.« Sie schnäuzt in ein Taschentuch. »Doofe Hormone.«

Wir machen uns ebenfalls startklar. Bevor Bruni und ich das Büro verlassen, husche ich in Pauls Arbeitszimmer, um mich von ihm zu verabschieden. Er zieht mich auf seinen Schoß und schmunzelt über *meine* Hormone. Er begutachtet den Pickel und haucht einen Kuss darauf.

»Ich komme heute Abend spät, Möhrchen. Ich esse mit den Leuten von der Werbeagentur. Wir möchten über den neuen TV-Spot reden.«

Ich kuschele mich an ihn. »Dann kann ich die Mettwurst, die hier drin liegt, ja alleine essen.« Ich schwenke kurz meine Handtasche und strahle ihn an.

Paul grinst. »Du lässt dir immer Geschichten einfallen, Karo. Köstlich.«

»Ja … köstlich.«

Er schnuppert und lacht laut. »Komisch. Ich habe jetzt tatsächlich den Duft von Mettwurst in der Nase.«

Mein Weg führt mich nach Büroschluss zu meinen Eltern, Opa Heini und Gundula, die in der Birkenstraße in Sülldorf leben. Meine Schwester Conny und ich verbrachten eine wunderschöne Kindheit in der ›Baumsiedlung‹. Conny ist drei Jahre älter als ich, zwischen uns gibt es häufig Reibereien. Schon als Kinder haben wir ständig gezankt. Conny ist Vierfachmutter, sie hat zwei Zwillingspärchen. Die Großen, Hanni und Nanni, sind neun Jahre alt, Max und Moritz wurden vor sechs Monaten geboren.

Auf der Landstraße drehe ich das Radio auf laut und kurbele das Fenster herunter. Dann ›entsorge‹ ich die Mettwurst, ich kaue im Takt der fetzigen Musik.

Als ich in die Birkenstraße einbiege, sehe ich Connys alten Golf in der Auffahrt stehen. Meine *liebe* Schwester besucht unsere Familie auch täglich in den Nachmittagsstunden.

Schon beim Aussteigen höre ich meine Nichten Hanni und Nanni im Garten laut krakeelen, der Rest der Familie sitzt im großen Wintergarten, dessen Schiebetüren weit geöffnet sind.

»Hallo, Karo!« Meine Mutter ist dabei, einen Apfelkuchen in Stücke zu schneiden. Sie hält mir die Wange zum Kuss hin. Dann werden weitere Begrüßungsküsschen verteilt.

Ich sehe mich kurz um. »Nanu? Wo sind denn Max und Moritz?«

Conny verdreht die Augen. »Bei Ludmilla. Wo sonst? Du stellst aber auch immer dumme Fragen.«

Mein Vater schickt Conny einen warnenden Blick, er mag ihr Gezicke nicht.

Ich grinse. »Stimmt. Wo sonst? Das war wirklich eine dumme Frage.«

Opa Heini lugt mich über den Rand seiner Brille an. Seine hellblauen Augen strahlen. »Na, wie geht es der werdenden Mama?«

»Gut, Opa! Danke. Prima geht es uns.« Ich streiche über meinen Bauch, der nur eine leichte Wölbung zeigt. »Ich merke gar nicht, dass ich schwanger bin. Die Klamotten passen, noch sieht man nichts.«

Conny grunzt. »Noch nicht. Warte mal ab, wie du in wenigen Monaten aussehen wirst.« Sie formt einen imaginären Riesenbauch und Brüste, so dick wie Wassermelonen. »Und die Oberweite wirst du *so* schnell nicht los. Und wenn du sie los bist, dann hängen die Nippel hier unten.« Ihre Finger tippen auf ihren Bauchnabel.

»Ach, hör schon auf, Conny. Warum ärgerst du deine Schwester so?« Meine Mutter klingt verärgert und legt Kuchen auf unsere Teller. Sie ruft nach Hanni und Nanni, die angerannt kommen, sobald sie das Wort Kuchen hören. Sie fallen mir förmlich um den Hals. Ich lasse mich gespielt nach hinten fallen und knuddele die beiden durch.

Conny zieht Hanni und Nanni beiseite. »Nicht so wild, Kinder … Aufpassen, Karo ist schwanger, ihr überfordert eure Tante.« Ihre Stimme trieft vor Ironie.

Gundula lenkt ab, sie erkundigt sich nach der Arbeit in der Firma. Ich erzähle nicht, dass Frau Tietjen das Handtuch geworfen hat, denn sonst würde sie ohne Wenn und Aber am Montag im Büro auftauchen, was Opa Heini nicht gefallen würde. Stattdessen berichte ich, dass demnächst ein neuer Werbespot des *Geiger-Jummy-Gum* im TV zu sehen ist, was alle toll finden.

Nanni wippt albern mit dem Kopf, während sie den Kuchen isst. Sie zupft am Hemdsärmel meines Vaters. »Papa kauft Mama morgen ein neues Autoo.«

Mein Vater hebt die Augenbrauen.

»Was?« Mama setzt ihren beleidigten Blick auf. »Warum hast du das denn nicht erzählt, Kind?«

Jetzt plappert Hanni los. »Mama hat gesagt, dass man den neugierigen Alten aus der Birkenstraße nicht alles auf die Nase binden muss …« Dann schlägt sie die Hand vor den Mund und macht große Augen. Erst jetzt scheint ihr bewusst zu werden, dass sie aus dem Nähkästchen geplaudert hat. Jeder am Tisch wird eine Nuance blasser.

Conny beugt sich blitzschnell vor und will ihrer Tochter eine scheuern, mein Vater fängt ihre Hand ab.

»Stopp! Hier wird nicht geschlagen.«

Die Kinder krabbeln unter den Tisch, zwängen sich durch Stuhlbeine und flüchten in den Garten.

Conny räuspert sich. »Mein Gott, ich habe es vergessen. Jetzt wisst ihr es ja. Anton macht es halt Freude, mich zu verwöhnen.«

Opa Heini kichert, er reibt sich die Stirn. Dann steht er auf. »Ja, ja. Kurbelt ihr mal schön die Wirtschaft an. Die Angela wird sich freuen ... So, ich geh jetzt eine Tasse Kaffee wegbringen.« Er schlurft ins Haus.

Opa Heini und jeder hier am Tisch weiß, dass Conny ihren Mann ausquetscht wie eine Zitrone, nachdem er sie im letzten Jahr mit einer drallen Blondine betrogen hat. Zuerst funkelte ein traumhafter Brillantring an ihrem Ringfinger. Kurze Zeit später wurde eine Putzhilfe eingestellt, die zweimal wöchentlich das Haus der Jörgensens wienert. Nach Max' und Moritz' Geburt wurde Ludmilla eingestellt. Die gebürtige Russin kümmert sich liebevoll um die Kinder, insbesondere um die Jungs. Und jetzt das neue Auto.

»Nun, wenn es ihm halt Freude macht, dich zu verwöhnen und seine Finanzen es erlauben ...« Mein Vater stopft den Rest Kuchen in den Mund, sein Blick ist starr geradeaus gerichtet. »Der Rasen hat es nötig, ich bin dann mal weg.«

Als meine Mutter und Gundula mit versteinerten Mienen den Tisch abräumen und im Haus verschwinden, scheint Conny pikiert zu sein.

»Will denn niemand wissen, welche Automarke ... Farbe und so?«

Ich erbarme mich und frage genauer nach. Zufrieden erzählt sie, dass sie ein rotes VW-Cabrio mit roten Ledersitzen bekäme. Sie schüttelt ihre roten Haare. »Alles in Rot. Ton in Ton. Was meinst du, wie ich *damit* auffalle. Ich freue mich riesig.«

Sie redet heiter weiter und scheint nicht zu merken, wie sehr sie die ›Alten‹ der Familie vor den Kopf gestoßen hat.

Auch Opa Heini, der wieder zur Stelle ist, interessiert sich nicht für Connys Schilderungen. Er beschließt, meinem Vater bei der Arbeit zu helfen.

Conny springt auf, sie läuft unserem Opa hinterher und legt einen Arm um seine Schultern. »Was die Kinder sich immer zusammenreimen, sie kriegen alles in den falschen Hals ... nicht wahr, Opa?«

Opa Heini zeigt sich stur. Er antwortet nicht, schüttelt Connys Arm ab und ruft nach meinem Vater, der aus dem Gartenhaus den Mäher herauswuchtet. »Hermann, wir mähen aber von rechts nach links … Ordnung muss sein. Bring die Harke mit.«

Ich räume den Rest des Geschirrs zusammen, Conny schlendert mit gesenktem Kopf zu ihren Töchtern. Sie wirkt nachdenklich.

In der Küche stecken Mama und Gundula die Köpfe zusammen; als ich hinzukomme, schweigen sie.

»Ach, Mama. Komm mal her.« Ich nehme sie in die Arme. »Du kennst Conny doch am besten. Sie meint es nicht böse.«

Sie wischt sich über die Augen. »Es ist nicht schön, wenn im Beisein der Zwillinge schlecht über uns geredet wird.« Sie lehnt sich an die Spüle.

Gundula seufzt. Mama tut ihr ganz offensichtlich leid. »Das ist *grundsätzlich* nicht schön, Hildegard.«

»Weißt du was, Mama? Paul und ich kommen am Sonntag zum Kaffeetrinken. Ich habe im Gefrierschrank noch einen Käsekuchen, den bringe ich mit, dann quatschen wir ganz gemütlich.«

Nun strahlt sie wieder. »Ach, Karo. Du bist der Sonnenschein im Haus. Käsekuchen hatten wir schon lange nicht mehr. Und auf Paul freue ich mich auch!«

Die van Gochs und Gundula stehen in geschlossener Front dicht nebeneinander, als Conny, die Kinder und ich uns verabschieden. Mir ist es wahnsinnig unangenehm, dass Hanni, Nanni und ich regelrecht geherzt werden, während Conny ein wenig außen vor bleibt.

Die gewöhnliche Eskorte zu unseren Autos bleibt aus.

»Mein Gott, die sind aber auch empfindlich!« Conny verdreht die Augen.

Als ich ins Haus komme, finde ich auf dem Küchentisch einen Zettel von Paul.

Hallo, schönste aller werdenden Mamis,
habe mich kurz frisch gemacht. Wir sind
im Hotel Am Seeufer.
Mein Handy ist auf stumm geschaltet.
Ich liebe euch.
Paul

Daneben liegt eine Postkarte von Vroni, Pauls Stiefmutter, die heute mit der Post gekommen sein muss. Sie lebt im Allgäu und bewirtschaftet dort eine Alm.

Pauls Vater hat nach dem Tod seiner ersten Frau noch einmal geheiratet und ist zum zweiten Mal Vater geworden. Der jüngere Stammhalter Bert lebte bei Vroni auf der Alm, Paul bei seinem Vater in Hamburg. Vroni und Nikolaus führten eine Fernbeziehung, beide waren glücklich, obwohl sie sich nur an den Wochenenden sahen. Bert ist mit der feschen Marianne liiert, deren Eltern im Tal ein Hotel führen.

Ich bin gerührt, denn die Postkarte ist adressiert an Kasper Geiger. Ein Gruß aus Bad Hindelang, auf dessen Rückseite ein Lippenabdruck mit rosa Lippenstift zu sehen ist. Darunter steht:

Servus, Kaschperl, einen herzigen Gruß aus den Bergen sendet dir deine Omi Vroni. Grüß mir Mama und Papa lieb, ich vermisse euch! Heut hat die Irma gekalbt, es ist ein Bub, wir haben ihn nach dir benannt: Kasper! Dicken Kuss von deiner Omi, auch an deine Eltern. P.S.: Lieben Gruß auch von deinem Onkel Bert und Tante Marianne.

Statt zu putzen beschließe ich, Vroni anzurufen.

2. Die Guten ins Töpfchen

Paul ist fit, obwohl er heute früh erst gegen 2 Uhr im Bett war. Er berichtet vom gestrigen Abend und dass die Vorgespräche für die TV-Werbung sehr gut gelaufen seien. In einem Atemzug erklärt er, dass er gleich ins Büro müsse. Er schneidet ein Brötchen auf.

Ich könnte ausflippen! Herr Hebeling hat noch gestern die Bewerbungsunterlagen in die Post gegeben, sie werden mit Sicherheit heute in der Firma ankommen. Ich schaue auf die Küchenuhr. Gewöhnlich kommt der Postbote um kurz nach 8 Uhr, die Umschläge müssten schon auf meinem Schreibtisch liegen. Jetzt kann nur noch Bruni helfen!

»Ich muss mal …« Nachdem ich die Küche verlassen habe, renne ich im Affentempo ins Schlafzimmer, krame mein Handy aus der Handtasche und rufe meine Freundin an. Sie klingt total verschlafen.

»Bruni … Alarmstufe eins. Fahre sofort ins Büro und sieh nach, ob die Bewerbungen auf dem Schreibtisch liegen. Paul fährt gleich in die Firma …«

»Ach, Karo. Ich wollte mich gerade noch mal umdrehen, ich bin hundemüde.«

»Umdrehen kannst du dich auch später noch.« Ich zische sie an: »Und wenn du im Nachthemd fährst. Du fährst *jetzt.* Basta, aus die Maus … Nikolaus! Sobald Paul fort ist, rufe ich dich an. Bringst du mir dann die Unterlagen?«

Sie murmelt erst Unverständliches, dann: »Boah, ja doch …«

Wieder in der Küche setze ich mich im Zeitlupentempo auf den Küchenstuhl und schneide in aller Ruhe ein Vollkornbrötchen auf.

Paul erkundigt sich, wie mein gestriger Abend war. Ich hoffe, er bemerkt nicht, dass ich innerlich sehr angespannt bin.

»Schön. Gut. Alles prima. Ich habe mich riesig über den Kartengruß von Vroni gefreut, wir haben lange telefoniert.« Ich räuspere mich und berichte das Neueste von der Alm.

Paul hört aufmerksam zu. »Einige Tage auf der Hütte würden uns guttun.«

Ich nicke und rutsche unruhig auf dem Stuhl hin und her, was Paul nicht zu entgehen scheint.

Er kneift die Augen zusammen. »Sag mal, ist etwas? Du wirkst irgendwie angespannt.«

»Quatsch. Ich bin doch nicht angespannt. Ich bin vollkommen relaxt!«

Ich blicke erneut zur Uhr und bestreiche zum dritten Mal die Schrippenhälfte mit Butter. Wenn Bruni zügig losgefahren ist, wird sie in circa zwanzig Minuten in der Firma sein. Aber wenn Bruni müde ist, kann es sein, dass sie trödelt und noch immer mit dem Aufstehen kämpft. Während das Messer mit großer Akribie über das Backwerk gleitet, betrachte ich eingehend den Aufschnittteller.

»Hm … was essen wir denn heute mal …«

Paul beobachtet mich. »Hast du keinen Appetit?«

»Ich? Oh ja. Und wie! Aber, lieber Paul, an so einem herrlichen Samstagmorgen möchte ich mir ein *besonders* schönes Frühstück zubereiten.«

Noch immer liegt keine Wurst auf meinem Brötchen. »Weißt du was? Ich koche uns erst einmal ein schönes Ei. Ein leckeres Samstagsfrühstücksei.«

Paul steht auf. »Bleib sitzen. Ich mach das. Iss du ganz in Ruhe.« Er öffnet den Kühlschrank. »Wie immer? Vier-Minuten-Eier?«

»Nein. Heute bitte hart gekocht. Aber *mindestens* fünfzehn Minuten köcheln lassen, ja?«

Wasser läuft, Paul klappert mit einem Topf. In der Zeit, in der die Eier vor sich hin köcheln, entspanne ich mich ein wenig und beiße herzhaft in das Vollkornteil.

Paul schaut auf die Uhr. »Möhrchen, ich will nicht unhöflich sein, aber … macht es dir was aus, wenn ich mich auf den Weg mache?«

Ich schmolle. »Ach, Paul. Ich habe mich die ganze Woche auf das Frühstück mit dir gefreut …«

Paul schaut mich verdutzt an. »Ehrlich, Karo, manchmal denke ich, du veräppelst mich. Wir frühstücken doch fast jeden Morgen gemütlich zusammen.«

»Ja. Aber *fast* jeder Morgen ist nicht Samstag. Machst du mir noch einen Kakao?«

»Sicher. Heiß oder kalt?« Jetzt macht er einen leicht gestressten Eindruck.

»Heiß bitte. Aber kochend heiß!«

Wieder klappert es im Topfschrank. Mit vollem Mund plappere ich munter drauflos. Ich berichte weiter, was Vroni erzählt hat: Dass das Wetter in den Bergen herrlich sei, die gute alte Irma es alleine geschafft habe zu kalben, dass sie für Kasper eine Kuscheldecke häkele … und dass für die Sommergäste neue Bänke vor der urigen Hütte angeschafft wurden.

Paul hört zu.

Nach dem Klingeln der Eieruhr rauscht Wasser, kurz darauf stehen zwei Eier vor mir. »Autsch. Die sind aber noch zu heiß.« Ich jongliere sie in der Luft.

Paul stellt den Kakao auf den Tisch. Er beugt sich zu mir herunter und küsst mich zärtlich auf die Stirn.

»Nicht böse sein, Karo. Ich muss jetzt *wirklich* los.«

Dann geht er in die Knie und drückt einen Schmatzer auf meinen Bauch. »Tschüss, Kasper. Du bist jetzt der Chef im Haus. Pass auf dich und deine Mama auf ...«

Ich verwuschele zärtlich Pauls Haare. »Aber wir wissen doch gar nicht, ob es ein ›Kasper‹ wird. Vielleicht wird's ja auch eine ›Gretel‹!«

Paul kratzt sein Kinn und lacht. »Solange es nicht das böse Krokodil wird, ist mir alles recht.« Er steht auf, zieht mich hoch und nimmt mich in seine Arme. »Ich weiß nicht genau, wann ich zurück bin.« Es folgt ein inniger Kuss.

Ich kann ihn nicht länger aufhalten.

Als Paul die Haustür hinter sich zuzieht, rufe ich Bruni an und höre erleichtert, dass sie vor wenigen Minuten das Firmengebäude verlassen hat. Die Post von Herrn Hebeling lag tatsächlich auf dem Schreibtisch. Ich sage ihr, dass die Luft rein ist und sie kommen kann. Das habe ich perfekt gemanagt.

Fröhlich pfeifend ziehe ich mich an.

Es tut mir fast leid, dass ich Bruni aus dem Bett geholt habe. Sie hat noch immer verquollene Augen und gähnt ausgiebig. Sie wirft ihre Jacke und Handtasche auf die Couch. Den Jutebeutel, in dem Papier knistert, klemme ich unter den Arm.

»Ich habe nicht gefrühstückt, hast du eine Kleinigkeit für mich?«

»Was? Du gehst ohne Frühstück aus dem Haus?« Mit gespieltem Entsetzen schüttele ich den Kopf. »Das ist aber gar nicht gesund ...« Die Schlafmütze versteht meinen Scherz nicht, sie schlägt nach mir.

Mit starkem Kaffee und einem Fünf-Sterne-Frühstück für meine Komplizin machen wir es uns auf der Terrasse gemütlich.

Während ich den ersten Umschlag öffne, köpft Bruni ihr Frühstücksei. Nach dem ersten Bissen mokiert sie sich, dass das Ei viel zu hart sei. Ich erspare mir die Erklärung.

Die erste Mappe wandert auf den Tisch. »Das geht ja *gar* nicht. Das macht aber keinen guten Eindruck.« Ich halte Bruni die Mappe hin. »Schnüffel mal.«

Bruni schnuppert und rollt mit den Augen. »Uiuiui, ein sehr angenehmer Duft!«

Ich nicke. »Zu angenehm. Pauls Geschmack. Außerdem: Wer so einen Trick anwendet, um in die engere Wahl zu kommen, der *kann* nichts auf dem Kasten haben. So eine Aktion ist plemplem.«

Bruni isst die Wurst ohne Brötchen. »Stimmt. Das ist total bescheuert.«

Zuerst überfliege ich ihre persönlichen Daten und lese laut vor: »Annette Altenhofen, sechsunddreißig Jahre alt.«

Dann studieren wir gleichzeitig die wichtigste Qualifikation: das Foto.

Annette hat kurze, schwarze Haare, ein schmales Gesicht, große Kulleraugen, ein niedliches Stupsnäschen und macht einen sehr fröhlichen Eindruck. Eine gepflegte Knabberleiste lässt auf einen gesunden Kalkhaushalt schließen.

Bruni beugt sich tief über das Bild. »Also, ich finde, sie sieht *sehr* gut aus.«

»Ja. Dazu kommt, dass sie einen viel zu witzigen Eindruck macht. Wir sind hier nicht im Kölner Karneval, sondern in einer seriösen Hamburger Kaugummifabrik.« Ich werfe die Mappe auf den Boden. »Ganz klar: Absage.«

Bruni hält sich vor Lachen den Bauch.

Das nächste Bild sowie die persönlichen Daten von Tanja Krummbiegel gefallen mir schon besser.

Tanja hat ein kugelrundes Gesicht, ist zweiundvierzig Jahre alt, geht aber locker für fünfzig durch. Ihre wasserstoffblonden mittellangen Haare sind streng nach hinten gekämmt.

»Wow! *Die* ist perfekt. Frau Krummbiegel darf Paul sehr gerne ›die Stange halten‹. Die laden wir zu einem Gespräch ein.«

Bruni gibt ihr Okay: Ihr Daumen wandert nach oben. Dieser Umschlag bleibt auf dem Tisch liegen.

Nach der Begutachtung des nächsten Fotos müssen wir nicht lange nachdenken. Silvia Fleischmann wird ihrem Namen gerecht. Sie hat ein fleischiges Gesicht, ähnelt einer englischen Bulldogge und hat dreiundvierzig Lenze auf dem Buckel. Ihr Unterkiefer steht so weit vor, dass die Unterlippe die Oberlippe verdeckt. Das Schönste an ihr sind die dicken, schwarzen Haare, die zu einer Pagenfrisur geschnitten sind.

Bruni tippt auf das Bild. »Hm. Wo ist ihr Hals? Ihr Kopf sitzt direkt auf den Schultern.«

Ich seufze. »Den hat der liebe Gott vergessen zu formen. Da sieht man mal wieder … nobody's perfect!«

Wir sind uns einig, dass Frau Fleischmann ebenfalls ein persönliches Gespräch mit Paul führen darf.

Bruni übt sich in Logik. »Na ja. Hauptsache, sie hat starke Nerven und ein gutes Fachwissen … Aufs Äußere kommt es ja nicht an.«

Ein Lachanfall schüttelt meinen Körper. »Neein. Natürlich nicht! Aufs Äußere kommt es nicht an.«

Bruni frühstückt in Ruhe weiter, ich wähle zuerst Frau Krummbiegels Telefonnummer, danach rufe ich Frau Fleischmann an. Beide sind dankbar und froh, sich gleich am Montag um 9:30 Uhr bzw. 10 Uhr vorstellen zu dürfen. Sie bedanken sich höflich für die schnelle Kontaktaufnahme.

Der netten Annette werde ich heimlich eine freundliche Absage schreiben, wenn Paul sich für eine der beiden Damen entschieden hat.

Paul kommt schon am späten Nachmittag heim. Freudestrahlend berichte ich ihm, dass Bruni heute früh vor ihm im Büro war, weil sie gestern ihr Portemonnaie in der Schreibtischschublade vergessen hatte. Und dass sie kurz hier war, um die Post zu bringen, die auf dem Tisch lag.

»Schau mal. Zwei Bewerbungen sind gekommen …«

Paul wirft einen kurzen Blick auf die Fotos, dann blättert er beide Mappen durch. Er räuspert sich. »Bevor wir diese Damen zu einem Gespräch bitten, warten wir noch ein paar Tage ab. Ich denke, da …«

»Oh. Das ist jetzt aber dumm, Paul. Ich habe beide angerufen und für Montag bestellt. Weil, es pressiert ja.« Ich nenne ihm die Uhrzeiten und frage scheinheilig, ob ich den Mädels absagen soll.

Paul wehrt ab. »Aber nein. Wir lassen es so.«

3. Opa Heini heckt was aus

Mama ist hin und weg, als Paul den aufgetauten Käsekuchen auf den hübsch gedeckten Kaffeetisch stellt. Gundula setzt ihre Brille auf die Nase und beäugt das Backwerk von allen Seiten.

»Der ist dir aber sehr gut gelungen, Karo. Er sieht ganz saftig aus.«

Sie zwinkert mir zu und gießt Kaffee ein. »Conny und Anton kommen auch gleich. Deine Schwester bringt ebenfalls einen Käsekuchen mit.«

Aus dem Garten hören wir laute Stimmen. Opa Heini und mein Vater scheinen sich wieder einmal um des Kaisers Bart zu streiten.

Die Stimmen kommen näher. Opa Heini hat den Kampf mit Sicherheit gewonnen, denn seine Stimme klingt fröhlich. Sie kommen um die Ecke gelaufen.

»Ha! Ich hatte also wieder einmal recht, Hermann. Hab ich doch gesagt: Unter dem Apfelbaum habe ich keinen Handyempfang.«

Er klopft Paul mit den Worten »Tach, mein Jung« kräftig auf die Schulter, mir streicht er über die roten Locken. Mein Vater begrüßt uns nur flüchtig; seine krause Stirn verrät, dass er nachdenkt.

»Als wenn ein Apfelbaum einen Satelliten abschirmen würde. Das glaubst du doch selbst nicht, Vater.«

»Macht er wohl! Sobald ich nur in die Nähe dieses verflixten Baumes komme, verschwinden die Balken und das Gespräch reißt ab. Das nennt man Beschiss am Kunden!«

Mein Vater wischt sich mit einem Taschentuch Schweiß von der Stirn. »Dann telefonierst du eben *nicht* unter dem Baum. Dann lauf halt drei Meter nach rechts … oder links.«

Opa kramt in seiner Hosentasche und pfeffert ein edles Handy auf den Tisch. »*Du* hast doch gesagt, dass ich mir für den Notfall so ein ›Iffong‹ von ›Apfel‹ kaufen soll. Und was ist, wenn ich beim Apfelpflücken vom Baum falle und mir die Knochen breche? Hä? Wie soll ich dann den Notarzt rufen, wenn ich keinen Empfang habe, du Dödel?«

Jetzt muss Hermann lachen, wir schmunzeln mit. Die Wortgefechte zwischen meinem Vater und Großvater sind immer wieder köstlich.

Paul greift nach dem neuen iPhone und stößt einen leisen Pfiff aus. »Klasse, Opa.«

Nach mehrfachem lauten Hupen und Kinderlachen ist klar, dass die Jörgensens im Anmarsch sind. Zuerst kommen Hanni und Nanni angehüpft, ihre Pferdeschwänze wippen bei jedem Schritt. Sie fallen meinen Eltern um den Hals. Anton folgt ihnen wie ein geprügelter Hund. Er balanciert einen windschiefen Käsekuchen, der alles andere als appetitlich aussieht. Er stellt das Teil ab und klopft kurz auf den Tisch. Conny ist die Letzte im Bunde. Sie ist top gestylt und sieht wirklich toll aus. Sie kommt langsam angestöckelt, setzt wie ein Model einen Fuß vor den anderen und wiegt die Hüften.

»Hallo, ihr Lieben! Wir sind mit meinem neuen Auto da …« Sie lässt einen Autoschlüssel mit einem dicken VW-Schlüsselanhänger in der Luft baumeln.

»Warum habt ihr die Kleinen nicht mitgebracht? Wir wissen schon gar nicht mehr …«

Conny lässt Mama nicht ausreden. »Weil für vier Kinder kein Platz in meinem Flitzer ist, darum.«

»Schummm … wir sind so schnell gefahren, Opa!« Hanni lässt ihre Hand durch die Luft sausen.

Meine Eltern und Opa Heini scheinen ihren inneren Frieden wiedergefunden zu haben, denn sie folgen Paul und mir neugierig, als wir Connys neues ›Geschoss‹ anschauen wollen. Das, was die Zwillinge ausgeplaudert haben, ist wohl vergessen.

Jeder findet das dunkelrote Auto toll. Conny schwärmt vom vollautomatischen Textilverdeck, welches sich innerhalb von Sekunden öffnen lässt. Anton geht ins Detail. Paul zeigt sich sehr interessiert.

Wieder baumelt der Schlüssel in der Luft. »Na? Wer will eine Runde damit fahren?«

Nanni kichert und hängt sich an den Arm meines Vaters. »Aber nicht du, Opa. Mama hat gesagt …«

»Nanni!« Conny schickt ihrer Tochter einen *extrem* warnenden Blick und hebt andeutungsweise die Hand.

Mein Vater überhört großzügig Nannis Andeutung und blickt erst auf das rote Nummernschild, dann Anton und Conny an. »Aber ihr wisst schon, dass man mit diesem Kennzeichen keine Vergnügungsfahrten machen darf? Wenn euch die Polizei erwischt, gibt es ein fettes Bußgeld.«

Conny und Anton schmunzeln über die Bedenken meines Vaters.

Alle anderen geben Papa recht und lehnen dankend eine Probefahrt ab.

Opa Heini klopft meinem Vater auf den Rücken. »Komm, Hermann. Wir gehen jetzt Kaffee trinken.«

Während wir uns meinen Kuchen auf der Zunge zergehen lassen und über dies und das reden, ärgert sich Conny, dass niemand ein Stück von ihrem Kuchen genommen hat.

»Ich frage mich ganz ernsthaft, Mama, warum ich einen Kuchen mitbringe, wenn ihn außer mir eh niemand anrührt?«

Jeder beeilt sich zu sagen, dass Connys Backwerk gleich an der Reihe sei. Beleidigt isst sie weiter.

Dann plappern wieder alle durcheinander.

Nach einer Weile unterbricht uns Opa Heini. Er klopft mit seiner Kuchengabel gegen die Kaffeetasse und rülpst laut. Hanni und Nanni äffen ihn nach.

»Wie ihr wisst, hat meine liebe Gundula am kommenden Donnerstag Geburtstag. Ihr seid am Abend alle herzlich eingeladen. Ab 18 Uhr sind die Tore offen. Bringt ein schönes Geschenk mit.« Dann kichert er.

Gundula senkt verlegen den Blick. »Ach, bitte … keine Umstände. Ich möchte doch keine Geschenke.«

Meine Mutter lacht. »Opa heckt seit Tagen was aus. Ständig läuft er zu *Schreibwaren Knödders* oder hat irgendwelche ›wichtigen Termine‹. Danach verschanzt er sich in seinem Zimmer.«

Anton schaufelt sich noch ein Stück Kuchen auf den Teller. »Du bastelst etwas?«

»Nein. Ich bastele nichts.« Opa schmunzelt.

Anton bohrt weiter. »Hm. Du schreibst einen Brief?«

»Nein. Ich schreibe auch keinen Brief, du Einfaltspinsel!«

»Wie groß ist es? Zeig mal mit den Händen, Opa.« Anton lässt nicht locker.

»Nein, das kann ich nicht. Es ist zu groß.«

Mama springt auf. »Conny, Karo … kommt ihr mit in die Küche?«

Hinter unserem Rücken wird kräftig weiterspekuliert.

Meine Mutter lehnt sich an die Spüle und redet im Flüsterton. »Ich weiß ja nicht, welches Ei Opa wieder ausbrütet. Er telefoniert viel mit seinem Handy. Entweder hinten im Garten oder in seinem Zimmer. Verstehen konnte ich aber nichts …«

»Was? Du belauschst Opa?« Ich grinse verhalten.

»Na ja, nicht direkt. Ich habe lediglich mein Ohr an die Tür gelehnt und durchs Schlüsselloch geguckt.« Sie hebt den Finger. »Aber nur einmal, höchstens zweimal.«

Conny grinst. »Ach Mama, du bist naiv. Guck doch einfach in die Anruferliste auf Opas Handy. Dann schreibst du die Nummer auf und rufst dort an.«

»Also … das ginge mir zu weit. Außerdem löscht er die Anruferliste immer.«

»Erwischt, Mama.« Ich kneife meiner Mutter in die Wange, sie wird rot.

Conny winkt ab. »Opa Heini macht doch immer viel Geschiss um nichts. Es macht ihm Spaß, uns alle neugierig zu machen.«

»Ich weiß nicht, Kinder. Dieses Mal habe ich ein richtig komisches Gefühl im Magen.«

4. Eigentor und Aktion Friedhof

Nachdem Paul mich vor dem Haupteingang der Firma abgesetzt hat, gibt er Gas. Ich winke ihm mit einem Taschentuch so heftig hinterher, als würde er mit der Transsibirischen Eisenbahn die Reise von Moskau nach Wladiwostok antreten. Dabei steht lediglich ein kurzes Gespräch in der *Werbeagentur Meyering* an. Punkt 9:15 Uhr wird Paul wieder vor Ort sein.

Kurt, unser Pförtner, berührt mit einem Finger die Mütze, als ich das Gebäude betrete. Er nimmt Haltung an und grüßt zackig, was mir jedes Mal peinlich ist, wenn ich auf diesem Weg in den Betrieb komme.

Im Büro wartet weitere Post, die gesichtet werden muss. Bruni reicht mir einen Stapel Umschläge, den sie aus ihrer Schreibtischschublade hervorzaubert. Uns bleiben jetzt genau siebenundsechzig Minuten zum Handeln.

Im Hauruck-Verfahren studieren wir die Fotos. Unglaublich! Irgendwo in Hamburg muss es ein Nest geben, aus dem nur hübsche Sekretärinnen schlüpfen. Es hagelt Absagen. Meine Finger sausen über die Tastatur … abspeichern, drucken, fertig. Für mich steht fest: Eines der Mädels, das sich gleich vorstellen wird, macht das Rennen.

Von den Schreiben fertige ich Kopien an und hefte sie ganz hinten in den *Statistik-Ordner* aus dem Jahr 2010. Sollten Nachfragen der Bewerberinnen kommen, bin ich bestens gerüstet.

Das Timing ist perfekt. Bereits um 9 Uhr sind alle Spuren beseitigt.

Als Paul kommt, sitzen wir wie zwei Unschuldslämmer am Schreibtisch und kauen rohes Gemüse.

»Habt ihr noch Unterlagen für mich?«

»Nein, Paul.« Ich schaue ihm fest in die Augen.

»Das ist ja eigenartig … Ich hatte mit mehr Interesse gerechnet.«

»Tja, wir auch. Gerade habe ich zu Bruni gesagt, dass ich Herrn Hebeling noch einmal anrufen werde. Nicht, dass Briefe verloren gegangen sind oder jemand etwas verbummelt hat.«

»Gute Idee, Möhrchen, mach das!«

Dann erklärt er, dass er mit der Werbeagentur einig geworden sei, was das Finanzielle anbelange.

Ich warte, bis Paul an seinem Schreibtisch sitzt, greife nach dem Telefonhörer und unterhalte mich angeregt mit dem Freizeichen über Bewerbungsunterlagen, die eventuell auf dem Postweg verschwunden sein könnten. Zwischendurch winke ich Paul zu, der mir einen Luftkuss schickt. Nach einigen Minuten beende ich das Gespräch mit Herrn ›Tüüüüüüüüt‹ und stecke meinen Kopf in Pauls Büro.

»Fachkräfte sind im Moment sehr schlecht zu bekommen, Paul. Sehr schlecht. Herr Hebeling meinte, dass jede große Firma bzw. jeder große Konzern in den letzten Tagen nach Sekretärinnen schreit.« Dann strahle ich ihn an. »Aber zwei Damen haben wir ja zur Auswahl … Wir sollten also gleich zugreifen. Ich meine, damit die Konkurrenz sie uns nicht auch noch vor der Nase wegschnappt.« Ich zwinkere ihm zu.

Hinter meinem Rücken kichert Bruni verhalten.

Paul denkt einen Augenblick nach, nickt und bedankt sich knapp. Dann konzentriert er sich auf den Monitor seines Rechners.

Überpünktlich um 9:20 Uhr klopft jemand so forsch an unsere Bürotür, dass Bruni und ich erschrocken zusammenfahren.

»Oh, das wird Frau Fleischmann sein …« Ich springe auf.

»Mein Gott … hat die etwa gegen die Tür getreten?« Bruni reibt sich die Ohren.

Als ich von innen nach der Klinke greife, wird die Tür von außen so mit Karacho geöffnet, dass sie mir regelrecht entgegenfliegt. Die fleischige, halslose Frau Fleischmann stolpert hinterher, direkt in meine Arme. Wir verlieren das Gleichgewicht, klammern uns haltsuchend aneinander und schaffen es tatsächlich, nicht hinzufallen.

Bruni lacht laut los. »Na, das nennt man Teamwork!«

Frau Fleischmann und ich nehmen es ebenfalls mit Humor. Wir lachen mit.

»Entschuldigen Sie bitte. Mein Mann sagt immer, ich bin wie ein alter Trecker, wenn ich einmal am Rollen bin, hält mich nichts mehr.« Sie streckt mir forsch ihre rechte Hand entgegen, mit der linken fährt sie sich durch die dicken, schwarzen Haare. »Fleischmann. Silvia Fleischmann. Ich möchte zu Herrn Geiger.«

Mir ist diese Frau auf Anhieb sympathisch. Ich halte ihrem Händedruck stand und grinse sie an.

»Mein Mann mag temperamentvolle Frauen. Mein Name ist Geiger … Karo Geiger.«

Ich begleite sie in Pauls Arbeitszimmer, der unsere Kollision mitbekommen haben muss, denn er begrüßt sie lachend mit den Worten: »Sind Sie immer so flott, Frau Fleischmann?«

Ich haste zurück an meinen Schreibtisch. »Die gefällt mir. Freundlich und humorvoll.« Ich falte andächtig die Hände und schicke ein Stoßgebet zum Himmel. Dabei lasse ich Paul nicht aus den Augen.

»Ja, die wäre toll. Mir gefällt sie auch.« Bruni dreht sich um. »Paul lacht. Das ist ein gutes Zeichen.«

Ich ziehe einen Schmollmund. »Nein, Bruni. Sein Lachen wirkt künstlich. Außerdem, wenn sie ihm gefiele, würde er nach Kaffee und Keksen verlangen.«

Bruni hämmert auf die Tastatur. »Abwarten. Denk positiv.«

Nach gefühlten drei Stunden positiven Denkens verabschiedet Paul Frau Fleischmann.

»Wir melden uns in den nächsten Tagen bei Ihnen … vielen Dank, dass Sie gekommen sind …«

Im Vorbeigehen nickt sie Bruni und mir freundlich zu. Als sie das Büro verlässt, schlägt sie die Tür so fest zu, dass der Türrahmen wackelt.

Paul zieht den Kopf ein und legt die Mappe in den Ablagekorb. »Frau Fleischmann stellen wir hinten an, obwohl ich schon jetzt der Meinung bin, dass sie nicht infrage kommt. Sie hat kleine Kinder, die sie jeden Tag Punkt 16:15 Uhr vom Kindergarten abholen muss. Überstunden kann sie nicht leisten …«

Ich schlage ärgerlich auf den Schreibtisch. »Ach, Paul. Ein wenig flexibler musst du aber schon sein. Als wir für Gundula Ersatz suchten, hast du Fachkräften mit Kindern ebenfalls Absagen erteilt. Jetzt wundert es mich nicht, dass so wenige Sekretärinnen hier arbeiten möchten. Es hat sich mit Sicherheit herumgesprochen, dass du etwas gegen berufstätige Mütter hast. Ha! Bald kommen nämlich gar keine Bewerbungen mehr und du kannst den ganzen Kram alleine machen, dann darfst du jeden Abend …«

Paul unterbricht meinen hitzigen Monolog. Er lacht. »Karo, ich habe doch nichts gegen Angestellte, die Kinder haben. Das ist Quatsch. Ich muss aber an die Firma denken. Selbst bei der *Caritas* oder beim *Roten Kreuz* müssen auch *mal* Überstunden gemacht werden.« Er klopft kurz auf den Schreibtisch.

Während er zurück in sein Büro geht, ziehe ich hinter seinem Rücken Grimassen.

Frau Krummbiegel erscheint ebenfalls pünktlich. Als sie unser Büro betritt, macht sich ein unangenehmer Geruch breit. Eine Mischung aus Schweiß und Knoblauch begleitet die gegelte Frau. Ich muss mich zusammenreißen, um nicht zu würgen.

Es ist nicht verwunderlich, dass Paul nur wenige Minuten mit ihr spricht, sie zügig hinausbegleitet und verspricht, dass wir uns bei ihr melden werden.

Er winkt kopfschüttelnd ab. »Formuliert in den nächsten Tagen etwas Nettes … Ihr wisst schon. Wir haben uns anderweitig entschieden, bla, bla.« Wieder in seinem Arbeitszimmer reißt er die Fenster auf, wir lüften ebenfalls.

Bruni seufzt und flüstert: »Also, wenn das so weitergeht, sehe ich schwarz. Du hättest nicht allen Mädels Absagen schreiben sollen. Ein oder zwei Joker im Ärmel wären jetzt prima.«

Ich zische sie an. »Das hättest du mir *vorher* sagen sollen! Hinterher klugscheißen kann jeder. Außerdem … noch ist nicht aller Tage Abend. Ich gebe die Hoffnung nicht auf, dass wir noch eine ähnliche Kraft wie die Tietjen mit starken Nerven finden.«

Bruni verdreht die Augen.

Das Telefon klingelt, missmutig leiere ich den Begrüßungsspruch herunter. Der Pförtner meldet sich. Er erklärt, dass unten eine Frau Pellegrino warten würde, wegen der ausgeschriebenen Arbeitsstelle. Sie wolle persönlich mit dem Chef sprechen, sie habe jedoch keinen Termin. Sie sei auf gut Glück gekommen.

Meine Gedanken purzeln durcheinander. Jetzt bloß alles richtig machen.

»Ich komme runter, Kurt. Sie soll einen Augenblick Platz nehmen … Schicken Sie sie auf keinen Fall alleine hoch, ich bin gleich da.«

Mit Schwung lege ich den Hörer auf und starre auf Piefkes Büro. Allein der Name Pellegrino zergeht auf der Zunge wie die italienische Nachspeise Pannacotta. Süß und verführerisch.

Mit wenigen Worten schildere ich Bruni die Situation.

»Sollte Frau Pellegrino eine Sekretärin des älteren Semesters sein, werde ich vorgeben, sie persönlich abholen zu wollen. Andernfalls werde ich improvisieren und den Sack schneller zumachen, als die gucken kann.«

Bruni presst sich eine Hand auf den Mund. Mit gedämpfter Stimme sagt sie: »Das machst du jetzt nicht wirklich, oder?«

Ich mache eine wegwerfende Handbewegung. »Ach, Bruni, wenn ich mich recht erinnere, habe ich schon ganz andere Dinge gewuppt.«

Im Laufschritt eile ich zum Aufzug. Nachdem sich die Aufzugtüren einen Spalt breit geöffnet haben und ich Frau Pellegrino sehe, bin ich mir ganz sicher: Diese Frau hat keine kleinen Kinder und macht mit Sicherheit gerne Überstunden. Sie ist ganz offensichtlich über fünfzig Jahre alt … klein, dick … hat kurze, graue Haare, auf denen ein apartes kleines Hütchen sitzt. Auf ihrem Schoß liegt eine grüne Mappe, in der sich an mit Sicherheit grenzender Wahrscheinlichkeit ihre Bewerbungsunterlagen befinden. Sie hat einen leicht panischen Gesichtsausdruck. Sie scheint ein wenig nervös zu sein.

Ich breite meine Arme aus. »Herzlich willkommen, Frau Pellegrino! Herzlich willkommen.« Sie zuckt leicht zusammen.

»Mein Mann, Herr Geiger, freut sich schon sehr darauf, Sie kennenzulernen.« Ich strecke ihr meine Hand entgegen, nach der sie zaghaft greift. Wie ein Schraubstock halte ich ihre Rechte fest und ziehe die kleine Frau von der Polstergruppe hoch.

»So, dann wollen wir mal.« Ich hake sie leicht unter und lenke sie Richtung Aufzug.

Frau Pellegrino fängt zaghaft eine Unterhaltung an. »Ich hoffe ...«, aber ich lasse sie nicht ausreden.

»Wir sind ja so froh, dass Sie endlich da sind!« Der Aufzug öffnet sich, ich schiebe die kleine Frau hinein, die jetzt permanent ihren Hut zurechtrückt. »Ich bin ...«

Ich tätschele ihren Arm. »Ich weiß, ich weiß. Sie sind ein wenig aufgeregt, nicht wahr?«

Sie nickt.

»Es gibt absolut keinen Grund, nervös zu sein. Glauben Sie mir, Herr Geiger ist ein ganz netter. Ähm, hier einige Informationen zu unserer Firma. Damit können Sie bei meinem Mann punkten. Also, wir stellen seit über fünfzig Jahren die besten Kaugummis der Welt her ... Wir sind Marktführer in Europa. Allein auf dem Petersplatz in Rom kleben Millionen von unseren Kaugummis.«

Sie macht große Augen.

»Jeder kaut auf unserer Kaumasse herum. Firmengründer war Nikolaus Geiger, der leider verstorben ist.« Der Aufzug hält, die Türen öffnen sich mit einem leisen Zischen.

»Und noch etwas. Übertreiben Sie ruhig ein wenig mit Ihrem Können. Hinterher kräht kein Hahn mehr danach ... Und ganz wichtig: Lehnen Sie bloß keine Überstunden ab ... Sagen Sie einfach zu allem ›Ja‹, das regeln wir dann im Nachhinein in aller Ruhe.« Sie scheint sich Mühe zu geben, meine Tipps und Tricks zu beherzigen, denn sie hört aufmerksam zu. Ich öffne unsere Bürotür, schiebe Frau Pellegrino in Richtung Pauls Arbeitszimmer und schenke Bruni ein breites Lächeln.

»Paul? Schau mal. Das ist Frau Pellegrino. Sie will auf Nummer sicher gehen und ihre Unterlagen persönlich abgeben. Ist das nicht nett?«

Ich sehe Paul an, dass ihm das gar nicht passt. Er bewahrt jedoch Haltung. »Oh. Ja. Das ist nett. Kommen Sie doch herein, Frau Pellegrino.«

Mit einem Seufzer schließe ich leise die Tür.

Bruni dreht sich um. »Na, die macht aber einen schüchternen Eindruck.«

Ich klatsche in die Hände. »Ach was. Die wird schon noch lockerer.«

Mit einem Auge auf dem Bildschirm tippe ich einen Brief, mit dem anderen habe ich Paul im Visier. Sein Unmut scheint verflogen zu sein, denn er macht ein überfreundliches Gesicht und gestikuliert mit den Händen, als er die Unterlagen durchgeht. Nach circa fünfzehn Minuten scheinen sich die beiden einig geworden zu sein. Paul nickt ständig, steht beschwingt auf, hilft Frau Pellegrino aus dem Stuhl und hält ihr die Tür auf.

»Prima, Frau Pellegrino. Richten Sie Ihrer Tochter einen lieben Gruß von mir aus. Sie kann morgen früh direkt zu mir hochkommen. Ich freue mich sehr darauf, Ihre Tochter kennenzulernen.«

Frau Pellegrino zupft wieder an ihrem Hütchen und strahlt Paul dankbar an.

Paul hebt den Finger. »Aber nur, wenn es ihr wirklich besser geht.«

Bruni verzieht das Gesicht, was wohl so viel wie »Hä?« heißen soll. Ich beiße mir auf die Unterlippe. Das Gehörte muss ich erst einmal sacken lassen. Tochter? Wieso Tochter?

Frau Pellegrino verabschiedet sich auf leisen Sohlen.

Paul reicht mir die Unterlagen.

»Ich glaube, jetzt haben wir einen Glücksgriff getan. Ich habe ein sehr gutes Gefühl. Erstklassige Zeugnisse, hochqualifiziert. Frau Pellegrino ist vor wenigen Tagen aus dem Ausland zurückgekehrt und wollte sich hier in Ruhe nach einem neuen Job umsehen. Sie hatte in einer holländischen Kaffeefabrik eine leitende Position als Management-Assistentin.« Er schnippt mit den Fingern. »Wunderbar! Sie hat unsere Anzeige in der Zeitung gelesen und wollte die Unterlagen persönlich abgeben. Seit gestern Abend hat sie jedoch eine Magenverstimmung, darum hat sie heute ihre Mutter geschickt. Nett … sehr nett.« Dann dreht er sich um und geht fröhlich pfeifend zurück in sein Büro.

Mein Mund ist trocken. Zaghaft öffne ich den Ordner. Als ich das Foto sehe, spüre ich einen Stich in der Magengegend. Sie ähnelt Rebecca Mir, es könnte ihre ältere Schwester sein. Ich blättere die Seiten durch. Sie heißt Maria Pellegrino, ist italienischer Abstammung und dreiunddreißig Jahre alt.

Gegen diese Frau waren alle, denen ich eine Absage geschrieben hatte, regelrechte Kackbratzen. Es stimmt in der Tat: Man soll den Tag nicht vor dem Abend loben. Mir ist nach Auf-den-Boden-werfen-und-hysterisch-kreischen.

Ich schiebe den Ordner zu Bruni rüber, die neugierig danach greift. Sie kichert. »Das haben wir gerne. Noch nicht angestellt und schon feiert sie krank.« Gnadenlos redet sie weiter. »Mannomann. Was für ein Geschoss! Karo, das sieht verdammt nach einem Eigentor aus.«

»Kannst du jetzt *bitte* mal die Klappe halten, Bruni?« Entnervt lehne ich mich zurück und starre auf das Deckblatt, meine Finger trommeln wütend auf die Tischplatte. *Maria Pellegrino.* Mir wird angst und bange.

Bevor wir in die Kantine laufen, löse ich vorsichtig das Foto von Frau Pellegrino von dem Blatt Papier und lasse es in meiner Handtasche verschwinden.

Jetzt kann nur noch ein gut gefüllter Teller meine strapazierten Nerven beruhigen. Ich bestelle zwei Rollmöpse und Schweinebraten mit Sauce. Als Nachtisch lasse ich dreifach Majo in eine kleine Schüssel ›pumpen‹ und kräftig mit Salz und Paprika würzen. Theken-Sabine murmelt ein leises »Bäh«.

Heike, Ulrike und Bruni sagen zwar nicht »Bäh«, schütteln sich aber angewidert, als sie mein Mittagessen in Augenschein nehmen.

Bruni posaunt sofort die Neuigkeiten heraus, dass das Chefzimmer ab morgen wahrscheinlich wieder komplett besetzt sein wird.

Ulrike macht große Augen. »Suuper. Ist sie nett?«

Bruni stupst mich in die Rippen. »Zeig doch mal das Bild.«

Meine Finger verschwinden im Seitenfach meiner Handtasche.

Ulrike pfeift leise durch die Zähne. »Jesus Maria, die sieht ja wirklich toll aus.« Sie reicht das Bild an Heike weiter.

Ich hole tief Luft und lache spitz auf. »Sie heißt tatsächlich *Maria.*«

»Boah. Die sieht so ähnlich aus wie dieses Top-Model, von der Klump'schen Heidi. Wie heißt die noch …?«

Ich reiße Heike das Foto aus den Händen. »Rebecca Mir. Wir müssen sie erst einmal in natura sehen. Solche Aufnahmen sind doch kiloweise retuschiert. Vielleicht hat sogar ein Maskenbildner Hand angelegt und sie sieht nur so aus, weil sie so aussehen will. Ein Visagist vollbringt schon kleine Wunder. Hape Kerkeling ist auch schon mal als Königin Beatrice aus den Niederlanden durchgegangen. Und wie sieht er im normalen Leben aus?«

Meine Kolleginnen bekommen einen Lachanfall. Ich stopfe ›Maria‹ zurück in meine Handtasche und genieße schweigsam mein herrliches Essen.

Jetzt ist Kassandra Gesprächsthema Nummer eins. Ulrike hatte gestern Nachmittag die erste Sitzung bei der Lebensberaterin.

»Das war ein erstes Kennenlernen. Sie hat meine Aura gestärkt. Sie meint, die hätte ›Löcher‹ bekommen, weil ich unglücklich sei. Dann hat sie versucht, Strukturen in meinem System zu spüren, was ihr aber noch nicht gelang. Kassandra konnte noch keine Tendenz erkennen.«

Ich überlege einen Moment. »Aha. Man könnte also auch sagen: Tendenziell keine Tendenz.«

»Hä?« Bruni lacht.

Ulrike fährt fort. »Zusätzlich habe ich mich in einem Internet-Forum für Übersinnliches angemeldet. Einige User schwören darauf, mit den Lieben im Himmel zu kommunizieren, die würden einem helfen.«

Heike nickt eifrig. »Also, dem kann ich nur zustimmen. Ich habe meinen Onkel Walter gebeten, dass er mir hilft, mit dem Rauchen aufzuhören.«

»Du rauchst doch gar nicht.« Ulrike spießt Maiskörner auf die Gabel.

»Ja … weil es funktioniert hat. Das ist doch schon zwanzig Jahre her.«

Ich zeige Heike einen Vogel. »Blödsinn! Das lag an deinem Willen und nicht an deinem Onkel Walter.«

Heikes Augenbrauen ziehen sich zusammen. »Ne, eben nicht. Ich hatte ja nie den Willen. Erst als ich ihn eindringlich bat, mir zu helfen, da klappte es auf einmal.« Sie überlegt kurz, dann redet sie weiter. »Und vor kurzem gab es im *Aldi* Sockenwolle. *Totaal* günstig. Ich bin erst drei Tage später hin und habe Tante Christel gebeten: ›Mach, dass noch eine Packung Wolle da ist. Wenn's geht, bitte in Rot.‹ Die hat ihr ganzes Leben nur gestrickt.«

Dann schweigt sie und legt sich in aller Seelenruhe die Serviette auf den Schoß.

»Und? Erzähl weiter!« Brunis Stimme klingt ungeduldig.

Absätze klappern kurz unter dem Tisch, dann hält Heike einen Fuß in die Luft, der eine rote Socke trägt.

»Es war tatsächlich nur noch *eine* Packung da.«

»Wahnsinn!« Ulrike scheint das zu beeindrucken.

Ich kann mich kaum beherrschen, nicht laut loszukreischen, und zucke mit den Schultern. »Dann sprich halt mit deinen Lieben im Himmel! Dann wird das Ganze bestimmt billiger … Sprich mit einem Verstorbenen, der immer sparsam war. Der wird dir ruckzuck helfen.«

»Ja.« Bruni tätschelt aufmunternd Ulrikes Arm. »Setz dich in Ruhe und entspannt aufs Sofa und lass deine Gedanken Richtung Himmel schweben. Das wird schon, Ulrike!«

Ulrike schüttelt den Kopf. »So einfach ist das nicht! Das funktioniert nicht auf dem Sofa. Man soll auf den Friedhof gehen und am Grab mit ihnen reden.«

»Noch besser, Ulrike. Da bist du quasi an der Quelle.« Bruni tätschelt erneut ihren Arm.

Ulrike legt nach. »Nachts … wenn die Kirchturmuhr zwölfmal schlägt … Ich würde das gerne ausprobieren, aber alleine traue ich mich das *niemals*.« Ihre kleinen Augen blicken auffordernd in die Runde.

Heike hält mit dem Kauen inne. »Ähm … na … ich weiß nicht. Friedhof? Um Mitternacht?«

Ich kämpfe mit einem Frosch im Hals, den ich wegräuspern muss. »Aus der Nummer bin ich raus. Definitiv!«

Ulrike schießen Tränen in die Augen, die sie mit ihrer Serviette abtupft.

Brunis Stimme zittert ebenfalls verdächtig. »Wir lassen dich nicht im Stich, Ulrike. Hör auf zu weinen!« Dann wirft sie Heike und mir einen strengen Blick zu. »Wir helfen Ulrike. Basta! Keine Widerrede. Was ist denn schon dabei?«

Ohne unsere Zustimmung abzuwarten, strahlt Ulrike. »Danke. Ihr seid so lieb. Das werde ich euch nie vergessen.«

Bruni winkt lässig ab. »Sag einfach Bescheid, wann wir die ›Aktion Friedhof‹ starten und gut ist.«

»Freitag oder Samstag wäre nicht schlecht. Dann können wir am Folgetag ausschlafen.« Ulrike stapelt die Teller.

Auf dem Weg zu unserem Büro steigt mein Blutdruck. Ich könnte Bruni erwürgen. »Bist du bescheuert? Und was ist, wenn wir nachts auf dem Friedhof erwischt werden?«

»Blödsinn, Karo! Wer soll uns denn erwischen? Ist doch nachts niemand dort. Na ja, außer den Eingebuddelten. Und die haben mit Sicherheit nichts dagegen, wenn wir flott zu einem Kollegen laufen, mit dem Ulrike ein Gespräch führt. Die freuen sich, du wirst schon sehen.«

Ich bremse abrupt. »Friedhöfe haben nicht umsonst bestimmte Öffnungszeiten. Hast du schon mal was von Störung der Totenruhe gehört?«

Bruni zieht mich hinter sich her. »Ja, das habe ich. Aber die stören wir mit Sicherheit nicht mehr. Glaub mir, wenn *du* circa zwei Meter unter der Erde liegst, stört dich auch nichts mehr. Keine Figurprobleme, keine Maria Pellegrino. Dann ist dir alles scheißegal!«

Ich weiß, dass es im Augenblick wenig Sinn macht, Bruni vom Gegenteil zu überzeugen. Sie hat sich festgebissen. Mit Schwung öffnet sie die Bürotür und schiebt mich vor sich her, bis zu meinem Schreibtischstuhl.

Den Rest des Nachmittags nervt mich Paul mit seiner guten Laune. Wann immer er durchs Büro läuft, pfeift er ein Lied.

5. Clickertraining und ein Mümmelmann

In der vergangenen Nacht habe ich schlecht geschlafen. Frau Pellegrino spukte in meinem Kopf herum, ich bin mindestens zehnmal mit klopfendem Herzen aus dem Schlaf hochgeschreckt.

Im Büro begutachte ich mein Gesicht in einem kleinen Taschenspiegel. Mein Schlafdefizit lässt mich dementsprechend aussehen. Dunkle Schatten liegen unter meinen Augen. Bruni kommt, fit wie ein Turnschuh, angeschwebt. Sie hält mir ihr Handgelenk unter die Nase.

»Riech mal. Hat mir Heiner gestern Abend geschenkt.«

Ich atme den angenehmen Duft tief ein. »Sehr schön. Du hast es gut. Paul hat mir seit ewigen Zeiten kein Parfüm mehr geschenkt.«

Bruni wirft mir einen besorgten Blick zu. »Du siehst blass aus, geht es dir nicht gut?«

Ich berichte von meiner Nacht und den Gründen meiner Schlaflosigkeit. Wieder schaue ich in den Spiegel. »Und das ausgerechnet heute, wo die Pellegrino angetanzt kommt.«

Ich wanke zur Kaffeemaschine, gebe doppelt Kaffeepulver in den Filter und fülle nur die Hälfte des Wassertanks mit Wasser. Ich gähne. »Ich hoffe, der wird mich auf die Beine bringen.«

Nach einigen Schlucken des starken Gebräus rede ich mir ein, etwas wacher zu sein.

Anschließend zaubere ich mit Concealer in Windeseile die Ringe unter meinen Augen weg. Die Wimperntusche wird doppelt aufgetragen.

Bruni beugt sich vor und nimmt mich in Augenschein.

»Glückwunsch! Du siehst wieder ganz passabel aus.«

Für mich ein Grund, mein Zahnpastalächeln aufzusetzen.

Das Lächeln verschwindet jedoch, als Paul ins Büro kommt und erklärt, dass er den Pförtner gebeten habe, anzurufen, sobald Frau Pellegrino am Empfang erschiene.

Prompt klingelt das Telefon, Kurt ist am Apparat. Er erklärt knapp, dass Frau Pellegrino da sei. Paul strafft sich, schnaubt kurz … und weg ist er.

»So ein Theater!« Ich pfeffere meine Schminktasche in die Schreibtischschublade. »*Mich* hat damals, als *ich* mich vorstellte, niemand unten abgeholt! Weder Nikolaus noch die Piefke … und du bist auch nicht gekommen.«

»Ne. Natürlich nicht. Meinst du etwa, *ich* habe diesen Luxus genossen?«

»Boah, Bruni. Hast du das Schnauben gehört? Wie ein Hengst, der dem Lockruf einer rossigen Stute folgt.«

Bruni lacht. »Ach Karo, deine Fantasie geht mit dir durch. Du weißt doch, wie höflich Paul ist. Allerdings, die Tietjen hat er auch nicht …«

Ich werfe mit einem Bleistift nach ihr. »Hör schon auf!«

Kurze Zeit später hält Paul der Pellegrino galant die Tür auf und lässt ihr den Vortritt. Sie ist megaschlank und trägt ein dunkles Kostüm.

Paul übernimmt die Vorstellung und erklärt in knappen Sätzen, wer wer ist. Ich spüre eine weiche Hand, die mit selbstbewusstem Druck zugreift. Ich drücke so fest ich kann zurück, was zur Folge hat, dass mein Gegenüber ebenfalls den Druck verstärkt.

»Ich freue mich, Sie kennenzulernen, Frau Geiger.« Ihr Lächeln wirkt echt, denn ihre Augen lachen mit.

»Ich nicht ... ähm ... ich meine, ich nicht dachte ... ich dachte nicht, dass Sie so klein sind. Auf dem Foto sehen Sie irgendwie größer aus.«

Paul zupft verlegen an seinem Ohrläppchen. Bruni, die alberne Liese, fängt an zu lachen.

»Tatsächlich?« Marias Lachen klingt melodisch.

Ich habe eine verflixt schnelle Auffassungsgabe, bin anpassungsfähig und weiß Gott nicht auf den Mund gefallen. Aber jetzt versagt meine Stimme. Gedanken wirbeln wie ein Tornado durch sämtliche Windungen meines Gehirns. Hier hat kein Maskenbildner Hand angelegt, ebenso wenig wurde das Foto retuschiert.

Innerhalb von Sekunden scanne ich mein Gegenüber. Frau Pellegrino ist einen Kopf kleiner als ich und zierlich. Ihr Teint, der keine Poren zu kennen scheint, ist dezent geschminkt. Ihre Augen sind dunkelbraun, das tiefschwarze lange Haar umrahmt in Wellen ihr zartes Gesicht.

Genau *der* Typ Frau weckt in jedem Mann den Beschützerinstinkt, der ihn wieder zum Neandertaler macht. Um solche Frauen kämpfen Männer, und es ist ihnen eine Ehre, dabei elendig zu sterben.

Paul berührt meinen Arm. »Karo, könntest du vielleicht ...«, er deutet auf meine Finger, »Frau Pellegrinos Hand wieder loslassen?«

»Oh, natürlich! Entschuldigung, ich wollte sie nicht behalten ...« Paul macht einen angesäuerten Eindruck, ihm scheint mein furztrockener Kalauer nicht gefallen zu haben.

Bruni erledigt das, wofür ich Minuten gebraucht habe, innerhalb von einer Sekunde. Sie hebt kurz den Finger und sagt einfach: »Hallo«.

Wir wechseln noch drei Worte, dann bittet Paul sie in sein Büro. Er stolpert über seine eigenen Füße. Bevor er die Tür schließt, dreht er sich um.

»Bringst du uns Kaffee und Gebäck, Karo? Und stellt bitte keine Telefonate durch, ich möchte mich ungestört mit Frau Pellegrino unterhalten.«

Eile mit Weile. Ich krame das Opernglas aus der Schublade und äffe Paul nach. »Wäwäwä ... ich möchte mich ungestört unterhalten ...« Ich zoome Maria heran, die von hinten genauso gut ausschaut wie von vorne.

»Ich wette, die hat schon um 6 Uhr beim ›Barbier von Sevilla‹ gesessen. So eine Frisur kriegt man doch im Leben nicht alleine hin!«

»Verärgere Paul nicht, Karo. Das wird ihm nicht gefallen.« Bruni nimmt mir mein Spähinstrument weg.

Ich stehe langsam auf, gieße den extrem starken Kaffee in zwei Tassen, werfe mit Schmackes Gebäck in eine Schale, sodass einige Kekse zerbrechen, und drapiere alles auf ein Tablett.

Mit dem Ellenbogen öffne ich die Glastür.

»... wenn Sie Fragen haben, fragen Sie. Das ist mir lieber, als ...«

»Der Kaffee ist fertig«, unterbreche ich melodisch das Gespräch. Beide nicken mir zu, als wäre ich die Saftschubse einer Fluggesellschaft.

»Natürlich. Darin sehe ich kein Problem ...«

»Mit Frau Piefke habe ich es stets so gehalten ... Ach, Karo, bringst du bitte auch Mineralwasser?«

»Natürlich ... Darin sehe ich kein Problem. Tomatensaft gibt es gratis dazu, und wenn ihr Schwimmwesten benötigt, die befinden sich unter euren Sitzen.« Ich mache die typische Handbewegung einer Stewardess und grinse Paul frech an. Wieder fährt seine Hand Richtung Ohrläppchen. Er schüttelt unmerklich den Kopf. Ihm scheint mein Verhalten peinlich zu sein.

Bruni, die meinen Spruch mitbekommen hat, summt schmunzelnd Reinhard Meys *Über den Wolken*: »... alle Ängste, alle Sorgen, sagt man ...«

Nach geschlagenen zwei Stunden kaspern Frau Pellegrino und Paul noch immer herum. Das ›fleißige Mädchen‹ war, auch nach der vierten Tasse Kaffee und diversen Gläsern Blubberwasser, nicht *einmal* pinkeln! Pauls Blase ist eindeutig schwächer. Nach einem Toilettengang raunt er uns zu, dass ihn sein Bauchgefühl nicht getäuscht habe und sie auf jeden Fall alle Chancen der Welt bekäme.

Nach einer weiteren Stunde steht ihr Stuhl neben dem von Paul, beide starren so gebannt auf den Monitor, als würden sie in einem Wimmelbild Schmetterlinge, kleine Schrauben und Federn suchen.

»Komm, wir gehen futtern. Du brauchst Tapetenwechsel.«

Bruni ist natürlich nicht entgangen, dass ich die beiden ständig beobachtete, während sie arbeitete.

»Ähm ... ich bin irgendwie gar nicht hungrig. Geh du ruhig, ich bleibe hier.«

»Ha, ha, ha. Karo, wenn du ein Mittagessen ausfallen lässt, hat das tiefer liegende Gründe. Ich tippe mal auf … Eifersucht? Du lässt die beiden keine Sekunde aus den Augen. Benimm dich nicht so albern! Paul ist nicht *der* Typ Mann, der jedem Weiberrock hinterherrennt.«

Ich lache spitz auf. »Wie schön, dass du *meinen* Mann so gut kennst, Bruni. Ich bin mir da nicht so sicher.«

Sie zieht mich hoch. »Schluss damit. Du kommst mit.«

Mir hat es regelrecht den Appetit verhagelt.

Ich löffele einen Joghurt, während sich meine Kolleginnen über die Erbsensuppe samt Bockwurst hermachen.

Bruni setzt an, um die Neuigkeit zu verkünden, Heike winkt ab. »Wir wissen schon Bescheid. Ihr braucht gar nicht mehr viel zu sagen. Kurt hat das Lauffeuer angefacht. Sämtliche Kerle aus der Büroetage brennen darauf, der Pellegrino zu begegnen.«

»Ist denn schon sicher, dass Geigenpaul sie einstellt?« Ulrike schaut abwechselnd Bruni und mich an.

Meine Stimme kiekst, als ich antworte. »Ja, Paul will es mit Pelle versuchen.«

Alle lachen über den Spitznamen, den ich der Neuen verpasst habe.

Heike schmatzt. »Bietet der *bloß* keinen Platz an unserem Tisch an. Wir sollten unter uns bleiben.«

Ich reagiere fuchsig. »Hör auf zu schmatzen, Heike … Meinst du etwa, wir sind doof? Das versteht sich doch von selbst.«

Noch während die Mädels essen, erhebe ich mich. »Seid mir nicht böse, ich habe tierische Kopfschmerzen. Ich bin dann mal weg.«

Im Vorbeigehen entsorge ich den Joghurtbecher und werfe den kleinen Löffel in den Korb für schmutziges Besteck. Dann eile ich im Laufschritt den langen Flur entlang. Vor der Bürotür stoppe ich, betrachte interessiert das Schlüsselloch und denke einen Moment nach. Schon als Kind war ich meinen Freundinnen und Freunden weit voraus, weil ich durch heimliches Spähen durch diverse ›Löcher‹ in diversen Türen die Lügen der Erwachsenen entlarvte. Von wegen Christkind! Das kleine Wesen mit dem flinken Flügelschlag existierte gar nicht. Mama und Papa haben den Weihnachtsbaum geschmückt und die Geschenke unter den Baum gelegt. Und viele Tage vor meinem Geburtstag wusste ich, ob ich genau *das* bekam, was ich mir wünschte, was Gott sei Dank immer der Fall war.

Ich vergewissere mich mit einem Blick nach rechts und links, ob die Luft rein ist, dann beuge ich mich hinunter und spähe durch das Loch, in dem kein Schlüssel steckt.

Die Pellegrino habe ich voll im Visier, eine Zacke des Schließzylinders verhindert jedoch, dass ich Paul sehen kann. Ich könnte in den nächsten Tagen mit einer Nagelfeile versuchen, dieses kleine Metallteil wegzufeilen, damit ich künftig heimlich einen Blick auf den Chef und seine neue Mitarbeiterin werfen kann. Man kann ja nie wissen.

In dem Moment, als ich mich aufrichten will, rempelt mich jemand so derbe an, dass meine Nasenspitze mit voller Wucht gegen die Türklinke knallt. Knorpel knirscht.

»Aua!« Ich schnelle wie von der Tarantel gestochen hoch und drehe mich um. Gleichzeitig reibe ich meine lädierte Nasenspitze. Eine Reinemachefrau in blauem Kittel und Gummihandschuhen trägt einen so großen Stapel Handtücher vor sich her, dass ihr fast die Sicht versperrt ist.

Ich gifte sie an. »Mensch! Sind Sie bescheuert?«

Erschrockene Augen blinzeln mich über den Rand des Frottee-Turmes an. »Oh. Entschuldigung. Ich habe Sie nicht gesehen … Ich konnte doch nicht ahnen …«

Ich halte mein Näschen und winke sie durch. »Schon gut, es war meine Schuld.«

Jetzt brauche ich einen kühlen Lappen.

Bruni kommt aus der Mittagspause; sie lacht sich natürlich ins Fäustchen, als ich ihr von dem Zusammenprall mit der Türklinke berichte.

»Das war ein Wink mit dem Zaunpfahl, Karo. Du sollst Paul nicht hinterherspionieren. Das sieht der liebe Gott *gar* nicht gerne.« Ihr Zeigefinger wedelt in der Luft. Sie beugt sich nach vorne und starrt auf mein Riechorgan. »Sieht alles normal aus … keine Schwellung.«

Ein Blick in den Taschenspiegel zeigt, dass Bruni nicht flunkert.

Paul und Maria verlassen kurz darauf das Büro, ein Rundgang im Betrieb steht an. Spätestens jetzt weiß ich, dass er von den Fähigkeiten der schönen Pelle überzeugt ist.

Kurz vor Büroschluss ruft Brunis Cousine Simone an, die wir wegen ihrer Größe von einhundertsechsundneunzig Zentimetern auch gerne mal Leuchtturm nennen. Sie erzählt glücklich, dass sie und Willi heute beim Gynäkologen waren und alles bestens in Ordnung sei. Sie bittet uns, nichts zu essen, bevor wir heute Abend zur Handarbeitsstunde kommen, sie wolle für uns kochen.

Klar! Heute ist Dienstag! Den wöchentlichen Strick- und Häkelabend hätte ich wegen der dünnen Pelle fast vergessen. Bruni gibt zu, dass sie ebenfalls nicht daran gedacht hat.

Vroni hat mir, als unsere Familien gemeinsam das Weihnachtsfest in den Bergen verbrachten, geduldig beigebracht, wie man Socken strickt und Mützen häkelt. Während draußen bei klirrender Kälte die Schneeflocken tanzten, haben wir auf der Bank des warmen Kachelofens gesessen und die Nadeln klappern lassen.

Momentan bin ich dabei, mein Wissen in puncto Babysockenstricken an Bruni und Simone weiterzugeben.

Kurz vor meinem Elternhaus kommt mir Conny in mäßigem Tempo entgegengejoggt. Sie trägt Leggins, darüber ein weites Oberteil. Ich kann mich nicht daran erinnern, dass meine Schwester sich innerhalb der letzten zehn Jahre so schnell bewegt hat.

Ich kurbele die Scheibe hinunter und halte an. Conny trippelt auf der Stelle, sie keucht ein wenig.

»Die neuen Schuhe müssen eingelaufen werden. Die Mädchen machen mit Opa im Garten ein Picknick. Mama, Papa und Gundula sind einkaufen. Lebensmittel, wegen Gundulas Geburtstag übermorgen.«

Ich nicke. »Dann lauf mal schön weiter, Schwesterherz. Viel Spaß.« Ich gebe Gas und fahre die letzten Meter bis zu meinem Elternhaus.

Opa Heini hat es sich mit den Zwillingen auf einer großen Decke unter dem Apfelbaum gemütlich gemacht. Er rutscht beiseite und klopft einladend auf den freien Platz.

»Setz dich, Karo.«

Hanni und Nanni robben zu mir herüber, beide umarmen mich.

»Wir unterhalten uns schön … nicht wahr, Opapa? Willst du dich mit unterhalten?«

Ich quetsche mich neben Opa Heini, lege kurz meinen Kopf auf seine Schulter und atme den vertrauten Duft seiner Haut ein.

»Ja klar. Nette Gespräche sind immer gut. Früher hat Opa mit eurer Mama und mir auch immer ein Picknick unter diesem Baum gemacht. Das fanden wir ganz toll.«

Amüsiert registriere ich, dass genau wie in unserer Kinderzeit Salzstangen, Limonade, geschälte Äpfel und verschiedene Süßigkeiten in kleinen Schälchen auf schmutzige Kinderhände warten.

Nanni stapelt etliche Zwanzig-Cent-Stücke, Hanni macht es ihr nach.

»So. Wo waren wir stehen geblieben?« Opa Heini kratzt sich am Kopf.

Hanni setzt sich in den Schneidersitz und pickt mit zwei Fingern nur rote Gummibärchen aus der Schüssel. »Ähhh … ich wollte erzählen, welche Ohrringe Mama von Oma Fine haben will, wenn du mal tot bist.«

Ich gieße Opa Kaffee nach und nehme einen Schluck aus seiner Tasse.

»Ah … ja. Genau. Wenn du willst, erzähle mal weiter …« Er grinst mich an, ich werfe ihm einen fragenden Blick zu.

»Die langen Goldenen mit den Diamanten. Mama hat gesagt, dass *du* …« Jetzt kichert sie albern. Ihr Finger zeigt auf mich. »… nur die ollen Perlenohrringe haben darfst. Paul soll dir gefälligst selbst welche mit Diamanten kaufen.«

Opa Heini schiebt Hanni zwanzig Cent zu, sie legt die Münze auf den Stapel.

Jetzt kapiere ich, was hier abgeht. Ich fasse es nicht! Opa fragt die Zwillinge aus und belohnt die Plappermäuler mit Geld.

Nanni überlegt krampfhaft, womit sie punkten kann. Sie schielt auf die vielen Geldstücke, die noch vor Opa liegen. »Papa hat gesagt, du wärst ein Trottel, wenn du Gundula heiraten würdest.«

»Hm. Warum das denn?« Opa schiebt das Geld ein kleines Stück in Richtung seiner gesprächigen Urenkelin.

»Na, weil dann Gundula alles Geld von dir kriegt, wenn du gestorben bist. Die hat doch selbst genug und braucht es nicht.«

Nanni greift nach dem Geld. »Wenn du nicht heiratest, kriegen es nämlich Opa und Oma, und die geben es Mama und Papa.«

Und wieder wächst der Geldstapel.

Hanni wird wütend. Erst schlägt sie nach ihrer Schwester, dann hält sie Nanni den Mund zu. »*Ich* will jetzt erzählen! … Jaha, Mama und Papa kriegen es, weil Paul ein reicher Sack ist, der selber genug hat!« Sie sieht mich mit altklugem Gesichtsausdruck an. »Ihr habt nämlich die *rieesengroße* Villa und sogar ein Schwimmbad.« Sie breitet die Arme aus. Dann sagt sie: »Pah. Was meinst du, was das kostet.«

Ich presse meine Lippen zusammen und nicke ernsthaft. »Ja, da hast du recht, Hanni. Das alles kostet wirklich sehr, sehr viel Geld.«

Ich könnte mich vor Lachen im Dreck suhlen. Wie dämlich sind Conny und Anton eigentlich, sich über derartige Dinge im Beisein der Mädels zu unterhalten, die wissbegierig alles aufsaugen.

»Na, schau mal. Hier hast du noch ein bisschen Geld. Nun bist du auch ein klein wenig reicher.« Opa zeigt sich wieder großzügig.

Nanni fällt noch etwas ein. »Und so geizig brauchst du auch nicht zu sein, Opapa. Du hättest Mama ruhig ein paar Scheine für ihr neues Auto dazugeben können. Und wehe, wenn du Gundula ein neues Auto zum Geburtstag schenkst.« Ihr Zeigefinger macht Drohgebärden. »Dann ist aber was los!«

Opa verteilt noch eine Runde Geld, die Kinder grapschen gierig danach und springen auf. »Wir laufen eben zum Kiosk.«

Opa Heini nickt und summt eine Melodie. Dann rafft er die restlichen Münzen zusammen, stopft sie in seine Hosentasche und steht auf. »Los, komm mit, wir gehen in den Wintergarten. Jetzt weiß ich wenigstens, auf welche Erbstücke Conny scharf ist. Bevor du gekommen bist, habe ich schon Etliches in Erfahrung bringen können!«

»Mensch Opa, ich weiß nicht, ob das so eine gute Idee ist, die Kinder mit Geld zu bestechen, um sie auszufragen.« Ich greife nach der Kaffeekanne und Tasse, um sie mitzunehmen.

»Mach dir keine Gedanken, Karo. Ich habe nur nachgehakt, erzählt haben die von alleine. Hast du doch mitbekommen. Ich habe den beiden lediglich immer wenn sie etwas ausgeplappert haben Geld zugeschoben.«

Opa Heini biegt sich den Nagel wieder so zurecht, dass er ihn über Eck in die Wand schlagen kann.

»Tja. Das mit dem Zuschieben des Geldes ist so eine Art … ›Clickertraining‹, das man mit Tieren macht, wenn man ihr Verhalten steuern will. Der Unterschied ist nur der: Tiere bekommen Leckerli und Kinder Geld.«

Ich schmunzele. »Du spionierst clever, Opa. Sehr clever.«

Wir setzen uns im Wintergarten auf die gewohnten Plätze. Opa gähnt ausgiebig, er verschränkt die Arme hinter dem Kopf.

»Oberstes Gebot bei Spionageaktionen ist: Sie müssen zufällig aussehen und … man darf sich bei allem, was man anstellt, nicht erwischen lassen.« Dann kichert er. »Von mir könnte der Grünschnabel Obama noch was lernen.«

Mir fallen das Türschloss und meine Mini-Spionageaktion im Büro ein. Diese Aktion war mehr als laienhaft. Ich kann von Glück reden, dass ich keinen Nasenbeinbruch erlitten habe.

Als ich mich von Opa Heini verabschieden will, kommt Conny angehechelt. Sie geht schnappatmend in die Knie.

»Boah. Habe ich Seitenstiche!«

Ich klopfe ihr auf den Rücken. »Lass es langsam angehen, Schwester. Rom ist auch nicht in einem Tag erbaut worden.«

Opa lacht und bringt mich zu meinem alten Corsa.

Ich freue mich, gleich Simone und Willi zu sehen. Simone ist nicht die Hellste. Dafür ist sie umso liebenswerter, eine Seele von Mensch. Willi gehört zu den zierlich gebauten Männern, er reicht Simone bis zu den Schultern. Er ist der Sohn eines reichen Fabrikanten, der Yachten baut. Das ungleiche Paar hat sich im letzten Jahr kennengelernt.

Im Hausflur vor Simones und Willis Penthouse-Wohnung riecht es verbrannt.

Willi öffnet die Tür, er wedelt mit einem Handtuch und kämpft gegen Rauchschwaden. Es gibt keine Umarmung, sondern die Aufforderung: »Lauf direkt durch auf die Terrasse, sonst droht Erstickungsgefahr für Mutter und Kind.«

Ich drücke meinen Arm vor die Nase, halte die Luft an und husche durch.

Bruni und Simone stehen an der Brüstung der riesengroßen Dachterrasse. Hinter mir höre ich, dass Willi sämtliche Fenster aufreißt.

»Was ist passiert?« Ich ziehe die hochgewachsene Simone am T-Shirt zu mir herunter, damit ich ihr einen Schmatzer geben kann.

Bruni zieht eine Grimasse. »Hallo? Essen kochen ... Bude verqualmt? Da müsstest du von alleine drauf kommen.«

Simone stampft mit dem Fuß auf. »Menno, ich hatte Gänsekeulen im Backofen. Sie waren fast fertig. Ich habe den Grill angestellt, damit die Haut kross wird. Dann habe ich mich hier auf die Liege gelegt und bin eingeschlafen. Wenn Willi vorhin nicht gekommen wäre, würde ich wahrscheinlich noch immer pennen ... und die Wohnung würde brennen.«

»Du bist so was von dämlich, Cousinchen.« Bruni nimmt kein Blatt vor den Mund.

Ich streichele Simones Arm. »Mach dir nichts draus, so etwas kann doch jedem passieren.«

Mich ärgert es, dass Bruni Simone manchmal so angiftet.

Willi streckt seinen Kopf aus dem Küchenfenster. »Was haltet ihr davon, wenn ich euch ein Essen spendiere. Setzt euch in ein schönes Restaurant. Bis Simone heimkommt, sind die Räume gelüftet und der Backofen sauber.«

Diese Idee finden wir super und bedanken uns beim edlen Spender. Wir sind uns einig, dass auswärts schlemmen noch unterhaltsamer ist als stricken.

Ich schlage vor, dass wir alle mit meinem Auto fahren.

Bruni krabbelt auf den Rücksitz, Simone lässt sich auf den Beifahrersitz fallen. Sie wuchtet den Sitz zurück, damit ihre langen Beine im Fußraum Platz finden. Sie flucht. »So ein Mist, ich könnte mich ohrfeigen … die schönen Gänsekeulen!«

Ich tätschele ihren Kopf. »Denk nicht mehr dran. Wir kriegen den Abend schon gemütlich rum. Fahren wir zum Italiener *Da Franco*?« Ich drehe mich zu Bruni um.

»Das hört sich wunderbar an. Gib Gas.«

Die Mädels schnallen sich an, ich fahre los.

Wir haben Glück, dass wir noch einen Tisch in dem italienischen Restaurant bekommen. Das Essen ist so gut, dass Gourmets sich hier die Klinke in die Hand geben.

Ein freundlicher Kellner überreicht uns schwungvoll mit einem »Buona sera, belle donne«, die Speisekarten; wir bestellen Apfelschorle.

Simone setzt ihre Brille auf. »Also … ich nehme … ne. Doch nicht.« Ihr Zeigefinger rutscht auf jeder Seite auf und ab. »Wartet mal … Ich möchte … ne. *Bloß* nicht! Igitt.«

Ich klappe die Karte zu. »Keine Frage. Mein Favorit sind Scampi mit viel Knoblauch und Rosmarinkartoffeln.«

Bruni schließt sich an.

Wir beobachten amüsiert, wie Simone unentschlossen mit den Geschmacksnerven kämpft. Sie blättert um.

Nach einer Weile kneift Bruni die Augen zusammen. »Jetzt entscheide dich endlich, Leuchtturm, irgendetwas wird doch auch für dich dabei sein. Vor Hunger kollabiere ich gleich.«

Der Ober kommt, Bruni und ich geben unsere Bestellung auf. Kurzentschlossen schließt Simone die Augen und tippt auf ein Gericht.

»Ich nehme … das da.«

Die Bedienung schmunzelt über die Art und Weise, wie sie bestellt.

Bruni und ich atmen erleichtert auf.

Während wir auf das Essen warten, plappern wir in einer Tour und zeigen uns gegenseitig die Ultraschallbilder unserer geliebten kleinen ›Untermieter‹.

Simone bekommt feuchte Augen. »Willi und ich freuen uns so sehr auf das Kind, wir können den Geburtstermin kaum erwarten. Doof, dass es noch so lange dauert.«

»Nun … bis ein kleiner Leuchtturm gebaut ist … das braucht halt Zeit.« Bruni veräppelt Simone wieder. »Bei dir müssten aus diesem Grund die Wehen *eigentlich* erst drei Monate später einsetzen.«

»Ne. Eben nicht! Unser Kind kommt nach Willi, es wird klein und zierlich sein. Es wird ein niedliches Mädchen mit schwarzen Haaren.«

»Ha, ha, ha. Ich glaube, du verwechselst da etwas. Deine Gebärmutter ist kein Restaurant, in dem du bestellen kannst. Was serviert wird, bestimmst nicht du.«

Simone lehnt sich beleidigt zurück und putzt ihre Brille. Sie brummelt: »Kann ich wohl.«

»Ich kann mir gar nicht vorstellen, wie unser Baby aussehen wird. Hach, ist das alles aufregend!«

»Stimmt, Bruni. Auch wir sind gespannt, welche Gene sich durchsetzen. Aber grundsätzlich gilt: Hauptsache gesund.«

Wir wechseln das Thema und berichten das Neueste aus dem Büro. Dass Frau Tietjen dem Stress nicht gewachsen war und von unserem Plan, für Paul ein ›altes Mädchen‹ auszusuchen, was letztendlich gründlich in die Hose gegangen ist.

Simone findet das total witzig.

Dann wird das Essen serviert, wir genießen es in vollen Zügen. Bruni und ich lutschen geräuschvoll an den Schalen der köstlichen Ex-Meeresbewohner, Simone genießt ein speckummanteltes Filet.

Nach dem Essen gönnen wir uns noch eine heiße Schokolade, stoßen an und sprechen einen Toast auf Willi aus. Dann gibt Simone dem Ober ein Zeichen. Sie hält sich dezent die Hand vor den Mund, als sie ein Bäuerchen macht.

Der Kellner bringt ein kleines Tablett mit drei Grappas, die wir dankend ablehnen.

Als er sich erkundigt, ob uns die Meeresfrüchte und Simone das Kaninchenfilet gemundet haben, nicken wir und lassen dem Koch einen Gruß ausrichten.

Erst als der freundliche Südländer zurück zur Vorspeisentheke geht, fällt bei Simone der Groschen.

»Ich habe *was* gegessen? *Kaninchen*? Einen niedlichen Mümmelmann, den sie nur totgemacht haben, damit ich satt werde?«

Dann hält sie sich eine Hand vor den Mund, die andere greift nach ihrer Handtasche. Sie springt so schnell auf, dass der Stuhl mit einem lauten Knall gegen die Wand hinter ihr fliegt. Sie rennt in Richtung der Tür, auf die zwei große Nullen gemalt sind.

»Jetzt bin ich aber mal gespannt, wer schneller ist. Simone oder der kleine ›Klopfer‹.« Bruni sieht ihr lachend hinterher.

Ich löffele den Rest Kakao aus der Tasse. »Ich wette, der Hase gewinnt. Die können verdammt schnell sein.«

Bruni lacht sich schlapp.

Nach etlichen Minuten kommt Simone zurück, an ihrem Mundwinkel klebt Zahnpasta. Da sie häufiger unter Schwangerschaftsübelkeit leidet, hat sie immer und überall Zahnputzzeug dabei. Man sieht ihr an, dass ihr schlecht ist, sie ist ganz blass.

»Nix wie weg hier.« Sie läuft an uns vorbei; wir parieren sofort und folgen ihr.

Im Auto kurbelt sie die Fensterscheibe hinunter und atmet tief durch. »Ich glaube, heute ist nicht mein Tag.« Sie hustet und würgt erneut.

»*Simone*, halt den Kopf aus dem Fenster! Kotz mir bloß nicht die Sitze voll!« Sie gehorcht. Ich klopfe aufs Lenkrad, dann starte ich das Auto. »So. Ab nach Hause, heia machen, morgen ist alles wieder gut.«

Während der gesamten Rückfahrt hält Simone den Kopf aus dem Seitenfenster, was ihr wegen ihrer Länge hervorragend gelingt. Ab und an gibt sie Geräusche von sich, die meine Lachmuskeln reizen. Im Rückspiegel sehe ich, dass Bruni sich eine Hand auf den Mund presst; ihr Gackern ist nicht zu überhören.

6. Vom neuen Besen und dicken Titties

Wie heißt es so schön: Neue Besen kehren gut. Die Pelle ist ein neuer ›Besen‹ und fegt in einer Tour zwischen ihrem Büro und Pauls Arbeitszimmer hin und her. Dabei kritzelt sie mit einem Kugelschreiber ständig irgendetwas auf ein Klemmbrett, welches auf ihrem Unterarm liegt, oder telefoniert mit ihrem Handy.

Jetzt huscht sie leichtfüßig an uns vorbei und reißt das Fenster in ihrem Büro weit auf. Anschließend läuft sie zurück und wir hören, dass sie in Pauls Arbeitszimmer die Fensterflügel öffnet. Nach einem Knall klirrt es. Sie hat mit Sicherheit die Kristallvase übersehen, die ganz links auf der Fensterbank steht bzw. stand. Sekunden später taucht nur ihr Kopf hinter dem Türrahmen auf.

»Haben wir Handfeger und Kehrschaufel im Büro, Frau Geiger?«

Ich deute mit einem Kugelschreiber auf einen kleinen Schrank, der in der Ecke steht. Als sie nach den Utensilien greift, registriere ich, dass sie heute *noch* besser aussieht als gestern. Das dunkelblaue, knielange Kleid schmiegt sich an ihren Körper, es ist schlicht und edel. Brave, unaufdringliche Eleganz ohne Schnickschnack. Die Ballerinas passen sehr gut zu dem Outfit. Ihre Haare sind am Oberkopf geflochten und im Nacken zu einem Knoten gebunden.

Bruni beugt sich vor und flüstert: »Boah, die hat vielleicht Hummeln im Hintern ...«

Ich verdrehe die Augen. »Hummeln? Die hat ein ganzes Geschwader Hornissen im Popo.«

Schon ist sie wieder da. Kehrschaufel und Handfeger werden sorgfältig zurückgelegt, sie wäscht sich die Hände und verlässt das Büro.

Bruni lässt sich nach hinten fallen und sagt: »Puh!«

Ich rolle mit den Augen. »Jung … dynamisch … talentiert … flott … ehrgeizig … flexibel … überstundengeil …« Nach jedem Adjektiv knallt meine Hand auf den Schreibtisch. »Was hat der liebe Gott sich bloß *dabei* gedacht!«

Bruni setzt zum Reden an, schluckt die Antwort jedoch herunter, denn Paul kommt beschwingt, mit federnden Schritten, hereingestürmt. Statt mir den üblichen Begrüßungskuss zu geben, sieht er sich um.

»Hallo, Bruni. Hallo, Möhrchen. Nanu? Wo ist denn Frau Pellegrino?«

Ich halte Paul die Wange hin, er pariert sofort. Seine Lippen hauchen einen Kuss darauf. Ich zucke mit den Schultern. »Keine Ahnung. Vielleicht Pipi machen …?«

Paul freut sich über die schöne Luft in seinem Arbeitszimmer. »Mmh. Wie herrlich es duftet!«

»Frau Pellegrino hat deine Vase kaputt gemacht«, petze ich laut. Bruni kichert.

»Prima! Die konnte ich eh nicht leiden«, tönt es zurück. »Außerdem bringen Scherben Glück!«

»Dein Vater hat sie heiß und innig geliebt … Und Glück brauchst du keines mehr, du hast ja mich!«

Paul brummelt etwas zurück, das ich nicht verstehen kann.

Die Pelle kommt herein. Eine Sekunde später klärt sich auf, wo unser neuer ›Besen‹ war.

»Guten Morgen zusammen«, flötet sie fröhlich. »Ich war kurz in der Kantine.« Sie schiebt einen kleinen Rollwagen vor sich her, auf dem eine große Schüssel mit geschältem Obst liegt. Daneben stehen zwei Kannen mit Orangensaft.

Paul freut sich. »Ah. Da sind Sie ja, Frau Pellegrino. Guten Morgen.« Dann starrt er auf die geballte Ladung Vitamine.

»Kein Wunder, dass Sie so schlank sind. Ernähren Sie sich ausschließlich von Obst?« Seine Hände verschwinden in den Hosentaschen.

»Nein, nein«, beeilt sie sich zu sagen. »Das Obst ist für alle. Könnten wir uns vielleicht für einige Minuten in Ihrem Büro zusammensetzen? Ich würde gerne meine Ideensammlung vorstellen. Sie haben mir freie Hand gelassen, was kleine Veränderungen angeht, Herr Geiger. Ich habe mir einige Gedanken gemacht.«

»Klar.« Paul macht eine einladende Geste und winkt uns durch.

Widerwillig stehen Bruni und ich auf. Wir folgen beiden und fläzen uns auf die Ledercouch. Ich setze die Maske der Gleichgültigkeit auf. Soll sie reden, ich werde eh machen, was *ich* will.

Maria sitzt kerzengerade auf einem Stuhl.

»So.« Sie nimmt ihr Klemmbrett zu Hilfe. »Zuerst sollten wir überlegen, wie wir die körperliche Energie am Arbeitsplatz erhalten: Wir kennen es alle, dass uns, besonders nach dem Mittagessen, ein Leistungstief erwischt. Schuld daran sind stark schwankende Neurotransmitter wie Adrenalin … Die Konzentration unserer Hormone, wie Cortisol, schwankt ebenfalls.«

Die hat doch einen Klaps! Jetzt setze *ich* mich gerade hin. »Ähm. Entschuldigung … aber mein Mann heißt nicht Professor Brinkmann und wir sind hier nicht in der *Schwarzwaldklinik*, sondern in einer Firma, die Kaugummis produziert.«

Paul, der auf der Kante seines Schreibtischs sitzt, legt eine Hand vor den Mund, seine Augen lachen. Bruni hustet wieder einmal.

Die Gesundheitsexpertin lässt sich durch meinen Einwand nicht aus der Ruhe bringen, sie doziert weiter.

»Neurotransmitter und Hormone bestimmen also unseren Wachzustand. Unsere Konzentrationsfähigkeit hat einen Neunzig-Minuten-Rhythmus …«

Ich mache eine Faust und betrachte gelangweilt meinen Ehering. Bruni streift einen Schuh ab, beugt und streckt im Sekundentakt ihren dicken Zeh.

»… das ist also auch die maximale Dauer, die man im Durchschnitt am Schreibtisch verbringen sollte. Ich schlage daher vor, nach neunzig Minuten die Arbeit kurz zu unterbrechen, die Räume gut durchzulüften und einige kleine Gymnastikübungen zu machen.«

Paul zieht die Augenbrauen hoch. »Das ist ein guter Vorschlag. Also, wem danach ist, bitteschön. Ab und an durchzulüften ist auch eine gute Idee.«

Ich gähne. »*Vielen* Dank! Ohne mich. Ich brauche weder frische Luft noch Sport während der Arbeitszeit. Mir reicht es, wenn ich einige Male zur Toilette oder zum Futtern in die Kantine laufe.«

Bruni nickt eifrig. »Stimmt. Mir reicht das auch. Ich habe es eh immer im Rücken.«

»Ähm … Frau Keller, das wollte ich ohnehin ansprechen. Mir ist aufgefallen, dass Sie die Höhe Ihres Bürostuhls nicht richtig eingestellt haben. Das tut Ihrer Wirbelsäule nicht gut.«

Mir reicht es jetzt! Ich klatsche in die Hände. »Macht ohne mich weiter, ich muss mal dringend für ›kleine Mädchen‹ … Bruni kann mir später berichten, welche *tollen* Ideen demnächst in die Tat umgesetzt werden sollen.« Demonstrativ greife ich die *Hamburger Morgenpost*, die auf Pauls Schreibtisch liegt, und klemme sie mir unter den Arm.

Ich ignoriere Brunis wütenden Blick. Es ärgert sie wohl, dass ich mich so dreist aus der Besprechung mogele.

Bevor ich Richtung WC-Räume laufe, greife ich in die Obstschale. Birne! Lecker!

Nach zwanzigminütigem Studieren der neuesten Nachrichten aus aller Welt beschließe ich, meine Arbeit wieder aufzunehmen.

Die Sitzung ist, Gott sei Dank, beendet. Bruni klärt mich auf: »Wir haben uns geeinigt. Alle zwei Stunden durchlüften und zwischendurch Obst essen, damit der Blutzuckerspiegel nicht sinkt. Und meinen Schreibtischstuhl hat sie auch höher eingestellt.« Sie verzieht das Gesicht und verrenkt sich leicht. Ihre Hand sucht den Hebel der Hydraulik. Es zischt kurz. »Hach. So ist es besser. War voll unbequem.«

Das Thema, dass die Pelle eventuell gemeinsam mit uns an einem Tisch in der Kantine sitzen möchte, erledigt sich von selbst. Sie erklärt uns vor der Pause, dass sie nach uns Essen gehen wird. Für den Fall, dass der Chef etwas bräuchte. Ich könnte ausrasten! Das wird Paul gefallen. Gundula hat es ebenso gehalten.

Kaum dass wir in der Kantine am Tisch sitzen, posaunen wir heraus, was die Pelle sich alles hat einfallen lassen. Ulrike fallen fast die Augen aus dem Kopf.

»Dass die Neue so frischen Wind in die Firma bringt, hätte ich nicht gedacht.«

Heike winkt ab. »Macht euch nicht in die Hosen. Sie wird von Ehrgeiz getrieben sein, alles perfekt zu managen. Das wird sich mit der Zeit legen.«

Nach einigen Lästerattacken über den neuen ›Besen‹ und dem Kampf mit einem zähen Schnitzel fragt Ulrike, ob wir Samstagnacht die ›Aktion Friedhof‹ starten können. Holger sei gestern Abend *wieder* unterwegs gewesen. Alle stimmen sofort zu. Meine Ohren schalten auf Durchzug. Bruni tritt unter dem Tisch nach mir.

»Aua! *Ja* doch. Von mir aus.« Ich seufze und reibe meinen Fußknöchel, denn Bruni hat voll zugetreten.

»Habt ihr etwas dagegen, wenn ich meine Cousine Simone frage, ob sie mitkommt? Die ist riesengroß und kann vor dem Friedhof Schmiere stehen. Die hat den totalen Überblick.«

Ulrike strahlt. »Nein. Ganz im Gegenteil. Je mehr wir sind, desto besser ist es.«

Erst als wir unsere Teller zusammenräumen, kommt der fiese Dröpjes mit seinem Tablett angelaufen. Er bleibt neben unserem Tisch stehen und lacht so breit, dass ich erkennen kann, wo seine Zahnreihen enden.

»Grüß Sie, Frau Geiger. Ich war gerade bei Ihrem Mann. Er hat mir Frau Pellegrino vorgestellt. Gestern habe ich sie nur flüchtig gesehen. Was für eine tolle Frau!« Er lässt seine Zunge so lange über die Lippen gleiten, bis sie ekelig nass sind. »Ich kann mir vorstellen, dass sie im … Be … ähm … Büro eine Granate ist. Ihr Mann ist ein Glückspilz.«

Da ich noch immer sitze, habe ich seinen Hosenschlitz direkt vor Augen. »Oops, Herr Dröpjes! Und danach sind Sie wohl flott aufs Klo gerannt und haben sich vor Freude in die Hosen statt ins Becken gepinkelt, was?« Mein Zeigefinger zeigt auf den Stoff neben seinem Reißverschluss, der tatsächlich dunkle, nasse Flecken hat.

Ulrike prustet los. »Herr Dröpjes, Herr Dröpjes. *Erst* abschlackern, dann einpacken.«

»Kommt, Mädels, ich will gar nicht weiter spekulieren, womit sich Herr Dröpjes noch bekleckert haben könnte.«

Unser Prokurist zischt mich an. »Wenn Sie ein Mann wären, würde ich Ihnen jetzt eine reinhauen.«

Ich lache spitz auf. »Wenn *ich* ein Mann wäre, Herr Dröpjes, wären Sie längst … einen Kopf kürzer.«

Kurz vor Büroschluss sagt Paul überraschend, dass er mich gleich zum Einkaufen begleiten wird. Ich hatte ihm heute früh erzählt, dass ich ein Geschenk für Gundula einkaufen werde. Ich falle ihm um den Hals. Es kommt so selten vor, dass Paul rechtzeitig den Füller fallen lässt; ich freue mich auf den gemeinsamen Einkaufsbummel.

Wir beschließen, mein Auto nach Dienstschluss in der Tiefgarage stehen zu lassen, um gemeinsam in die Stadt zu fahren. Morgen früh wird mich Paul mitnehmen.

Ich dirigiere meinen Mann zielstrebig durch den dichten Verkehr in die Boutique *Mutz*, von der ich weiß, dass Gundula dort sehr gerne einkauft. Sie hat schon oft von der edlen Kleidung geschwärmt, die Frau Mutz im Sortiment hat.

Die Verkäuferin stolpert über ihre eigenen Füße, als wir den exklusiven Laden betreten. Sie trägt schwarze Lack-High-Heels, in denen sie augenscheinlich nicht gut laufen kann. Sie strahlt Paul an, während sie mit ihrem blonden Zopf spielt, der über ihrem linken prallen Busen hängt. Ich werde ignoriert. Sie stellt sich kurz als Frau Mutz, die Inhaberin der Boutique, vor.

»Wenn ich Ihnen helfen kann …?« Dabei wandert ihr Blick unverschämterweise unter Pauls Gürtellinie.

Ich räuspere mich. »Wir suchen ein Geschenk für Frau Piefke. Sie kauft ihre Garderobe …«

Sie unterbricht mich. »Ah. Frau Piefke! Sicher. Woran dachten Sie denn? Ich kann Ihnen versichern … Frau Piefke trägt sehr gerne Seidenblusen. Damit machen Sie nichts verkehrt.« Sie stöckelt zu einem Kleiderständer, auf dem unzählige hübsche Oberteile hängen. Ihre flinken Finger gehen sämtliche Kleiderbügel durch. Dann greift sie nach einer zartrosa Bluse, an deren Halsausschnitt eine große Schleife sitzt.

»Frau Piefke war vor wenigen Tagen hier. Diese Bluse gefiel ihr außerordentlich gut …« Ihre langen, rot lackierten Fingernägel fummeln das Preisschild aus dem Ärmel. »Einhundertsechzig Euro …« Dann hält sie das Kleidungsstück vor ihren Oberkörper, wiegt die Hüften hin und her und sucht erneut mit einem hinreißenden Augenaufschlag Blickkontakt zu Paul.

Mich ärgert die Dreistigkeit der dickbusigen Frau Mutz, mit Paul so unverschämt zu flirten, während ich danebenstehe. Wieder muss ich mich bemerkbar machen.

»Darf ich?« Ich lasse den Stoff durch meine Hand gleiten. Er fühlt sich toll an.

»Nun, das hier ist die Konfektionsgröße sechsunddreißig, ich trage normalerweise achtunddreißig. Ich schlüpfe dennoch kurz hinein, damit Sie eine Vorstellung haben, wie sie am Körper sitzt.« Sie verschwindet in eine der Umkleidekabinen.

Paul pfeift leise eine Melodie, während er Dessous, die nach Farben sortiert an einer Kleiderstange hängen, durchgeht.

Und schon ist Frau Mutz wieder da. Die oberen drei Knöpfe der Bluse sind geöffnet, die volle Pracht ihrer Brüste quillt aus dem Seidenstoff hervor. Sie legt die Hände auf die Hüften und stellt sich in Pose.

Ich lege einen Finger unter mein Kinn und wiege den Kopf hin und her. »Was meinst du, Paul?«

Paul hustet. »Ähm … hübsch, sehr hübsch.« Mit halb geöffnetem Mund starrt er auf die dicken Tittis der Modefachfrau.

Frau Mutz quittiert sein Verhalten wieder mit einem strahlenden Lächeln. Mit einer rasanten Kopfbewegung befördert sie ihren Zopf auf den Rücken.

»Hm. Ich denke, Gundula wird sie gut stehen. An diesem Körper … ich meine, mit dieser Oberweite, wirkt diese schöne Bluse … irgendwie billig. Was sagst du dazu Paul?«

»Ähm … nein …«, er schüttelt zerstreut den Kopf. »Ich meine … ja … doch.«

Ich ärgere mich über Pauls Verhalten. Ich weiß, dass er lügt. Als wenn ihn diese fetten Hupen nicht faszinierten! Gleichzeitig freue ich mich, dass ich es geschafft habe, dieser dusseligen Kuh das provozierende Lächeln aus dem Gesicht zu fegen. Jetzt schaut sie *mich* an, und das sehr giftig.

»Wir nehmen die Bluse. Packen Sie sie als Geschenk ein? Das wäre lieb.« Ich lasse meine Stimme betont freundlich klingen.

Wir warten an der Kasse, bis Frau Mutz kommt, und wählen als Verpackung einen schönen roten Karton.

Als Frau Mutz meine Scheckkarte annimmt, wirft sie einen Blick darauf, dann schiebt sie die Karte in das Lesegerät. »Möchten Sie Ihre Konfektionsgröße hinterlegen, Frau Geiger? Das ist ein Service unseres Hauses. Falls Ihr Mann mal nach etwas … Ausgefallenem sucht. In meinem Laden findet er bestimmt etwas Nettes.« Dann beugt sie sich über die kleine Ladentheke und scannt meine Figur. »Männer wissen in der Regel nicht, welche Kleidergrößen ihre Frauen tragen. Ob oben Größe vierundvierzig und untenherum sechsundvierzig … oder umgekehrt.«

Ich reiße dieser bescheuerten Kuh den Karton aus der Hand. Die spinnt ja wohl! Vierundvierzig! Sechsundvierzig! »Sehr freundlich, Frau Mutz. Dankeschön. Aber ich glaube nicht, dass mein Mann bei Ihnen etwas finden würde, was seinem Geschmack entspräche.«

»Oh, Frau Geiger, da täuschen Sie sich mal nicht. Nicht wahr, Herr Geiger?«

Paul antwortet nicht. Er kratzt sich verlegen das Kinn, als sie uns die Ladentür öffnet und mit einem freundlichen Kopfnicken verabschiedet.

Ich koche innerlich und baue Adrenalin ab, indem ich so schnell zum Parkplatz laufe, dass Paul alle Mühe hat, mir zu folgen.

Pauls Einladung zum Essen lehne ich ab, ich täusche Kopfschmerzen vor. Bilder rauschen an meinem inneren Auge vorbei. Wie oft mein Mann von anderen Frauen angehimmelt wird! Im Supermarkt, beim Spazierengehen ... Selbst Taxifahrerinnen schauen mehr in den Rückspiegel als auf die Straße, wenn wir uns gemeinsam chauffieren lassen. Vor der Schwangerschaft habe ich das zwar registriert, es störte mich jedoch nicht. Jetzt könnte ich Schreikrämpfe kriegen. Ich weiß, dass Connys Prognosen stimmen: Brüste so dick wie Wassermelonen, die, wenn Kasper oder Gretel sie leergetrunken hat, wie zwei nasse Lappen am Körper baumeln. Kein Wunder, dass Anton damals der Versuchung nicht widerstehen konnte, mit der drallen Blondine die Bettlaken zu zerwühlen.

7. Opa Heini hat den Plan

»Ach, was bist du schick, Karo!« Meine Mutter hält mich auf Armeslänge von sich. »Und die *Farbe*. Ein Hauch Orange. Göttlich.«

Ich genieße das Kompliment, denn ich habe mir wirklich viel Mühe gegeben, mich mit neuen Klamotten aufzubrezeln.

Paul klatscht in die Hände. »Na, wo ist denn die liebe Gundula?«

Opa Heini entschuldigt seine Lebensgefährtin – sie sei noch im Bad, ihre Haare richten. Wir setzen uns an den schön gedeckten Tisch.

Conny und Anton kommen mit vielen kleinen Päckchen und lautem »Hallo« um die Ecke. Hanni und Nanni trotten mit mürrischen Gesichtern hinterher. Conny erklärt bestens gelaunt, dass Ludmilla sich um Max und Moritz kümmere. Die Kleinen seien seit heute früh verschnupft. Sie freue sich auf einen gemütlichen Abend ohne die Kinder.

Mama mosert. »Ach Gott, wir haben uns so auf die Kleinen gefreut. Du lässt sie viel zu oft in der Obhut dieser Ludmilla. Wir vermissen die Rabauken.«

Conny überhört Mamas Vorwurf.

Und dann freut sich Gundula. Wir singen laut »Happy Birthday« und knuddeln sie ordentlich durch. Das Geburtstagskind hat Tränen in den Augen, als es nach und nach die hübsch verpackten Geschenke öffnet.

Die Seidenbluse aus dem Hause *Mutz* drückt sie glücklich an ihr Herz. »Die hätte ich fast gekauft. Aber nur fast … Sie war mir, ehrlich gesagt, zu teuer.« Sie bedankt sich verlegen und fügt hinzu, dass wir viel zu viel Geld für sie ausgegeben hätten.

Conny verzieht das Gesicht. »Quatsch, Gundula! Sei nicht so bescheiden. Paul hat genug Kohle. Ich wette, er setzt das Geschenk von der Steuer ab.«

Nanni rutscht auf ihrem Stuhl hin und her. »Genau! Paul ist ein Dukatenscheißer. Nicht wahr, Papa?«

Anton wird knallrot, der strenge Blick Richtung Nanni hilft nichts. Sie sitzt neben meinem Vater und weiß aus Erfahrung, dass in diesem Haus keine Klapse verteilt werden dürfen. Dreist zeigt sie Anton die Zunge.

Opa Heini und ich tauschen einen Blick, wir schmunzeln. Meine Mutter lenkt geschickt ab.

Sie fordert Gundula auf, weiter auszupacken.

Meine Eltern schenken ihr eine elegante Unterarmtasche, Trüffelpralinen und ein Brillenetui. Conny und Anton überraschen sie mit einer roten Geldbörse aus feinem Leder. Zusätzlich gibt es Parfüm von *Dolce & Gabbana*. Hanni und Nanni überreichen Gundula feierlich ein selbst gemaltes Bild, auf dem Opa Heini und Gundula zu sehen sind, die unter dem Apfelbaum im Garten in der Abendsonne sitzen. Gundula bedankt sich und versichert jedem, genau ihren Geschmack getroffen zu haben. Dann öffnet sie den Parfümflakon und schnuppert begeistert daran.

»Wie herrlich das duftet … Dankeschön!«

Wir stoßen mit Sekt beziehungsweise Orangensaft an. Dann verschwindet Opa Heini im Haus und kommt kurz darauf mit einer großen Rolle aus Pappe zurück, auf die er mit einem roten Filzstift viele kleine Herzen gemalt hat. Die überreicht er seiner Lebensgefährtin mit einer feierlichen Geste. Jedem von uns steht die Spannung ins Gesicht geschrieben.

»Endlich, Vater! Du hast uns wirklich zu lange auf die Folter gespannt.« Papa kratzt sich die Bartstoppeln und beäugt neugierig Opas Überraschung.

»Gundula, meine Liebe. Wenn mir früher jemand gesagt hätte, dass der Herbst … im übertragenen Sinne … noch so warme Tage hat, hätte ich es nicht für möglich gehalten.« Dann hebt er erneut das Sektglas. »Ich hoffe, mein Geschenk wird dir gefallen!«

»Ein Bild! Hab ich doch gesagt. Opa hat ein Bild gemalt!« Anton nimmt einen kräftigen Schluck aus seinem Sektglas.

Conny boxt Anton in die Rippen. »Halt doch mal die Klappe …«

Nun ist es mucksmäuschenstill. Gundula fummelt am Verschluss der Rolle und zieht etliche Bögen Millimeterpapier hervor, auf denen Grundrisszeichnungen zu erkennen sind.

»Baupläne? Sind das Baupläne, Heini?«

Jetzt kommt Opas Taschentuch zum Einsatz. Er wischt sich über die Augen. »Ja, meine liebe Gundula. Das sind Baupläne. Wir bauen unser eigenes Nest.«

Meine Mutter schlägt eine Hand vor den Mund. »Jesus im Himmel! Das glaube ich jetzt nicht, Vater. Du hast ein Grundstück gekauft? Ihr wollt bauen? Ihr wollt ausziehen?«

Mein Vater wird um Nuancen blasser. »Also, jetzt brauche ich einen Schnaps!«

Opa Heini lacht. »Bauen, ja. Ausziehen, nein. Wir bauen an! Und zwar hier. Auf diesem herrlichen Grundstück, an diesem schönen Haus. Ich will mich nicht beklagen … *aaber* die zwei Zimmer im Obergeschoss reichen uns vorne und hinten nicht.«

Die Hände meines Vaters zittern, als er nach der Schnapsflasche greift und die Hälfte seines kleinen Sektglases füllt.

»Ach, Hermann! Nimm doch ein Schnapsglas, wie sieht das denn aus?« Meine Mutter wischt sich ebenfalls über die Augen. Ich weiß, dass es keine Freudentränen sind, die sich darin gesammelt haben. Ich kenne sie. Sie ist verletzt, weil Opa sich über die Räumlichkeiten beklagt hat.

Hermann hört nicht, er leert das Glas in einem Zug. Die Gesichter meiner Eltern drücken mehr als Betroffenheit aus. Die Situation ist angespannt. Niemand weiß so recht, was er sagen soll.

Gundula bricht das Schweigen, schiebt Gläser beiseite und legt die Bauzeichnungen auf den Tisch. »Aber Heini, du hättest Hildegard und Hermann doch erst fragen müssen. Du kannst doch nicht einfach …«

»Papperlapapp! Wenn ich gefragt hätte, hätten sie mir den Anbau ausreden wollen. Es hätte Streit gegeben, es wäre Unruhe im Haus entstanden und am Ende hätten sie eh zugestimmt. Wozu also erst fragen und an der Front im Schlamm kriechen und scharfe Geschütze auffahren. Das nennt man Prozessbeschleunigung.« Er kichert.

Anton legt eine Hand vor die Augen. »Mensch, Opa. Hätte, hätte Fahrradkette.«

Opa Heini beugt sich kämpferisch vor. »Sei du bloß still, du Sprücheklopfer! Hättest du damals deine Frau nicht betrogen, hätte …«

Anton springt wütend auf. Er wedelt mit dem Zeigefinger vor Opas Nase und sucht nach Worten. »Also … also … jetzt reicht es mir. Wieso reitest du immer wieder darauf herum?«

Opa tippt sich empört auf die Brust. »*Ich* bin nicht geritten, Anton. *Ich* nicht!«

Paul greift ein. Seine Stimme übertönt die der Streithähne. »Na, dann lass uns doch mal deine Pläne in Ruhe anschauen, Opa.«

Meine Eltern rutschen unruhig auf den Stühlen hin und her.

Opa Heini hat das Ganze gründlich eingefädelt. Er weiß genau, dass meine Eltern Gundula die Geburtstagsfeier nicht verderben werden. Sie machen gute Miene zum bösen Spiel.

Mein Vater lacht gequält und nickt.

Opa setzt die Brille auf. »Also. Das ist alles ganz einfach und, vor allen Dingen, sehr gut durchdacht. Wir bauen hinter dem Haus einen Flachdachanbau mit eigenem Eingang. Drei Zimmer, Küche, Diele und Klosett. Insgesamt sechzig Quadratmeter. Die Genehmigung wird erteilt, das hat mir der Leiter des Bauamtes zugesichert. Aber die müsst ihr beantragen, denn *ihr* seid schließlich im Grundbuch eingetragen, und nicht ich. Ist ja euer Haus. Aber die Finanzierung übernehme ich selbstverständlich alleine. Mit der Hypothekenbank bin ich im Reinen. Drei Prozent Effektivzins, bei einer Laufzeit von zwanzig Jahren.«

Meine Mutter sagt »Aha«, der Adamsapfel meines Vaters rutscht auf und ab.

Opa doziert weiter: »Einen Keller benötigen wir nicht, euer Keller ist ja groß genug. Und eine Terrasse brauchen wir ebenfalls nicht, denn wir haben ja den gemütlichen Wintergarten.«

Und wieder lässt meine Mutter ein »Aha« verlauten, mein Vater beschränkt sich wieder nur aufs Schlucken.

»Die liebe Gundula und ich wohnen dann also ebenerdig, und ihr müsst uns in dreißig Jahren nicht in Rollstühlen die Treppe runterwuchten. Ihr habt es doch jetzt schon im Rücken!«

Conny prustet los. »Sag mal, Opa! In dreißig Jahren wärst du knapp über hundert Jahre alt.«

»Na und? Johannes Heesters hatte hundertundacht auf dem Buckel. Und der hat geraucht. Da könnt ihr bei mir noch locker fünf Jahre draufrechnen.«

»Na dann. Wo du doch alles so gut durchdacht hast … und wirklich hundertdreizehn Jahre alt werden willst.« Mein Vater drückt die Hand meiner Mutter. »Was meinst du, Hildegard?« Mama zuckt die Schultern und nickt. Ein gequältes Lächeln huscht über ihr Gesicht.

Die Situation entspannt sich, jetzt lachen alle.

Gundula springt auf, sie umarmt Opa Heini und drückt meine Eltern ganz herzlich, dann wird die jüngere Generation ebenfalls geknuddelt.

»Ich weiß gar nicht, was ich jetzt sagen soll … Ich danke euch allen von ganzem Herzen. Mein Gott, der Himmel meint es zu gut mit mir!«

»Und was machen wir dann mit den zwei leer stehenden Räumen im Obergeschoss?«

»Diese Frage, liebe Hildegard, ist schnell beantwortet. Ein Zimmer richtest du dir als Hobbyraum ein, das andere wird Hermanns Hobbyraum.«

Mein Vater gönnt sich noch ein Schnäpschen. »Aber wir haben doch gar keine Hobbys, Vater.«

Opa steht auf und macht eine knappe Kniebeuge. Anschließend entkorkt er zwei Sektflaschen. »Dann schafft euch welche an.« Er hebt das Glas. »Auf einen gemütlichen Abend. Morgen Nachmittag kommt Herr Wellenbrink, der Architekt, der die Pläne ins Reine gezeichnet hat. Die ›Aktion Heini‹ beginnt. Morgen früh kommt ein Gartenbaubetrieb. Zuerst muss der vermaledeite Apfelbaum weg, sonst haben wir zu wenig Licht im Wohnzimmer.«

Gläser klingen. Meine Eltern lassen sich erschöpft auf die Gartenstühle fallen. Sie sind regelrecht geplättet.

Opa Heini hat sich nicht lumpen lassen. Das warme Buffet, das er bei einem Partyservice bestellt hat, bietet alles, was das Herz begehrt. Wir greifen mit großem Appetit zu. Dann wird kräftig gefeiert.

Zwischen Sektchen hier und Schnäpschen da erzählt Paul, dass wir eine neue erste Kraft haben, weil Frau Tietjen dem Ganzen nicht gewachsen war. Gundula zeigt sich sehr interessiert und freut sich, als Paul ihr Frau Pellegrinos Bewerbungsunterlagen zeigt. Gundula ist von ihrer Ausbildung und ihrem Werdegang begeistert.

»Nanu?« Paul blättert die Mappe durch. »Da war doch ein Foto drin …«

Ich zucke die Schultern. »Wahrscheinlich hat sie es zu schlampig hineingeklebt. Es ist bestimmt herausgefallen.«

Als Paul unter dem Tisch verschwindet und auf allen Vieren nach der Aufnahme sucht, presse ich eine Serviette vor den Mund und mache mich flott auf den Weg zur Toilette. Dort lasse ich meinem Lachanfall freien Lauf.

8. Aktion Friedhof, beknackte Bohnen und die Fachkraft

Paul stöhnt und zieht die Bettdecke über den Kopf. »Mein Gott. Hab ich einen Schädel.«

Ich sitze grinsend vor dem Schminkspiegel und bürste meine Haare. »Kein Wunder. Opa Heini hat dir, nach einigen Klaren, den *Allgäuer Enzian* untergejubelt.«

»Oh nein. Warum hast du mich gestern Abend nicht gewarnt, Möhrchen?«

»Weil du ein großer Junge bist und auf dich selbst aufpassen kannst …« Ich tusche meine Wimpern.

Opa Heini hat, als wir Weihnachten bei Vroni im Allgäu waren, etliche Flaschen dieses Rachenputzers gekauft und im Keller gelagert. Er schenkt ihn nur zu besonderen Anlässen aus.

Auf Zehenspitzen laufe ich ins Bad, fülle kaltes Wasser in einen Zahnputzbecher und schleiche zurück ins Schlafzimmer. Mit einem Ruck ziehe ich die Bettdecke weg und treffe zielsicher Pauls Gesicht. Er schnellt hoch, schnappt nach meiner Hand, erwischt aber nur den Becher, weil ich geschickt ausweiche. Ich laufe so schnell meine Füße mich tragen die Treppe hinunter.

Paul ruft mir lachend hinterher: »Warte ab, dich erwische ich heute noch, du kleine Hexe!«

Ich greife nach dem Autoschlüssel und knalle die schwere Haustür hinter mir zu.

In der Garage stolpere ich über einen geöffneten Werkzeugkasten. Scheppernd fliegt eine Rundfeile aus der Stahlbox und kullert vor meine Füße. Blitzartig taucht vor meinem inneren Auge der kleine Störfaktor im Schlüsselloch auf. Ich begutachte das Werkzeug. Damit dürfte es kein Problem sein, das Türschloss so zu bearbeiten, dass ich bei Spionage-Aktionen freie Sicht habe. Ich lasse das Teil in meine Handtasche gleiten. Kommissar Zufall hat wieder einmal seine Finger im Spiel.

Bruni empfängt mich mit der *wunderbaren* Nachricht, dass Simone morgen Abend bei der ›Aktion Friedhof‹ dabei sein wird. Ich schüttele mich kurz. Überall finden irgendwelche ›Aktionen‹ statt.

»Prima. Solange sie keine Gräber vollreihert …«

Bruni lacht. Sie pfeffert mir weitere Umschläge mit Bewerberinnen hin.

Die Pelle hat einen Rollwagen in Pauls Büro stehen und sortiert was auch immer aus. Sie wühlt in Schränken.

Akten und Papiere werden ordentlich gestapelt. Auf dem Schreibtisch steht ein Putzeimer. Sie nickt mir freundlich zu, während ihre behandschuhten Hände darin verschwinden und einen Lappen auswringen.

»Mein Gott. Die krempelt aber auch wirklich alles um!«

Bruni scheint das nicht zu interessieren. »Lass sie doch. Solange sie nicht in unseren Schreibtischen herumwühlt, soll es uns egal sein.«

Der nächste Rollwagen, der hereinkommt, wird von Theken-Sabine geschoben.

»Aktion Obstschüssel …«, ruft sie gut gelaunt und stellt Säfte und Kleingeschnittenes direkt in den kleinen Kühlschrank.

Paul kommt ohne Rollwagen angerauscht. Man muss blind sein, um nicht zu erkennen, dass es ihm schlecht geht. Sein Gesicht ist verquollen, seine Augen sind gerötet.

Als er sich zu mir herunterbeugt, um mich zu küssen, drehe ich angewidert den Kopf zur Seite. »Puh. Du stinkst noch immer nach Schnappes.« Meine Hand wedelt in der Luft. Er kitzelt mich. »*Wir* reden später … Ich hab noch einen gut bei dir.«

Die Pelle kommt geschäftig angelaufen, sie streift die Gummihandschuhe ab. »Guten Morgen, Herr Geiger. Ich bin gleich fertig bei Ihnen. Ich habe alles so gemacht, wie wir es besprochen haben. Oh, Sie sehen aber gar nicht gut aus.«

Paul nickt. »Danke … ähm … Ja, ich bin heute ein wenig angeschlagen.« Dann geht er durch.

Ich pfeife Udo Jürgens' Lied *Der Teufel hat den Schnaps gemacht* und ärgere mich gleichzeitig darüber, denn die Pellegrino reagiert sofort.

Sie lacht. »Wenn das so ist, kann ich schnell helfen. In der Führungsetage von *Koffie en Koekjes* hatten wir oft derartige Probleme.«

»Koffie und was?« Ich runzele die Stirn.

»*Kaffee und Kekse,* die niederländische Firma, für die ich gearbeitet habe. Sie können sich gar nicht vorstellen, wie oft dort nach Dienstschluss gefeiert wurde.«

Kurz darauf stolziert sie mit einem gefüllten Wasserglas, in dem eine Brausetablette auf- und abtanzt, ins Chefzimmer.

»Das ist ja ein Service! Sie sind ein Engel, Frau Pellegrino«, höre ich Paul sagen.

Und wieder ärgere ich mich. Auf die simple Idee, Paul ein Aspirin-Wässerchen ans Bett zu stellen, bin ich leider nicht gekommen. Mit gespitzten Lippen beobachte ich, wie sie brav neben Paul wartet, bis er das Glas leergetrunken hat.

»Bruni, der liebe Gott will *wohl*, dass ich spioniere. Schau mal ...« Ich zeige ihr die Feile. »Die ist mir vorhin in unserer Garage vor die Füße gekullert. Damit kann ich das Schlüsselloch so zurechtfeilen, dass ich mehr sehen kann, wenn ich von außen durchgucke.«

Bruni kaut auf ihrem Daumennagel. »Du spinnst, Karo. Ehrlich. Irgendwann purzelst du mal *richtig* auf die Nase.«

»Blödsinn!« Ich knalle die Schublade zu.

Als die Pelle Pauls Zimmer verlässt, husche ich hinein. »Paul? Es sind noch Bewerbungen gekommen. Wir sollten vielleicht doch noch einmal schauen, ob eventuell etwas Qualifizierteres dabei ist ...«

»Nein, Möhrchen. Das werden wir nicht tun. Eine bessere Kraft als Frau Pellegrino?« Er lacht so herzhaft, als hätte ich den Kalauer des Jahrhunderts gerissen. »Sag diesem Herrn Hebeling bitte, dass wir jemanden eingestellt haben.«

Ich ziehe mich beleidigt zurück.

Während des Mittagessens schlägt Ulrike vor, dass wir uns morgen Abend um 21 Uhr beim *Pommes-Jupp* treffen sollten. Erst etwas leckeres Essen, anschließend quatschen ... und dann ab auf den Friedhof. Sie möchte gerne mit ihrem Opa reden, der war immer sehr sparsam. Anschließend möchte sie das Grab von Tante Ursula aufsuchen. Die war nicht sparsam, sondern eher geizig, ansonsten aber eine ganz liebe Person.

»Allerdings ... ich weiß nicht mehr so genau, wo die beiden liegen. Ich muss später meine Mutter fragen.«

»Was? Du weißt noch nicht einmal, wo dein Opa auf diesem Friedhof liegt? Das ist schwach, Ulrike, sehr schwach.« Ich fasse es nicht.

»Hör bloß auf! Wenn du entbunden hast, wirst du sehen, wie wenig Zeit du noch für andere Dinge hast. Und je älter die Kinder werden, desto weniger Zeit hat man für andere Sachen. Ich bin bis hierhin dicht.« Ihre Hand saust über die Augenbrauen. »Überhaupt, seit Rebecca in der Pubertät steckt ...«

»Hört auf!« Brunis Hand saust auf den Tisch. »Ulrike ... du gehst heute Nachmittag oder morgen auf den Friedhof und schaust, wo die Gräber sind, damit wir genau wissen, wohin wir laufen müssen und nicht wie die Irren umherirren.«

»Schon erledigt! Aber erst nachdem ich einkaufen war und mit Rebecca Mathe geübt habe, und morgen …«

»Wann, ist mir *scheißegal.* Hauptsache, du machst es.«

»Ja doch!«

Nach unserer Mittagspause geht die Pellegrino essen, Paul klebt förmlich an seinem Schreibtisch. Das ist ärgerlich, denn die ›Aktion Türschloss‹ kann aus diesem Grund nicht in Angriff genommen werden.

Kurz vor Feierabend macht es sich die Pelle an Pauls Schreibtisch gemütlich. Sie sitzt dicht neben ihm, redet und redet … Paul lacht in einer Tour. Ich kann mir nicht vorstellen, dass es um Geschäftliches geht, denn was soll an Kaugummis so lustig sein?

Nur widerwillig verlasse ich gemeinsam mit Bruni um 15 Uhr die Firma, ohne mich von Paul zu verabschieden.

Im Aufzug klären wir kurz, wer morgen Abend wen abholt. Wir einigen uns darauf, dass Bruni fährt. Sie will erst Simone, danach mich abholen. Wir verabreden uns für 20:45 Uhr.

Mir wird ein wenig schwer ums Herz, als ich bei meinen Eltern die tägliche Stippvisite mache. Ich bleibe am Gartentor stehen und nehme das Grundstück in Augenschein.

Diesen Anblick muss ich erst einmal alleine verkraften. Ohne den großen Apfelbaum sieht der Garten nicht mehr aus wie unser Garten. Ein trauriger Anblick. Es ist eigenartig, dass wir Dinge im täglichen Leben erst vermissen, wenn sie nicht mehr da sind. Aus Erzählungen weiß ich, dass der Baum schon dort stand, als meine Eltern das Grundstück kauften. In meinem Hals bildet sich ein dicker Kloß, ich kämpfe mit den Tränen.

Conny kommt aus dem Haus angeschlendert. Sie trägt wieder Trainingsklamotten, ihre Haare sind zu einem Pferdeschwanz zusammengebunden.

»Mein Gott! Hier ist voll die Depri-Stimmung. Mama und Papa blutet das Herz. Nur wegen des beschissenen Baums. Erst lassen sie Opa freie Hand, dann wundern sie sich über das Ergebnis.« Sie lehnt sich gegen die Hauswand.

Ich schweige, sie plappert weiter. »Pah. Opa hat doch einen Knall. Der wird langsam echt kauzig. In seinem Alter noch über die ›schönen Tage des Herbstes‹ zu reden. Voll lächerlich! Und was der Anbau kosten wird. Der kann doch morgen tot umfallen, dann war alles für die Katz.«

Ich möchte mir am liebsten die Ohren zuhalten. »Ach, Conny. Ich glaube, dir fehlt etwas, was alle hier im Haus besitzen …«

Sie grinst spöttisch. »Tatsächlich? Und was soll das sein?«

»Empathie.« Ich lasse sie stehen.

Die Arbeiter der Gartenbaufirma werfen die letzten Reste des Geästes in einen Häcksler, der die Späne direkt auf einen Anhänger befördert, der auf dem Feld hinter dem Grundstück steht.

»Das war vielleicht ein Lärm. Gundula hat es nicht mehr ausgehalten, sie ist eine Runde spazieren gegangen.« Meine Mutter sieht nicht glücklich aus. »Das sieht komisch aus, nicht wahr, Karo? Ich könnte heulen.«

Ich reiße mich zusammen. Ich will ihre Trauer nicht schüren. »Finde ich nicht, Mama. So ist es viel heller. Es nicht mehr so erdrückend, ohne den Baum.«

»Findest du? Na, ich weiß nicht.«

Mein Vater steht verschwitzt bei den Männern, die grüne Anzüge und Sicherheitsschuhe tragen. Auch er macht einen deprimierten Eindruck.

Als er mich erblickt, kommt er angelaufen. »Na, Kind, was sagst du?«

»Prima, Papa, endlich mehr Licht.«

»Findest du? Na, ich weiß nicht.« Er lüftet seine Mütze.

Opa Heini wedelt mit seinem Handy. Er ruft laut: »Karo, endlich habe ich hier Empfang!«

»Toll, Opa!«

Papa mischt sich ein. Er schreit entnervt zurück. »Den brauchst du jetzt nicht mehr. Von einem Baum, der gefällt wurde, kann man nicht fallen.«

Opa winkt ab. Er spricht mit den Arbeitern und zeigt auf die Johannisbeersträucher. Er macht wegwerfende Handbewegungen. »Die kommen direkt mit weg. Die sauren Dinger isst sowieso kein Mensch mehr.«

»Nein, also das geht mir jetzt zu weit!« Mit großen Schritten läuft mein Vater im Kreis.

Mama zieht mich bis zum Wintergarten hinter sich her. Conny blättert in einem Katalog für Gartenmöbel. »Von dem Gekeife hier habe ich Kopfschmerzen bekommen.« Sie reibt ihre Schläfen. »Bei uns zu Hause ist es dagegen ruhig … und das mit vier Kindern!«

Meine Mutter giftet sie an. »Dann geh halt nach Hause und genieße die Ruhe statt hier herumzunörgeln.«

Sie drückt mich auf einen Gartenstuhl.

»Gegen Opa kommt man einfach nicht an. Was er sich in den Kopf setzt, zieht er gnadenlos durch.«

»Ach, Mama. In wenigen Tagen habt ihr euch an den Anblick gewöhnt …«

Mein Vater kommt kopfschüttelnd und fluchend angestakst. Er wirft seine Mütze auf den Tisch und schleudert die Gummistiefel auf den Boden des Wintergartens. Noch bevor er im Haus ist, kommt Opa Heini angeprescht.

»Verdorrich, Hermann! Sei doch nicht so stur wie ein Esel! Gundula und ich wollen Bohnen pflanzen … Kohl, Möhren, Stielmus … dafür brauchen wir ein großes Beet.«

Conny kichert.

»Weißt du was, Vater? Mach, was du willst. Du und deine beknackten Bohnen. Ihr könnt mich mal!«

Opas Hände machen Luftakrobatik. »Du wirst eines Tages froh sein, wenn du meine *beknackten* Bohnen in der Suppe hast. Das Geld wird immer weniger wert. Dann komm mir bloß nicht angeschissen.« Dann macht er kehrt. »Weg mit dem Gestrüpp!«, ruft er laut den Arbeitern zu.

Ich trinke mit Mama und Conny noch einen schnellen Kaffee und stehe dem Ganzen ein wenig hilflos gegenüber.

Ich streichele Mamas Arm. »Nimm es dir nicht so zu Herzen, wenn Opa und Papa streiten.«

»Ach, Kind. Das geht doch schon seit ewigen Zeiten so. Die beiden Kampfhähne bekriegen sich und kriegen sich auch wieder ein.« Sie klingt wie immer tapfer.

Nach einer halben Stunde bin ich froh, dem Krisenherd entfliehen zu können. Conny verabschiedet sich ebenfalls. Auch sie macht den Eindruck, erleichtert zu sein, für heute unserem Elternhaus den Rücken zu kehren. Erst jetzt fällt mir auf, dass ihr Auto nicht vor dem Haus steht.

»Soll ich dich nach Hause fahren?«

»Ne, lass mal. Ich habe mir vorgenommen, zehn Kilo abzunehmen, ich jogge lieber.«

Hinter uns ertönt ein dunkles, warmes Lachen. »Sie wollen abnehmen? Schade, die Figur steht Ihnen ausgezeichnet.«

Die Augen des großen, muskulösen Mannes mit den strohblonden Haaren und ebenso blonden Augenbrauen taxieren in einer dezenten Art und Weise die Kurven meiner Schwester, dann wandert sein Blick über meinen Körper.

Er streckt mir die Hand entgegen. »Wellenbrink. Jasper Wellenbrink. Ich bin Architekt und möchte zu Heinrich van Goch.«

Wir stellen uns ebenfalls vor.

Während er meine Hand in einer Tour schüttelt und spricht, wandert sein Blick zwischen Conny und mir hin und her.

»Ähm. Ja. Das ist unser Großvater.« Connys Oberkörper schaukelt hin und her, sie spielt mit ihren Händen. Ich fühle mich um Jahrzehnte zurückversetzt. Das hat sie als Kind immer getan, wenn sie verlegen war.

»Ich bin dann mal weg. Tschüss zusammen!«

Während ich mein Auto aufschließe, sagt Herr Wellenbrink, dass er sich freuen würde, mir hier noch einmal zu begegnen.

Conny ergreift die Initiative: »Kommen Sie, ich zeige Ihnen, wo es lang geht.« Sie hängt sich an seinen Arm, als wäre er ein guter Freund.

Mir winkt sie zu. »Grüß Paul, Schwesterherz. Ich wollte eh noch eine Weile bleiben.«

Paul findet, dass es köstlich duftet, als er nach Hause kommt. Als er in den Topf lugt, in dem Hähnchenleber mit Speck, Zwiebeln und Knoblauch brutzelt, macht er ein angewidertes Gesicht, sagt jedoch kein Wort.

Er hatte einmal erwähnt, dass er die Innereien eines Gockels nicht sonderlich mag, aber dass er eine so große Abneigung dagegen verspürt, wusste ich nicht. Ich biete an, ihm etwas anderes zu kochen, aber er lehnt ab.

Während des Essens zeigt er sich tapfer, nach jedem Bissen spült er mit Rotwein nach. Mir schmeckt es ausgezeichnet.

Nach dem Abendessen leidet Paul unter Daueraufstoßen, er gönnt sich ein Verdauungsschnäpschen.

Nach dem Aufräumen der Küche leistet er mir zwar Gesellschaft auf dem Sofa, ist aber nicht sehr gesprächig. Auf seinem Schoß liegt ein Notebook, seine Finger sausen über die Tastatur.

Ich lege mich hin, mein nackter Fuß streichelt seinen Oberschenkel.

Er massiert meine Zehen. »Möhrchen … sei nicht böse, ich muss das jetzt erledigen.«

»Kann *ich* das nicht morgen für dich machen?«

»Nein. Hier ist Fachenglisch gefordert, das nur eine Fachkraft beherrscht.« Er tippt weiter.

Ich richte mich hitzig auf. »Ich kriege die Krise, Paul. Ich kann das Wort ›Fachkraft‹ nicht mehr hören! Was glaubst du, wo ich heute wäre, wenn ich die Ausbildung bei dem Rechtsanwalt nicht geschmissen hätte. Ganz weit vorne. Aber ganz weit. Ich könnte dich stundenlang mit Paragraphenwissen bombardieren, da würde dir Hören und Sehen vergehen. Übrigens: Nachdem ich der Kanzlei den Rücken gekehrt habe, *habe* ich es zur Fachkraft gebracht. Wie du weißt, war ich, bevor ich in eure popelige Schmatzgummifabrik kam, Schulsekretärin in einer Hamburger Grundschule.«

Ich trete nach Paul, weil er sich ein Grinsen nicht verkneifen kann. »Das ist nicht zum Lachen! Weißt du, was ich alles erledigen musste? Ich habe noch nie darüber gesprochen.« Ich hole tief Luft. »Die Pflege der Schülerdatenbank, die ganze Korrespondenz, Zeugnisse siegeln, Schulpflichtüberwachung … ja … und Beglaubigungen usw., usw. Und ständig kamen die kleinen Hosenscheißer mit ihren Sorgen zu mir.«

Er grinst noch immer. »Warum hast du eigentlich die Ausbildung bei dem Rechtsanwalt geschmissen?«

»Ähm … Im Grunde hat mein Chef meine Ausbildung nicht zu Ende gebracht. Ich hätte das schon durchgezogen, das kannst du mir glauben. Aufgeben ist nicht mein Ding.«

Paul lächelt vielsagend. »Oh ja. Das weiß ich.«

»Es war nämlich so: Ein Klient rief an und wollte verteidigt werden. Der hat seine Frau grün und blau geprügelt.« Ich tippe mir an die

Stirn. »Hallo? Geht's noch? Den habe ich abgewimmelt und gesagt, dass schmutzige rosa Tiere mit Ringelschwänzchen in unserer Kanzlei nicht gern gesehen sind. Er könne sich wieder melden, wenn er Steuern hinterzogen oder eine Flasche Schnaps geklaut habe. Der Typ hat mich bei meinem Chef verpetzt, danach durfte ich nach Hause gehen. In der Branche war mein Ruf ruiniert, das hat sich unter den Herren in Robe herumgesprochen wie ein Lauffeuer.«

Paul schüttelt erst ungläubig den Kopf, dann lacht er so lange, bis ihm Tränen in die Augen schießen.

Den ganzen Abend über schmunzelt er vor sich hin, worüber ich mich maßlos ärgere.

9. Geliebt und unvergessen. Uwe Gerling

Ich könnte Ulrike und ihren wahrscheinlich notgeilen Holger sowie die User des Übersinnlichen-Forums erwürgen.

Heute früh habe ich Paul erzählt, dass ich am Abend unterwegs sei. Daraufhin hat er umgehend telefoniert und die Crew der Werbeagentur zum Essen eingeladen. Und weil Frau Pellegrino so ein Multitalent in Sachen was auch immer ist, hat er sie gebeten, ihn zu begleiten.

Und der Obergag an der Geschichte ist, dass die Pellegrino bescheiden anmerkte, dass ihre Eltern Inhaber einer Trattoria namens *Elizza* seien und das Treffen dort in einem kleinen gemütlichen Nebenraum stattfinden könne. Ha! Jetzt wird es familiär.

Ich stehe an der Ampel und gebe im Leerlauf Gas, dabei reagiere ich meine schlechte Laune an der Sonnenblende ab. Mit Schmackes klappe ich sie herunter, gleich darauf pfeffere ich sie wieder nach oben.

Ich ärgere mich, dass ich nicht wie Simone unter Schwangerschaftsübelkeit leide. Dann könnte ich mich nämlich so richtig auskotzen!

Ich fahre bei Gelb los. Pauls Angebot, mich beim Lebensmitteleinkauf zu begleiten, lehnte ich dankend ab. Im Anschluss möchte ich zum Zentralfriedhof fahren und mir das Schild am Eingang ansehen, ob man den Friedhof nur zu bestimmten Zeiten betreten darf. Paul würde sich fragen, warum mich das interessiert. Außerdem hoffe ich, einen Mitarbeiter des Friedhofs zu treffen, den ich aushorchen kann.

Noch immer sträubt sich alles in mir, heute Nacht mit von der Partie zu sein. Nicht auszudenken, wenn wir erwischt würden. Kasper soll nicht im Gefängnis zur Welt kommen!

In null Komma nichts fliegen sämtliche Lebensmittel, die auf meiner Einkaufsliste stehen, in den Einkaufswagen.

Eine Stunde später stehe ich vor dem großen schmiedeeisernen Tor des Friedhofs und studiere das Schild. Geöffnet ist ab 7 Uhr, die Schließzeiten variieren je nach Jahreszeit. Ob die Begräbnisstätte jedoch während der Nacht zugänglich ist oder nicht, ist noch immer unklar.

Zwei Friedhofsgärtner in grünen Anzügen buddeln neben der Leichenhalle, die rechts neben dem Eingang steht, im Erdreich.

»Hallo. Guten Morgen«, bemühe ich mich so fröhlich es geht zu sagen.

»Moin!« Die beiden antworten synchron und blicken nicht von ihrer Arbeit auf.

Ich komme sofort auf den Punkt. »Eine Frage … Ist der Friedhof eigentlich nachts verschlossen?«

Der Arbeiter mit der Glatze schaut mich jetzt an. »Wozu?« Dann lacht er. »Wer einmal hier liegt, kann nicht mehr weglaufen. Den müssen wir nicht einsperren.«

Ich lache über diesen blöden Witz, was den Mann zu freuen scheint.

»Also ich kann mir vorstellen, wenn *nicht* abgesperrt ist, dass viel gestohlen wird … Lampen … oder Vasen. Ich meine, da sollte man doch besser die Tore verriegeln.«

Jetzt grinst der andere. »Glauben Sie mir, Fräulein. Wer das Gelände *unbedingt* betreten will, der schafft es auch, wenn das Tor verschlossen ist. Haben wir alles schon erlebt, fragen Sie meinen Kumpel.«

Der sagt nur: »Jau.«

»Vor wenigen Wochen waren hier Kupferdiebe unterwegs. Daraufhin haben wir den Eingang verriegelt. Diese Maßnahme hat sie jedoch auch nicht vom Diebstahl abgehalten, die sind einfach über den Zaun geklettert. Der beste Rat, den ich Ihnen geben kann: Stellen Sie keine wertvolle Grablampe oder Vase aufs Grab.«

Ich bedanke mich für den Tipp und frage weiter. »Nehmen wir einmal an, jemand läuft nachts über den Friedhof. Nicht zum Klauen, einfach so. Aus Spaß ... oder weil er sich verlaufen hat oder eine Abkürzung nehmen will. Was passiert, wenn derjenige erwischt wird?«

Die Glatze kratzt sich am Kopf. »Wenn abgesperrt ist und jemand über den Zaun klettert, ist das Hausfriedensbruch. Das steht unter Strafe. Wenn nicht abgesperrt ist und jemand darüberläuft?« Er zuckt die Schultern. »Was soll schon passieren? Aber mal ganz ehrlich, Fräulein. Welcher normaltickende Mensch schleicht nachts auf so einem Gelände herum?«

Sein Kollege mischt sich ein. Er macht einen Schritt auf mich zu, dreht die Schippe um und hält mir das Schaufelblatt vor die Nase. »Solange Sie nicht mit *so* einem Teil beim Buddeln erwischt werden ...« Er kichert.

Ich bedanke mich. Auf dem Weg zu meinem Auto gebe ich mich geschlagen. Ein wenig beruhigt lenke ich mein Fahrzeug nach Hause.

Paul trägt die Lebensmittel aus dem Kofferraum ins Haus, er stellt die Taschen auf die Anrichte. Als ich mich ans Auspacken machen will, drückt er mich auf den Küchenstuhl und gießt mir eine Tasse Kaffee ein.

»Du hast eingekauft ... ich räume weg.« Er hält kurz inne. »Weißt du eigentlich, dass du ein Glückspilz bist, Möhrchen?« Er legt einen Finger unter mein Kinn, sodass ich ihn ansehen muss.

Ich nicke. »*Jaha*. Das weiß ich.«

Er schmunzelt zufrieden.

Ich beobachte ihn. Routiniert räumt er Fleisch, Wurst und Käse in den Kühlschrank.

»Findest du sie eigentlich nett?«

»Wen?«

»Frau Pellegrino!«

»Ja. Frau Pellegrino ist nett ... und sehr höflich.« Paul steht mit dem Rücken zu mir; schade, dass ich nicht in seinem Gesicht lesen kann.

»Ich wollte eigentlich wissen, ob du sie attraktiv findest. Hübsch, sexy.« Mit drei Schritten stehe ich neben ihm, hieve mich auf die Arbeitsplatte und studiere seine Mimik. Er öffnet erneut den Kühlschrank. Ich habe den Eindruck, dass er krampfhaft nach einer Antwort sucht.

»Ach, Möhrchen. Du treibst mich in die Enge. Was soll ich jetzt sagen? ›Nein, ich finde sie hässlich?‹ Gegenfrage: Findest du George Clooney attraktiv, sexy?«

»Ne. Überhaupt nicht!«

Paul lacht. »Sie sieht gut aus. Keine Frage. Aber sexy? Nein … nein … das könnte ich jetzt nicht sagen.«

Ich bohre weiter. »Und wie findest du ihre Figur?«

»Oh. Also … irgendwie ein wenig zu schlank.« Er streichelt meine Oberschenkel und kneift sanft in den Speckvorrat meiner Hüften. »Das hier ist mir wesentlich lieber. An dir ist wenigstens ordentlich was dran.«

Unwirsch schlage ich seine Hand weg. »Du findest mich dick?«

»Nein … ich …«

»Ach, hör schon auf. Natürlich findest du, dass ich fett bin. Du hast gerade gesagt, dass an mir ›ordentlich was dran‹ ist.«

»Ach, Möhrchen! Du bist doch schlank wie eine Tanne. Du siehst toll aus, ehrlich.«

»*Das* hättest du jetzt nicht sagen sollen, Herr Geiger! *Das* nicht! Tannen sind nicht schlank … Tannen sind untenrum sooo ausladend.« Ich breite die Arme weit aus. »Und obenrum sooo schmal!« Mit Daumen und Zeigefinger zeige ich zehn Zentimeter. Dann strecke ich ihm den Stinkefinger entgegen, hüpfe von der Arbeitsplatte und schleudere ihm entgegen, dass ich bis heute Abend kein Wort mehr mit ihm reden werde.

So ein Blödmann! Der hat doch nicht alle Nadeln an der Tanne!

Nach einer Stunde Frustsitzen auf der Couch beschließe ich, das Schweigegelübde vorzeitig zu beenden. Mein Magen knurrt. Mit erhobenem Näschen schlendere ich Richtung Küche, aus der mir ein betörender Duft von gebratenem Speck entgegenweht.

Der Tisch ist nett für zwei gedeckt. Paul lehnt an der Spüle und breitet die Arme aus. »Komm her, du kleiner Trotzkopf.«

Ich lasse mich umarmen. »Kasper hat Hunger«, sage ich leise.

Paul streicht die Haare aus meinem Gesicht und haucht mir einen Kuss auf die Stirn. »Na … dann setz dich mal hin, Kasper. Der Papa freut sich, wenn du großen Appetit hast. Es gibt Spiegelei mit Speck … weil … mit Speck fängt man Mäuse.«

Beim *Pommes-Jupp* herrscht Hochbetrieb. Ulrike und Heike sitzen bereits am Tisch und studieren die Speisekarte. Jede von uns trägt dunkle Klamotten. Bruni stellt kurz ihre Cousine Simone vor, sie wird herzlich begrüßt und über alle Einzelheiten informiert.

Ulrike trinkt Rotwein, denn sie wird von Heike chauffiert. Für den Rest der Mannschaft gibt es Apfelschorle.

Ich kläre die Mädels auf, was ich heute Morgen auf dem Friedhof in Erfahrung bringen konnte, was mit Zufriedenheit aufgenommen wird. Mir geht die ganze Geschichte noch immer gegen den Strich.

Wir bestellen eine große Grillplatte mit Pommes und Salat. Die Aussicht auf das leckere Essen stimmt mich ein wenig milder.

Simone erklärt sofort, dass sie nicht bereit sei, alleine vor dem Eingang Schmiere zu stehen. Sie will mit zu Opa Gerlings und Tante Ursulas Grab.

Ulrike zeigt Verständnis. »Klar, das geht in Ordnung.« Sie nimmt einen kräftigen Schluck Wein aus ihrem Glas.

Heike mosert: »Mensch, Ulrike, süppel nicht so schnell! Du musst einen klaren Kopf behalten …«

Ulrike gackert. »Nach jedem Glas wird mein Kopf klarer. Glaub mir, ich kann was ab.«

Während des Essens unterhalten sich meine Freundinnen angeregt über Geister und diverse ›Begebenheiten‹, es werden überlieferte Geschichten aus den Familien erzählt: Nachdem nahe Angehörige starben, hörte man tickende Uhren in Räumen, in denen sich keine Uhren befanden, oder man spürte einen Windhauch, obwohl alle Fenster geschlossen waren. Bruni, die vorher ebenfalls über die besondere Gabe des Hellsehens schmunzelte, hat offenbar das Ufer gewechselt. Außer mir glauben nun alle an diesem Tisch an Übersinnliches.

Simone erzählt, dass ihr Onkel Ignatz kurz nach dem Zweiten Weltkrieg auf einem Jahrmarkt zu einer Wahrsagerin ging. Die habe ihm vorausgesagt, dass er früh sterben werde. Nach dieser Prophezeiung sei er sehr ängstlich gewesen und habe mit dem Saufen angefangen. Den ersten Schnaps trank er schon nach dem Frühstück. Er sei Bauarbeiter gewesen und dann tatsächlich hackevoll vom Gerüst gefallen, wobei er sich das Genick gebrochen habe.

Während meine Freundinnen erschrocken die Münder aufreißen und ein kollektives »Oh« ertönt, erheitert mich die Geschichte. »Wäre er nicht zu dieser Hellseherin gegangen, hätte er nicht schon am Morgen Schnaps gesoffen und wäre auch mit Sicherheit nicht vom Gerüst gepurzelt. Der Sturz war doch vorhersehbar. Hallo? Betrunken auf einem hohen Gerüst …?«

Meine Logik findet kein Gehör; Ulrike ordert das nächste Glas Wein.

Heike fällt noch ein, dass Tante Hedwigs Wellensittich Fritzi genau in dem Moment tot von der Schaukel plumpste, als Tante Hedwig im Schlafzimmer starb. Sein Käfig stand auf ihrem Nachttisch. Und kurz bevor das arme Tier den Geist aufgab, habe er noch laut und deutlich den Namen Hedwig gekrächzt, obwohl er nie sprechen konnte. Dann war er hinüber.

Sie zückt ihr Taschentuch und schnieft hinein. Ich kriege mich vor Lachen nicht mehr ein und ernte empörte Blicke.

Simone will jetzt genau wissen, wie Ulrike am Grab von Opa Gerling vorgehen will.

Ulrike räuspert sich. »User ›Wattwurm‹ empfahl mir, ein lockeres Gespräch zu führen. Ich solle so mit ihm reden, als wäre er noch unter mir … ähm … uns. Ich soll ihn bitten, dass Holger mit dem Mist aufhört. Mehr nicht.«

Simone nickt verständnisvoll.

Mir ist das zu blöd. Ich lenke die Unterhaltung in andere Bahnen. Ich erzähle, dass Pelle, Paul und die Werbecrew heute Abend geschäftlich unterwegs seien und wo das gemeinsame Essen stattfindet. Heike kennt dieses Restaurant, es soll sich um ein Lokal der gehobenen Gastronomie handeln. Simone meint, dass Willi auch schon einige Male mit Kunden in dieser Trattoria vorzüglich gespeist habe.

»Wow. Die ist ja wirklich überstundengeil.« Bruni kichert.

Ulrike hickst. Mittlerweile steht ein dritter Roter auf dem Tisch. »Solange sie *nur* auf Überstunden geil ist …«

Und wieder lenke ich ab. Das Gesprächsthema ›überstundengeil‹ gefällt mir noch weniger als das Geschwafel über Geister.

Bis 23:15 Uhr reden wir über Schwangerschaften, niedliche Babys, übers Stillen und schlaffe, leergetrunkene Brüste. Ulrike und Heike wollen mich vom Gegenteil überzeugen. Sie wollen mir am Montag ihre ›Naturalien‹ zwecks Studienzwecken auf der Firmentoilette zeigen.

Wir parken unsere Fahrzeuge am hinteren Eingang des Friedhofs und schlüpfen in schwarze Kapuzenpullover. Die kleine Straße ist so spärlich beleuchtet, dass mir noch bewusster wird, auf welche Aktion ich mich eingelassen habe. Gänsehaut macht sich auf meinem Körper breit. Simone und Bruni machen ebenfalls keinen glücklichen Eindruck. Ihre Stimmen klingen ängstlich.

»Ganz schön dunkel hier …« Bruni atmet laut.

»Mein Herz klopft richtig doll«, japst Simone.

Heike hat ihr Auto neben unserem geparkt, Ulrike steigt aus und knallt die Autotür so heftig zu, dass ich fast einen Herzkasper kriege.

Ich zische sie an. »Sag mal, hast du einen Knall? Nicht so laut, Ulrike.«

Sie kramt aus ihrer Hosentasche ein Blatt hervor, auf das etwas gezeichnet ist. Sie richtet eine kleine Taschenlampe darauf.

»So. Wartet mal. Meine Mutter hat aufgezeichnet, wo Opa und Tante Ursula liegen.« Ihr Finger folgt einem roten Strich auf dem karierten Papier.

Ich stampfe mit dem Fuß auf. »Was? Du bist die Strecke nicht *einmal* abgelaufen?«

»Ne. Wozu? Hier steht es doch rot auf weiß. Hier ist der Haupteingang, dort die Leichenhalle. Dann müssen wir geradeaus, bis zum ersten großen Kastanienbaum … dann nach links … bis zur zweiten Weggabelung …«

Ich fasse es nicht und falle ihr ins Wort. »Ulrike, wir *stehen* aber nicht am Haupteingang.« Ungeduldig reiße ich ihr das Blatt aus der Hand. »Wir stehen hier. Genau hier. Und dieses ›Hier‹ ist nicht eingezeichnet.«

Ulrike ist uneinsichtig. »Das ist doch scheißegal!«

»Nein, eben nicht. Das ist so, als hätte deine Mutter den Weg von Hamburg nach Rom aufgezeichnet und wir stünden in Florida und wüssten nicht, wie wir zum Startpunkt, nämlich nach Hamburg, kommen sollen.« Jetzt bin ich total angepisst.

Bruni wird wütend. »Karo, kein Mensch kapiert, was du faselst. Und: Hört auf zu streiten! Es ist 23:34 Uhr. Dann müssen wir halt zum Haupteingang, sonst wird das nichts.«

Wenige Sekunden später sitzen wir wieder im Auto. Noch bevor ich angeschnallt bin, legt Bruni rasant den Rückwärtsgang ein und gibt Gas. Heike hängt sich hinten dran.

Wir parken unsere Fahrzeuge auf einem kleinen Parkplatz, der in einiger Entfernung vom Haupteingang liegt. In gebückter Haltung schleichen wir im Schutz hoher Hecken und Glascontainer zum Ziel.

Vor dem großen Eisentor gibt es eine kleine Rangelei. Wir schieben uns gegenseitig vor, weil keine den ersten Schritt auf das totenstille Gelände machen will.

Letztendlich erbarme ich mich und drücke die eiskalte Metallklinke herunter, kurz darauf verschluckt uns die Dunkelheit.

Wir huschen zur Leichenhalle, an der eine kleine Funzel schwach leuchtet und den Weg erhellt. Hochgewachsene Thujen werfen gespenstige Schatten.

Simone stöhnt leise. »Scheiße. Hoffentlich sind die, die da drinnen liegen, auch wirklich alle hinüber.«

»Sei still, Simone.« Adrenalin schießt durch meine Adern. »Dem Letzten, dem ich jetzt begegnen möchte, ist ein Scheintoter im Leichenhemd. Allein die Vorstellung regt meine Peristaltik an.«

»Und jetzt?« Heike flüstert.

»Hab ich doch gesagt … bis zur Kastanie.« Ulrike läuft vor.

Nur auf wenigen Gräbern brennen Kerzen, deren Flammen in der Dunkelheit nervös hin- und herflackern, obwohl es vollkommen windstill ist. Mir wird flau im Magen.

Simone bleibt abrupt stehen. Ihr Atem geht stoßweise.

»Pst. Seid mal leise. Hört ihr das auch … irgendetwas tickt hier.«

»Boah, Leuchtturm. Die Einzige die hier tickt, bist du … und zwar nicht richtig.« Bruni zieht Simone hinter sich her. »Los … weiter.«

Da wir weit genug vom Eingang entfernt sind, knipsen wir Mini-Taschenlampen an. Diverse Lichtkegel erleuchten mal den Weg, mal das Blatt mit der Wegbeschreibung. Ulrike richtet den hellen Schein auf einen großen Baum.

»Das ist die Kastanie. Nun nach links …«

Kies knirscht unter unseren Schuhsohlen. Auf Zehenspitzen überqueren wir die erste, dann die zweite Weggabelung. Wieder schaut Ulrike auf die Zeichnung. Am kleinen Springbrunnen wählt sie den rechten Weg, dann verliere ich die Orientierung. Rechts, links, geradeaus? Keine Ahnung. Ich folge blind, in der Hoffnung, dass wir bald vor Opa Gerlings Ruhestätte stehen. Ich bin schweißgebadet.

»Stopp. Hier ist es.« Ulrikes Bronchien pfeifen bei jedem Atemzug. Sie geht in die Hocke und holt Luft.

Der Schein meiner Taschenlampe gleitet über den großen Naturstein.

Geliebt und unvergessen. Uwe Gerling

Bruni, Simone, Heike und ich lassen uns erschöpft auf eine Bank fallen, die in unmittelbarer Nähe vor einem hohen Gebüsch steht. Hinter uns knackt es, meine Knie schlottern. Ich weiß nicht, ob es mein Herzschlag ist, den ich höre, oder Brunis, die sich dicht an mich drängt.

Der kurze, scharfe Ruf eines Kauzes lässt uns zusammenfahren: »U-wee!«

»Ach du Kacke!« Simones Stimme zittert. »Habt ihr das auch gehört?« Ihre Zähne klappern. »Der Vogel hat ›Uwe‹ gekrächzt.«

Wir rutschen nervös auf der Bank hin und her.

Ich stimme Simone zu und kann bezeugen: Der Kauz hat tatsächlich »Uwe« gerufen. Dann ertönt der erste dumpfe Schlag der Kirchturmglocke.

Ulrike murmelt und murmelt während der nächsten elf Glockenschläge und einige Minuten darüber hinaus. Nachdem sie fertig ist, sind wir uns einig, dass wir die Hosen gestrichen voll haben. Das Gespräch mit Tante Ursula wird abgehakt.

Meine Beine eiern förmlich, als wir uns auf den Rückweg machen. Wir rennen dreimal in die falsche Richtung, weil Ulrike links und rechts verwechselt.

Erst kurz vor der Leichenhalle bleiben wir stehen und japsen nach Luft. Ich rieche Zigarettenrauch, es muss jemand in unmittelbarer Nähe sein.

Eine barsche Männerstimme durchbricht die Stille. »Hallo? Ist da jemand …?«

Humpelnde Schritte kommen näher.

Wir bleiben erst mucksmäuschenstill stehen, dann sprinten wir panisch in alle Himmelsrichtungen auseinander und verstecken uns hinter dichten Sträuchern. Mein Atem geht stoßweise, ich presse eine Hand auf den Mund.

»Hm. War wohl wieder so ein scheiß Hase. Wartet ab, ihr Mistviecher«, schimpft er laut. »Das riecht verdammt nach Hasenfilet im Speckmantel!«

Nach einem langgezogenen Würg- und anschließendem Koddergeräusch ist klar, dass Simone, die im Busch neben mir hockt, kotzt.

Dann geht alles blitzschnell. Wir rennen gleichzeitig los, rempeln gegen einen schmächtigen Männerkörper und erreichen nach wenigen Sekunden das Tor.

»Ihr verflixten Grabräuber … Der Teufel soll euch holen!«, schimpft er hinter uns her.

Wir hasten wie aufgescheuchte Hühner zum Parkplatz, kurz darauf starten Heike und Bruni rowdyhaft die Autos. Wir winken uns noch einmal zu. Dann: Nichts wie weg!

Wir schwitzen alle dermaßen, dass die dicken Pullover sofort ausgezogen werden. Simones stinkt nach Kotze; Bruni hält kurz an und wirft ihn in den Kofferraum.

Zwei Straßen weiter muss Bruni erneut anhalten; Simone will *unbedingt* ihre Zähne putzen, was ich gut nachvollziehen kann.

Der Leuchtturm steht breitbeinig mit einer Flasche Mineralwasser am Straßenrand. Mit energischem Schwung ihrer Zahnbürste sorgt sie für frischen Atem.

Bruni findet als Erste ihren Humor wieder. »Na so was, Simone. Der kleine ›Mümmelmann im Speckmantel‹ hat ja einen bleibenden Eindruck bei dir hinterlassen.«

Wieder würgt Simone, dann dreht sie sich wütend um und richtet ihr Zahnputzgerät wie eine Waffe auf uns. »Wenn eine von euch noch einmal das Wort ›Hase‹ oder ›Mümmelmann‹ …«

Weiter kommt sie nicht, ihr Magen scheint sich wieder zusammenzuziehen. Ich unterdrücke ein Lachen.

Mein Handy vibriert in meiner Hosentasche. Das Display zeigt einen MMS-Eingang von Pauls Handy. Auf dem Video ist jedoch nicht Paul, sondern die Pelle zu sehen.

Sie trägt einen schwarzen Trachtenrock, darüber eine weiße eng taillierte, tief ausgeschnittene Bluse mit einer roten Weste. Nach flotter

Folkloremusik dreht sie sich im Kreis. Dabei schwingt ihr Rock so weit, dass man … pfui … ihre strammen Oberschenkel sehen kann. Neben ihr steht ein kleiner, dicker Mann, ebenfalls im Trachtenlook, dessen Finger über die Tasten eines Akkordeons sausen. Beide freuen sich so, als hätte Villarribo den Spülwettbewerb gegen Villabajo gewonnen. Paul und andere Männerstimmen singen laut mit, es hört sich an, als hätten sie kräftig einen im Tee.

Simone lässt sich zurück ins Auto plumpsen. »Herrlich. Mir geht es wieder gut.«

Ich reiche die Aufnahme weiter.

Bruni pfeift durch die Zähne. »Wenn Heiner mir ein solches Video schicken würde, Karo … Ich glaube, ich würde ihn töten!«

Simone belässt es bei einem: »Boah!«

Meine Hände ballen sich zu Fäusten, ich habe das Bedürfnis, jemanden zu hauen. Derartige ›Geschäftsessen‹ mit Kunden hat es zu Gundulas Zeiten nicht gegeben.

Wir sind nicht in den Niederlanden bei *Koffie en Koekjes*. Das muss ich der feurigen Italienerin so schnell wie möglich beibringen. Fester als beabsichtigt, schlage ich Bruni auf die Schulter.

»Fahr los. Ich bin bettreif.«

Als sie den Wagen zurücksetzen will, fährt hinter uns langsam ein Polizeiauto vorbei.

»Ob der Typ vom Friedhof die Polizei angerufen hat?« Simone schlägt eine Hand vor den Mund.

Ich zucke mit den Schultern. »Von mir aus kann er die GSG 9 alarmiert haben. Das ist mir so was von piepegal.«

Bruni gähnt laut. »Mir auch. Puh, was bin ich kaputt.«

10. Unterhaltung à la Opa Heini

Nach einem späten Frühstück ruft Ulrike an und bedankt sich noch einmal für meine Unterstützung. Wir lassen den Abend kurz Revue passieren und sind froh, dass wir die ›Aktion Friedhof‹ so souverän gemeistert haben. Darüber, dass wir um ein Haar erwischt worden wären, können wir heute lachen.

Paul hat sich entschlossen, den Tag auf der Couch zu verbringen. Er stolperte gegen 3 Uhr die Treppe hinauf, hatte die ›Hacken‹ so voll, dass er jetzt komplett neben der Spur ist. Er hat Kopfschmerzen, ihm ist schwindelig, ein Eisbeutel liegt auf seiner Stirn. Ich hüte meine Zunge, schlucke Sticheleien herunter, obwohl ich sehr gerne eine kleine Stänkerei anzetteln würde.

Wenn mein Vater früher einen über den Durst trank, in den Seilen hing und sich deswegen bei meiner Mutter entschuldigte, pflegte sie stets zu sagen: »Hermann, lass gut sein. Du bist gestraft genug. Ich hoffe, du lernst aus diesem Desaster.«

Daraufhin sagte mein Vater dankbar: »Hildegard, du bist die beste Ehefrau der Welt.«

Paul rückt den Eisbeutel zurecht. »Karo, tut mir leid, dass ich uns den Sonntag versaut habe. Bist du sauer?« Er stöhnt leise.

Ich unterbreche die Blumenpflege, meine Augenbrauen wandern nach oben. »Paul, lass gut sein. Du bist gestraft genug. Ich hoffe, du lernst aus diesem Desaster.«

»Ach, Möhrchen, du bist so gut zu mir.«

Lakonisch stelle ich fest: Opa Heini hat recht - es wiederholt sich alles im Leben.

Paul verzieht das Gesicht, als das Telefon schrillt.

Das Display zeigt Connys Rufnummer.

»Hallo, Karo. Gut, dass ich dich erwische. Kann ich dir für zwei Stunden die Kinder bringen? Ludmilla hat heute frei, Anton ist geschäftlich verabredet, Mama hat wegen des blöden Anbaus keine Zeit … Ich muss joggen … Ach, was für ein Durcheinander!«

»Was? Du willst alle vier Kinder bringen?«

Ich sehe Paul fragend an. Seine Hände machen abwehrende Bewegungen, er zeigt auf seinen Kopf, den er heftig schüttelt. Der Eisbeutel rutscht ihm über die Augen.

Sie keift: »Mein Gott, ja. Ihr werdet doch in der Lage sein, das was ich rund um die Uhr stemme, für zwei Stunden zu managen.«

Ich ignoriere Pauls wilde Gestik. »Okay, dann bring sie halt. Haben sie schon zu Mittag gegessen?« Ich schaue auf die Uhr, es ist 12:30 Uhr.

»Ne. Wann denn? Ist doch erst später Vormittag. Du weißt ja, die Großen essen alles, für Max und Moritz bringe ich Gläschenkost mit.« Dann macht es ›Klick‹, sie hat aufgelegt.

Paul schließt die Augen. »Nein! Ausgerechnet heute.«

Anschließend verschwindet er samt Eisbeutel nach oben ins Schlafzimmer.

Während ich im Gefrierschrank nach Pizza suche und sie in den Backofen schiebe, überlege ich, was ich mit den Kindern anstellen soll.

Eine halbe Stunde später ist meine Schwester da. Sie wuchtet eine große Tasche in den Flur, in der sich alles Notwendige für die Kleinen befindet. Ich helfe ihr, Max und Moritz samt Kindersitzen aus dem Auto zu tragen. Sie ist mit Antons Multi-Van gekommen. Die kleinen Zwillinge glucksen fröhlich. Wir setzen die Kinder auf den Boden im Wohnzimmer, Conny wirft ihnen verschiedene Spielzeuge zu. Hanni und Nanni hüpfen auf einem Bein über die Fliesen im Flur.

Conny atmet tief durch, fällt mir um den Hals und bedankt sich ungestüm. »Danke! Ach, es ist so toll, wenn man eine so liebe Schwester hat.« Dann sprintet sie leichtfüßig zurück zu ihrem Auto.

Ich reibe meine Ohren und frage mich, ob ich den letzten Satz richtig verstanden habe.

Nanni rennt in die Küche, weil es dort so lecker rieche. Hanni krabbelt auf allen vieren zu ihren Brüdern und lässt sich von Max oder Moritz an den Ohren ziehen.

Ich bitte Nanni, ebenfalls zu ihren Geschwistern zu laufen, um einen Augenblick auf sie aufzupassen. Dann stelle ich zwei Gläschen ins Wasserbad, verteile Pizza für die Mädchen auf große Teller und haste ins Wohnzimmer.

»Juhu, Pizza!« Hanni setzt sich an den Esstisch und macht sich darüber her. Nanni lümmelt sich mit ihrem Teller auf die Couch.

»Nanni, setz dich bitte auch an den Tisch. Ich mag keine Fettflecken auf dem Sofa …«

Sie gehorcht widerwillig. Ich erkläre beiden, dass Paul oben schliefe, weil er starke Kopfschmerzen habe. Sie versprechen, nicht laut zu kreischen.

Dann widme ich mich den Jungs. »So, wer von euch ist denn nun der Max?«

Nanni schleckt ihre Finger ab und klärt mich auf. »Der Rechte.«

Ich hole einen roten Textmarker aus der Schublade und male Max einen Punkt auf die Stirn. Hanni findet das lustig, sie kichert.

Nachdem ich die Krabbelkinder ein wenig bespaßt habe, füttere ich sie geduldig. Ständig drehen sie die kleinen Köpfe beiseite oder schieben ihre geballten Fäuste in den Mund.

Anschließend wechsele ich beiden die Windel. Die Mädchen fummeln permanent dazwischen, die Kleinen quengeln herum. Was für ein Stress! Als Hanni albern anfängt, wie doof zu kreischen, halte ich mir die Ohren zu und erinnere sie an den ›kranken‹ Paul.

Ich atme erleichtert auf, dass Max und Moritz schläfrige Augen bekommen. Sie lassen sich widerstandslos in die Kindersitze legen.

Die Zwillingsmädchen sehen ein, dass wir nicht ins Schwimmbad gehen können, weil ihre Brüder im Wohnzimmer schlafen. Sie freuen sich über meinen Vorschlag, ihren Eltern schöne Bilder zu malen.

»Au ja. Dabei können wir uns unterhalten. So wie mit Opapa.« Nanni klatscht in die Hände.

»Aber nur, wenn Karo Geld hat!« Hanni zieht ihre Schwester an den Haaren.

Ich überhöre gespielt Hannis Aussage und verteile die Malutensilien auf dem Küchentisch. Die kleinen Biester sind abgebrühter als ich dachte. Opa Heinis Clickertraining scheint sich tief in ihre Köpfe eingebrannt zu haben.

Nach kurzem Kampf mit meinem Gewissen entscheide ich mich *für* die Unterhaltung à la Opa Heini. Ich sause im Eiltempo in den Keller, krame in der Kiste mit meinen Spielzeugen aus der Kinderzeit und werde schnell fündig. Plastikschmuck, Glasmurmeln und Haarspangen sind viel wertvoller als kleine Geldmünzen.

Zurück in der Küche lege ich den Krimskrams mittig auf den Küchentisch. Die Mädchen halten mit dem Malen inne.

»Schaut mal. Diese schönen Sachen wollte ich euch schon lange zeigen.« Ich halte zwei bunte Glasmurmeln gegen das Licht. »Sind die nicht schön?«

Hanni und Nanni nicken andächtig.

Ich lege die Murmeln zurück an ihren Platz. »So, worüber sollen wir uns denn unterhalten?«

»Papa hat jetzt eine zweite Arbeit. Immer am Wochenende. Dann verdient er mehr Geld.« Nanni wischt sich mit dem Handrücken über die Nase und malt die Sonne mit hellgelber Farbe aus.

»Ach. Tatsächlich?« Ich rolle die Murmel Richtung Nanni, sie grabscht gierig danach.

Hanni klärt weiter auf. »Aber das darf niemand wissen, weil das schwarze Arbeit ist.«

»Keine Angst, ich petze nicht. Dann seid ihr ja bald reich.« Die nächste Murmel rollt.

»Stimmt. Mama will auch ein Schwimmbad im Garten haben. So wie ihr. Was meinst du, was die Familie große Augen macht!«

Nanni winkt ab. »Aber das dauert noch bis nächstes Jahr.«

Eine Haarspange wechselt den Besitzer.

»Wir versuchen jetzt immer, bei Oma und Opa zu essen. Das ist billiger. Papa hat gesagt, so sparen wir auch Geld.«

»Aha.« Beide bekommen ein Glasperlenarmband, das sie sofort über die Handgelenke streifen.

»Und *wir* helfen auch fleißig mit zu sparen. Mama hat gesagt, wir sollen uns ab jetzt immer nur Geld zum Geburtstag und zu Weihnachten wünschen. Davon wird nämlich Winterkleidung gekauft und kein Schrott. Basta!« Nanni klopft auf den Tisch.

Hanni sieht mich streng an. »Und du brauchst gar nicht erst nach Babysachen von Max oder Moritz zu fragen. Die verkauft Mama alle, wenn sie nicht mehr passen. Die kannst du schön alleine kaufen. Damit du mal weißt, was Kinder kosten!«

Ihre Schwester sieht auf die Uhr. »Mama ruft gleich an. Ihr wird beim Joggen schlecht. Dann legt sie sich hin und holt uns erst am Abend ab, wenn wir hier gegessen haben und die Kleinen bettfertig sind.«

Hanni nickt. »Ja, das haben wir gehört, als Mama telefoniert hat.«

»Was?« Meine Stimme klingt panisch.

Diese Information ist Gold wert. Ich springe auf und haste zum Küchenschrank. In Windeseile krame ich vier Euro aus meiner Geldbörse, die ich auf den Küchentisch werfe.

»Kauft euch später ein großes Eis. Malt weiter, ich bin gleich wieder da.«

Mit dem Telefon verschwinde ich ins Gäste-WC und wähle Connys Handynummer.

»Oh, Karo. Ich wollte dich gerade anrufen. Mir ist …«

Ich unterbreche sie dreist. »Stopp. Zuerst ich. Ich wollte dich nur daran erinnern, dass du deine Kinder pünktlich um 15 Uhr abholst. Ich … wir müssen weg.«

»Du, das ist …«

Wieder lasse ich sie nicht ausreden. »Hör jetzt gut zu, Schwester. Wir haben um 15:30 Uhr einen wichtigen Termin. Wenn du nicht Punkt 15 Uhr hier bist, stopfe ich die Kleinen in die nächstgelegene Babyklappe und kette Hanni und Nanni an einen Fahrradständer, den ich mit Sicherheit in unmittelbarer Nähe finde.« Ich warte ihre Antwort nicht ab, sondern beende das Gespräch. Mein Atem geht stoßweise.

Ich bin unendlich froh, dass dieser Kelch an mir vorübergegangen ist. Gut, dass ich mich auf *diese* Art der Unterhaltung mit den Kindern eingelassen habe.

Bis Conny kommt, widme ich mich der Zubereitung des Abendessens, ich putze Feldsalat. Hanni und Nanni haben ihre Bilder fertiggemalt.. Ich schalte den Fernseher in der Küche an, die Zwillinge konzentrieren sich auf eine Ratesendung für Kinder.

Weil Connys Plan nicht aufgegangen ist, kommt sie um 14:59 Uhr total zickig daher. Dass sie ihre Mutterpflichten eher als geplant wieder aufnehmen muss, lässt sie die Zwillinge spüren. Desinteressiert nimmt sie die gemalten Bilder entgegen; Hanni und Nanni machen enttäuschte Gesichter. Nachdem Conny Sack und Pack im Auto verstaut und sich mit versteinerter Miene von mir verabschiedet hat, hole ich zum verbalen Gegenschlag aus. Dabei lache ich sie fröhlich an.

»Tut mir leid, Conny. Du hättest dich gar nicht so zu beeilen brauchen. Der Termin ist geplatzt.«

Sie lächelt süffisant. »Ach, Karo. Du weißt doch: Ich bin Vollblutmutter. Für meine Kinder reiße ich mir *sehr gerne* die Beine aus.«

Am späten Nachmittag geht es Paul besser. Wir kuscheln bei leiser Musik auf dem Sofa. Was ich von den Zwillingen erfahren habe, behalte ich für mich. Ich will kein böses Blut schüren.

Paul berichtet vom Abend in der Trattoria. Die Familie Pellegrino habe ihn sowie die Männer der Werbeagentur schwer beeindruckt. Sie wären so gastfreundlich, der Tisch bog sich vor Essen.

»Schade, dass du nicht dabei warst, Möhrchen.« Er streichelt sanft meinen Rücken.

»Ach, mein Abend war ganz nett. Beim *Pommes-Jupp* war die Stimmung auch nicht übel.«

Ich nehme mein Handy zur Hand. »Aber du hast mich doch so nett an deinem Abend teilhaben lassen. Danke für das Video.« Ich drücke die Starttaste und bemühe mich, keinen eifersüchtigen Eindruck zu machen.

Paul zieht die Augenbrauen zusammen und beäugt angestrengt die Aufnahme mit der tanzenden Pelle. »Das habe *ich* dir geschickt?« Er räuspert sich. »Ähm. Davon weiß ich nichts ... Ich hatte wohl einige Grappas zu viel intus.«

11. Die Nerven liegen blank

Frau Pellegrino hat zwei Gesichter. Der tanzende ›Vulkan‹ ist abgekühlt. Im Business-Look, den sie heute trägt, macht sie eher einen unterkühlten Eindruck.

Frau Geiger hier, Frau Keller da. Sie bittet uns um dies und das und ist an Höflichkeit nicht zu überbieten.

Sie blinzelt keck mit den Augen, als Paul kommt. Frechheit! Er blinzelt zurück.

In unserem Beisein bedankt er sich noch einmal für den netten Abend. Er bittet die Pellegrino, ihren Eltern die allerbesten Grüße auszurichten … und dass er sich bei nächster Gelegenheit revanchieren würde.

Die Pelle lächelt sanft. »Das ist nicht nötig, Herr Geiger. Meine Familie ist glücklich, dass ich wieder in einer so guten Position wie bei *Koffie en Koekjes* arbeiten darf.«

»Ich bitte Sie! *Wir* können uns glücklich schätzen, dass Sie dort gekündigt haben.« Es macht den Eindruck, dass er nach diesem Satz das Weite sucht. Weg ist er.

Was für ein Geschleime!

Nachdem sich auch die Pelle verdünnisiert hat, trete ich unter dem Schreibtisch nach Bruni und denke laut mit leiser Stimme.

»Die hat doch bestimmt irgendetwas auf dem Kerbholz. Ich meine, ich kündige doch nicht bei *Kaffee und Kekse*, wenn es mir so gut bei *Kaffee und Kekse* gefällt.«

Bruni schiebt die Unterlippe vor. »Ich weiß nicht …«

»Also mal ehrlich, Bruni. Würdest du bei *Kaffee und Kekse* kündigen, wenn du einen so tollen Job bei *Kaffee und Kekse* hättest?«

»Hm. Ne. Wahrscheinlich nicht.«

»Siehst du? Ich nämlich auch nicht.« Ich schiele zur Pelle, die sich ein Stück Apfelsine in den Mund schiebt und auf die PC-Tastatur hämmert. »Und wenn ich die Wahl hätte … Kaffee und Kekse oder Kaugummis … Also nichts gegen unsere Firma … aber ich würde mich *immer* für die Kekse entscheiden. Darauf kannst du Gift nehmen!«

»Hm. Jetzt, wo du es sagst. Ich auch.«

Ich freue mich, dass ich Bruni überzeugt habe, und sinniere weiter. »Vielleicht hatte die ja etwas mit Drogen zu tun.«

»Hä? Drogen?« Sie sieht mich verständnislos an.

»Ach Bruni, du Liese. Holland! Coffee-Shopjes … Rastaman … Multikulti … Cannabis! Vielleicht hat sie am Schreibtisch zu viel gekifft und gar nicht selbst gekündigt, sondern ist geflogen.«

Bruni lacht. »Quatsch. Das glaubst du doch selbst nicht.«

Ich denke so angestrengt nach, aus welchen privaten Gründen die Pellegrino die Niederlande verlassen haben könnte, dass es ruckzuck kurz vor 12 Uhr ist.

Auf dem Weg in die Kantine überholt uns Dröpjes im Laufschritt. Sein Eau de Toilette duftet so extrem süß, dass es in meiner Nase kribbelt, ich muss niesen.

Ich schicke ihm einen giftigen Blick hinterher und reibe meine Nase.

Als wir die Kantine betreten, weiß ich, warum er so gerannt ist. Ein Außendienstler schiebt zwei Tabletts, Dröpjes drängelt sich bis zu ihm vor. Der Kollege fungierte also als Platzhalter. Sie stecken die Köpfe zusammen und lachen.

»Pfui. Vordrängeln ist unfair …« Bruni wirft mit Schmackes Essbesteck auf ihr Tablett.

Ich gähne verhalten. »Mir doch egal …«

Es geht langsam voran. Wir recken ungeduldig die Hälse. Hinter der Theke steht heute nur Ingo; er gibt sich alle Mühe, schnell zu arbeiten.

Dröpjes bestellt mit lauter Stimme, als wäre Ingo schwerhörig. »Einmal bitte von dem herrlichen Rinderbraten … Tu mal zwei Scheiben drauf, Ingo. Prima. Noch ein bisserl mehr Sauce und Püree.«

Nach gefühlten dreißig Minuten sind wir endlich an der Reihe.

Ulrike und Heike genießen bereits das Essen, als wir uns zu ihnen setzen.

Heike flüstert: »Das war vielleicht knapp. Um ein Haar hätte dieser Typ vom Friedhof eine von uns geschnappt.«

Bruni raunt. »Wir können stolz auf uns sein. Das haben wir prima gemacht. Wie geht es denn nun weiter, Ulrike?«

»Am Mittwochabend bin ich wieder bei Kassandra. Ich habe keine Ahnung, ich weiß nicht, was auf mich zukommt.«

Bruni und Heike sagen, dass sie gespannt seien wie Flitzebogen. Ich enthalte mich der Stimme.

Mir fällt auf, dass Ulrike nicht gut aussieht. »Ansonsten alles gut bei dir?«

Ulrike seufzt laut. »Ich sage nur ein Wort: Rebecca!«

Ulrike klagt schon seit längerer Zeit, dass ihre Tochter Rebecca in die Pubertät komme und schwerer als ein Sack Flöhe zu hüten sei.

»Heute früh kam sie mit Make-up, Wimperntusche und einem *knallroten* Lippenstift zum Frühstück. Ich habe sie gefragt, ob sie heute Kunstunterricht habe. Nachdem sie verneinte, habe ich gesagt: ›Dann wasch dir das Gemälde aus dem Gesicht.‹ Ihr könnt euch nicht vorstellen, wie bockig dieses kleine Luder sein kann.«

Wir lachen.

Heike klopft Ulrike auf den Kopf. »Ach, manchmal bist du aber auch zu streng mit ihr.«

»*Hallo*? Sie ist dreizehn! Die alten Säcke auf der Straße drehen sich schon nach ihr um, weil sie für sechzehn durchgeht. Mit Schminke wirkt sie noch älter.«

»Ja, die Mädchen werden immer früher flügge. Als ich dreizehn war, habe ich noch mit Puppen gespielt.« Ich erinnere mich noch genau daran, dass ich mich erst an meinem fünfzehnten Geburtstag über Wimperntusche und rosa Lipgloss freute.

»Ich sag euch was. Daran ist nur dieses verdammte Internet schuld. Die sozialen Netzwerke und so.« Ulrikes Messer quietscht auf dem Teller.

Dröpjes scheint seine Ohren wieder einmal an unserem Tisch zu haben. Er dreht sich um.

»Manchmal liegt es aber auch daran, dass beide Elternteile arbeiten gehen und die Gören sich selbst überlassen sind. Früher gehörte die Frau an den Herd und hatte Zeit für die Kindererziehung. Die Kinder spielten brav auf dem Hof Ball oder Gummitwist, statt sich in Sachen *Sex* fortzubilden, während die Eltern ihre Blagen in der heutigen Zeit vernachlässigen.«

Ulrike grunzt verächtlich. »Es bekommt ja nicht jeder Arbeitnehmer ein Prokuristengehalt, Herr Dröpjes. Wir waren vor drei Jahren das letzte Mal im Urlaub. Mein Mann ist ein einfacher Stahlarbeiter. Wenn wir von *dem* leben müssten, was er verdient, würden wir verhungern.«

Dröpjes verzieht spöttisch das Gesicht. »So, so. Und das, was Sie hier verdienen, verfressen Sie wohl ganz alleine, was?« Sein Finger zeigt auf Ulrikes Doppelkinn, dann lacht er so laut über seinen Witz, dass sein ganzer Körper bebt.

»Ehrlich, Herr Dröpjes, Sie sind ein richtig widerlicher Fiesling!« Ich könnte ihm an die Gurgel springen.

Ulrike schiebt ihren Stuhl geräuschvoll beiseite und steht hastig auf. Ich sehe ihr an, dass sie gleich weint, sie ist leichenblass. Dröpjes kann sich nicht beruhigen, er lacht noch immer.

»Hör nicht hin, Ulrike.« Heike will sie festhalten, doch Ulrike stürmt aus der Kantine. Heike und Bruni lassen alles stehen und liegen und laufen hinter ihr her.

Ich stehe ebenfalls auf und stoße mit Verachtung hervor: »Das war einer zu viel Dröpjes. Ich werde gleich mit meinem Mann reden …«

Er hält meinem Blick stand und grinst. »Wissen Sie was, Frau Geiger? Meine Laune verhagelt nichts.« Er greift in seine Jackentasche und hält mir ein Ticket vor die Nase. »Morgen Abend. Hamburger SV gegen Schalke. Westtribüne, Block 19A …«

»Pfui Spinne!« Ich drehe mich auf dem Absatz um, raffe sämtliche Handtaschen zusammen und bitte, während ich hinauslaufe, die Kolleginnen einen Tisch weiter, heute ausnahmsweise unser Geschirr mit wegzuräumen.

Ich muss nicht lange überlegen, wo die Mädels sind, und sprinte zu den Toiletten. Ulrike steht am Fenster und heult Rotz und Wasser. Bruni und Heike reden auf sie ein.

»Du kennst ihn doch. Er wirft doch ständig mit Knüppeln um sich …« Bruni streichelt Ulrike über den Arm, die zum Herzerbarmen schluchzt.

»Man … man … kann mir mit allem kommen. Aber dass ich meine Tochter vernachlässige … damit nicht! Außerdem … mein Doppelkinn … darunter leide ich doch … schon genug.«

Sie tut mir wahnsinnig leid, ich nehme sie in die Arme und wiege sie sanft hin und her. »Ich werde heute Abend mit Geigenpaul reden, ja? So etwas geht einfach nicht. Er wird sich darum kümmern, das verspreche ich dir.«

Ich nehme ihr das Taschentuch aus der Hand und tupfe sanft die Tränen fort. Sie beruhigt sich ein wenig, die Schluchzer bleiben aus.

»Nein, lass mal. Ich habe meine Tage und bin heute total empfindlich. Normalerweise bin ich nicht so zart besaitet.«

Nachdem wir sie moralisch ein wenig aufgebaut haben, kann sie schon wieder lachen. Besonders, weil Bruni Dröpjes ›eine alte Stinkmorchel‹ nennt.

Dann werde *ich* beruhigt. Heike erinnert sich, dass sie mir ihre ›Naturalien‹ zeigen wollte. Sie hebt ihr T-Shirt und öffnet ihren BH. Ich darf nicht nur gucken, sondern auch fühlen. Ulrike macht es ebenso. Danach bin ich beruhigt. Die beiden haben tolle Busen, die zwar ein wenig hängen, dennoch gefallen sie mir.

Bevor die Pelle in die Mittagspause geht, steckt sie ihren Kopf in Pauls Büro.

»Herr Geiger? Mir ist aufgefallen, dass Sie keine Mittagspause machen. Soll ich Ihnen etwas Warmes mitbringen?«

Paul schenkt ihr einen freundlichen Blick. »Ähm. Nein, vielen Dank. Ich esse nie zu Mittag.«

»Das ist aber sehr ungesund, die Zeit sollten Sie sich nehmen.« Ihre Stimme klingt jetzt sehr sanft.

»Danke, aber ich versorge mich zwischendurch immer mit Kleinigkeiten, wenn ich an der Kantine vorbeilaufe.« Wieder wandern seine Mundwinkel nach oben.

Sie nickt zufrieden und schließt behutsam, wie eine Mutter die ihr Kind nicht aus dem Schlaf wecken will, die Tür.

Ich muss mich schwer beherrschen, ihr keinen bösen Kommentar mit auf den Weg in die Kantine zu geben.

Kurz nachdem die Pellegrino das Büro verlassen hat, verschwindet auch Paul.

Entgegen meiner Gewohnheit, in mäßigem Tempo zu arbeiten, klotze ich rein. Der Drucker spuckt einen Brief nach dem anderen aus. Bruni mahnt mich zweimal, endlich den PC herunterzufahren, weil gleich Feierabend sei.

Da Paul noch immer nicht im Büro ist, lege ich die Mappe zur Unterschrift auf seinen Schreibtisch.

Das Chaos in der Birkenstraße wird immer größer. Das Gartentor und der hölzerne Zaun, an dem üppige Blumen rankten, sind verschwunden. Auf dem Boden liegen lange, breite Metallplatten, die bis zur Baustelle führen. Im hinteren Teil des Gartens, wo der Anbau entstehen soll, schaufelt ein mittelgroßer Bagger unermüdlich Erdreich auf den Anhänger eines kleinen LKWs.

Meine Eltern kommen aus dem Haus. Die Haare meiner Mutter stecken unter einem Kopftuch, welches hinten zusammengebunden ist. Sie trägt einen alten Kittel und wadenhohe Gummistiefel. Sie sieht aus wie eine Bauersfrau aus alten Zeiten.

»Mein Gott, was für ein Durcheinander. Opa reißt alles ab, was nicht weglaufen kann.« Sie stemmt die Hände in die Hüften.

Mein Vater ist blass, er drückt mich kurz.

Opa kommt hinterher, er hat Mamas letzte Worte gehört. »Werte Hildegard, statt über Dinge zu reden, von denen du keine Ahnung hast, solltest du oben im WC lieber eine neue Rolle Klosettpapier hinhängen. Ich musste die Blätter beim Abputzen schon falten, sonst wäre ich nicht hingekommen … Hallo, Karo.«

Mama regt sich auf. »Als wenn du nicht wüsstest, wo in diesem Haus Reserverollen Klopapier liegen! Du bist nur zu faul, den Schrank zu öffnen.«

»Ach, Vater! Wer konnte denn ahnen, dass du nicht nur Bäume und Sträucher, sondern auch den kompletten Zaun plattmachst.« Papas Lippen zittern.

Opa schlägt sich vor die Stirn. »Wie blöd bist du eigentlich, Hermann! Kannst du mir mal bitte erklären, wie der Bagger sonst aufs Grundstück gekommen wäre? Das ist ein Bagger und kein Flugzeug! Der kann nicht fliegen. Und mit dem LKW verhält es sich genauso.«

Ich kann meine Eltern verstehen, versuche jedoch, zu schlichten. »Das ist doch nur vorübergehend so. Überall, wo gebaut wird, sieht es so unordentlich aus.«

»Ha! Da habt ihr es. Eure Tochter hat mehr Gehirnmasse in ihrem Kopf als ihr zwei Dickschädel zusammen.« Opa Heini tätschelt meine Wange.

Zu allem Übel kommt Gundula, die genauso gekleidet ist wie meine Mutter, mit einer Schüssel Pellkartoffeln an.

»Schau mal, Hildegard. Meinst du, die Menge Kartoffeln reicht für den Kartoffelsalat?«

Papa schiebt den Kopf nach vorn. »Hast du keine anderen Sorgen, als Kartoffeln für einen beschissenen Kartoffelsalat?«

Gundula zuckt zusammen. Dann macht sie kehrt und stiefelt beleidigt ab.

»Hermann! Das geht eindeutig zu weit. Gifte Gundula nicht an. Du bist doch der Erste, der sich den Teller bis zum Rand vollschaufelt.« In Mamas Augen funkelt es böse.

Der Bagger macht eine kurze Pause, der Fahrer steigt aus und fummelt an seinem Hosenschlitz herum, während er Richtung Hecke trottet.

Das ist zu viel für meinen Vater. Er schreit: »He! Junger Mann! Sollten Sie es wagen, gegen meine Koniferen zu pinkeln, schneide ich

Ihnen den Zipfel ab! Benutzen Sie unser Gäste-WC … oder klettern Sie über den Zaun aufs Feld!«

»Jau …« Der Bauarbeiter zieht es vor, über den Zaun aufs Feld zu steigen, um sich dort zu erleichtern.

Gundula taucht wieder auf. Sie trägt ein kleines Tablett mit gut gefüllten Schnapsgläsern und einem Glas Saft. Es ist nicht zu übersehen, dass sie verweinte Augen hat.

»Es tut mir so leid … Wenn ich das alles vorher gewusst hätte …« Es kullern Tränen.

Mama fummelt an ihrem Kopftuch. »Unsere Nerven liegen im Augenblick blank … Wir sind doch sonst so friedlich miteinander!«

»Und *wie*!« Opa Heini klopft sich lachend auf den Schenkel. Dann legt er einen Arm um die Schultern seiner Lebensgefährtin und greift nach einem Glas Hochprozentigem.

»So. Und jetzt vertragen wir uns alle wieder.« Er hebt das Glas in Richtung Mama und Papa. »Ich entschuldige mich in aller Form, dass ich den Zaun plattgemacht habe.« Dann kichert er. »Das nächste Mal bestelle ich einen Bundeswehrhubschrauber, der das schwere Gerät an dicken Stahlseilen im Garten ablädt.«

Erleichtert greife ich nach dem Saft und lasse mich auf einen Gartenstuhl fallen. Amüsiert verfolge ich das Geschehen.

»Ich entschuldige mich in aller Form für die ›beschissenen Kartoffeln‹, liebe Gundula. Das ist mir im Eifer des Gefechts so herausgerutscht. Also …« Mein Vater hebt das Glas.

Meine Mutter räuspert sich. »Und ich entschuldige mich bei dir, lieber Vater, wegen des fehlenden Klopapiers.«

Gundulas Tränen versiegen, dann wird auf ex getrunken.

»So. Gundula, hol die Flasche. Einer geht noch rein …«

Alle setzen sich und atmen tief durch.

Vor dem Haus hupt es, Conny und die Kinder kommen. Ich schaue auf die Uhr. Klar, bald ist Essenszeit.

»Was ist denn hier los? Hurra, ein Bagger.« Die Zwillinge beachten uns nicht, rennen am Wintergarten vorbei zur Baustelle.

Mama springt auf, sie ruft ihnen hinterher: »Ihr dürft nicht hinter die Absperrung laufen, Kinder! Hört ihr? Sonst erwischt euch der Bagger!«

Gundula kommt mit der Flasche zurück und schenkt noch einmal nach.

»Mein Gott! Schrecklich. Ist hier eine Bombe eingeschlagen?« Conny schleppt auf jedem Arm ein Kind und reicht sofort eines an Gundula, das andere an meine Mutter weiter. Sie schüttelt ihre Arme aus und betrachtet fassungslos die Baustelle.

Mein Vater schwächt ab. »Ach, das ist doch nur vorübergehend so. Überall, wo gebaut wird, sieht es so unordentlich aus. Uns bringt nichts aus der Ruhe.«

Conny blickt verständnislos in die Runde, weil alle losprusten.

Opa Heini erklärt ihr, dass in Kürze das Fundament gegossen und danach zügig gemauert wird. Herr Wellenbrink hätte alles bestens organisiert.

Meine Mutter knuddelt ausgiebig ihre Enkelkinder.

Ich laufe in die Küche, um Saft und Kekse für die Kinder zu holen. Als ich zurückkomme, mault Conny mich an.

»Jetzt bloß kein Gebäck mehr. Die Kinder sollen gleich ordentlich zu Abend essen!«

Sie blickt meine Mutter an. »Wir können doch hier mitessen, Mama? Du hast doch bestimmt etwas Schönes gekocht. Wenn wir zusammensitzen, ist es immer so gemütlich.«

Ich beiße mir auf die Lippen. *Und billiger!* So eine Schleimschnecke.

Meine Mutter gibt den Blick an Gundula weiter. Die sagt: »Sicher. Ich koche noch ein paar Pellkartoffeln mehr, es gibt Kartoffelsalat mit Würstchen.«

»Mmh. Lecker! Kochst du *noch* ein paar mehr? Dann kann ich für Anton eine große Portion mitnehmen. Der liebt deinen Kartoffelsalat nämlich.«

Gundula nickt. Ihr Gesichtsausdruck verrät, dass sie sich geschmeichelt fühlt.

Max und Moritz quäken glücklich, jetzt hocken beide auf Mamas Schoß und betatschen ihr Gesicht, was sie sichtlich genießt. »Na, das ist ja schön, dass ihr uns auch mal wieder besuchen kommt …« Sie knuddelt beide.

Conny nippt an ihrem Mineralwasser. »Morgen bringe ich die Kleinen nicht mit, Mama. Sonst müsste ich ja wegen der vier Kinder wieder mit Antons Auto fahren.« Sie verdreht die Augen. »Wozu habe ich denn einen neuen Flitzer bekommen, wenn mein Mann ständig damit durch die Gegend fährt.«

Opa lacht und schiebt seine Brille auf die Stirn. »Ah. Apropos *Auto,* Conny. Ich habe noch was für dich.« Er entschuldigt sich für einen Moment und ist innerhalb weniger Minuten wieder zurück.

Er überreicht Conny einen DIN-A-5-Umschlag, der prall gefüllt ist. »Hier. Für dein neues Auto.«

Ich staune nicht schlecht. Opa Heini hat sich also doch erweichen lassen, Conny einen kleinen Beitrag zum neuen Gefährt zu sponsern.

Conny ziert sich ein wenig. »Ach, Opa, das wäre doch nicht nötig gewesen.« Ihre Finger überprüfen unmerklich die Dicke des Umschlags. »Das kann ich doch gar nicht annehmen.« Sie wird rot.

»Doch, doch. Ich bestehe darauf, liebe Conny.«

»Mensch, Opa. Du bist lieb … Danke.«

Mit zittrigen Händen öffnet sie die mit Klebeband versehene Lasche. Zuerst zieht sie eine Glückwunschkarte mit den besten Wünschen für eine gute Fahrt heraus, danach einen kleinen Falt-Stadtplan für die Hansestadt Hamburg.

Sie schluckt und wird so rot wie ein Pavianarsch.

Ich stütze die Ellenbogen auf den Tisch, verschränke die Hände vor dem Mund und beiße mir fest in den Daumen, um nicht zu kreischen. Am liebsten würde ich ihren bescheuerten Gesichtsausdruck mit dem Handy ablichten, damit ich mir das Foto jeden Tag anschauen kann.

»Damit du mit dem schönen Auto nicht in die Elbe oder Alster plumpst. Auf die neuartigen Navigationsgeräte alleine sollte man sich nämlich nicht verlassen.« Opa schnieft laut.

Mein Vater nickt heftig. »*Das* ist eine gute Idee, Vater. Das stimmt. Was wegen dieser Geräte schon alles passiert ist!«

Conny stammelt ein leises »Danke«.

Mir reicht es jetzt. Ich muss weg hier. Wie sagt man so schön: Zum Lachen in den Keller.

Auf dem Nachhauseweg kann ich mich nicht beruhigen und reagiere mich bereits *vor* dem Keller ab.

Vor dem Supermarkt sehe ich Dröpjes, der mit einem HSV-Schal um den Hals aus dem Laden kommen. Er trägt eine große Einkaufstasche, unter seinem Arm klemmt ein Sixpack Dosenbier. Dieses Ferkel hat einen Geldschein zwischen den Lippen klemmen. Er verrenkt sich, umständlich schließt er sein Auto auf.

Das, was er sich heute mit Ulrike geleistet hat, war wirklich unter aller Sau. Als er den Parkplatz verlässt, mache ich mich auf den Weg in den Supermarkt. Während ich einen Einkaufswagen entriegele, ertappe ich mich dabei, dass ich ihm für morgen Abend die Pest an den Hals wünsche. Es würde mich glücklich machen, wenn er wegen was weiß ich nicht *nicht* ins Stadion gehen könnte.

An der Obst- und Gemüsetheke halte ich nach frischem Spinat Ausschau, als mein Handy klingelt. Simones Bild erscheint auf dem Display.

Sie klingt aufgeregt und fragt, ob Paul und ich heute Abend Zeit hätten. Bruni käme auch, allerdings ohne Heiner. Aber worum es ginge, wolle sie nicht verraten.

Sie sprudelt wie eine frische Quelle und hat es geschafft, mich neugierig zu machen. Ab 20 Uhr könnten wir kommen, es gebe Pizza vom *Pizza-Flitzer*. Ich sage zu und beeile mich mit den Einkäufen.

Kaum zu Hause rufe ich Paul an und sage ihm, dass wir heute bei Simone und Willi eingeladen sind. Er macht mir einen dicken Strich durch die Rechnung. Er habe gleich einen wichtigen Termin mit dem Vorstand unserer Hausbank, das Gespräch könne sich in die Länge ziehen.

Ich bin beleidigt und keife ihn an. »Es wäre toll, Paul, wenn du mir das einige Tage vorher sagen würdest!«

Er kontert genervt: »Dito! Ich würde auch gerne zeitiger von einer Einladung erfahren.«

Ich verzichte darauf, ihm eine Erklärung zu liefern und werfe das Telefon auf den Wohnzimmertisch.

Willi öffnet die Haustür, unter seinem Arm klemmen leere Pizzakartons. »Komm rein, schöne Frau! Wo ist Paul?«

Ich seufze. »Er hat noch einen Termin, du kennst das ja. Unverhofft kommt oft. Ich platze vor Neugier, wo ist die Überraschung?«

Auf der Terrasse mache ich große Augen und stoße einen Freudenschrei aus. Machungwa, unser gemeinsamer Freund, springt aus dem Korbsessel und breitet lachend seine Arme aus, in die ich mich sofort werfe.

Er wirbelt mich durch die Luft und setzt mich vorsichtig ab. Auch hier entschuldige ich Paul und richte liebe Grüße von ihm aus.

Machungwa ist afrikanischer Abstammung und ein Hüne von Mann. Er arbeitet als Orthopäde in einer Frankfurter Klinik. Wir lernten uns im vergangenen Jahr kennen, als er seinen Urlaub bei seinen Eltern in Hamburg verbrachte. Machungwa ist mit Ratiba verheiratet, die wir noch nicht kennengelernt haben, weil sie zum damaligen Zeitpunkt in Frankfurt blieb. Beide haben einen Sohn mit dem niedlichen Namen Tutu.

Simone freut sich, dass ihr die Überraschung gelungen ist. Sie klatscht in die Hände. Bruni hebt ihr Wasserglas und ruft laut: »Yeah, Machungwa is back!«

Willi versorgt sich und den Medizinmann mit Rotwein, ich bekomme ein Wässerchen hingestellt. Wir stoßen an.

Unsere Münder stehen nicht still. Es gibt so viel Neues zu berichten. Wir Mädels plaudern über unsere Schwangerschaften, Willi redet über die Firma.

Machungwa überrascht uns mit der Neuigkeit, dass er und seine kleine Familie in Kürze zurück nach Hamburg kämen. Er mache sich in Altona als Orthopäde und Unfallchirurg selbständig.

»Ich muss morgen früh den Mietvertrag für die Praxisräume unterschreiben, morgen Nachmittag fahre ich zurück nach Frankfurt. Ratiba kommt am Mittwoch, um hier nach einer Immobilie Ausschau zu halten. Sie wohnt in der Zeit im Haus meiner Eltern, die für längere Zeit verreist sind. Tutu bleibt so lange bei mir und den Schwiegereltern in Frankfurt. Könntet ihr euch ein wenig um Ratiba kümmern? Sie kennt niemanden hier.«

Wir nicken im Gleichtakt. Nacheinander versichern wir, dass wir uns aufrichtig freuen, Ratiba kennenzulernen und sie sehr gerne unter unsere Fittiche nehmen. Auch bei der Suche nach einem geeigneten Haus wollen wir behilflich sein.

Machungwa ist sichtlich erleichtert.

Bei köstlichen Pizzen und diversen Salaten schwelgen wir in Erinnerungen. Nach über drei Stunden witziger Anekdoten schmerzen sämtliche Lachmuskeln in meinem Gesicht.

Machungwa nimmt Simones und Willis Angebot sehr gerne an, bei ihnen zu übernachten.

Wir lassen die angeheiterten Männer alleine. Simone trägt die Reisetasche, die Machungwa im Flur abgestellt hat, in die zweite Etage der Wohnung. Bruni und ich schütteln das Federbett und Kopfkissen auf, anschließend beziehen wir es mit duftend frischer Wäsche.

Simone stupst uns an und deutet mit dem Kopf auf die Reisetasche, an deren Griff eine kleine, hässliche Voodoo-Puppe baumelt.

»Noch einer, der an Übersinnliches glaubt?« Bruni geht in die Hocke und betrachtet die kleine Puppe von allen Seiten.

Ich widerspreche. »Quatsch! Als wenn Machungwa so dämlich wäre. Vielleicht ist es ein Talisman, den ihm sein kleiner Sohn geschenkt hat.«

Bruni kichert. »Dieses fiese Gesicht erinnert mich ein wenig an Dröpjes.«

»Stimmt.« Bruni hat den Nagel auf den Kopf getroffen.

Zuerst berichte ich Simone, wie sehr er Ulrike beleidigt hat, dann beiden Mädels von seinen Karten für das morgige Fußballspiel. Anschließend oute ich mich, dass ich ihm heute vor dem Supermarkt bereits die Pest an den Hals wünschte, damit er morgen nicht zu seinem Traumspiel fahren kann.

Simone lässt das Gehörte kurz sacken, greift dann nach einer Gardinenfalte, zieht eine Stecknadel heraus und wirft sich auf die Knie. Dann sticht sie so schnell wie eine alte *Singer*-Nähmaschine nähen kann, auf den Puppenkörper ein. Während sie »Dröpjes Pest … Pest …« ruft, lacht sie sich schlapp.

Jetzt dreht Bruni durch. Sie nimmt die Nadel und piekst in ›Dröpjes‹ Hinterteil. »Dröpjes Hämorrhoiden … Hämorrhoiden … Hämorrhoiden … kein Fußball … nein … nein … nein!«

Diese Vorstellung gefällt mir.

Bruni hält mir die Nadel hin. »Los. Jetzt du!«

Mir ist unbehaglich, aber, ich will kein Spielverderber sein. Zaghaft berühre ich den imaginären Dröpjes mit der Nadelspitze an der Nase. Ich rufe albern: »Kein Fußballspiel … kein Stadion … Schnupfen!«

Nach dieser Lachnummer beschließen Bruni und ich, den Heimweg anzutreten. Machungwa verspricht, sich alsbald zu melden.

Paul wird wach, als ich mich im Bett dicht an ihn kuschele. Im Flüsterton erzähle ich ihm die Neuigkeiten. Er findet es auch prima, dass Machungwa samt Familie zurück nach Hamburg kommt.

12. Komisch … Bio … und die ollen Kochklamotten

Spiegel sollten in Aufzügen verboten werden. Ich mag mir nicht in die Augen schauen, denn ich sehe übernächtigt aus. Dunkle Schatten liegen unter meinen Augen. In der ersten Etage steigt Dröpjes zu. Er macht weder einen erkälteten noch ›analkranken‹ Eindruck. Ganz im Gegenteil, er scheint fit zu sein wie ein Fisch im Wasser.

»Guten Morgen, Frau Geiger.« Er schnalzt mit der Zunge. »Ach … Es ist immer wieder schön zu beobachten, wie Frauen während einer Schwangerschaft aufblühen.« Er taxiert grinsend mein Gesicht, dann wirft er einen Blick auf die Schlagzeile der *Hamburger Morgenpost* und gibt komische Geräusche von sich.

Ich suche krampfhaft nach einer passenden Antwort, mir fällt leider keine ein. Daher belasse ich es bei einem gelangweilten Gähnen.

Bruni sitzt am Schreibtisch, ihre Augen sind ebenfalls klein, sie nippt an einem Kaffeepott. Während ich meine Jacke ausziehe, holt sie eine zweite Tasse.

Mir fällt sofort auf, dass die Pelle noch nicht an ihrem Arbeitsplatz gesessen haben kann, denn Kugelschreiber und Arbeitsutensilien liegen noch akkurat in Reih und Glied.

Bruni schlürft und deutet auf den verglasten Raum. »Die wird doch wohl nicht krank sein?«

Ich sage: »Quatsch. Die käme auch, wenn sie ihren Kopf in der Schubkarre vor sich herfahren würde. Arbeitnehmerinnen wie die Pelle werden nicht krank. Nie!«

Bruni denkt kurz nach. »Stimmt.«

Die Wirkung des Kaffees setzt ein. Beschwingt mache ich mich an die Arbeit.

Paul und die Pellegrino kommen gemeinsam angerauscht. Mit ihnen betritt richtig gute Laune den Raum. Sie lachen so, als hätten sie zusammen einen Streich ausgeheckt.

Bevor ich das Haus verließ, bin ich Paul nur kurz begegnet, da hielt sich seine Freude in Grenzen.

»Naja«, sagt Paul, »Sie hatten die besseren Argumente, ganz klar. Mit diesen Konditionen rechnete ich absolut nicht.«

Die Pelle grüßt fröhlich, ich bekomme von Paul den obligatorischen Kuss. Bruni wird kurz über den Rücken gestreichelt.

Ich verstehe nichts von dem, worüber die beiden reden.

Etwas distanziert frage ich: »Dürfen wir uns mitfreuen?« Ich kratze mit einem Bleistift meine Kopfhaut.

»Frau Pellegrino hat gestern Abend den Vogel abgeschossen …«

Ich lache unangemessen laut. »Ach, ist sie jetzt die neue Schützenkönigin von *Geigers Jummy-Gum*?«

»Quatsch, Möhrchen! Sie hat dazu beigetragen, dass wir einen halben Prozent weniger an Zinsen zahlen.« Paul strahlt bis über beide Ohren.

Das ist gemein! Und damit meine ich nicht die Zinsen. Paul hat gestern, als ich ihn anrief, mit keinem Wort erwähnt, dass die Pellegrino ihn zu diesem Treffen begleiten wird. Das ist *mehr* als gemein!

Paul läuft einige Schritte in Richtung Arbeitszimmer und bremst ab. »Ach … Maria. Würden Sie mir gleich die Verträge rüberbringen?«

»Ja. Gerne. Ähm … soll ich Ihnen auch einen Kaffee mitbringen, Paul?«

Dann schließen sich sämtliche Türen. Es macht ›knacks‹, der Bleistift in meinen Händen ist in der Mitte durchgebrochen. Ich pfeffere eine Hälfte des Stiftes in den Mülleimer.

»Habe ich das eben richtig mitbekommen, Bruni? *Paul … Maria …*? Die beiden schleimen sich mit Vornamen an?«

Bruni nickt so ängstlich, als habe sie Bedenken, dass ich ihr gleich an die Kehle springen könnte, um sie zu erwürgen.

Ich beobachte die beiden, die sich noch immer über den Deal des Jahrhunderts zu freuen scheinen. Beide stehen nun auf und setzen sich wohl auf die Ledercouch, die ich von meinem Platz aus nicht sehen kann. »Mensch, Paul ist auch nur ein Mann … Sie becirct ihn.«

»Beruhige dich, Karo. Du redest dir was ein, das absolut nicht stimmen muss.«

Ich beuge mich kämpferisch über den Schreibtisch. »Ha! Von wegen. Erst lädt sie ihn in die Trattoria ihrer Eltern ein, dort tanzt sie wie eine sündige halbnackte Schlange vor seiner Nase herum. Und seitdem nutzt sie jede Gelegenheit, um ihn am Abend zu begleiten. Sie quetscht nach und nach das berühmte Kamel durchs Nadelöhr.

Pass mal auf! Ich gebe denen noch eine Woche, dann duzen die sich … und zack … bevor Kasper das Licht dieser beschissenen Welt erblickt, ist er schon ein Scheidungskind.«

Bruni zeigt mir einen Vogel.

Ich stehe langsam auf und laufe zum Kopiergerät, um einen Blick in die Ecke zu werfen, in der die Sitzgruppe steht. Leider kann ich nur Pauls und Marias Beine erkennen, die in gebührendem Abstand unter dem Tisch zu sehen sind.

Als Theken-Sabine mit dem Servierwagen samt Obst und Säften angescheppert kommt, ist mir bewusst, wie Adrenalin und Cortisol in meinem Körper verrückt spielen. Bruni und ich beschließen, den Inhalt der Obstschüssel ganz alleine zu verputzen.

Wir sitzen heute als Erste am Tisch in der Kantine. Unsere Kolleginnen stehen noch an der Essensausgabe. Bruni fällt ein, dass sie am Freitagvormittag einen Termin zur Routineuntersuchung bei Dr. Calamari hat, bei dem auch ich in Behandlung bin.

»Heiner kommt mit. Wir freuen uns auf das neue Ultraschallbild.« Sie löffelt den herzhaften Gemüseeintopf.

»Wir sind nächste Woche Freitag dran. Paul hat sich vorgenommen, mitzukommen.«

Ich verziehe das Gesicht. Es fehlt Salz in der Suppe.

Ich drehe mich um, greife nach dem Salzstreuer, der auf Dröpjes Stammplatz steht, und würze kräftig nach. Dann schraube ich den Deckel des Streuers auf, lege ihn locker auf das Glas und stelle ihn zurück.

»Wetten, dass Dröpjes sich heute die Suppe versalzt?« Ich grinse Bruni an.

Heike und Ulrike stellen ihre Tabletts unsanft auf den Tisch.

Heike mosert. »Wir haben heute so viel zu tun, dass es uns fast die Mittagspause verhagelt hätte.«

Ulrike massiert die ›Fleischwurst‹ unter ihrem Kinn. »Und gerade kam ein Anruf von Geigenpaul, dass eure Frau Pellegrino dreihundert Euro mehr an Gehalt bekommt, als vereinbart wurde.«

Ich stutze kurz. Bruni schaltet sofort. »Weiß ich … ähm … wissen wir.« Ihr Oberschenkel stößt gegen meinen.

»Ja. Paul hat es uns gesagt. Er hat gesagt: ›Mein Gott, diese Frau arbeitet schneller als der Wind pusten kann. Solch ein Einsatz muss belohnt werden.‹« Meine Stimme klingt belegt.

»Wenn ich mir die Gehälter einiger Mitarbeiter anschaue, ärgere ich mich, dass ich nicht mehr aus meinem Leben gemacht habe.« Heike wirkt nachdenklich.

»So denke ich *heute* auch. Was glaubt ihr, warum ich so streng mit Rebecca umgehe, wenn es um ihre schulischen Leistungen geht? Da kann sie noch so meckern, später wird sie es mir danken.«

Sabine kommt angehastet und unterbricht uns. Sie geht vor unserem Tisch in die Hocke.

»Ulrike, mein Motorrad wird am Donnerstag repariert. Wenn du Hilfe brauchst … du weißt schon. Ich könnte dich fahren.«

Ulrike hebt die Augenbrauen. »Das ist ja super, Sabine. Du kannst offen reden, meine Kolleginnen wissen Bescheid. Ich rufe dich morgen Abend an. Danke!«

Theken-Sabine nickt kurz. »Das Benzingeld musst du mir aber bezahlen, denn im Moment zählt bei mir jeder Cent.« Dann huscht sie wieder zurück.

Und wieder ist das Thema Gehalt unser Gesprächsthema.

Ich seufze leise. Mitarbeitern wie Sabine sollte etwas mehr Lohn bezahlt werden. Die Pelle wird sich von dem, was nach den Abzügen der dreihundert Euro übrigbleibt, eine Körpercreme oder einen Luxusartikel kaufen. Sabine würde mit Sicherheit in Lebensmittel oder Kinderkleidung investieren.

Wir erheben uns langsam. Es ist schade, dass Dröpjes bis jetzt nicht aufgetaucht ist. Zu gerne hätte ich ihn beim Nachwürzen fluchen gehört.

Bevor wir unser Büro betreten, halte ich Bruni am Arm fest und deute auf das Schlüsselloch. »Stopp. Lass mich einen kurzen Blick wagen …«

Bruni lehnt sich an den Türrahmen, ich kneife mein linkes Auge zu. In dem Moment, als ich mich bücke, wird von innen die Tür aufgerissen, die Pellegrino kommt herausgestürmt und rennt mich fast über den Haufen.

»Oh. Frau Geiger! Entschuldigung … Ich konnte ja nicht ahnen …«

Ich richte mich langsam auf und suche krampfhaft nach einer Erklärung. »Tja. Das ist immer so. Wenn's einen juckt, dann immer zum unpassenden Zeitpunkt an unpassenden Stellen.« Mein Finger zeigt nach unten. »Mein Fuß … mich hat wohl eine Mücke gestochen. Er juckt.«

»Aha …«

Ich laufe rot an, die Pelle läuft Richtung WC.

Bruni schmunzelt, mir kommt ein böses Schimpfwort über die Lippen.

Dröpjes sitzt in Pauls Arbeitszimmer. Paul macht ein ernstes Gesicht. Er reicht unserem Prokuristen die Box mit den Kleenex-Tüchern , nach der er zaghaft greift. Er rupft einige Tücher heraus und wischt sich über das Gesicht.

»Hä?« Bruni kneift die Augen zusammen. »Heult Dröpjes etwa?«

Auch ich beäuge neugierig das Geschehen hinter der Glastür. »Sieht ganz so aus. Heute früh, als ich ihm im Aufzug begegnete, war er bestens gelaunt und unverschämt wie immer.«

Bruni spöttelt. »Tja. So ist das Leben. ›Hopp oder Top.‹«

Wenige Sekunden später wissen wir, was mit dem Fiesling los ist. Paul begleitet einen total verrotzten und erkälteten Dröpjes aus seinem Zimmer. Seine Augen tränen und glänzen fiebrig.

»Karo, bestellst du für 13:30 Uhr ein Taxi? In diesem Zustand kann Herr Dröpjes kein Fahrzeug lenken. Er geht noch etwas essen, danach gehört er ins Bett.«

Ich bin baff. »Aber … Sie waren doch heute früh noch vollkommen gesund?«

Dröpjes näselt. »Ja. Es überfiel mich vor zwei Stunden, wie angeflogen.« Er schüttelt den Kopf. »So etwas habe ich noch nie erlebt. Halsschmerzen, Schnupfen, Fieber …« Er stöhnt. »Ausgerechnet heute. Was habe ich mich auf das Fußballstadion gefreut.« Jetzt rollen tatsächlich zwei Tränchen.

Mein Mitleid hält sich in Grenzen. Mit langen Armen schiebe ich ihn zur Tür hinaus. »So. Jetzt essen Sie flott und dann ab ins Heia-Bett. Heute gibt es eine leckere Suppe. Würzen Sie kräftig nach, Salz ist gut für die kranken Schleimhäute.«

Er nickt matt und schleicht davon.

Paul kann sich ein Grinsen nicht verkneifen. Er weiß, dass Dröpjes und ich keine Freunde sind.

Die Pelle streckt kurz den Kopf herein und erklärt, dass sie wacker was essen wolle. Paul wünscht ihr einen guten Appetit. Wir nicht.

Als Bruni und ich alleine sind, überlegt sie laut. »Das ist ja *schon* komisch. Von jetzt auf gleich krank werden. Hm. Simone, du und ich wünschten ihm, dass er heute Abend nicht ins Fußballstadion kann … und letztendlich ist es so gekommen.«

»So *komisch* ist das gar nicht. Was glaubst du, wie oft in unserer Familie jemand von jetzt auf gleich eine Grippe bekam. Das hat mit unseren Wünschen herzlich wenig zu tun.«

Bruni zuckt die Schultern. »Okay. Dann ist es eben nicht *komisch*!«

»Ich finde *viel* komischer, wenn Paul nicht erwähnt, dass die Pellegrino ihn zu Terminen begleitet … oder er freiwillig ihr Gehalt aufstockt.«

»Du weißt doch, dass Paul viel um die Ohren hat. Er wird vergessen haben, es dir zu sagen.«

Ich höre auf, über *komisch* oder *nicht komisch* zu diskutieren. Bruni checkt nicht, worum es mir geht.

Weil ich keine Lust habe, für den Obertrottel Dröpjes den Handlanger zu spielen, ›vergesse‹ ich, ein Taxi zu ordern. Stattdessen rufe ich meine Mutter an und melde mich für heute ab.

Im Hintergrund krakeelt Opa Heini, dass Mama mir sagen soll, dass morgen das Fundament gegossen wird - und dass ich zur Begutachtung unbedingt vorbeikommen müsse. Ich verspreche es.

Anschließend sagt Bruni den Handarbeitsabend bei Simone ab, denn wir haben beide keine Lust, wieder spät ins Bett zu kommen.

Ich mache einen Abstecher zum Supermarkt. Der Parkplatz ist rappelvoll. Mehrere Autos kreisen in der Hoffnung, einen Parkplatz zu ergattern. Vor mir fährt ein buntbemalter, kleiner Opel, auf dessen Rücksitz ein fetter Junge kniet und mich feindselig durch die Rückscheibe taxiert. Er streckt mir die Zunge heraus und zeigt mir eine ›lange Nase‹. Ich strecke ebenfalls die Zunge raus.

Nach einer weiteren Runde freue ich mich, einparken zu können. Der Opel scheint ebenfalls fündig geworden zu sein, denn das dicke Kind läuft zwischen den parkenden Fahrzeugen hindurch und bleibt vor meinem Auto stehen. Wieder zeigt er mir seine Zunge und wedelt mit einem Einkaufschip in der Luft herum. Ich benehme mich jetzt erwachsen und ignoriere den kleinen Frechdachs.

»Werner! Werner … lauf schnell! Da ist nur noch ein Einkaufswagen!«

Werner setzt zum Sprint an, kommt aber nur behäbig in Gang. Physikalische Gesetze greifen, denn die Bewegungsenergie eines Körpers hängt von der Masse und seiner Geschwindigkeit ab. Dumm gelaufen. Mein Chip landet zuerst im Schlitz. Ich grinse den schweratmenden Werner an. Er ballt die kleinen Hände zu Fäusten und kneift mit bösem Gesichtsausdruck die Augen zusammen. Er scheint ein schlechter Verlierer zu sein.

Seit ich schwanger bin, überlässt Paul Kasper und mir die Essensplanung. An der Obst- und Gemüsetheke entscheiden *wir* uns für Tomaten, frischen Salat und Austernpilze.

»Rattattattatt … rattattattatt … peng, peng … du bist tot!«

Ich drehe mich erschrocken um. Werner steht hinter mir und richtet eine Schlangengurke auf mich.

Nun kommt Werners Mama an. Sie trägt eine Latzhose, ein buntes Batiktuch ist um ihren Hals geschlungen, ihre Füße stecken in Birkenstocklatschen. »Na … spielst du schön mit der Tante?« Sie lacht mich an. »Werner durchlebt gerade eine schwierige Phase. Er reagiert auf Frust mit Aggression … Werner … nicht *die* Gurke. Die ist nicht bio.«

Ich weiß nicht so recht, was ich antworten soll. Ich belasse es bei einem Kopfnicken.

Werner legt das Gemüse zurück und ballert jetzt mit einer Biogurke.

Zwischen »Rattattatt« und »peng, peng« konzentriere ich mich auf das Obstangebot.

»Schau mal, Werner. Magst du lieber Bio-Apfelsinen oder Bio-Äpfel?«

Werner breitet die Arme aus, die Gurke fliegt auf den Boden. »Schrappschrappschrapp, ich bin ein Bombenhubschrauber …« Kurze, dicke Beine quälen sich um das mittig stehende Früchteregal.

Werners Mama seufzt. »Nimm bitte zur Kenntnis, Werner: Wenn du dich nicht entscheiden kannst, muss *ich* es für dich tun.« Sie wirft einige Orangen in den Korb.

Nachdem dieses kleine Monster mit roten Äpfeln nach mir geworfen und »Bumm … bumm … ich explodiere dich« gerufen hat, mache ich mich entnervt davon.

Das sind Situationen, die ich mit Kasper nicht erleben möchte. In Windeseile schiebe ich den Einkaufswagen durch den Laden, greife zielsicher in die verschiedensten Regale, bin froh, dass ich sofort an der Fleischtheke bedient werde, und suche am Süßigkeitenregal Schokolade für Hanni und Nanni aus. Gegen Werner sind die Mädchen Musterkinder. Und das werde ich ihnen bei nächster Gelegenheit sagen.

Es ist so herrlich warm heute, dass ich das Gemüse für den Salat auf dem Terrassentisch putze und schneide. Sorgfältig entferne ich die Stiele des Rucolasalates und viertele die Tomaten. Ich bin mir noch nicht sicher, ob ich die Krallen ausfahren soll oder nicht, wenn Paul nach Hause kommt. Der neue ›Besen‹ kehrt mir ein wenig zu gründlich. Die Frage, wer wem vorgeschlagen hat, sich beim Vornamen zu nennen, brennt mir auf der Zunge.

Eine Ameise erobert den Tisch, ich beobachte sie und beschließe, ihr die Entscheidung zu überlassen: Sollte sie den Weg zu den geschnittenen Tomaten wählen, mache ich Krawall, sollte sie zum Gemüseabfall krabbeln, halte ich die Klappe.

Ich beuge mich vor. »Los … lauf zu den Tomaten. Los, mach schon.«

Das fleißige Tier stoppt kurz, dann trippelt es weiter. Sie entscheidet sich, den Weg zum Gemüseabfall einzuschlagen. Ich puste sie an, doch die Ameise läuft unbeirrt weiter. Mit einem Fingerschnipser fege ich sie vom Tisch und muss an Werners Mama denken. *Nimm bitte zur Kenntnis, Werner: Wenn du dich nicht entscheiden kannst, muss ich es für dich tun.*

Zähneknirschend akzeptiere ich die Entscheidung, die ich dem Insekt überlassen habe.

In der Küche duftet es bald nach Zwiebelbraten. Ich schiebe das angebratene Fleisch in den Backofen und wische meine Hände an dem alten T-Shirt ab, das bereits einige Fettflecken hat. Ich sehe an mir runter. Die weite Jogginghose ist an den Knien ausgebeult, die Sandalen sollte ich nur noch bei der Gartenarbeit tragen. Ein schöner Anblick ist das nicht. Vielleicht bin ich selbst schuld, dass Paul der Pelle auf den Leim geht.

Nach einer flotten Dusche wähle ich Kleidungsstücke, die Paul Appetit auf einen erotischen ›Nachtisch‹ machen sollen.

Ich schlüpfe in rote Dessous, streife eine durchsichtige, eng taillierte weiße Bluse über, unter der normalerweise ein T-Shirt getragen wird. Die oberen Knöpfe bleiben geöffnet, damit Paul sofort weiß, wo die ›Glocken‹ hängen. Dazu wähle ich einen älteren enger geschnittenen, roten Rock, der seitlich geschlitzt ist. Der rückwärtige Reißverschluss bleibt halb geöffnet, weil er sich nicht ganz schließen lässt. Hochhackige rote Schuhe runden das Bild ab. Zuletzt flechte ich meine feuchten Haare zu einem Zopf, den ich über die linke Schulter lege. Ein kurzes, aber kräftiges Make-up rundet das Bild ab. Als ich die Treppe hinunterstöckele, fühle ich mich wie Frau Mutz aus der Klamottenbutze.

Auf der untersten Stufe höre ich Pauls Auto über den Kies rollen und sprinte, so schnell die Schuhe es zulassen, ins Wohnzimmer, wo ich mich rücklings auf die Couch werfe. Ich raffe den Rocksaum, so weit es geht Richtung Oberschenkel. Ein Bein bleibt auf dem Sitzpolster liegen, das andere stelle ich auf den Boden. Jetzt fühle ich mich ein klein wenig wie Frau Mutz bei Dr. Calamari auf dem Gynäkologenstuhl. Ich presse die Lippen aufeinander, jetzt nur nicht lachen.

Die Haustür wird geöffnet, ich höre Paul sagen: »So. Bitteschön. Treten Sie ein …«

Scheiße! Paul hat jemanden mitgebracht.

Meine Beine verfallen in eine Art Schockstarre. Sie sind wie festgefroren, ich kann sie nicht bewegen. Ich schaffe es lediglich, den Oberkörper anzuheben und sehe, dass Maria im Flur steht, dicht dahinter Paul.

Paul räuspert sich eine Riesenkröte aus dem Hals, seine Stimme versagt. Er krächzt: »Ähm … Hallo, Karo. Schau mal, ich habe Frau Pellegrino mitgebracht.« Er hustet. »Wir müssen einige Unterlagen ins Italienische übersetzen.«

Ich schaue … und zwar sehr dumm. Jetzt husten Paul und ich im Duett. Die Pelle wendet ihren Blick ab, sie öffnet ihre Handtasche und wühlt darin herum.

Meine Beine gehorchen mir wieder. Ich springe hoch, streife den hochgeschobenen Rock über die Knie, was mir nur schwer gelingt, und greife ein Sofakissen, welches ich mir krampfhaft vor die ›Glocken‹ presse.

Die Pelle ist die Einzige, die die Situation voll im Griff hat. Sie schließt ihre Handtasche wieder und schaut mir fest in die Augen. »Hallo, Frau Geiger.«

»Hallo, Frau Pelle. Ich war gerade bei der Schwangerschaftsgymnastik. Tja. Das ist aber schön … dass Sie uns besuchen kommen. Und das bei dem herrlichen Wetter. Ich schlüpfe nur schnell aus den ollen Kochklamotten. Bin gleich zurück …« Ich ziehe die Schuhe aus und haste barfuß die Treppe hinauf. Ich gestehe mir ein, selten so einen

Stuss geredet zu haben. Habe ich die Pelle tatsächlich mit ihrem Spitznamen angesprochen? Oder habe ich: Frau Pellegrino gesagt? Ich weiß es nicht.

»Möchten Sie etwas trinken, Maria?«, höre ich Paul hinter mir sagen.

Im Schlafzimmer schäle ich mich im Eiltempo aus der peinlichen Kluft und schlüpfe in Jeans und T-Shirt. Den knallroten Lippenstift entferne ich mit Toilettenpapier im Bad. Ich könnte Paul erwürgen! Nicht auszudenken, wenn ich mich nur in Dessous oder so, wie der liebe Gott mich geschaffen hat, in Szene gesetzt hätte.

Was für eine Blamage! Mein Auftritt ist an Peinlichkeit nicht zu überbieten. Diese blöde Kuh wird sich innerlich über mich totlachen. Ich schlage mit voller Wucht vor die Klospülung. Jetzt schleppt Paul seine Tippse schon mit in unser Haus. So etwas kündigt man doch vorher an!

Mir ist nach Bettdecke über den Kopf ziehen. Aber ob ich will oder nicht, ich muss mich unten blicken lassen.

Paul und Maria sitzen im Arbeitszimmer, die Tür ist weit geöffnet.

Ich laufe ins Esszimmer, decke dort den Tisch für zwei. Es ist mir unmöglich, gemeinsam mit dem ›eingespieltem Team‹ zu Abend zu essen. Ich würde keinen Bissen hinunterbekommen.

In der Küche schaufele ich eine große Portion Fleisch und Salat für Kasper und mich in eine Tupperdose. Anschließend gieße ich warmen Kakao in eine Thermosflasche.

Mit der Tupperdose, der Thermosflasche und dem Besteck unter dem Arm eile ich mit großen Schritten zum Arbeitszimmer.

Pelle und Paul stehen mit dem Rücken zu mir. Sie betrachten das große Foto an der Wand, welches mich im Bikini auf Simones und Willis Yacht, der *Windflower II* zeigt, die im Hafen auf der Insel Fehmarn ihren Liegeplatz hat.

»Was für ein Geschoss! Toll!« In Pelles Stimme liegt Bewunderung. Sie meint mit Sicherheit die Yacht.

Pauls Hände verschwinden in seinen Hosentaschen. Er sagt: »Ja … sie ist wunderschön.« Ich hoffe, dass Paul damit mich meint.

Ich klopfe kräftig gegen den Türrahmen, beide schrecken zusammen.

»Ich bin oben. Das Essen für euch steht im Backofen, der Salat auf der Anrichte …«

»Was? Du isst nicht mit uns?« Paul macht einen irritierten Eindruck.

Ich fasse mir zerstreut an die Stirn. »Nein. Ich bin müde und nicht sehr gesprächig. Lasst es euch schmecken.«

13. Das Fundament, Conny explodiert und Herr Zubo

Nachdem ich Bruni die Position auf dem Sofa beschrieben habe, in der ich auf Paul gewartet hatte, kreischt sie vor Lachen los. Sie steigert sich dermaßen in einen Lachanfall hinein, dass ich ihr am liebsten eine klatschen möchte, damit sie zur Besinnung kommt.

Ich keife sie an. »Hör sofort auf, dich wie eine Irre zu benehmen! Das *ist* nicht witzig!«

Mein Spruch mit den ›ollen Kochklamotten‹ reizt erneut ihr Zwerchfell.

Sie beruhigt sich erst, als ich beschreibe, wie ich im Schlafzimmer mein Abendessen verschlang.

Mit dem Zipfel eines Taschentuchs tupft sie vorsichtig die Lachtränen aus ihren Augenwinkeln. Dabei schüttelt sie permanent den Kopf.

Ich reiße die Papiertüte vom Bäcker auf, in der sechs Croissants liegen, und halte sie Bruni hin. Sie greift zu. Der Deckel des Marmeladenglases macht ›plopp‹, ich tauche das gebackene Teil hinein und beiße kräftig zu.

»Und dann?«

»Dann bin ich zum Treppengeländer geschlichen und habe einhundertsechsundzwanzig Minuten lang gelauscht.« Mein Finger wischt Marmelade aus den Mundwinkeln, ich schlecke ihn ab.

»Und? Hast du etwas hören können?«

»Ja. Aber die Pelle hat permanent italienisch gequasselt …« Ich ziehe ein kleines Blatt Papier aus der Hosentasche und lese vor: »Carta … costi … appuntamento … offrire. Paul spricht nur ein wenig italienisch. Er hat gesagt: consegna … und ganz oft amichevole.«

Bruni nimmt mir den Zettel aus der Hand. Ihre Finger tippen auf der Tastatur. Sie studiert, was ›Tante Google‹ dazu meint. »Alles harmlos … Begriffe aus dem Geschäftsleben: Kosten, Termin … bla, bla.«

Ich nicke zufrieden und widme mich Croissant Nummer zwei. »Nachdem sie gegangen ist, hat Paul sich bei mir entschuldigt. Das nächste Mal wird er *vorher* ankündigen, wenn er jemanden mit nach Hause bringt.«

»Also … alles wieder okay im Hause Geiger?«

»Fast. Paul hatte heute Morgen noch starke Kopfschmerzen.« Ich würge einen viel zu großen Bissen hinunter.

»Hat er zu tief ins Glas geschaut?« Bruni kichert.

»Nein. Die Thermosflasche ist schuld daran. Ich wurde hysterisch, weil Paul mich in diese unmögliche Situation gebracht hat. Ich wollte die Wand treffen, traf jedoch versehentlich seinen Kopf. Mit voller Wucht. Von hinten.« Ich schmatze weiter.

Jetzt verzieht sie verständnislos das Gesicht. »Mensch, Karo. So kenne ich dich gar nicht …«

Mein Zeigefinger wedelt auf und ab. »*Das* hat Paul auch gesagt. Er benutzte dieselben Worte.«

Pelle und Paul kommen gemeinsam.

Der obligatorische Kuss bleibt heute aus, was mir pupsegal ist.

Die Pelle wäre nicht die Pelle, wenn ihr nicht sofort auffallen würde, dass auf Pauls Hinterkopf ein großes Pflaster klebt.

Ich fege Krümel vom Schreibtisch.

»Oh. Was ist denn mit Ihnen passiert, Paul?« Eine Hand wandert vor ihren Mund.

»Nicht der Rede wert. Ein dummer Kinderstreich …«, dann ist er weg.

Im Verlauf der nächsten Stunden sitze ich auf dem ›heißen Stuhl‹. Ich zappele ständig hin und her, weil ich mich nicht entschließen kann, ob ich mich bei Paul entschuldigen soll oder nicht. Dieser Treffer war ja schließlich keine Absicht.

Dieses Mal überlasse ich der Obstschüssel die Entscheidung. Ich greife nach der kleinen Gabel, lasse sie über die Schüssel kreisen, schließe die Augen und steche brachial zu.

Sollte ich ein Stück Apfel erwischen, entschuldige ich mich, andernfalls: Nein.

Ich blinzele. Eine Apfelspalte lacht mich an.

Paul blickt nur kurz hoch, als ich sein Arbeitszimmer betrete, dann arbeitet er weiter.

Mein Gott. Er spielt tatsächlich die beleidigte Leberwurst. Wegen so eines Pipifax!

Mit einer Pobacke setze ich mich auf Pauls Schreibtisch. Leicht ruppig sage ich: »Ich soll dir von der Thermosflasche ausrichten, dass es ihr leidtut, dass sie dich erwischt hat.«

Paul legt seinen Stift beiseite und schaut mir in die Augen. Dabei nickt er langsam. »Danke. Richte ihr von *mir* aus, dass ich mich freue, dass sie es bereut. Sollte sie mich jedoch noch einmal in der Form attackieren … dann …«

Ich hebe trotzig das Kinn. »Ja? Was passiert dann?«

»Nun, wir werden sehen …«

So ein Feigling! Erst drohen, dann den Puschel einziehen. Grinsend trete ich den Rückzug an und bin froh, diese leidige Angelegenheit bereinigt zu haben.

Bruni telefoniert mit Simone. Aus ihren Antworten entnehme ich, dass Ratiba in Hamburg ist.

»Warte mal … ich frage Karo.« Sie blickt mich an. »Wir sind heute Abend bei Simone eingeladen. Ratiba ist frisch eingetroffen. Sie ist schon seit gestern hier, bist du dabei?«

Ich gähne verhalten. »Klar.«

Dass ich verabredet bin, werde ich Paul erst heute Abend sagen. Und zwar kurz bevor ich mich auf den Weg zu Simone mache. Nicht dass er wieder auf krumme Gedanken kommt und mit der Pelle irgendein Geschäftsessen organisiert.

Opa Heini und Gundula sind überrascht, als ich ihnen einen kleinen Blumenstrauß zur Feier des ›Fundamenttages‹ überreiche.

»Oh. Wie die duften! Herrlich.« Gundula verschwindet mit dem Gebinde im Haus, um nach einer passenden Vase zu schauen.

Opa Heini nimmt mich an die Hand. »So. Und jetzt darfst du gucken. Komm mit.«

Hanni und Nanni helfen meinem Vater, die Wiese von den hartgewordenen Betonresten zu befreien. Sie werfen die Brocken in eine entfernt stehende Schubkarre und freuen sich, wenn sie das Einrad treffen.

Mein Vater reibt seinen Rücken und grinst mich an. »Hallo, Kind. Sag jetzt bloß, dass du noch nie ein *so* schönes Fundament wie dieses hier gesehen hast.«

Die Kinder strecken mir ihre Münder entgegen und wollen einen Kuss haben.

Mein Blick fällt auf das Erdreich. Ich streichele meinem Großvater über den Rücken. »Opa, so ein schönes Fundament habe ich in meinem ganzen Leben noch nicht gesehen. Toll.«

Opa lacht und setzt sich auf einen Gartenstuhl, der am Rand der Grube steht. »Veräppelt mich ruhig.«

Mein Vater scherzt: »Statt zu helfen, sitzt dein Großvater seit zwei Stunden auf dem Stuhl und ergötzt sich an dem Anblick von Beton.«

Meine Mutter kommt an. Sie trägt wieder ihren alten Kittel, das Kopftuch und die Gummistiefel.

»Ich glaube, die größte Dreckarbeit ist weg. Das Mauern wird nicht mehr so viel Schmutz machen.«

Papa nickt.

Meine Mutter zieht mich von der Baustelle weg. Sie schiebt einige Haarsträhnen unter ihr Kopftuch.

»Karo, wenn du nach Hause fährst, kannst du für Anton und Conny einen Topf mit Essen in den Kühlschrank stellen? Die Kinder kamen direkt nach der Schule zu uns. Conny ist mit Max und Moritz länger unterwegs. Ich soll Hanni und Nanni nicht vor 19:15 Uhr zu Hause abliefern. Die Mädchen wollen unbedingt laufen und nicht mit dem Auto gebracht werden. Dann brauche ich den Topf nicht schleppen.«

Ich bleibe stehen. So viele Informationen auf einmal. »Kapier ich nicht. Wieso holt Conny die Kinder nicht selbst ab?«

Meine Mutter dreht sich um. Sie hebt die Hände. »Was weiß ich denn? Sie will es halt so. Du kennst doch deine Schwester! Irgendetwas wird sie sich schon dabei gedacht haben. Ludmilla hat die Handwerker zu Hause, Conny muss heute alleine mit den Kleinen klarkommen.«

In der Küche holt sie einen Topf aus dem Küchenschrank, öffnet den Backofen und schneidet ein großes Stück von der Lammkeule ab. Keule und Sauce wandern in das Kochgefäß. Die Kartoffelklöße legt sie vorsichtig obenauf.

»Reiß mal bitte ein Stück Alufolie ab …«

Ich gehorche. Mit flinken Fingern wickelt sie Bohnen im Speckmantel in die Folie.

Die Kinder kommen in die Küche gestürmt. »Biierzeit! Opa und Opapa wollen was trinken.«

Nanni öffnet mit Schmutzfingern den Kühlschrank, meine Mutter verdreht die Augen.

Hanni lugt in den Topf. Sie stemmt die Hände in die Hüften. »Du kannst ruhig mehr zu essen einpacken. Sei nicht so knickerig, Papa ist gestern Abend nicht satt geworden!«

»Na …« Meiner Mutter fehlen die Worte, die Zwillinge stürmen davon.

»Ach, Mama. Warum kochst du wieder für alle? Du hast doch momentan genug Arbeit.«

»Ich kann schlecht ›Nein‹ sagen, Kind. Außerdem werden meine Kochkünste so gelobt … das motiviert.« Meine Mutter schnieft laut. »Opa Heini meint, dass Conny nur sparen will, was natürlich absoluter Nonsens ist. Anton verdient doch so gut …«

»Sagt Conny …«

»Ja … warum sollte sie denn lügen?«

Ich räuspere mich. »Keine Ahnung!«

Gundula kommt dazu, wir plaudern noch eine halbe Stunde.

Meine Mutter drückt mir den Topf und Connys Haustürschlüssel in die Hand, als ich mich verabschiede.

Als ich langsam in die Lindenallee einbiege, genieße ich den Anblick der gepflegten Häuser und Vorgärten. Connys und Antons Haus fällt ein bisschen aus dem Rahmen. Der Vorgarten ist ein wenig verwildert, die Gardinen hängen unordentlich an den Fenstern. Die Putzhilfe scheint hier auch überfordert zu sein.

Die Haustür quietscht leise, als ich sie öffne. Aus dem Wohnzimmer dringen Stimmen. Ich bleibe stehen. Conny ist ja doch zu Hause.

Ich höre meine Schwester reden. »Du bist süß. Wir können uns am Samstag im kleinen Wald treffen. Anton arbeitet. Er kommt uns nicht in die Quere. Ich habe viel Zeit. Kannst du um 9 Uhr? Um diese Uhrzeit ist es dort herrlich ruhig. Eine Runde joggen, eine Runde …«

Ein tiefes Lachen unterbricht Connys Redefluss. »Joggen ist nicht übel.«

Die tiefe Männerstimme kommt mir bekannt vor. Sie gehört diesem Architekten, diesem Jasper Wellenbrink. Ich muss nicht lange nachdenken, um zu wissen, dass ich in einem ungelegenen Moment komme. Darum schleiche ich rückwärts aus der Tür und ziehe sie leise in Schloss. Dann lasse ich den Topf dreimal vor die Holztür scheppern und singe aus voller Kehle ein Lied aus meiner Kindergartenzeit, während ich den Schlüssel mehrfach im Schlüsselloch hin- und herdrehe: »Wer will in das Häuschen reein … das kann nur klein Karo seein … la la la la la la laaaaa …«

Im Flur sage ich laut: »So. Dann will ich mal das *schöne* Essen für die liebe Conny und den lieben Anton in den Kühlschrank …«

Conny kommt wie eine Furie um die Ecke gesaust. »Spinnst du? Wie kommst *du* denn hier rein?«

Ich halte den Schlüssel hoch. »Damit? Den hat mir Mama gegeben. Euer Abendessen sollte in den Kühli.«

Conny stampft mit dem Fuß auf. »Mama ist die Einzige, die unser Haus betreten darf, wenn niemand da ist. Du nicht!«

Ich werfe den Schlüsselbund auf den Küchentisch. Meine Schwester steht kurz vor einer Explosion.

Ich genieße es. Ein kleiner Nadelpiekser und der Ballon platzt.

Ich piekse. »Aber … es ist doch *jemand* hier.« Dann lache ich. »Oder bist du *nicht* hier?« Ich beuge mich vor und schaue ihr tief in die Augen. Ihre Sicherungen knallen durch. Sie atmet tief ein und kreischt: »Wenn du willst, dass ich eine schwangere Frau misshandele, dann verarsche mich weiter! Andernfalls halte dein vorlautes Mundwerk.«

Sie greift meinen Arm, zieht mich zur Haustür und schiebt mich an die frische Luft.

Ich wische über meinen Unterarm, als müsse ich Schmutz entfernen. »Tja, dann werde ich mal wieder. Grüß Anton, wenn du ihn siehst. Und … lasst es euch schmecken.«

Im Auto sehe ich mich um. Wellenbrinks Wagen steht nicht auf der Straße. Ich entdecke sein Fahrzeug, als ich aus der Lindenallee Richtung Hauptstraße fahre.

Ich flüstere. »Wenn es das ist, wonach es aussieht … dann gute Nacht, Marie!«

Mit einem mulmigen Gefühl entscheide ich, mit niemandem außer Bruni über diesen Vorfall zu sprechen. Sollte meinen Eltern zu Ohren kommen, dass Conny Anton hintergeht, ist Rabatz im Hause der van Gochs.

Paul hat einen sehr schönen Charakterzug. Er ist nicht nachtragend. Er spricht meinen Ausraster von gestern sowie die Beule am Hinterkopf nicht mehr an. Er ist bestens gelaunt, zwickt mich hier, zwickt mich da.

Ich brate Putenschnitzel, Paul brüht uns Tee auf. Kandis knistert in den Teepötten.

Während er den Teelöffel kreisen lässt, singt er Lobeshymnen auf die Pelle.

»Maria hat wirklich wundervolle Ideen, Möhrchen.«

»Ach. Tatsächlich?« Meine Finger umkrampfen den Stiel der Bratpfanne. »War es auch ihre Idee, dass ihr euch mit Vornamen anredet?«

»Unsinn. *Das* war meine Idee! Dieses ›Pellegrino‹ kam mir schwer über die Lippen.«

Ich halte kurz die Luft an. Der spinnt ja wohl! So eine dämliche Ausrede habe ich selten gehört.

Er schwadroniert weiter: »Morgen kommt die Leiterin eines Kindergartens zu einer Besprechung. Maria hat vorgeschlagen, den Knirpsen einen kleinen Einblick in die Produktion zu geben, damit sie sehen, wie Kaugummis hergestellt werden. Die örtliche Presse wird informiert … und wir sponsern für das nächste Kindergartenfest Kaugummis mit Abziehbildern.«

»Pah! Diesen Pipi-Vorschlag hätte ich auch machen können. So dolle ist *der* nun auch wieder nicht.«

Putenschnitzel und Salat landen unsanft auf dem Teller. Ich knalle ihn auf den Küchentisch, Messer und Gabel sausen hinterher.

Paul zuckt zusammen. »Bist du sauer, Möhrchen? Willst *du* nichts essen?«

»Zu Frage eins: Nein, ich bin nicht sauer. Frage zwei: Ich esse etwas … aber nicht hier. Ich bin gleich verabredet.« Ich erkläre ihm, dass Ratiba schon in Hamburg sei und dass wir uns bei Simone träfen.

Hinter seiner Stirn arbeitet es. »Schade. Hm. Dann könnte ich ja …«

Bevor er irgendwelche krummen Gedanken aussprechen kann, lege ich los: »Ja, es wäre toll, wenn du heute Abend endlich die schweren Blumenkübel auf die Terrasse tragen könntest, den lockeren Handtuchhalter reparieren würdest … und der große Gefrierschrank muss unbedingt abgetaut werden.«

Ratiba ist mir auf Anhieb sympathisch. Als sie mich umarmt, habe ich das Gefühl, wir würden uns schon seit Jahren kennen. Ein Funke springt über, als sie mich anlächelt. Ratiba ist einen Kopf größer als ich, von kräftiger Statur … und hat einen knackigen Hintern, den die Natur und kein Fitnessstudio geformt hat. Ihre Haare sind zu einem lustigen Puschel auf dem Hinterkopf zusammengebunden. Sie trägt über ihrer Jeans ein T-Shirt, das einen bunten Druck hat und an Afrika erinnert. Ihre schwarzen Augen funkeln.

Dann kommt Bruni mit lautem »Hallo« hereingeschneit. Auch sie wird sofort umarmt.

Simone holt zwei große Karaffen frisch entsafteter Früchte aus der Küche. »Mango, Papaya, Äpfel, Ananas … das mögt ihr doch, oder? Ich habe auch eine Kokosnuss im Kühlschrank.«

Ratiba lacht. »Wenn du sie nicht aufbekommst, öffne ich das Teil. Wir sind doch legendäre Kokosnussknacker.« Sie klappert mit den strahlend weißen Zähnen und rollt mit ihren großen Augen. Wir schmunzeln über die Selbstironie.

Dann schlürfen wir flüssige Vitamine. Simone reicht dazu appetitliche Sandwiches, die dick belegt sind. Hühnerfleisch, Krabben, Roastbeef, Salatgurke und Tomaten schmecken vorzüglich.

Neugierig erkundigen wir uns nach Machungwa, wie es ihm gehe, und fragen Ratiba aus. Sie berichtet bereitwillig.

»Ich bin ebenfalls Orthopädin bzw. Unfallchirurgin und kann in der Praxis einen halben Tag mitarbeiten. Machungwas Eltern kümmern sich am Nachmittag um Tutu, vormittags wird er in einen Kindergarten gehen.« Sie seufzt. »In Frankfurt habe ich mir einen großen Bekanntenkreis aufgebaut, mich schmerzt es schon ein wenig, die Gegend zu verlassen …«

»Ach, nun hast du ja uns. Da mach dir mal keine Sorgen.« Simone spricht mit vollem Mund. Bruni und ich nicken.

»Hier geht es auch recht lustig zu. Du wirst sehen, Ratiba. Dir wird es in Hamburg an nichts fehlen.« Bruni schleckt die Finger ab.

Dann berichtet jede von uns über sich und wie wir leben. Wir schildern unsere Familienverhältnisse und wir reden natürlich ausführlich über unsere Schwangerschaften. An Gesprächsstoff mangelt es nicht. Letztendlich ›tauen‹ wir so weit auf, dass die momentanen Ereignisse auf den Tisch kommen und wir keinerlei Probleme damit haben, Ratiba daran teilhaben zu lassen.

Bruni und ich klären sie auf, dass wir Pauls neue Sekretärin nicht sonderlich mögen.

Dann spreche ich Klartext. »Ich denke, dass die Pelle eines ihrer schönen braunen Augen auf Paul geworfen hat.«

Simone nickt eifrig. »Das kann gut möglich sein.« Sie stupst Ratiba an und hebt schulmeisterhaft den Zeigefinger. »Denn … achtundneunzig Prozent aller Sekretärinnen sind nämlich scharf auf ihren Chef. Das hat in der Zeitung gestanden.«

Bruni lacht auf. »Du hast ja einen Knall, Leuchtturm. Achtundneunzig Prozent? Im Leben nicht!« Ihr Finger wandert an ihre Stirn.

»Menno. Ist doch egal. Vielleicht waren es auch nur achtzehn Prozent.«

Ratiba verzieht das Gesicht. »Männer sind in *dieser* Beziehung das schwache Geschlecht. In manchen Situationen übernimmt Herr Zubu die Regie.«

Simones Füße wippen permanent. »Und wer ist dieser Herr Zubo?«

Ratiba hält sich den Bauch vor Lachen. »Zubu bedeutet auf Suaheli Penis.«

Wir lachen mit.

Den Rest des Abends reden wir über Hamburg und Immobilien. Obwohl Ratiba einen Makler beauftragt hat, bieten wir an, Augen und Ohren nach Häusern, die verkauft werden sollen, offen zu halten.

14. Der Pitcher, Glasbruch und der Arschi

Ulrike macht einen mürrischen Eindruck. Zwischen ihren Augenbrauen hat sich eine tiefe Zornesfalte gebildet. Sie steht an der Kasse und wedelt mit dem Essbesteck in der Luft, während Theken-Sabine unaufhörlich auf sie einredet.

Bruni flüstert: »Auha. Ulrike war gestern bei dieser Hellseher-Tante. Vielleicht schaut sie deshalb so grimmig.«

Am Tisch bestätigt sich Brunis Vermutung. »Ha! Wisst ihr, was die Karten gestern gesagt haben?«

Ich hasse derartige Fragen. »Ach, Ulrike. Woher sollen wir das wissen? *Wir* haben keine hellseherischen Fähigkeiten.«

Heike und Bruni gackern.

Ulrike schließt die Augen, ihre Hände kreisen in der Luft. Ich sehe ihr an, dass sie sich in die Rolle von Kassandra versetzt:

»Der Herzbube tut alles für die Herzdame … Sie ist älter als der Herzbube … Der Bube ist ihr Diener.« Dann jammert sie mit verstellter Stimme. »Oh nein. Rot … es ist alles Rot! Weiße Plastikanzüge …« Dann schweigt sie.

Ulrikes Stimme klingt so unheimlich, dass mein Herz schneller schlägt. »Und was soll das bedeuten?«

Heike weiß die Antwort: »Ist doch klar. Irgendjemand wird abgestochen. Und zwar aufs Brutalste! Darüber reden Ulrike und ich schon den ganzen Vormittag.«

Brunis Mund öffnet sich ungläubig. »Igitt! Mensch, Ulrike, hoffentlich ziehst *du* nicht die Arschkarte.«

Ulrike betrachtet die Klinge ihres Messers. »Heute Abend jagen Sabine und ich Holger hinterher. Ich sage euch … Wenn ich Holger in flagranti ertappe … steche ich ihn ab!« Die Spitze des Messers saust in die Bratwurst. Fett spritzt. »Das sieht Kassandra schon ganz richtig.«

Heike freut sich wie Bolle. »Gut, dass *ich* nicht dabei bin … das Ganze hört sich sehr abenteuerlich an.«

»Von wegen! Du kommst mit. Ich sage dir per Handy durch, wo wir sind. Du kommst mit dem Auto nach. Wenn schon Blut … dann für alle!«

Sie sieht Bruni und mir fest in die Augen. »Ich gehe mal davon aus, dass ihr zwei auch mit dabei seid …«

Meine Fingernägel trommeln auf die Tischplatte. »Also bei mir sieht es heute Abend nicht gut aus. Ich muss … ich habe … schon drei Abende nicht mit Geigenpaul verbracht.«

Bruni knufft mich in die Rippen. »Natürlich unterstützen wir Ulrike. Jetzt, wo es richtig aufregend wird, können wir sie doch nicht alleine lassen. Geigenpaul kann warten!«

Ich trete mit voller Wucht unter dem Tisch nach Brunis Beinen. Ihr soziales Engagement geht mir langsam auf den Geist! Eifersuchtsdrama, ein scharfes Messer, viel Blut … und wir mittendrin.

Ulrike beugt sich vor, sie klimpert mit den Wimpern. »Danke, ihr seid so lieb. Holger fährt immer gegen 18 Uhr los.« Sie knabbert nervös an ihrem Daumennagel. »Es reicht also, wenn ihr kurz vorher aufkreuzt. Sobald Sabine und ich an ihm dranhängen und ich weiß, wo es langgeht, rufe ich Heike an und ihr gebt Gas.«

»Hoffentlich geht das gut aus.« Heikes Stimme klingt ängstlich. Sie wischt sich mit der Serviette über die Stirn.

Ulrikes Gesichtsausdruck zeigt wilde Entschlossenheit, sie überhört Heikes Bedenken. »Am besten ist, wenn sich jede von euch vorsichtshalber ein Messer einsteckt. So können wir uns gegenseitig Deckung geben.«

Jetzt werde ich sauer. »Du spinnst doch, Ulrike! Niemand von uns nimmt ein Messer mit. Auch *du* nicht. Sollte dein Holger sich anderweitig vergnügen, lass dich scheiden oder mach sonst was.« Dann stehe ich auf. »Wenn auch nur das kleinste Messer mit im Spiel ist, bin ich raus. Dann könnt ihr alleine …«

Ulrike meckert. »Ja, ja. Ist ja gut! Mensch, ich wusste gar nicht, dass du so eine Angstbuchse bist, Karo.«

»Ja, bin ich. Messer und Blut machen mir Angst!« Ich räume mein Geschirr zusammen und stöckele davon. Bruni tänzelt hinter mir her.

»Hoffentlich bewahrheitet sich diese Räuberpistole nicht.« Ich fluche leise vor mich hin, ich muss an Conny und Wellenbrink denken. Ich schimpfe weiter: »Wer weiß? Vielleicht gibt es demnächst bei den van Gochs oder Jörgensens auch Tote.«

Bruni hat Mühe, mir zu folgen. »Hä? Wie meinst du das?« Sie klingt außer Atem.

Die Pelle kommt uns mit kleinen, schnellen Schritten entgegen, ich deute Bruni an, nicht weiter zu fragen. Frau Pellegrino schaut nervös auf ihre Armbanduhr.

»Ich will nur flott etwas essen. Die Kindergärtnerin, Frau Dombrowski-Winterscheid, wird gegen 13:30 Uhr im Büro erscheinen, bis dahin bin ich wieder zurück.«

Bevor sie mich umrennen kann, trete ich beiseite und wünsche ihr einen gesegneten Appetit. Die letzten Meter bis zur Kantine rennt sie.

»Die hat doch einen Knall! Die nimmt sich viel zu wichtig. Sie scheint unter einer Profilneurose zu leiden … verkackte Kindheit … oder so.«

Bruni findet das auch, sie hält mir die Bürotür auf und nimmt den roten Faden wieder auf. »*Was* ist in euren Familien passiert, dass du Tote befürchtest?«

»Das ist schnell erzählt, Bruni.« Ich lege los, berichte, dass Conny sich für Wellenbrink zu interessieren scheint … dass ich ein Gespräch zwischen den beiden mitbekam, in dem sie sich für Samstag im einsamen Wald verabredeten. Und genau aus diesem Grund entweder Anton, mein Vater, meine Mutter oder alle drei tot umkippen würden, wenn sie davon wüssten.

Bruni fragt zigmal nach, sie zweifelt an meinem Hörvermögen. Ich antworte zigmal, dass ich mich nicht verhört habe, dass es definitiv die Stimme des Architekten war und *nicht* die von Anton.

Sie starrt mich an. »Das hätte ich nie gedacht … Ich meine, deine Schwester? Ne. Nie und nimmer. Dafür hätte ich die Hand ins Feuer gelegt.«

Ich schaue ihr triumphierend in die Augen. »Du gehst zu leichtfertig mit solchen Aussagen um. Für Paul würdest du auch die Hand ins Feuer legen.« Mit spöttischem Gesichtsausdruck beuge ich mich über meine Arbeit.

Aus den Augenwinkeln sehe ich, dass Bruni sich zu Paul umdreht. »Richtig! Und die werde ich mir garantiert nicht verbrennen.«

Brunis Äußerung tut mir sehr gut.

Die Tür wird schwungvoll geöffnet, ich höre die Pelle lachen.

»Aber nein, Frau Dombrowski-Winterscheid, ich bin nicht Frau Geiger. Mein Name ist Maria Pellegrino … Ich fungiere in dieser Abteilung als Management-Assistentin.«

Die beiden Frauen treten ein.

»*Das* hier ist Frau Geiger.« Die Pelle zeigt mit ausgestrecktem Arm und Zeigefinger so auf mich, als sei ich schuld am ganzen Elend dieser Welt.

Meine Gesichtszüge entgleisen, die der Kindergärtnerin kommen in Fahrt. Sie strahlt mich an.

»Nein! Was für ein Zufall! Das ist aber nett. Werner … Werner … komm ruhig herein … Hier ist die freundliche Tante aus dem Supermarkt …«

Sie streckt mir ihre Hand hin, die nach Bio-Creme duftet.

»Dombrowski-Winterscheid, hallo Frau Geiger … Werner schämt sich …« Sie lacht mich so herzlich an, dass ich nicht umhin kann, ebenso freundlich zu reagieren.

Werner traut sich herein. Er ist nur schwerlich wiederzuerkennen. Sein kleiner, dicker Körper steckt in Baseballklamotten, sein runder Kopf ist unter einem Helm verschwunden. Die speckigen Wangen glänzen wie rote Weihnachtsäpfel und wirken unter dem Plastik unnatürlich eingeengt. In seiner Rechten zieht er einen Baseballschläger hinter sich her.

»Du siehst aber toll aus!« Bruni schaut das kleine Monster wohlwollend an.

Werner zieht lustige Grimassen. Ein gutes Zeichen für Frau Dombrowski-Winterscheid, den kleinen Lümmel in unserer Obhut zu lassen, denn sie schaut sehr zufrieden aus.

Jetzt kommt Paul dazu. Er begrüßt erst die Kindergärtnerin, dann den Jungen. »Hallo, Sportsfreund.« Er klopft Werner auf die Schulter, dann nimmt er andeutungsweise eine Boxerhaltung ein. »He. Lass mich raten … du bist der Pitcher.«

Werner grinst. Jetzt kommt Leben in seine stämmigen Beine. Er schwingt den Schläger und rennt um unseren Schreibtisch. »Boom … Boom … Ich treffe jeden Ball. Ich bin der Beste.«

Bruni und ich ducken uns.

Pelle, Paul und Werners Mama lachen sich schlapp.

»Prima, Werner! Spiel schön weiter, die Mama ist bald wieder da.«

Paul macht eine Handbewegung. »Dann wollen wir mal. Hier entlang, Frau Dombrowski-Winterscheid.« Er hält einladend die Tür zu seinem Arbeitszimmer auf. Maria folgt den beiden.

Während Werner weiter die Keule schwingt, durch das Büro pest und sämtliche Schränke und Schubladen öffnet, flüstere ich Bruni zu, unter welchen Umständen wir uns schon einmal begegnet sind.

Sie kichert.

»Darf ich die hier essen?« Der kleine Pitcher hat unsere Keksvorräte entdeckt.

Ich hebe die Augenbrauen. »Klar.«

In dem Moment, als er gierig hineinbeißen will, sage ich laut: »Die sind aber nicht bio ... Werner!«

»Bäh!« Er lässt das kleine Gebäckteil angewidert auf den Boden fallen und trampelt darauf herum. Anschließend baut er sich breitbeinig vor mir auf.

»Du wirst von einem Bombenhagel getroffen ...«, dabei holt er weit mit dem Schlaginstrument aus. Ich sehe, dass es dem kleinen Köttel ernst ist. Der Baseballschläger saust auf mich zu. Mit einem Fußtritt rolle ich mit dem Stuhl nach hinten, der Schläger kracht auf meinen Schreibtisch, er verfehlt knapp die Tastatur des PCs. Ich spüre, wie mir das Blut aus dem Gesicht weicht.

»Sag mal. Spinnst du? Haben Mama und Papa dir nicht beigebracht, dass man nicht wild um sich schlagen darf?«

»Ich habe keinen Papa ... Der hat uns im Stich gelassen!« Werner holt erneut aus.

Ich will ihm das Teil wegnehmen, er ist jedoch schneller. Er reißt die Keule an sich und läuft in Pelles Büro.

Bruni ist fassungslos. »Das gibt es doch nicht! Der ist ja gemeingefährlich!«

Jetzt reißt er bei der Pelle alle Schreibtischschubladen auf, ich haste ihm hinterher. »So, mein Freund. Raus hier! Aber flott.« Ich wuchte die Schubladen zu.

Er quetscht sich an mir vorbei, rammt mit seinem Helm gegen meine rechte Hüfte und versteckt sich unter meinem Schreibtisch.

Bruni beugt sich zu ihm hinunter. »Na, du bist ja ein ganz besonderer Fall!«

Werner hat sich längst vom Acker gemacht, als ich zurückkomme. Er wedelt mit einer Zeitschrift für werdende Mütter und versucht, damit eine Fliege zu treffen. Ich lasse mich erschöpft auf meinen Stuhl fallen.

Wenige Sekunden später beäugt er neugierig, was hinter der Glastür vor sich geht und popelt dabei in der Nase herum.

Dann erregt die Fliege wieder seine Aufmerksamkeit. Er verfolgt ihre Loopings. Amüsiert beobachte ich, wie geduldig Werner darauf wartet, dass der Brummer sich irgendwo niederlässt.

Als das kleine Insekt auf der Glastür landet, geht alles so schnell, dass ich es nicht verhindern kann. Werner schwingt die Keule, ich schließe die Augen. Holz kracht auf Glas. Es ertönt ein dumpfes Geräusch. Das Verbundglas zeigt etliche Risse.

Werner steht das schlechte Gewissen ins Gesicht geschrieben. Er popelt erneut, betrachtet die kaputte Tür, und als seine Mutter hysterisch angelaufen kommt, wirft er sich auf den Boden und schreit: »Mir ist schlecht … Mir ist schlecht … Die Tante hat mir was zu essen gegeben, das nicht bio war.«

Dann jammert er laut: »Ich wollte doch nur die Fliege treffen … und nicht die Tür!«

Bruni lacht ungeniert los, die Pelle macht große Augen.

Paul versucht, die Kontrolle zu behalten. »Alles gut, es ist nichts passiert …«

Ich bin einfach nur entsetzt. Was für eine Frechheit! Der Bengel lügt. Noch bevor ich mich rechtfertigen kann, ihm nichts ›Verseuchtes‹ zu essen gegeben zu haben, nickt mir Frau Dombrowski-Winterscheid beruhigend zu.

Sie flüstert: »Werner verdrängt jetzt gerade die Realität. Er schämt sich, weil er die Tür zerstört hat. Er täuscht nun körperliches Unwohlsein vor, um die Aufmerksamkeit von der Tür abzulenken.«

»Verstehe …« Ich trete beiseite.

Während sich die geschulte Mutter mit sanften Worten und kleinen Streicheleinheiten um das Seelenheil ihres Sohnes kümmert, verhalten sich alle anderen sehr pragmatisch.

Bruni entsorgt den zertretenen Keks, Paul begutachtet den Glasbruch. Die Pelle steht neben ihrem Chef; sie hält das Klemmbrett im Anschlag und wartet auf Informationen, die sie notieren darf.

»Kümmern Sie sich darum, Maria? Eine neue Tür muss her.«

Sie pariert sofort.

Frau Dombrowski-Winterscheid versichert prompt, den Schaden ihrer Versicherung zu melden, was Paul jedoch ablehnt.

»Das regeln wir hausintern. Machen Sie sich keine Gedanken.«

Werners Mama strahlt und bedankt sich knapp. Trotz des Dilemmas macht sie einen gelassenen Eindruck. Ich kann mir vorstellen, dass sie sich für derartige Situationen ein dickes Fell angeschafft hat. Sollte sie keinen neuen Partner haben, finde ich es bewundernswert, dass sie ihr Leben mit diesem Lümmel alleine stemmt.

Bruni ist aufgekratzt. Im Aufzug plappert sie in einer Tour und erinnert mich daran, dass sie morgen später ins Büro käme, weil die Routineuntersuchung bei Dr. Calamari fällig sei.

Dann sprudelt sie weiter: Sie freue sich auf das Wochenende mit Heiner, der sie mit irgendetwas überraschen wolle. Sie sei schon ganz aufgeregt, was *das* wohl sein könne. Mit einem schiefen Seitenblick auf die Redselige stelle ich fest: Meine Freundin macht einen richtig glücklichen Eindruck. Als ihr Handy mit einer fröhlichen Melodie einen MMS-Eingang ankündigt, kichert sie und hält mir ihr Mobilteil unter die Nase.

Simone und Ratiba schicken nach einer Hausbesichtigung liebe Grüße. Beide umarmen sich und strahlen um die Wette in die Kamera. Vor ihnen stehen Eisbecher mit bunten Schirmchen. Sie sitzen in irgendeiner Eisdiele und schlagen sich die Bäuche voll.

»*Das* finde ich prima! Simone hatte immer Schwierigkeiten, Freundinnen zu finden. Die beiden scheinen sich gut zu verstehen ...« Zufrieden lässt sie ihr Handy zurück in ihre Handtasche gleiten.

Wir verbleiben so, dass ich Bruni um 17:45 Uhr abhole und wir gemeinsam zu Ulrike fahren.

Bruni weiß, dass ich keine Lust auf die Verfolgungsjagd habe. Sie lacht. »Du wirst schon sehen, wir werden heute Abend einen mordsmäßigen Spaß haben.«

Bevor ich in die Birkenstraße einbiege, sehe ich meine Schwester, die mit zwei großen Taschen beladen auf dem Gehweg läuft. Ich bremse und öffne die Autotür einen Spalt.

»Soll ich dich mitnehmen?« Ich muss gegen den Verkehr anschreien.

Sie geht in die Knie und schreit ebenfalls. »Habe mich selten so gefreut, dich zu treffen. Ich übertreibe es mal wieder mit den sportlichen Aktivitäten.«

Ich fahre an den Straßenrand und öffne den Kofferraum, Conny wuchtet die Taschen hinein.

»Gläschen waren im Angebot. Ich wollte sie schleppen, das formt die Muskeln.« Sie macht einige Lockerungsübungen mit den Armen. »Übrigens, dass ich dich gestern so angefahren habe, tut mir leid. Ich war nicht gut drauf.«

»Das dachte ich mir schon, Conny. Darum war ich dir erst gar nicht böse. Man kennt sich ja, nicht wahr?«

Meine Schwester grinst. »Ja, man kennt sich.«

Dann stelle ich eine scheinheilige Frage, deren Antwort ich ohnehin schon kenne. »Soll ich dich nach Hause fahren oder willst du noch in die Birkenstraße?«

»Letzteres.« Sie schnallt sich an. »Hanni und Nanni spielen an der Baustelle, sie sind zu gerne dort und wühlen im Dreck herum. Außerdem hat Mama uns zum Essen eingeladen. Mein Gott … es macht ihr eine solche Freude, für uns mitzukochen.« Sie leckt den Zeigefinger an und fährt sich damit über die Augenbrauen.

Ich nicke langsam. »Ja. Mama ist eine Vollblutmutter, Conny. Genau wie du eine bist. Immer für die Kinder da … für alle und alles Verständnis. Das letzte Hemd hergeben … selbst frieren … Das ist mit der beste Charakterzug der echten van Gochs.«

Conny lächelt selbstzufrieden.

Vor der Garagenauffahrt stehen große Paletten mit Steinen, darum parke ich den Wagen am Straßenrand. Wir laden die Einkäufe sofort in Connys Auto um.

Hanni und Nanni klettern auf die Steinhaufen und springen von Palette zu Palette.

Ich bin froh, dass sie lediglich »Hallo, Karo« rufen und winken, statt mir um den Hals zu fallen, denn sie sind vom Scheitel bis zur Sohle eingesaut.

»Na, ihr habt hier alle Hände voll zu tun, was?«

»Wir warten auf den Arschi …« Hanni setzt sich, sie lacht so herzerfrischend, dass ich mitlachen muss.

Nanni hockt sich neben ihre Schwester und umarmt sie. »Ja, der Arschitekt. Auf den warten wir.«

Conny giftet ihre Töchter an. »Dass ihr euch bloß ordentlich benehmt, wenn der Herr Wellenbrink kommt!«

Die Mädchen umarmen sich kichernd.

»Mensch, dass Opa Heini den Kindern immer so einen Blödsinn beibringt. Man muss sich ja schämen ...«

Ich bin gespannt auf das, was kommt. Mal schauen, wie gut sich meine Schwester verstellen kann, wenn sie Wellenbrink gegenübersteht. Ich wette, sie wird noch nicht einmal rot.

Hanni und Nanni reißen mir die Schokolade aus den Händen, die ich ihnen mitgebracht habe.

Im Wintergarten wird diskutiert. Mein Vater und Opa Heini sind wieder einmal geteilter Meinung.

»Wenn wir einen Gabelstapler kommen lassen, können die Paletten direkt in den Garten gefahren werden ... Wozu also die Plackerei, Vater?«

»Mein lieber Hermann. Bis der Gabelstapler an der Birkenstraße 18 angekommen ist, habe ich die Steine längst mit der Schubkarre nach hinten gekarrt. Ob mit oder ohne deine Hilfe ... du Windei!«

»Ach. Hör schon auf, mich ständig zu beleidigen, nur weil ich es im Rücken habe!« Die Stimme meines Vaters hört sich gereizt an. Er verschränkt die Hände vor dem Bauch.

Conny und ich klopfen beiden Männern auf die Schultern, vermeiden es tunlichst, uns in die laufenden ›Verhandlungen‹ einzumischen und sprinten direkt ins Haus.

Mama und Gundula fahren erschrocken zusammen, als wir die Küche betreten. Beide stehen mit dem Rücken zur Arbeitsplatte, es macht den Anschein, als würden sie etwas verbergen.

Ich umarme beide gleichzeitig. »Na, Mädels? Was heckt *ihr* denn aus? Die Nasenspitze eures schlechten Gewissens sieht man schon an der Garagenauffahrt vor dem Haus.«

Mama reibt sich ihr Riechorgan und lacht. »Quatsch. Wir dachten Papa und Opa kommen herein. Hier ...« Sie holt eine Flasche selbst aufgesetzten Kirschlikör hinter dem Rücken hervor. »Gundula und ich sind in Feierlaune. Wir schwelgen in Erinnerungen. Mit 38 Prozent.«

Gundula kichert und hebt ihr Likörgläschen. »Ja. Prost! Auf die, die leben, und die, die uns vom Himmel aus zuschauen.«

Jetzt schickt meine Mutter einen Blick gen Firmament. »Liebe Oma Fine. Morgen ist dein Todestag. Dann mal Prost!«

Gundula rülpst leise. »Prost, Fine. Auf Heini. Und danke … dass *ich* ihn jetzt haben darf!« Dann hickst sie einmal kräftig.

Ich setze mich auf einen Küchenstuhl und beobachte mit dem größten Vergnügen, wie gut es Mama und Gundula geht.

Conny wedelt mit der Hand durch die Luft. »Wie seid ihr denn drauf? Wie weit ist es denn mit dem Essen, Mama? Die Kinder müssen doch pünktlich …«

Gundula unterbricht Conny. »Die Gemüsesuppe steht fertig im Keller. Ihr könnt also, wann immer ihr wollt, kräftig zulangen.«

»Suppe? Wieso kochst du immer so einen Mist, den niemand wirklich mag, Mama. Ich dachte, heute gibt es wieder einen anständigen Braten.«

Conny schießt, wie so oft, über das Ziel hinaus.

»Braten?« Meine Mutter denkt kurz nach. »Nein. Nein … Kind. Also … von Braten war heute nicht die Rede.«

Gundula hebt den Finger und rückt ihre Brille zurecht. »Wer hier mitessen möchte, der muss essen, was auf den Tisch kommt. Ansonsten … selbst kochen.«

Connys Augen verengen sich zu schmalen Schlitzen. »Das sagt der richtige Schmarotz …«

Ich halte kurz die Luft an. Wenn das Wort, das Conny nicht ganz ausgesprochen hat, von Gundulas Gehirnzellen verarbeitet wird, werden gleich eimerweise Tränen fließen.

Connys böse Worte sind untergegangen, denn Gundula verzieht keine Miene. Ich atme erleichtert auf.

»Der Arschi ist daa!« Hanni kommt in die Küche gelaufen. Nanni stolpert hinterher. »Biierzeit!«

Eigentlich müsste ich jetzt los, denn ich stehe ein wenig unter Zeitdruck. Aber die Neugier, wie Conny und Wellenbrink vor versammelter Mannschaft miteinander umgehen, ist zu groß. Ich beschließe, noch zehn Minuten zu bleiben.

Conny und der Architekt meistern ihre Rolle mit Bravour. Ich höre nicht zu, worüber geredet wird. Die Stimmen rauschen in meinen Ohren, verschmelzen zu einem Wirrwarr. Opa Heini gestikuliert, Papa lacht … meine Mutter und Gundula stellen Kaffeetassen auf den Tisch.

Ich nippe an meinem Tee und lasse meinen Blick zwischen Conny und dem blonden Hünen hin- und herwandern.

Kein Blick, keine Geste verrät, dass die beiden sich viel näherstehen, als alle am Tisch versammelten Personen ahnen.

Fakt ist, dass Jasper Wellenbrink ein sehr attraktiver Mann ist, der außerdem einen durchaus sympathischen Eindruck macht. Ich hoffe, dass meine Schwester sich nicht zu irgendetwas hinreißen lässt, das sie eines Tages bitterlich bereuen wird.

Weil ich die Unterhaltung nicht stören möchte, suche ich den Blickkontakt zu meiner Mutter und deute mit dem Kopf Richtung Gargagenauffahrt. Ich stehe auf, sie kommt hinter mir her.

»Richte allen liebe Grüße aus, Mama. Ich muss los, ich habe noch Einiges zu tun.«

»Das wird jeder verstehen, Karo. Grüß deinen lieben Paul recht schön … und macht euch einen gemütlichen Abend.«

»Klar, Mama. Das machen wir. Danke!«

15. Die Verfolgungsjagd und inniger Singsang

Zu Hause bleibt mir nur noch Zeit für einen kleinen Imbiss. Ich überlege kurz, ob ich Paul nicht doch besser anrufen sollte, um ihm zu sagen, dass ich heute wieder verabredet bin. Nach kurzem Abwägen entscheide ich mich dagegen. Er würde länger im Büro bleiben, darum schreibe ich einige liebe Zeilen.

Bruni wartet bereits vor der Haustür, als ich angefahren komme. Sie lässt sich auf den Vordersitz fallen.

»Heike rief gerade an. Ulrike hat ihr gesimst, dass Holger gleich mit Duschen fertig sei, wir sollen uns beeilen.«

Nach zehn Minuten biege ich langsam in die Sackgasse ein, in der Ulrike mit ihrer Familie wohnt. Ein schweres Motorrad parkt auf der anderen Straßenseite in Fahrtrichtung, der dazugehörige Fahrer *muss* Theken-Sabine sein. In den Lederklamotten, dem dicken schwarzen Helm, dessen Visier heruntergeklappt ist, ist sie absolut nicht wiederzuerkennen. Lediglich der dick behandschuhte Daumen, der kurz nach oben wandert, als wir vorbeifahren, überzeugt mich, dass es sich um unsere Arbeitskollegin handelt.

Ich parke dicht hinter Heikes Auto. Sie dreht sich um und zeigt uns durch die Heckscheibe das Peace-Zeichen. Dann setzt sie eine Mütze auf, öffnet die Fahrertür, sieht sich um, als wären alle Geheimagenten der Welt hinter ihr her und trippelt mit kleinen Schritten auf uns zu.

Bruni kurbelt das Seitenfenster herunter, Heike steckt den Kopf ins Fahrzeuginnere. »Ihr könnt mit mir fahren. Es ist besser, wenn wir in einem Auto unterwegs sind.«

Bruni und ich stimmen zu. Nach wenigen Minuten sitzen wir zu dritt in Heikes Auto.

Heikes Handy klingelt. Sie nimmt das Gespräch an … und legt nach zwei Sekunden wieder auf.

»So. Holger hat soeben die Wohnung verlassen. Seine Maschine steht in der Garage auf dem Nachbargrundstück. Er müsste in circa acht Minuten an uns vorbeirauschen.« Heike setzt eine dunkle Sonnenbrille auf und hupt zweimal.

»Das ist das Zeichen für Sabine.«

Sabine gibt ein Zeichen des Verstehens und tippt sich gegen den Helm. Sie steigt auf die Maschine.

Heike trommelt nervös auf das Lenkrad. Sie klärt uns auf, dass Ulrike seit gestern geübt habe, sich innerhalb von drei Minuten in ihre Lederkluft zu quetschen. Sie sieht auf die Uhr und sagt laut: »Drei, zwei … eins!«

Das Timing ist perfekt. Jetzt kommt Ulrike aus der Haustür gehastet. Klein, rund … wie ein Lederball mit Bikerstiefeln. Ich beiße mir auf die geballte Faust, damit ich nicht loskreischen muss. Während sie breitbeinig auf Sabine zustolpert, versucht sie gleichzeitig, den Helm über ihren dicken Kopf zu wuchten, was ihr nicht gelingt. Sabine steigt noch einmal von dem Motorrad und macht kurzen Prozess. Mit einem kräftigen Schlag sorgt sie dafür, dass Ulrike sich im Fall der Fälle keinen Schädelbasisbruch zuziehen kann. Nach drei Anläufen schafft es Ulrike, sich auf den Sozius zu hieven.

Mit einem gekonnten Tritt startet Sabine den Motor, der ein sattes, tiefes Wummern von sich gibt. Sie gibt im Leerlauf ordentlich Gas, ihre Coolness beeindruckt mich schwer.

Sabine lenkt die Maschine langsam in eine Hauseinfahrt.

Kurze Zeit später fährt Holger an uns vorbei, Sabine und Ulrike hängen sich Sekunden später hinten dran.

Der erste Anruf kommt nach zehn Minuten. Holger fährt die B 413 Richtung Iserbrook entlang.

Heike startet den Motor ihres kleinen Fiats, legt den Gang ein und prescht in der vorgeschriebenen 30er-Zone mit sechzig Kilometern die Stunde zum Wendehammer. Sie nimmt die Kurven so scharf, dass ich angegurtet in rechte bzw. linke Schieflagen gerate. Brunis Hände krallen sich um den Haltegriff, der über der Beifahrertür angebracht ist.

In der Stadt müssen wir uns in Geduld üben. An drei Ampelanlagen fließt der Verkehr so langsam und zäh, dass es noch eine ganze Weile dauern wird, bis wir auf die B 413 fahren können. Den zweiten Anruf nimmt Bruni an. Sabine und Ulrike folgen Holger in angemessenem Abstand Richtung Osdorf. Sie befinden sich also noch immer auf der Bundesstraße.

Endlich liegt der Stadtverkehr hinter uns. Auf der Landstraße gibt Heike Gas, sie fummelt bei Tempo einhundert mit einer Hand am Hebel ihres Sitzes herum. Dabei ruckelt sie so lange mit dem Hintern, bis das Polster nach vorne schießt. Das Fahrzeug fährt durch ihr Gezappel Schlangenlinien; ich bereue zutiefst, in Heikes Auto eingestiegen zu sein. Ich fühle mich ihren chaotischen Fahrkünsten hilflos ausgeliefert und schicke ein Stoßgebet zum Himmel, dass wir heil … wo auch immer … ankommen.

Nach drei weiteren Anrufen gibt Ulrike die endgültige Adresse durch, die Bruni umgehend in den Routenplaner ihres Handys eingibt. Sie dirigiert Heike zum Zielort.

Wir fahren langsam an der Jugendstilvilla in der Fürstenbergallee 37 vorbei. Auf der Auffahrt vor der Garage steht Holgers Maschine.

Sabine hat ihr Motorrad am Ende der Straße geparkt.

Ulrike und Sabine teilen sich eine Zigarette, sie ziehen abwechselnd daran.

»Und nun?« Heike schaut Ulrike fragend an.

»Mist!« Ulrike öffnet den Verschluss ihres Helmes. Sie kratzt ihr Doppelkinn, auf dem Druckstellen des Gurtes zu sehen sind. »Jetzt weiß ich zwar, wo sich Holger herumtreibt, schlauer bin ich dadurch aber auch nicht.« Sie schnieft. »Fakt ist jedoch, dass mein Angetrauter nicht joggt … Er lügt mich an.« Sie kramt aus der Tasche ihrer Lederhose ein Taschentuch hervor und schnäuzt kräftig hinein.

Wir beschließen, uns ins Auto zu setzen, um das Haus zu beobachten.

Sabine, Bruni und ich quetschen uns auf den Rücksitz, Ulrike fläzt sich auf den Beifahrersitz.

Die Stimmung ist gereizt, Heike schaltet das Radio an. Ulrike mosert, dass ihr die Musik auf die Nerven gehe, und betätigt den Aus-Knopf. Sabine zündet die nächste Zigarette an, Bruni meckert, weil ihr vom blauen Dunst leicht übel wird. Mir schlägt der Geruch der Lederklamotten auf den Magen.

Auch nach einer halben Stunde des Wartens tut sich nichts. Die Hausmauern der Villa aus der Jugendstilzeit schweigen uns an. Es bewegt sich weder eine Gardine, noch passiert irgendetwas, das uns verraten würde, was Holger hinter diesen Wänden treibt.

Nachdem wir eine ganze Stunde auf das Grundstück gestarrt haben, klopfe ich kräftig auf Sabines Oberschenkel.

»So wird das nichts, Mädels. Eine von uns sollte dort klingeln.«

Ulrike dreht sich entnervt um. »Ja klar. *Super*! Lauf hin … klingele und frag, ob sich hinter den Türen ein Puff befindet … Und bitte um Auskunft, mit welcher Schlampe Holger im Bett liegt. Du hast manchmal blöde Ideen!«

Ich schlage unsanft gegen den Helm der Meckerliese. »Ich *habe* wenigstens eine Idee! Beweg deinen Hintern und lass mich aussteigen.«

Ulrike hievt sich umständlich hoch. »Boah, Karo! Wenn du die Sache versaust, dann … dann …«

Ich straffe mich kurz. »Lass mich machen …«

Bruni schlägt die Hände vors Gesicht. »Na dann, viel Glück, Miss Marple.«

Während ich auf das Haus zulaufe, ist mir ein wenig mulmig zumute. Ich rechne mit dem Schlimmsten. Und das Schlimmste wäre, wenn Holger, nur mit Unterhosen bekleidet, die Haustür öffnen würde.

Das schmiedeeiserne kleine Tor quietscht, als ich es öffne. Die Gehwegplatten sind uneben, Unkraut wuchert aus sämtlichen Fugen der Steine. Die Haustürklingel aus Messing, auf der der Name ›von Zwickau‹ steht, hat bessere Zeiten gesehen, sie ist voller Grünspan. Ein tiefer ›Ding-dong‹-Ton ertönt, kurz darauf wird die dunkelgrüne, schwere Holztür einen Spalt geöffnet. Eine grauhaarige kleine Frau, die schätzungsweise die achtzig Jahre überschritten hat, steckt ihren Kopf heraus.

»Ja, bitte?«

Ich strahle sie freundlich an. »Hallo. Hier bin ich! Mein Name ist Karo van Goch. Ich möchte zu ... ähm ... Conny Jörgensen.«

»Conny Jörgensen?« In dem Gesicht der alten Frau arbeitet es. »Hier wohnt keine Conny Jörgensen.« Sie zieht die Nase kraus.

»Nicht?«

»Nein!«

»Hm. Eigenartig. Conny hat gesagt, dass ich sie in der Fürstenbergallee 37 abholen soll. Ich bin doch hier richtig ... in der Fürstenbergallee 37?«

Sie räuspert sich dezent. »Ja, aber hier wohne nur ich!«

»Hm. Na sowas! Vielleicht habe ich mich verhört. Ich meine, vielleicht habe ich den Straßennamen nicht richtig verstanden? Das ist jetzt aber dumm. Ich habe Frau Jörgensens Telefonnummer nicht dabei, sonst könnte ich sie anrufen.«

Jetzt öffnet sie die Tür bis zum Anschlag. »Kommen Sie mit, ich gebe Ihnen ein Telefonbuch. Sie können dort nachschlagen.«

Sie schlurft zu einem Regal, das in der Flurecke steht. Ich beuge mich ein wenig vor, um einen Blick ins Innere des Hauses zu erhaschen.

»Holger! Holger! Reich mir das Telefonbuch. Verflixt, ich komme da nicht heran.«

Eine seitliche Schiebetür öffnet sich. Ulrikes Mann steckt in einem weißen Plastikanzug, der voller roter Flecken ist. Eine Atemschutzmaske sitzt auf seiner Nase. Er nickt mir kurz zu, dann greift er nach dem Buch.

Frau von Zwickau wirft es auf den kleinen Beistelltisch. »Nun kommen Sie schon. Wir beißen nicht! Schauen Sie nach, wo Ihre Conny wohnt.«

Als Holger wieder durch die Schiebetür verschwindet, sehe ich mit einem Blick, was Ulrikes Mann hier treibt. Er streicht! Eine Wand ist, in grässlichem Rot, halb fertig gepinselt.

»Oh. Sie renovieren! Was für ein schönes Rot … Das belebt die Sinne.« Ich blättere nach dem Buchstaben ›J‹ und schiele sie von der Seite an. »Wie schön, dass Ihr Sohn Ihnen hilft …«

Jetzt lacht die alte Dame. »Das ist nicht mein Sohn. Ich habe keine Kinder. Nur einen Neffen, der lebt in Berlin und wartet darauf, dass ich endlich ins Gras beiße. Das letzte Mal habe ich ihn vor acht Jahren gesehen.« Sie flüstert: »Wissen Sie … er ist beruflich *sehr* eingespannt. Er ist Jurist. Und dann die Familie, die vier Kinder … Da bleibt für die alte schrullige Tante keine Zeit.«

Auf meinem Körper macht sich Gänsehaut breit.

Dann beugt sie sich zu mir hinunter und flüstert heiser: »Die Quittung kommt zuletzt. Immer. Die Villa habe ich bereits vor zwölf Jahren verkauft, der Investor hat mir lebenslanges Wohnrecht auf Miete eingeräumt. Das weiß mein Neffe nicht. Mit dem Erlös des Hausverkaufs unterstütze ich seit Jahren anonym bescheidene Menschen, die es nicht so dicke haben. Da ist schon so mancher Geldumschlag in den einen oder anderen Briefkasten gewandert. Ich bleibe im Hintergrund und spiele die gute Fee.« Sie kichert hinter vorgehaltener Hand. »Holger streicht an … Dafür bekommt er einige Antiquitäten, die er verkaufen kann. Er spart für einen Mallorca-Urlaub, er will seine Familie überraschen.«

Mir wird es unwohl in meiner Haut. Es ist erschreckend, wie vertrauensselig die alte Frau plaudert und mir ihre Geheimnisse offenbart. Ich springe auf.

»Ähm. Danke. Danke für Ihre Hilfe, ich habe die Nummer nicht gefunden.« Dann stolpere ich zur Tür.

Sie ruft mir hinterher: »Es war nett, Sie kennengelernt zu haben.«

Zurück im Auto werde ich von allen Seiten mit Fragen bombardiert. Ich versuche, die richtigen Worte zu finden, ohne zu viel vom dem preiszugeben, was ich weiß.

»Es ist alles ganz harmlos, Ulrike. Wirklich! Holger hat eine Überraschung für dich. Es wäre unfair, wenn ich sie verraten würde.«

»Dann kann diese Kassandra also doch nicht hellsehen?« Sie nimmt mich hart ins Visier.

»Nein. Ganz im Gegenteil! Es ist unglaublich, was sie vorhergesagt hat. Die Details stimmen. Rot ... Plastikanzug ... Auch die Aussage, dass es eine ältere Frau gibt, stimmt. Das haut mich, ehrlich gesagt, aus den Socken. Aber es ist anders, als du vermutest ...«

Jetzt überlegt sie einen Moment und reißt die Augen weit auf. »Ey, kann es sein, dass er nebenher arbeitet? Ich meine, wegen des Plastikanzugs?«

Sabine grinst. »Der Gedanke ist mir eben auch gekommen.«

Ich bleibe stur. »Ich sage nichts mehr. Vertrau mir einfach und warte ab, bis Holger mit dir spricht.«

Ulrike lacht und weint gleichzeitig. »So eine Scheiße! Wenn Holger herausbekommt, dass ich sechshundert Euro für eine Hellseherin rausgehauen habe, lässt er sich scheiden.«

Auf dem Heimweg berichte ich Bruni alle Einzelheiten und das, was mir die alte Frau von Zwickau anvertraut hat.

Sie freut sich für Ulrike, die einsame alte Frau tut ihr leid.

Paul gehört nicht zum Typ Mann, der romantischen Firlefanz veranstaltet. Darum freue ich mich umso mehr, dass an der Haustür ein großes Herz aus roter Pappe mit der Aufschrift ›Ich liebe dich‹ hängt.

Beim Öffnen der Tür dröhnt mir so laute Musik entgegen, dass es keinen Sinn macht, »Hallo« zu rufen. Paul kniet mit dem Rücken zu mir auf der Terrasse, er schraubt am Rasenmäher herum und schmettert laut mit:

Ich traf heut ein Mädchen Mariaa ... Ein Name und nicht mehr, war dieses Wort bisheer für miich ... Mariaa ... Ich küsste ein Mädchen Mariaaa ...

Wenn *das* nicht geschmacklos ist, möchte ich wissen, was geschmacklos ist! Ich schleudere meine Schuhe von den Füßen, sie fliegen bis zum Gäste-WC.

Das Wort hat nun erst Sinn … Es liegt Musik darin … für miiich …

Mit wenigen Schritten bin ich am Stereo-Turm und beende Leonard Bernsteins Konzert.

Paul dreht sich erschrocken um. »Oh. Hallo, Möhrchen. Ich habe dich nicht kommen hören …« Er reibt sich mit dem Handrücken über die Nase, dabei beschmiert er sich mit Öl.

Ich keife ihn an. »Reicht es dir nicht, dass du den ganzen Tag Maria ›am Stück‹ hast? Musst du sie zusätzlich scheibchenweise in unser Privatleben einbinden?«

»Sei nicht albern. Du glaubst doch nicht wirklich, dass ich beim Singen *unsere* Maria im Kopf hatte!« Paul lacht. »Es gibt Hunderte von Liedern, in denen der Name Maria vorkommt.« Er lässt den Schraubenzieher fallen. »Ärgert es dich auch, wenn ich in einem halben Jahr Weihnachtslieder singe?«

»Hä?«

»Na wegen Maria und Josef …«

»Jetzt wirst *du* albern, Paul.« Ich drehe mich auf dem Absatz um.

Paul seufzt. »Ich geh duschen. Im Kühlschrank liegt Bratwurst für dich.«

Im Kühli finde ich neben der Wurst noch eine saure Gurke. Während ich langsam kaue, denke ich über Kassandra und ihre Fähigkeiten nach. Ich kann nicht glauben, dass es Menschen gibt, die hellsehen können. Vielleicht sollte ich einen Selbstversuch starten? Es würde mich schon interessieren, was dabei herauskommt, wenn sie Paul und Pelle unter die Lupe nimmt.

Morgen früh werde ich als Erste im Büro sein und mit brachialer Gewalt das Schlüsselloch so bearbeiten, dass ich freie Sicht habe. Das hätte ich schon längst erledigen sollen.

16. Edles Design, die Sonderzahlung und Opa Heinis Trickkiste

Wider Erwarten habe ich hervorragend und traumlos geschlafen. Noch bevor der Wecker um 5:30 Uhr bimmelt, bin ich hellwach und voll Tatendrang. Paul wird wach, als ich mich aus dem Bett schleichen will.

»Ohhh … Möhrchen. Es ist doch noch viel zu früh.« Er knufft das Kissen unter seinem Kopf zusammen.

Ich beuge mich zu ihm hinüber und hauche ihm einen Kuss auf die Stirn. »Schlaf weiter. Oma Fine hat heute Todestag. Ich will sie vor der Arbeit auf dem Friedhof besuchen und ihr ein paar Blumen aus dem Garten in eine Vase stellen.«

Er nuschelt. »Du hast Opa Heinis Gene. Immer diese verrückten Ideen.« Dann schnarcht er weiter.

Ich dusche flott, damit mir Zeit für ein gemütliches Frühstück bleibt, und mache mich um 6:20 Uhr auf den Weg. Nicht Richtung Friedhof, sondern direkt in den Betrieb. Die Blümchen bekommt Oma Fine heute nach Büroschluss. Ich werde ein hübsches Gebinde kaufen.

In der Tiefgarage herrscht um diese Uhrzeit gähnende Leere, ein ungewohnter Anblick. Die Autotür fliegt mit Schmackes zu, der Widerhall dröhnt unheimlich in meinen Ohren.

Im Büro werfe ich Jacke, Handtasche und Schlüssel auf den Schreibtisch. Jetzt muss alles ruckzuck gehen.

Mit der Feile bewaffnet mache ich mich an die Arbeit, um den kleinen Störenfried zu entfernen. Als Metall auf Metall reibt, quietscht es laut.

Mir fällt die Geschichte von Max und Moritz ein, die Opa Heini mir, als ich noch ein Kind war, bis zum Abwinken vorgelesen hat.

Ritzeratze voller Tücke, in die Brücke eine Lücke …

Ich lache albern und lasse die Feile bei jedem einzelnen Wort vor- und zurückschnellen.

Ich könnte vor Stolz platzen, als ich einen Kontrollblick durch das Schlüsselloch wage. Perfekt!

In Windeseile verschwindet die Feile in meiner Handtasche.

Mit einem Hefter wedele ich über den Boden, um die feinen Metallspäne gleichmäßig zu verteilen.

Ich schrecke zusammen, als ich Schritte im Treppenhaus höre. Mit dem Hefter bewaffnet lehne ich mich an den Türrahmen und blättere darin herum.

»Guten Morgen, Frau Geiger. Sie sind aber früh dran.« Kurt sieht sich um. »Ich war in der ersten Etage und habe Geräusche gehört.«

Ich grüße zurück. »Geräusche? Hier? Nein. Ich bin schon eine Weile im Büro, ich habe nichts gehört.«

»Hm. Komisch.« Er schiebt seine Mütze zurück und kratzt sich den Kopf. »Also … ich hätte schwören können …«

Kopfschüttelnd tritt er den Rückzug an. Ich atme tief durch und wedele weiter.

Nach getaner Arbeit koche ich Kaffee, knabbere einige Kekse und mache es mir am Schreibtisch gemütlich. Meine Sandalen müssen unten bleiben, die Füße dürfen auf die Arbeitsplatte. Ich verschränke die Arme hinter dem Kopf, ein kleines Nickerchen wird Mutter und Kind gut tun.

Ich schrecke aus meinem Dämmerzustand hoch, als ich Pelles Stimme vernehme. Mit Schwung befördere ich meine Füße dorthin, wo sie hingehören, nämlich *unter* den Tisch.

»So. Hier entlang bitte!«

Die Pellegrino hält die Tür auf, zwei Männer in Arbeitskleidung schieben auf einem Rollwagen eine verpackte Tür herein, es ertönt ein lautes »Moin«. Ich erwidere freundlich den Gruß der Handwerker.

Die Pelle macht große Augen. »Hallo, Frau Geiger … Sie sind aber früh heute.«

Sie sieht umwerfend aus. Ihr enges Etuikleid lässt eher auf einen Theaterbesuch als auf einen Arbeitstag im Büro schließen. Ihre Haare sind zu einem Pferdeschwanz gebunden, der bei jedem Schritt keck wippt.

Ich grüße schnippisch zurück. »So ist es, Frau Pellegrino … so ist es. Mein Motto lautet: Nur der frühe Vogel fängt den Wurm.«

Sie grinst. »Ich lebe nach dem Motto: Erst die zweite Maus bekommt den Käse …«

Die Männer lachen laut über den Spruch, während sie die kaputte Tür aus den Angeln heben und vorsichtig in ein Extrafach auf dem

Wagen stellen. Dann wird das neue Prachtstück ausgepackt. Papier und Luftpolsterfolie werden mit Seitenschneider entfernt.

»Sie gehen über Leichen, um an Käse zu gelangen?« Mein Blick ist provokant.

In ihren braunen Augen funkelt es lustig. »Im übertragenen Sinne schon, ich meine …«

Die neue Tür kommt zum Vorschein, ich könnte einen Schreikrampf kriegen. Mit einer Handbewegung deute ich der Pelle an, die Klappe zu halten.

Die Tür für das Arbeitszimmer besteht lediglich im oberen Drittel aus durchsichtigem Glas. Die unteren zwei Drittel sind matt und undurchsichtig gehalten.

Durch dieses bescheuerte Design kann man nichts, aber auch gar nichts erkennen, was hinter dieser Tür vor sich geht.

»Stopp. Die können Sie gleich wieder mitnehmen! Wir wollten eine Tür aus Glas, verstehen Sie? Glas!«

Die Pelle hält kurz die Luft an. »Aber das ist doch eine Glastür.«

Ein Arbeiter kratzt sich am Kopf. »Jau. Das ist Glas.« Er klopft mit dem Fingerknöchel dagegen. »Sicherheitsglas, mit Sandstrahltechnik bearbeitet. Eine Tür für gehobene Ansprüche.«

»Ihrem Mann hat sie gefallen, Frau Geiger. Er hat gestern Nachmittag grünes Licht gegeben …«

Zu allem Übel kommt Paul. Viel zu früh … viel zu gut gelaunt … viel zu begeistert.

»Guten Morgen, allerseits. Wunderbar! Genauso habe ich mir die Tür vorgestellt. Toll. Was sagst du, Möhrchen?«

»Ach, Paul. Mir gefällt sie nicht! Das Matte ist irgendwie erdrückend. Altmodisch, hausbacken. Der Raum wirkt kleiner und …«

»Hm. Findest du? Was sagen Sie, Maria?«

»Also ich finde die Tür nach wie vor prima. Sonst hätte ich sie Ihnen ja nicht empfohlen. Ich finde das Design edel … seriös. Außerdem werden Sie sich hinter dem Sichtschutz ein wenig wohler fühlen. Sie saßen ja ständig auf dem Präsentierteller.«

Ein Arbeiter grinst frech. »Dann können'se auch mal in Ruhe in der Nase stochern, ohne dass Ihre Vorzimmerdamen Ihnen auf die Finger gucken.«

Paul klopft ihm auf die Schulter. »Wenn das kein Argument ist … köstlich! Die behalten wir.«

Er drückt mir einen Kuss auf die Wange.

»Du wirst dich schon daran gewöhnen, Karo. In wenigen Tagen kommt es dir so vor, als habe es nie ein anderes Glas gegeben.«

Dass Paul mir so in den Rücken fällt, hätte ich nicht gedacht.

»Trotzdem … ich will die Tür nicht!«

Niemand hört mir zu. Die Pelle geht in ihren Glaskasten, Paul kehrt mir den Rücken zu. Ich fahre mürrisch den PC hoch.

Nach einer Stunde ist die neue Tür eingepasst, die Arbeiter verschwinden, dafür kommt Sabine mit unserer täglichen Vitaminration.

Sie zwinkert mir lediglich zu, weil Paul in der Nähe steht.

Nachdem Paul die neue Glastür hinter sich geschlossen hat, rennt die Pelle ständig hin und her. Ich bekomme vor Nervosität Juckreiz, weil ich nicht sehen kann, was sich hinter der Tür abspielt.

Endlich kommt Bruni. Sie umarmt mich glücklich und ist so aus dem Häuschen, dass ihr der Türenwechsel gar nicht auffällt.

»Alles in bester Ordnung, Karo. Mein Gewicht stimmt, die Blutwerte bekomme ich nächste Woche. Das Kleine wächst und gedeiht … Hier, das neue Ultraschallfoto.«

»Oh, wie schön! Prima. Es hat deine Augen und Heiners Nase.«

Bruni lacht. »Ach, wenn du wüsstest, wie egal mir das ist. Hauptsache gesund. Ich soll dich lieb von Heiner grüßen. Gibt's was Neues?«

Ich deute mit dem Kopf Richtung Arbeitszimmer.

Bruni macht große Augen. »Ne. Das glaub ich jetzt nicht. Wieso ist da so eine doofe Tür drin?«

Dann sprudele ich los. Ich berichte haarklein, wie ich mir den Hintern aufgerissen habe, um das Türschloss zu bearbeiten und letztendlich alles für die Katz war. Dann erzähle ich ihr im Flüsterton, welches Lied Paul gestern vor sich hingeschmettert hat.

Bruni hält wieder schützend die Hände über Paul. »Ach, Karo. Was ist schon dabei? Ich bin nach wie vor der Meinung, dass du dir etwas zusammenspinnst. Er schätzt sie als rechte Hand, mehr nicht.«

Ich seufze aus tiefstem Herzen. »Ach Bruni, es ist so schön, dass es dich gibt.«

Um 12 Uhr gehen wir fröhlich in die Kantine. Ulrike macht einen gelösten und glücklichen Eindruck. Lediglich die Tatsache, dass sie von dem knapp bestückten Sparbuch sechshundert Euro abgezwackt hat, bereitet ihr großes Kopfzerbrechen. Da Holger seiner Frau, die schließlich Buchhalterin ist, alles Finanzielle überlässt und anvertraut, hofft sie, dass ihr Alleingang vorerst nicht auffliegen wird.

Ohne lange nachzudenken, lasse ich die Chefin raushängen. »Pass mal auf, Ulrike. Du kannst dir für diesen Monat einen Bruttobetrag als einmalige Sonderzahlung auf dein Gehalt schlagen, damit netto sechshundert Euro herauskommen. Du kannst doch so toll rechnen. Paul wird dir später eine Bestätigungsmail schicken. Die Sorge kannst du abhaken.«

Sie kommt ins Stottern. »A … a … aber kannst du das denn alleine entscheiden? I … ich meine …«

Ich straffe mich. »Na hör mal! Natürlich kann ich das!«

Bruni legt eine Hand über die Augen, Heike hält die Luft an.

Ulrike stammelt ein leises »Dankeschön … Ich warte aber erst auf die E-Mail von Geigenpaul.«

Dann diskutieren wir bei Bratfisch in Senfsauce über Dinge zwischen Himmel und Erde, die unerklärlich sind. Nebenbei frage ich Ulrike, wo denn diese Kassandra wohnen würde. Sie kramt in ihrer Handtasche nach einer Visitenkarte, die sie über den Tisch schiebt.

»Was? Du willst Kassandra aufsuchen?« Ulrike forscht in meinem Gesicht.

Drei Augenpaare warten auf meine Antwort.

»Mein Gott. Was starrt ihr mich so an! Die Aura überprüfen lassen. Vielleicht. Ich weiß es noch nicht.«

Als wir uns gegenseitig ein schönes Wochenende wünschen, drückt mich Ulrike so fest, dass mir fast die Luft wegbleibt.

Zurück im Büro redet Bruni pausenlos auf mich ein. »Du solltest nicht zu dieser Frau gehen. Wer weiß, was die sich aus den Fingern saugt, Karo. Du bist schwanger, ich mache mir Sorgen um dich.«

Ich drücke Brunis Hand. »Hör auf, dir Sorgen um mich zu machen. Sollte ich dort hingehen, kommst du mit und passt auf mich auf, ja?«

Sie lacht und nickt. »Einverstanden!«

Ich rümpfe die Nase. »Du solltest dir *jetzt* Sorgen um mich machen. Ich rede mit Paul. Ulrike wird auf die Bestätigungs-Mail warten.«

Paul legt den Ordner beiseite, als ich ihm sage, dass ich etwas Wichtiges mit ihm besprechen müsse. Ich druckse nicht lange herum.

»Ulrike Assmann ist privat in Schwierigkeiten geraten, Paul. Sie braucht dringend sechshundert Euro. Ich habe ihr vorhin gesagt, dass sie in diesem Monat einen dementsprechenden Bruttobetrag als einmalige Sonderzahlung erhält. Sie wartet auf grünes Licht von dir.«

Paul schaut mich einige Sekunden an, dann schüttelt er sich kurz. »Du hast *was*?«

Ungeduldig rassele ich mein Anliegen noch einmal herunter.

»Moment … das muss ich erst einmal sacken lassen.« Er schließt die Augen. Dann öffnet er sie wieder und beugt sich weit über den Schreibtisch. »Karo. Du kannst nicht jedem Mitarbeiter, der in finanziellen Schwierigkeiten steckt, irgendwelche Sonderzahlungen versprechen. Das geht einfach nicht! Dann sind wir in null Komma nichts pleite. Das geht uns nichts an! Wir zahlen gute Gehälter, wir beuten niemanden aus. Jeder bekommt für seine Arbeit die entsprechende Gegenleistung. Je nach Ausbildung …«

Ich unterbreche ihn hitzig. »Ich habe aber nicht *jedem* eine Sonderzahlung versprochen. Lediglich Ulrike!«

»Du hättest *vorher* mit mir reden sollen. Wir hätten ihr einen zinslosen Kredit gewähren können oder eine Vorschusszahlung.« Seine Nasenflügel beben.

»Dass du so unmenschlich bist, so geizig … so fies … das hätte ich niemals von dir gedacht. Bring den Stein, der vor deinem Herzen liegt, ins Rollen, Paul. Er blockiert den Weg zwischen dir und mir.«

Paul wird so weiß wie die Wand hinter ihm. Ich habe ihn schon sauer erlebt, ja, manchmal auch stinksauer. Jetzt ist er wütend.

Ich springe auf. Als ich hinausstürmen will, sagt er: »Ich rufe Frau Assmann gleich an, weil ich dich nicht zum Affen machen will.«

Mir ist es so egal, warum er Ulrike die Zusage macht, Hauptsache, er *macht* sie. Ich reagiere zynisch. »Oh! Ein Dank dem König! Kommst du später zu meinen Eltern? Oma Fines Todestag …«

»Nein!« Seine Stimme klingt schroff. »Ich muss morgen früh nach Fehmarn. Meyering und ich wollen nach einem Strand Ausschau halten. Wegen des Werbespots. Ich habe noch zu tun.«

Ich rausche beleidigt ab. Es ist unverschämt, dass ich das erst jetzt erfahre!

Bruni gibt Paul schon wieder recht. Sie habe sich gleich gedacht, dass ihn die Sonderzahlung für Ulrike fuchsig machen würde. Dass er mir erst vorhin von seinem Fehmarn-Trip erzählt hat, findet sie auch nicht schön.

»Ich rufe dich morgen an, Simone und ich wollen uns um Ratiba kümmern. Irgendetwas werden wir anstellen. Die hängt sonst nur alleine ab.«

Der Friedhof ist wie ausgestorben. Keine Menschenseele weit und breit. Wer hier schläft, hat wirklich Ruhe. Omas Grab liegt ziemlich weit im hinteren Bereich des Friedhofs, ich lege einen Zahn zu.

Als ich vor dem Grab stehe, wird mir bewusst, wie liebevoll es von Opa Heini, Gundula und meinen Eltern gepflegt wird. Es stehen zwei frisch bepflanzte Töpfe vor dem Grabstein. Ich stakse über kleine Trittsteine zum Grabstein, um dahinter eine Blumenvase hervorzuholen.

Dort liegt aber keine Vase, sondern nur die kleine Harke in einer ollen Plastiktüte. Ich fluche. Da war wohl wieder ein Grabräuber am Werk. Opa Heini schimpft immer über das kriminelle Gesindel, das sich fremder Grabvasen bedient.

Ich schaue mich kurz um, niemand da. Vier Gräber weiter finde ich so ein grünes Plastikteil. Ich hole Wasser.

Oma Fine wird sich über den Frühlingsstrauß freuen. Während ich die Blumen ein wenig arrangiere, berichte ich ihr von Maria ... gebe offen zu, dass ich sie nicht leiden kann, Paul sie aber dafür umso mehr mag, weil sie immer so tolle Ideen hat. Ich verschweige auch nicht, dass ich ein richtig komisches Bauchgefühl habe, wenn ich an Paul und Pelle denke. Dann sage ich ihr, dass ich mir Sorgen um Conny mache, weil sie dem attraktiven Herrn Wellenbrink schöne Augen macht. Anschließend mache ich meinem Ärger wegen der neuen Glastür Luft.

Bevor ich mich für heute verabschiede, versichere ich Oma Fine, dass es Opa Heini sehr gut gehe, und sage ihr, dass sie beide Hände schützend über Opa und Gundula halten solle. Damit beide noch lange leben und ihr künftiges neues Heim genießen können.

In meinem Elternhaus herrscht eine gute Stimmung. Die Betondecke ist Schnee von gestern. Heute werden Steine bewundert, die gemauert wurden.

Opa Heini läuft mit einem Kaffeepott in der Hand um den wachsenden Neubau, mein Vater humpelt in leicht gebückter Haltung hinterher.

Opa zieht einen Hosenträger lang und lässt ihn vor die Brust klatschen. »Verdorrich, unser Häuschen wird ein Prachtbau! Dagegen ist Schloss Bellevue eine armselige Butze!«

Mein Vater bleibt stehen und fängt so an zu lachen, dass sich seine Rückenmuskeln noch mehr zu verkrampfen scheinen, denn er stützt sie mit beiden Händen. »Du klopfst immer Sprüche, Vater, dass es in den Ohren schmerzt.«

»Warte ab, Hermann. Warte ab!«

Gundula nimmt mich an die Hand. »Schau mal, Karo. Das da wird das Wohnzimmer … In die Ecke wird der Kaminofen gemauert … und dort stellen wir gemütliche Sessel hin.«

Ich stelle es mir bildlich vor. »Toll, Gundula. Ich freue mich für euch.«

Meine Mutter ruft aus dem Wintergarten, dass der Kaffee fertig sei. Opa Heini reicht meinem Vater den Arm, der sich dankbar darauf stützt.

»Meinst du nicht, Hermann, du solltest wegen des Hexenschusses einen Doktor aufsuchen?« Gundula wirft meinem Vater einen besorgten Blick zu.

»Quatsch! Morgen ist es besser.«

Als wir am Tisch sitzen, kommt Conny angerauscht. Die Mädchen laufen laut singend hinterher.

Alle schmunzeln, Conny ist total genervt. Sie grüßt in die Runde, dann blafft sie die Kinder an. »Könntet ihr bitte mal für fünf Minuten die Klappe halten?« Sie knallt den Autoschlüssel auf den Tisch.

Gundula stellt ein Blech Ostfriesischen Teekuchen auf den Tisch, die Kinder trällern ungeniert weiter.

Bevor die Situation eskaliert, lenkt Mama die Zwillinge geschickt ab. »Na, ihr beiden? Wie geht es denn Max und Moritz?«

Nanni fläzt sich auf den Stuhl, der neben meinem Vater steht. Sie schlägt mit ihrer Kuchengabel auf den Tisch. »Mama sagt, wenn die weiter so nervig sind, werden sie bald im Wald ausgesetzt!«

»Ja. Wie Hänsel und Gretel.« Hanni prustet vor Lachen.

Meine Mutter schüttelt den Kopf. »Also ehrlich, Conny. Das hört sich ja schrecklich an.«

Conny zieht die Schuhe aus. »Mein Gott, das ist doch nur Spaß, Mama! Was bist du nur für ein humorloser Mensch geworden.«

Opa Heini feuert eine Frage ab. »Habt ihr eure Oma heute auf dem Friedhof besucht?«

»Klar, Opa. Ich habe ihr ein paar Blümchen aufs Grab gestellt.«

Er lacht mich an. »Das ist schön, sie wird sich freuen.«

»Mama hat die Blumen wieder mitgenommen … weil da schon so viele waren. Das ist ja rausgeschmissenes Geld. Die stehen jetzt bei uns auf dem Wohnzimmertisch.« Nanni hält mir den Teller hin. »Krieg ich Kuchen?«

»Pass mal auf, Fräulein. Rede nicht immer so einen Unsinn!« Conny gibt Gelassenheit vor. »Ich stelle Oma Fine welche hin, wenn eure Blumen verwelkt sind. Dann hat sie später auch noch etwas davon.«

Opa Heini grinst und zündet eine Kerze an. »So, lasst uns jetzt eine Minute in Ruhe an Oma Fine denken.« Er greift nach Gundulas Hand, beide starren in die tanzende Flamme der Kerze.

Die Kinder halten die Schweigeminute nicht durch. Sie kichern.

Conny nimmt einen Schluck Kaffee. »Das ihr noch immer so ein Trallafitti macht, wenn Oma Todestag hat, du bist längst neu liiert, Opa. Irgendwie finde ich das komisch.«

»Du findest das komisch?« Opa Heini grunzt und blickt in die Runde. »Hört ihr? Meine Enkelin findet es komisch, dass wir Oma Fines gedenken. Und wisst ihr, warum sie das komisch findet? Weil sie statt eines Gehirns nur rote Grütze mit Vanillesauce im Kopf hat …« Dann schlägt er auf den Tisch und lacht. Gundula presst ein Taschentuch vor den Mund. Man sieht nur an den Lachfalten um ihre Augen, was in ihr vorgeht.

Dieser Spruch kommt den Zwillingen gerade recht. Sie tuscheln und gackern leise.

Conny verzieht beleidigt das Gesicht. »Ach, Opa. Du wirst langsam kauzig.«

Mein Vater pickt die Rosinen aus dem Kuchen. »Mein Gott. Fünfundzwanzig Jahre ist es her. Wo ist nur die Zeit geblieben?«

Mama seufzt. »Schade, dass Paul und Anton nicht hier sind.«

Ich bestelle liebe Grüße und erkläre, dass Paul in der Firma unabkömmlich sei. Conny entschuldigt Anton ebenfalls, sie sagt, dass er arbeiten müsse.

»Stimmt ja *gar* nicht!« Nanni schickt Conny einen bösen Blick. »Der hatte keine Lust mitzukommen.«

Meine Schwester fährt ihrer Tochter über den Mund. »So. Jetzt reicht es mir! Heute Abend wird nicht länger aufgeblieben. Du gehst zeitig ins Bett, von dem Animationsfilm kannst du träumen!«

Bevor Nanni anfangen kann zu heulen, ergreift mein Vater das Wort. »Die Kinder schlafen doch heute bei uns …« Er zwinkert Nanni zu. »Das haben wir uns schon vor einigen Tagen ausgemacht, nicht wahr, Kinder?«

Die Zwillinge schalten sofort. »Stimmt. Wir haben nur vergessen, es dir zu sagen, Mama.« Nanni presst die Lippen zusammen.

Conny legt eine Hand vor die Augen. »Von mir aus. Ich hätte euch die beiden morgen früh eh gebracht, ich bin unterwegs. Ich jogge mit einer Freundin, anschließend machen wir uns einen schönen Tag.« Dann seufzt sie. »Anton muss ja leider wieder am Wochenende arbeiten.«

Von wegen Freundin! Dass ich nicht lache. Eine ironische Bemerkung liegt mir auf der Zunge, ich schlucke sie hinunter. Ich nehme mir vor, mich morgen um 9 Uhr im kleinen Wald an Connys Fersen zu heften.

Die Mädchen flitzen ausgelassen in Richtung Neubau. Sie wollen den Betonboden fegen.

Opa Heini reibt sich die Hände. »So, ihr Lieben. Jetzt kommen wir zum feierlichen Akt dieses besonderen Tages.« Er holt aus seiner Hosentasche einen weißen Briefumschlag hervor.

Conny lächelt dümmlich. »Oh. Hat Oma Fine uns ein paar liebe Worte aus dem Jenseits geschrieben …?«

Niemand lacht.

Papa lehnt sich zurück. »Post? Von wem?«

Opa Heini lässt sich nicht aus der Ruhe bringen. »Diesen Brief hat Oma Fine vor vielen, vielen Jahren geschrieben. In der Zeit, als ihre Krankheit schlimmer wurde und auf Besserung nicht mehr zu hoffen war. Sie bat mich damals, ihn vorzulesen, wann mir danach ist …« Er reibt seine Nasenspitze und blickt in die Runde. Sein Blick bleibt an Conny haften. » … und heute ist mir danach.«

Conny spielt mit einer Haarsträhne und begutachtet die Haarspitzen. Mit den Fingernägeln entfernt sie Spliss. Sie scheint mit ihren Gedanken ganz woanders zu sein.

Opa Heini öffnet den Reißverschluss des Latzes seiner Arbeitshose und holt Schmuck hervor. Er legt einen Weißgoldring, an dem ein großer Diamant funkelt, ein diamantenbesetztes Weißgoldarmband sowie die dazugehörigen langen Ohrringe auf den Tisch. Daneben legt er einen Ring, ein Armband und Ohrringe aus Gelbgold, die mit weißen Perlen besetzt sind.

Jetzt wird Conny aufmerksam. Ihre Augen fixieren die Schmuckgarnitur mit den Diamanten. Sie wirft die Haare in den Nacken und will danach greifen. Opa schlägt nach ihrer Hand.

»Finger weg! Erst zuhören …« Er rückt die Brille zurecht.

Liebe Conny, liebe Karo,
ich weiß nicht, wann euer Opa euch meine Zeilen
vorlesen wird. Seid ihr noch Jugendliche … seid
ihr mittlerweile erwachsen? Habt ihr längst Familie,
um die ihr euch liebevoll kümmert?
Die Zeit, die ich mit euch verbringen darf, neigt
sich langsam dem Ende zu. Umso mehr genieße ich jetzt
jede Stunde mit euch.

Meine Mutter hat feuchte Augen. Sie greift in ihre Kitteltasche und legt eine Packung Papiertaschentücher auf den Tisch. Gundula und ich benötigen ebenfalls Taschentücher. Conny gähnt.

Wisst ihr noch, wie ihr so gerne in meiner
Schmuckschatulle gekramt habt? Die Perlen und
Glitzersteine haben es euch angetan.
Dir, liebe Conny, haben immer besonders die Perlen
gefallen … Du, liebe Karo, warst ganz in die
Diamanten verliebt.
Haltet den Schmuck in Ehren. Es ist mein Herzenswunsch,

dass ihr ihn eurem Nachwuchs weitervererbt.
In der Hoffnung, dass wir uns irgendwann
wiedersehen fällt mir der Abschied nicht
so schwer.

Eure Oma Fine

Ein Schnäuzkonzert ertönt. Wir brauchen neue Taschentücher. Conny macht ein empörtes Gesicht. »Das stimmt ja *gar* nicht. *Ich* fand die Glitzersteine immer schöner …«

Jetzt ist mir nach lachen zumute. Ich muss an das Gespräch denken, in dem die Zwillinge ausgeplaudert haben, auf welchen Schmuck Conny scharf ist.

»Dann nimm halt das, was dir gefällt.« Ich finde es beschämend, sich um die Erinnerungsstücke zu streiten.

Connys Hand saust nach vorne. »Gut. Ich nehme die Diamanten. Wenn ich die verticke, kann ich die Kinder für den Herbst neu einkleiden.«

Opa Heini nickt langsam. »Stopp! Das dachte ich mir schon. Genau so habe ich es mir vorgestellt. Darum, liebe Mädels«, er greift erneut in seine Latzhose, »lassen wir das Los entscheiden. Ich habe etwas vorbereitet.«

Opa Heini legt sechs Mini-Papierrollen auf den Tisch. Zwei rote, zwei grüne und zwei blaue.

»Fang du an, Conny. Du hast die älteren Rechte. Drei Stück gehören dir.«

»Das ist eine gute Idee.« Meine Mutter lächelt jetzt wieder.

»Na, da bin ich aber mal gespannt.« Papa gönnt sich noch ein Stück Kuchen.

Gundula hüstelt.

»Hm. Welche nehme ich denn bloß?« Connys Finger kreisen über die Farben. Sie schwenkt hin und her, greift nach dem ersten roten Los. Sie öffnet es langsam. »Mist! Hier steht: Perlenohrringe.«

»Naja … Hauptsache keine Niete.« Opa schmunzelt.

Das zweite Los, mit der Farbe Blau, wird entrollt. »Ach *ne*. Schon wieder die Perlen … der Ring.«

Sie starrt auf die kleinen grünen Papierrollen und entscheidet sich für die Linke. »Kacke!« Sie liest laut vor: »Perlenarmband.«

Opa lächelt zufrieden und greift die restlichen Lose.

»*Mooment* Opa! Ich will die Gegenprobe sehen …«

Mein Großvater öffnet weit den Mund und wirft die Papierschnipsel hinein.

Ich glaube es nicht! Opa Heini schluckt einmal kräftig, dann spült er mit Kaffee nach. Ich schließe die Augen.

»Zu spät.« Er zeigt seine Zunge. »Weg sind sie!«

Conny kneift die Augen zusammen. »Du hast doch herumgetrickst. Ich glaub nie und nimmer, dass du fair warst. Es standen mit Sicherheit auf jedem Los die Perlen! Du stehst doch eh immer auf Karos Seite!«

Gundula blickt auf den Boden, meine Eltern tauschen vielsagende Blicke.

Opa Heini wird böse. »Was? Du unterstellst mir Manipulation? Das ist eine bodenlose Frechheit! Meine liebe Conny. Wenn du mir nicht glaubst … Für gewöhnlich erledige ich am Morgen gegen 7:20 Uhr meine ›analen Geschäfte‹. Du kannst dich anschließend gerne von der ordnungsgemäßen Beschriftung der Lose überzeugen. Also sei morgen früh pünktlich hier.«

Conny verzieht angeekelt das Gesicht.

Opa steht auf, er rülpst laut. »Ich brauche jetzt ein Verdauungsschnäpschen, damit die Lose besser rutschen.«

Mein Vater holt tief Luft. »Bring mir auch einen mit.«

Conny greift nach dem Brief und überfliegt die Zeilen. Sie lacht spitz auf. »Das ist doch nie und nimmer Oma Fines Handschrift!« Sie hält meiner Mutter den Briefbogen unter die Nase.

»Aber natürlich ist das Omas Handschrift, Kind. Schau dir doch die alten Postkarten an.«

»Hör jetzt auf zu stänkern, Conny. Als wenn Opa so abgebrüht wäre.« Papa ergreift die Partei seines Vaters. Gundula sagt kein Wort. Sie rutscht unruhig auf dem Stuhl hin und her.

Mir ist klar, dass Opa Heini in die Trickkiste gegriffen hat. Er hat geahnt, dass Conny den Schmuck sofort gegen Bares eintauschen würde. Und das wollte er verhindern.

Mein Großvater kommt mit Schnaps und einer alten Fotokiste aus dem Haus.

Bilder werden herumgereicht. Oma Fine als Kind, Oma Fine als Jugendliche und Hochzeitsfotos meiner Großeltern. Die Stunden vergehen wie im Flug.

Conny macht sich steif wie ein Brett, als ich sie zum Abschied drücke. Mama flüstert mir ins Ohr, dass ich mir nichts daraus machen solle.

Ich bin sauer, weil Paul mir erst heute Mittag gesagt hat, dass er morgen nach Fehmarn fährt. Paul ist wütend, weil ich in Sachen Ulrike einen Alleingang gestartet habe. Wir reden nur über das Nötigste, ansonsten schweigen wir uns an und vermitteln uns durch kleine Gesten, was wir fühlen.

Ich knalle Pauls Teller auf den Esstisch. Meinen stelle ich betont sanft hin. Paul versorgt sich mit Mineralwasser, ich darf mein Glas selbst füllen. Dafür bekommt er keine Serviette.

Schüsseln wandern auf den Tisch.

Ich warte vergeblich darauf, dass Paul mich fragt, ob ich nicht Lust hätte, mit auf die Insel zu fahren, damit ich ihm eine Absage erteilen kann.

Meine Gabel saust über den Teller. Salat, eine Kartoffel und ein großes Stück Frikadelle werden aufgespießt. Ich stopfe alles in den Mund.

Paul macht es mir nach. Er gibt sich auch die volle Ladung.

»Wann fährscht du?« Ich verschlucke mich fast beim Sprechen.

»Isch glaube … gegen schieben.«

»Wann bischt du schurück?«

»Wenn allesch klar ischt, gegen Abend.«

Er schluckt und spült mit Wasser nach. Anschließend Schweigen.

Mit einer Stinkwut im Bauch räume ich das Geschirr zusammen und laufe mit kleinen, schnellen Schritten in die Küche. Die Teller fliegen in die Spüle.

Paul macht Anstalten, zu helfen. Ich lasse Frust ab.

»Lass das! Es wäre nett, wenn du heute im Gästezimmer schlafen würdest. Dann werde ich morgen früh nicht wach …«

Er lehnt sich gegen den Türrahmen und lässt die Hände in den Hosentaschen verschwinden. »Wenn du das möchtest … natürlich. Ich schlafe nebenan.«

Ich könnte ausrasten, weil von ihm kein Dementi kommt. Meine Bestrafung verfehlt ihren Zweck. Sie verfliegt wie Rauch im Sturm.

Paul dreht sich um und geht nach oben.

Mit einem Kissen vor dem Bauch kuschele ich mich auf dem Sofa ein. Ich höre die Dusche laufen, nach einer Weile knallt eine Tür. Paul spielt die beleidigte Leberwurst, er kommt nicht mehr hinunter.

Okay, Herr Geiger! Dann eben nicht. Ich wühle im Wohnzimmerschrank nach Süßigkeiten und denke nach, während eine Praline nach der anderen in meinen Mund wandert. Ich könnte jetzt nach oben laufen und mich neben Paul ins Bett kuscheln oder den Fernseher einschalten. Mit einem Blick in die Programmzeitschrift entscheide ich mich für Günther Jauch. Der ist klug, nett und höflich. Er würde sich bestimmt nicht aufregen, wenn seine Frau einer Freundin sechshundert Euro netto sponsern würde.

Während ich eifrig auf meinem Handy nach den richtigen Antworten googele, trudelt eine SMS von Bruni ein: *Morgen 11 Uhr bei Ratiba. Hausbesichtigungen stehen auf dem Programm. Zieh dir bequeme Schuhe an!*

17. Der sündige Apfel und ein Notfall

Gestern Abend bin ich mit dem Vorsatz eingeschlafen, mir den heutigen Tag durch nichts und niemanden verderben zu lassen. Und was ich mir vornehme, ziehe ich durch. Soll Paul den frischen Wind auf Fehmarn genießen. Ich werde hier für frischen Wind sorgen.

Geht doch! Nun walke ich schon seit fünf Minuten in gemäßigtem Tempo Richtung Wald und bin noch immer nicht aus der Puste. Das herrliche Wetter trägt zu meiner guten Laune bei.

Vor dem großen Torbogen, der in den Wald führt, trippele ich kurz auf der Stelle und ziehe den Schirm der roten Kappe tiefer in die Stirn. Ein würziger Duft liegt in der Luft, ich atme tief ein. Kein Mensch weit und breit. Mir ist ein wenig unheimlich. Dieses Waldstück ist so einsam, dass ich mich ohne Begleitung nicht weiter hineintraue. Es ist 8:45 Uhr.

Hinter dem Torbogen steht eine Bank, dahinter ist ein Trampelpfad, den ich mich in gebückter Haltung entlangkämpfe. Durch hohes Farnkraut kann ich die kleine Straße erkennen. Ich schlage mich weiter in die Büsche und hocke mich in die Nähe eines dicken Baumstamms.

Conny und Wellenbrink müssen ebenfalls durch den Torbogen, weil es der einzige Eingang ist, der in den Forst führt.

Um 8:58 Uhr höre ich ein herannahendes Auto. Nach dem Zuschlagen einer Autotür kommt ein zweiter PKW angefahren.

Ein Lachen ertönt, es gehört eindeutig meiner Schwester.

Es findet ein Wortwechsel statt, den ich nicht verstehen kann. Ich biege den Farn ein wenig auseinander und halte die Luft an. Ich sehe Conny, die lässig am Torbogen lehnt. Sie trägt enge Leggins und ein bauchfreies Top. Mich fröstelt bei dem Anblick. Sie friert wahrscheinlich für einen guten Zweck. Ihre Lockenpracht wird von einem Stirnband gehalten, auf ihrem Rücken sitzt ein kleiner Rucksack.

Jetzt sehe ich Wellenbrink, der noch recht verschlafen dreinblickt. Seine strohblonden Haare stehen wirr in alle Himmelsrichtungen. Er reicht Conny die Hand, die sie jedoch beiseiteschiebt.

»Wir sollten uns nicht so förmlich begrüßen, Jasper!« Sie stellt sich auf die Zehenspitzen und küsst ihn auf den Mund.

Der Arschi lässt sich nicht lange bitten, er umfasst mit seinen großen Händen die Taille meiner Schwester.

Es ist ganz offensichtlich, dass Conny ihm den sündigen Apfel unter die Nase hält. Wellenbrink beißt hinein.

Eine Hand wandert vor meinen Mund. Ich fasse es nicht, die beiden küssen mit Zunge!

Conny klammert sich wie eine Ertrinkende an ihn, er hat Mühe, sich aus ihrer Umarmung zu lösen.

Er räuspert sich. »So, dann wollen wir mal was für unseren Kreislauf tun …« Er trabt auf der Stelle.

Conny seufzt übertrieben, dann strahlt sie den blonden Mann an. »Seit Tagen freue ich mich darauf, mit dir den Wald zu erkunden. Läufst du langsam vor?« Sie lacht. »Ich muss kurz in die Büsche, der Frühstückskaffee treibt.«

Jasper läuft langsam los.

Mist. Muss die ausgerechnet jetzt pullern? Ich blicke mich kurz um … weiß nicht wohin. Ich höre knackende Äste, meine Schwester kämpft sich durch das Gestrüpp. Meine Oberschenkel verkrampfen sich, als ich mich aus der Hocke erheben will, um hinter den dicken Baumstamm neben mir zu verschwinden. Ich verliere das Gleichgewicht und plumpse auf den Allerwertesten. Die rote Kappe hängt mir quer über dem Gesicht. Es macht keinen Sinn zu flüchten, meine große Schwester hat mich längst entdeckt. Sie steht vor mir und stößt einen spitzen Schrei aus.

»Karo?« Sie wird blass, unter ihren Augen bilden sich tiefschwarze Ringe. »Was zum Teufel machst du hier?«

Ich zucke hilflos mit den Schultern. »Pipi?« Ich trete von einem Bein auf das andere.

Sie zischt mich an. »Das meine ich nicht! Ich meine außer Pipi. Du bist doch nicht nur zum Pinkeln hergekommen!«

»Menno! Ich wollte eine Runde frische Luft schnappen. Mehr nicht.«

Sie fummelt an ihren Klamotten und geht in die Hocke. Es rauscht und spritzt. Ich mache einen Schritt zurück; Conny muss literweise Kaffee getrunken haben.

»Wenn du das, was du eben mitbekommen hast, irgendeinem Menschen auf diesem Planeten erzählst … dann kannst du was erleben!«

»Hör auf damit, Conny! Denk an eure Kinder … und an Anton.«

»Kümmere dich um deinen eigenen Kram, Rotkäppchen!« Sie hievt sich aus der Hocke, ihre Hose wandert wieder über die Hüften. »Mach, dass du nach Hause kommst, und schnapp in eurem Garten frische Luft.« Sie wirft mir einen eiskalten Blick zu und kämpft sich zurück durch das Gestrüpp Richtung Waldweg. Sie dreht sich noch einmal um. »Das hier ist mein Jagdrevier. Du kennst mich: Ich schieße auf alles, was mir in die Quere kommt. Also duck dich und halt die Klappe.«

Wenn das keine klare Ansage ist! Nachdem sie außer Sichtweite ist, warte ich noch eine Weile, dann mache ich mich auf den Heimweg.

So wie ich die Lage einschätze, ist Conny rattenscharf auf Wellenbrink. Der Herr Architekt macht allerdings den Eindruck, als wäre ihm das Eisen, das er angefasst hat, ein wenig zu heiß.

Von den sechs Häusern, die die Immobilienmaklerin Gisela Jung mit viel Redekunst in den höchsten Tönen angepriesen hat, gefiel Ratiba kein einziges. In einem war der Garten zu klein, in einem anderen war das Wohnzimmer nicht groß genug. Haus Nummer drei war ein Bungalow, der gar nicht in Frage kam. Er war sehr alt und zu renovierungsbedürftig. Die anderen Immobilien standen an stärker befahrenen Straßen, was Ratiba ebenfalls nicht zusagte.

Frau Jung, die nur so heißt, in Wirklichkeit aber sehr betagt ist, verabschiedet sich sehr zuversichtlich. »Sie werden sehen, wir finden schon das passende Haus für Sie und Ihre kleine Familie. Bis jetzt haben wir unsere Kunden immer zufriedenstellen können und das Richtige gefunden.«

Seit Wochen war ich nicht mehr so lange an einem Stück auf den Beinen. Meine Fußgelenke schmerzen. Ich bin groggy. Bruni unterdrückt ein Gähnen, dabei massiert sie ihre Rückenmuskeln.

Ratiba bedankt sich, dass wir sie begleitet haben. Etwas enttäuscht gibt sie zu, sich die Haussuche nicht so schwierig vorgestellt zu haben.

Wir winken ab, als Ratiba und Simone den Vorschlag machen, noch ein wenig shoppen zu gehen, und wünschen den beiden viel Spaß.

Ich lade Bruni auf einen Cappuccino ein. In einer kleinen Nebenstraße entdecken wir ein gemütliches Café, vor dem antike Tische und Stühle einladend auf Gäste warten. Nachdem wir die Bestellung aufgegeben haben, erzähle ich Bruni, dass ich Conny und Wellenbrink heute früh im Wald aufgelauert habe und was sich dort abgespielt hat.

Über meine Vermutung, dass Conny mehr Interesse an Wellenbrink zeigt als es umgekehrt der Fall ist, schmunzelt Bruni. »Ist doch klar! Deine Schwester hat vier Kinder. Hallo? Acht Füße, die ordentlich Krach machen! Manch einer gibt sich schon nach *einem* Zwillingspärchen die Kugel. Da muss ein Mann vor Liebe so blind wie ein Hühnerauge am kleinen Zeh sein, dass er anbeißt!«

»Ich weiß nicht, so was hat es alles schon gegeben.« Ich nicke dem Kellner zu, der uns die Getränke auf den Tisch stellt. Das Latte-Art-

Motiv, ein Smiley, lacht mich an. Mit dem Kaffeelöffel ziehe ich die Mundwinkel des lachenden Kreises herunter, denn: Das ist nicht lustig!

»Quatsch! Falls deine Schwester sich weiter so anbietet, wird er mit ihr ein wenig spielen. Fummeln, knutschen … mehr nicht.«

Ich seufze. »Dein Wort in Gottes Ohr. Ich mag mir nicht vorstellen, was in der Birkenstraße los wäre, wenn meine Familie davon erfahren sollte.«

Nach dem turbulenten Vormittag gönne ich mir ein Mittagschläfchen auf der Terrasse. Danach bin ich wieder so voller Tatendrang, dass ich mich der Gartenarbeit widme.

Am frühen Nachmittag, als ich fast alle Beete fertig habe, ruft meine Schwester an. Sie benimmt sich so, als wären wir uns heute früh nicht im Wald begegnet.

»Ach, Karo. Das ist jetzt aber dumm. Mama rief mich gerade an, ob ich ein Tablett Kuchen vom Bäcker besorgen könne. Sie und Gundula seien heute nicht zum Backen gekommen. Alle wollen Erdbeerkuchen. Ich habe jedoch kein Bargeld im Haus und meine Scheckkarte hat eine Macke. Ich kann kein Geld ziehen.«

Wenn Connys Dreistigkeit nicht so traurig wäre, würde ich jetzt lachen. »Ich wollte heute nicht in die Birkenstraße fahren …«

»Quatsch, natürlich willst du! Wir sehen uns gleich.«

Bevor ich etwas entgegnen kann, hat sie aufgelegt.

Als ich mit dem Erdbeerkuchen in der Birkenstraße auflaufe, werde ich mit großem Hallo empfangen. Meine Mutter und Gundula legen ihre Handarbeiten beiseite. Hanni und Nanni sitzen auf einer Decke, die auf der Wiese ausgebreitet ist, und kleben Tierbilder in ein Sammelheft.

Ich winke Opa Heini und Papa zu, die sich im Garten aufhalten. Opa kniet vor einem Beet, mein Vater sitzt auf einem Stuhl hinter ihm und gestikuliert wild mit den Händen.

Meine Mutter reißt langsam das Papier von dem Papptablett. »Wie köstlich die Erdbeeren duften!«

Gundula holt Kuchenteller.

»Schön, dass du heute Zeit hast, Karo. Warum ist Paul nicht mitgekommen?«

Ich erkläre meiner Mutter, dass er wegen des TV-Drehs auf Fehmarn ist.

»Warum bist du nicht mitgefahren? Dann hätte er ein wenig Unterhaltung während der Fahrt.«

Mich amüsiert die Fürsorge meiner Mutter. »Paul ist ein großer Junge, Mama. Es macht ihm nichts aus, alleine unterwegs zu sein.«

»Ach Gott, ihr armen Mädchen. Eure Männer sind ja selbst am Wochenende eingespannt. Anton ist auch unterwegs.« Sie schaut auf die Uhr. »Conny müsste längst hier sein … Sie war doch mit ihrer Freundin unterwegs.«

Ich verziehe keine Miene.

Im selben Moment kommt meine Schwester in den Garten. Sie telefoniert, während sie die Hand zum Gruß erhebt. »Dann machst du eben noch ein Stündchen, Anton. Ich meine, wenn du noch nicht fertig bist, wird dir nichts anderes übrig bleiben … Ja … Ich bringe dir etwas zu essen mit.«

Ich bin froh, dass Papa und Opa Heini kommen. Mir fällt es schwer, Conny in die Augen zu sehen.

Ich erschrecke, als ich sehe, dass mein Vater nicht mehr aufrecht laufen kann. Sein Oberkörper bildet fast einen Neunzig-Grad-Winkel zu seinen Beinen. Die Rückenschmerzen scheinen extrem schlimm geworden zu sein.

»Hast du was verloren, Papa? Was suchst du denn?«

Das ist wieder einmal typisch für meine Schwester! Sie müsste eigentlich mitbekommen haben, dass Papa es an der Bandscheibe hat.

Mein Vater verzieht das Gesicht, Opa Heini lacht. »Jetzt musst du dich auch noch verarschen lassen, Hermann.«

Papa hangelt sich an der Wand entlang.

»Ach, Conny. Deinen Vater quälen Kreuzschmerzen … das sieht man doch!«

»Ich nicht! Bin ich Arzt, Hellseher oder was?« Sie schiebt die Unterlippe vor.

»Soll ich dich zum Doktor fahren?« Ich schiebe ihm vorsichtig einen gepolsterten Stuhl in die Kniekehlen, er setzt sich vorsichtig hin und stöhnt.

»Heute ist doch Samstag, da findest du keine geöffnete Praxis. Und zum Notarzt gehe ich auf keinen Fall! Der redet mir nachher noch ein, dass ich mich ins Krankenhaus legen soll, und da wird man nur mit Schmerzmitteln vollgepumpt.«

»Ha! Viel schlimmer!« Opa Heini reibt sich die Hände. »Die operieren sofort! Schon bevor du merkst, dass du furzen musst, öffnen sie dir die Bauchhöhle und machen sich auf die Suche nach dem Stinker. So schnell kannst du gar nicht gucken. Und wenn du Pech hast, wachst du mit einem künstlichen Darmausgang aus der Narkose auf.«

Opa Heinis Humor sorgt wieder einmal für einen Lacher.

Mir fällt ein, dass Ratiba Fachärztin für Orthopädie ist. Ich erzähle meiner Familie von meiner neuen Freundin, die aus Ghana stammt und seit ewigen Zeiten in Deutschland lebt. Ich schlage vor, sie anzurufen.

»Ja, wenn sie denn Zeit hat und Papa eine Spritze geben würde? Was meinst du, Hermann?«

Mein Vater kratzt sich unschlüssig die Bartstoppeln.

»Das wäre prima!« Gundula putzt ihre Brille. »Dann bist du die Schmerzen schnell los.«

Opa schlägt mit der flachen Hand auf den Tisch. »Kein Wenn und Aber. Karo … ruf sie an.«

Ich erwische Ratiba in einem Supermarkt. Als ich ihr von den Beschwerden meines armen Vaters berichte und frage, ob sie helfen könne, erklärt sie sich sofort bereit, zu kommen. Dann erkundigt sie sich, ob mein Vater auf irgendwelche Medikamente allergisch reagieren würde und ob er andere Arzneimittel einnähme. Ich frage quer, gebe erst die Informationen, dann die Adresse meiner Eltern weiter. Sie will sich sofort nach den Lebensmitteleinkäufen auf den Weg in eine notdiensthabende Apotheke machen, anschließend in die Birkenstraße kommen.

»Hast du anständige Unterwäsche an, Hermann?«

Mein Vater tätschelt Mamas Hand. »Aber ja doch, Hildegard.«

Hanni und Nanni tut es leid, dass ihr Großvater gleich eine Spritze in die Pobacke bekommen wird. Sie sind gespannt auf die dunkelhäutige Frau.

Mit der Hoffnung, dass es meinem Vater bald wieder besser gehen wird, schmeckt mir der Kuchen besonders gut.

Die Zwillinge laufen zur Straße, als ein Auto mit quietschenden Reifen hält. Kurz darauf kommt Hanni angerannt. Sie hält Ratiba an der Hand und zieht sie hinter sich her.

Bis auf meinen Vater stehen alle auf, es werden kräftig Hände geschüttelt. Ratiba bittet meine Familie, sie beim Vornamen zu nennen.

»So, Herr van Goch. Das hier wird Sie wieder flott auf die Beine bringen.« Sie schwenkt eine Plastiktüte aus einer Apotheke in der Luft.

Dann hilft sie meinem Vater, aus dem Stuhl hochzukommen und stützt ihn. Gundula läuft vor und weist den Weg ins Wohnzimmer.

»Neben der Küche ist das Gäste-WC, Frau Doktor Ratiba«, ruft meine Mutter hinterher. Ich muss über die Anrede schmunzeln.

Innerhalb von zehn Minuten hat mein Vater alles überstanden. Er strahlt seine Enkelinnen an. »Hat gar nicht wehgetan! Ratiba hat das prima gemacht!«

Als meine Mutter mit ihrer Geldbörse kommt und die Medikamente und die Arztrechnung sofort begleichen will, wehrt Ratiba ab. Sie würde sich über eine Tasse Kaffee und ein Stück Kuchen freuen … aber das Portemonnaie solle meine Mutter zulassen.

Opa Heini schafft es wieder, kräftig ins Fettnäpfchen zu treten. »Den Kaffee trinken Sie bestimmt immer schwarz, was Ratima?« Er spitzt die Lippen, dahinter verbirgt sich ein Grinsen.

Ratiba lacht über den Witz mit dem langen Bart.

»Ratiba … Opa. Sie heißt Ra-ti-ba!«

Ich schwitze Blut und Wasser, denn Opa Heini redet meine Freundin ständig mit anderen Namen an. Einmal Ratimba, dann Ratimbe, dann schrecklicherweise Rabimbo. Außerdem will er wissen, ob sie in Deutschland studiert habe oder in Afrika.

Conny verzieht das Gesicht. »Hoffentlich nicht in Afrika. Die haben doch überhaupt keine Ahnung von Hygiene! Das Wort *steril* kennen die bestimmt gar nicht.«

»Conny!« Meine Mutter straft ihre Älteste mit einem bösen Blick. Ratiba reagiert nicht auf den dummen Spruch meiner Schwester.

Als mein Vater Ghana als Urlaubsland anspricht, fragt Opa tatsächlich, ob sie noch Verwandte im Busch habe, wo man für umme in einer Lehmhütte Urlaub machen könne. Ich möchte mich am liebsten unter dem Tisch verkriechen, weil mir diese Frage unglaublich peinlich ist.

Ich lenke mit hochroten Wangen das Gespräch in andere Bahnen. Ratiba erzählt, dass sie auf der Suche nach einem Haus für sich und ihre Familie sei. Endlich ein Gesprächsthema, bei dem meine Familie keine peinlichen Äußerungen macht.

Obwohl die Atmosphäre ganz entspannt ist, bin ich froh, dass Ratiba sich nach einer Stunde Plauderei verabschiedet.

Sie erklärt meinem Vater, dass sie morgen noch einmal vorbeikäme, um nach ihm zu sehen.

Mir reicht es auch für heute. Wir laufen gemeinsam zu unseren Fahrzeugen. Ich entschuldige mich für den einen oder anderen Spruch meiner Sippe.

»Quatsch, du hast eine wundervolle Familie! Mach dir keine Gedanken, Karo.« Sie drückt mir einen Kuss auf die Stirn und erwähnt zum Abschied, dass der Einkaufsbummel mit Simone großen Spaß gemacht habe.

Ich winke ihr mit meinem Schal hinterher.

18. Besuch des Kindergartens und Zoff mit Conny

Paul und ich haben uns am Samstagabend wieder einigermaßen zusammengerauft. Ausdiskutiert wurde jedoch nichts, wir haben die berüchtigte Decke über unsere Meinungsverschiedenheiten gelegt. Auch am Sonntag war Pauls Informationsfaulheit kein Thema. Meine Großzügigkeit, was Ulrikes Sonderzahlung anbelangt, wurde ebenfalls nicht mehr erwähnt. Unser kurzes gemeinsames Wochenende verlief eigentlich ganz entspannt.

In der Tiefgarage benötige ich alle Kraft, um den Knopf am Bund der dünnen Leinenhose zu schließen, den ich während der Fahrt ins Büro geöffnet hatte. Ich verrenke mich akrobatisch und bereue, mich in meine Lieblingshose gezwängt zu haben. Nach dem heutigen Tag heißt es, von diesem Kleidungsstück Abschied nehmen.

»Na, Frau Geiger? Schon wieder zugelegt?«

Ich drehe mich erschrocken um. Dröpjes! Der Montag fängt ja gut an. Dieser Spinner fehlte mir gerade noch. Von mir aus hätte er noch monatelang krankfeiern können.

Er wartet auf eine Antwort, die ich ihm schuldig bleibe. Mit einer übertrieben zuvorkommenden Geste hält er mir die Stahltür der Tiefgarage auf. »Gibt es was Neues?«

Wir betreten den kleinen Korridor und steigen in den Fahrstuhl.

Meine Mundwinkel wandern nach oben. »Sicher. Seit Sie krankgefeiert haben, hat sich die Luftqualität in der Firma deutlich verbessert.«

Er klemmt seine alte Aktentasche unter den Arm und grinst. In der zweiten Etage steigt er aus. »Ich wünsch Ihnen was, Frau Geiger ...«

»Tschüss, Herr Dröpjes ... Sie mich auch!«

Auf dem Flur kommt mir die Pelle entgegen, sie trägt etliche kleine, bunte Papiertüten und strahlt mich an. »Die Kindergartenkinder kommen um 9 Uhr. Ihr Mann und ich werden Frau Dombrowski-Winterscheid und die Kleinen begleiten. Schauen Sie mal ... Sind sie nicht niedlich, die kleinen Geschenktüten für die Kinder?«

Sie hält die Taschen hoch.

»Ja. Sehr niedlich.« Meine Antwort fällt so trocken aus, dass es staubt.

»Richten Sie Paul ... ähm, ich meine Ihrem Mann aus, dass ich schon unten bin, ja? Ich muss noch Einiges organisieren.«

Dann huscht sie leichtfüßig an mir vorbei.

Bruni hält mir, sobald ich am Schreibtisch sitze, ein Foto unter die Nase. »*Tataa*! Das hier ist Heiners Überraschung.«

Ich stoße einen verzückten Schrei aus. »Wie *schön*. Eine Wiege! Ist die hübsch.« So ein tolles Kinderbettchen habe ich wirklich noch nie gesehen. Es ist aus weiß lackiertem Holz, auf die Vorderseite ist ein wunderschöner Regenbogen mit einer großen lachenden Sonne und vielen bunten Schmetterlingen gemalt. Kleine, leuchtend rote Herzen zieren die Abschlusskanten.

»Hat Heiner alles selbst gemacht. Gesägt, geleimt, gepinselt ... Und schau mal: Den Himmel hat meine Mutter genäht.«

Ich staune, wie geschickt Brunis Mutter ist. Der Himmel ist ein Hauch aus weißem Stoff.

»Und hier unten«, ihr Finger zeigt auf eine freie Stelle, »malt Heiner später den Namen unseres Babys!«

Paul ist spät dran. Er saust in sein Büro, stellt seinen Aktenkoffer ab, dann hastet er zurück in Richtung Flur und stöhnt. »Ganz ehrlich, mir macht Werner ein wenig Angst. Hoffentlich legt er die Produktion nicht lahm.«

Wir müssen lachen und wünschen Paul viel Glück, dass die Firma nach dem Kindergartenbesuch noch die alte ist.

Paul ist kaum weg, da steckt ein Mann in unserem Alter seinen Kopf zur Tür herein. Er trägt eine kleine Tasche bei sich. »Moinsen. Unten am Empfang saß niemand. Ich habe mich durchgefragt. Mein Name ist Jens Zillecke.« Er streicht die kinnlangen Haare aus dem Gesicht. »Wo finde ich den Chef und die kleinen Kindergartenmonster?« Er winkt mit einem Ausweis. »Presse.«

Bruni zeigt mit ihrem Kugelschreiber auf den Fußboden. »Herr Geiger und die Kinder sind unten, in der Produktion.« Sie ruft am Empfang an und spricht mit Kurt, der wieder an seinem Platz ist.

»Der Pförtner wartet unten auf Sie. Er bringt Sie dorthin.«

Er macht ein drolliges Gesicht. »Also … wieder runter?«

»Jepp!« Bruni lacht.

Er stöhnt laut.

Anschließend kommt Ulrike hereingepest. Sie hält mir eine große Schachtel Schokoladentrüffel unter die Nase. »Hier! Für Geigenpaul und dich. Ich habe nicht wirklich geglaubt, dass der Chef mit der Sonderzahlung einverstanden ist, Karo.«

»Na, hör mal, Ulrike. Er ist kein Unmensch! Er hat das sehr gerne gemacht.«

Bruni beißt sich auf die Lippen.

»Ingo, Theken-Sabine und die komplette Versandabteilung finden das auch *sehr* sozial von euch.«

Ich horche auf. »Du hast das herumerzählt, Ulrike? Ich bin davon ausgegangen, dass du das nicht herausposaunst.«

»Mach dir keine Gedanken, Karo. Die tratschen das nicht weiter.« Dann verabschiedet sie sich.

Ich mag nicht darüber nachdenken.

Nach anderthalb Stunden kommen Paul und Pelle, gefolgt von Frau Dombrowski-Winterscheid und Werner, gut gelaunt zurück. Die Kindergärtnerin grüßt freundlich und schiebt ihren Filius vor unseren Schreibtisch.

»So, Werner. Dann sag den Tanten einmal, was du auswendig gelernt hast.«

Werner trägt eine Papierrolle mit einer roten Schleife in der Hand. Er grinst Bruni an, ich werde mit einem finsteren Gesichtsausdruck bedacht.

Paul und Pelle schmunzeln.

Werner stakst von einem stämmigen Bein auf das andere. Dann zieht er Nasenrotz hoch und sagt: »Ich habe mit dem Schläger … geschlagen auf die Tür. Das war keine Absicht, ich konnte nichts dafür. Ich bin ein braver Junge, nur manchmal etwas wild … Verzeihung, liebe Tanten … hier ist für euch ein Bild!«

Dann holt er aus und wirft, schweratmend, die Rolle auf den Schreibtisch. Frau Dombrowski-Winterscheid klatscht in die Hände. »Das hast du *priima* gemacht, Werner!«

Ich könnte loskreischen, es kostet mich alle Anstrengung der Welt, den Lachanfall zu unterdrücken. Bruni hat sich weniger im Griff. Zwischen Lachen und Husten bringt sie hervor: »Na, dann lass uns mal schauen, was du Schönes gemalt hast.«

Sie öffnet das Schleifenband und bringt ein lautes »Oh« hervor.

Ich schiele auf das Bild und bewundere es ebenfalls, ohne erkennen zu können, was Bio-Werner zu Papier gebracht hat.

»Das da sind Kaugummis … Und das, was vom Himmel fällt, sind Kaugummi-Zerstör-Bomber. Wuuumm … Paaaaf.« Werners Hand schlägt auf den Tisch.

Paul streichelt dem Kind über den Kopf.

Bruni und ich bedanken uns brav und versprechen, das wunderschöne Bild an die Wand zu hängen.

»Tja, Werner hatte nach dem Malheur mit der Tür einen kleinen Schock zu verarbeiten. Im Grunde liebt er die Kaugummis.«

Wir zeigen Verständnis.

»Ich habe noch eine Bitte, Frau Geiger. Ich babysitte in den Abendstunden. Außerdem organisiere ich Kindergeburtstage. Darf ich meine Visitenkarten am Empfang auslegen? Ich bin für jeden Auftrag dankbar.«

»Natürlich! Wir können sie außerdem an die Firmenpinnwand in unserer Kantine heften. Wir haben viele Angestellte, die kleine Kinder haben.«

Frau Dombrowski-Winterscheid fummelt in dem Jutebeutel, der über ihrer Schulter hängt. Sie legt einen Stapel Visitenkarten aus Recyclingpapier auf meinen Schreibtisch.

Kurz vor Büroschluss ruft Conny an. »Bist du auch gleich in der Birkenstraße?« Als ich ihre Frage bejahe, lacht sie spitz auf. »Klar. Blöde Frage. *Natürlich* bist du in der Birkenstraße! Hör mal ... Die Wände bei Mama und Papa haben Ohren. Dort können wir nicht in Ruhe reden. Kannst du mir in den nächsten Tagen ein Alibi geben? Für einen Abend? Du bist doch auch oft alleine unterwegs, wir könnten sagen, dass wir gemeinsam etwas unternehmen. Anton guckt schon immer ganz komisch, wenn ich ihm erkläre, dass ich mit einer Freundin verabredet bin. Ich habe das Gefühl, er glaubt mir nicht.«

»Nein, Conny. Vergiss es! Erstens: Uns wird *kein* Mensch abkaufen, dass *wir* beide das Bedürfnis haben, etwas gemeinsam zu unternehmen. Dein Anton am allerwenigsten. Zweitens: Ich werde einen Teufel tun und dein unmögliches Verhalten unterstützen.«

Ich höre sie laut atmen. Dann ist die Verbindung beendet.

Bevor wir in den Feierabend starten, muss Bruni mir helfen, den Hosenknopf zu schließen. Sie zieht den Hosenbund zusammen, ich überliste den Knopf.

»Der einzige Grund für eine Frau, sich über einen wachsenden Bauch zu freuen, ist die Schwangerschaft.« Bruni nimmt ihre Handtasche. Sie drückt mir einen Kuss auf die Wange.

Im Flur legt sie einen Arm um meine Schultern, ich einen um ihre Taille. Ich genieße den Augenblick der Nähe, der mir bewusst macht, wie sehr ich meine Freundin liebe. Fast so arg wie Paul. Fast.

Conny spielt mit Hanni vor dem Haus meiner Eltern Federball. Hanni plappert begeistert, dass sie sechsundzwanzig Schläge schaffe und ihre Mutter, die Trödelliese, sie noch nicht besiegt habe. Conny erwidert meinen Gruß nicht, sie behandelt mich wie Luft. Während ich mit Hanni rede, fummelt sie an ihrem Federballschläger.

Mein Vater sitzt vor der Terrassentür im Wintergarten auf einem großen, roten Sitzball. Er breitet die Arme aus und beugt sich leicht von rechts nach links.

»Hallo, Kind! Ich trainiere. Diese Übung hat mir Frau Doktor Ratiba gezeigt.«

»Super, Papa! Dann übe mal fleißig weiter.«

Nanni liegt bäuchlings auf der großen, karierten Decke, auf die Conny und ich uns schon als Kinder gelümmelt haben. Sie hält einen Füller in der Hand. Sie winkt, wischt sich über die Stirn und ruft: »Puh. Ich mache Matheaufgaben.« Dann schreit sie laut nach Opa Heini. »*Opapa*! Wo bleibst du denn?«

Mein Großvater kommt mit einer Flasche Limonade und zwei Gläsern aus dem Haus. »Oh. Hallo, Lieblingsenkelin! Nanni und ich erledigen Schulaufgaben. Wenn du Lust hast, komm gleich mal dazu. Dann kannst du auch bestaunen, was die Maurer heute geschafft haben.« Dann zwängt er sich an meinem Vater vorbei. »Mensch, musst du unbedingt so dicht vor der Tür hocken, du Hosenscheißer?«

Papa wird rot. »Du nervst mich schon den ganzen Tag damit, Vater. Den ganzen beschissenen Tag. Pass mal auf, dass du nicht von deinem hohen Ross fällst … und …«

Opa Heini kichert. »*Meine* Pupe ist dicht, Hermann! So dicht wie die Gasleitung von hier nach Russland. Da flutscht nix raus …«

Meine Mutter funkt dazwischen. »Wenn ihr nicht sofort aufhört, euch zu kabbeln, kriegt ihr beide kein Feierabendbier!«

Sie zwinkert mir zu und zieht mich am roten Ball und Papa vorbei in die Küche. Gundula steht am Herd und bricht in Gelächter aus, meine Mutter stimmt mit ein.

»Dein Vater hatte heute früh Alarm im Darm. Er kam wegen seines Rückens nicht schnell genug aufs Klo. Tja, dann musste er seine Unterbuchse wechseln.«

Jetzt lachen wir zu dritt.

Im Wintergarten drücke ich meinen Vater. »Ach, Papa … Lass dich nicht ärgern. Mama hat mich eingeweiht. Das ist doch menschlich!«

Papa verdreht die Augen. Er schreit: »Hildegard, warum rufst du nicht die Presse an. Dann kann ganz Sülldorf über mich lachen.«

Bei einem Rundgang um die Baustelle staune ich, was die Maurer heute geleistet haben. Die Wände wachsen, es ist schon zu erkennen, wo die Fenster demnächst eingebaut werden. Ich zeige Opa Heini den Daumen.

Nanni und Opa scheinen ein eingespieltes Team zu sein. Mein Großvater rechnet und diktiert Zahlen, die eine sichtlich dankbare Nanni schreibt.

Ich erinnere mich, wie oft ich als Kind die Hausaufgaben mit Opas Hilfe genauso schnell erledigt habe.

Hanni kommt verschwitzt angehüpft. Sie schlägt mit dem Federballschläger nach Fliegen. »Bist du immer noch nicht fertig?«

»Gleich ... Opapa muss noch zwei Aufgaben rechnen.«

Hanni kichert. »Wenn Mama das sieht, dann setzt es was.«

Conny sieht nichts, weil sie bei meiner Mutter und Gundula in der Küche hockt. Sie knabbert an einem Stück Blumenkohl und verkündet stolz, dass sie mittlerweile sieben Kilo abgenommen habe.

Meine Mutter schüttelt den Kopf. »Du und dein momentaner Abnehmwahn!«

Ich starte den Versuch, mit meiner Schwester ins Gespräch zu kommen. »Wie viel Gewicht willst du noch verlieren?«

Sie schweigt.

»Hallo? Bist du taub?« Meine Finger trommeln auf den Tisch.

Wieder keine Antwort.

Gundula schleicht sich aus der Küche, sie scheint die angespannte Stimmung zu bemerken.

Meine Mutter seufzt. »Mein Gott. Was habt ihr nur wieder miteinander? Warum antwortest du deiner Schwester nicht?«

Jetzt seufzt Conny und hebt beide Hände. »Misch dich besser nicht ein, Mama. Das ist unsere Angelegenheit. Ich sage nur so viel: Karo gönnt mir nicht das Schwarze unterm Fingernagel!«

Ich springe wütend auf. »Wenn du deinen Willen nicht bekommst, machst du ständig einen auf Zicke. Sag Mama doch, warum du sauer auf mich bist! Los, sag es ihr! Was glaubst du, wie sie Beifall klatschen wird! Und Papa erst ...«

Conny wird hysterisch. Sie schüttelt den Kopf so heftig, dass ich ihre Nackenwirbel knirschen höre.

»Halt deine Klappe, Karo. Sofort!«

Meine Mutter hält sich die Ohren zu. Ich beuge mich zu ihr hinunter. »Tschüss, Mama. Es ist besser, wenn ich jetzt gehe.«

Dann stampfe ich durch den Wintergarten, ernte verdutzte Blicke, verabschiede mich im Schnelldurchgang und haste zu meinem Auto.

Conny holt mich ein. Sie hält mich am Arm fest, als ich ins Auto steigen will. »Hiergeblieben! Musstest du schlafende Hunde wecken, du blöde Kuh? Was glaubst du, wie Mama mich jetzt löchern wird?«

Mit einer rigorosen Geste befreie ich mich aus ihrem Klammergriff.

»Benimm dich nicht wie eine rollige Katze, dann brauchst du auch keine Angst vor einer Rechtfertigung zu haben!«

Sie schnappt kurz nach Luft, dann lächelt sie gehässig. »Ich wünsche mir von ganzem Herzen, dass du mal so richtig auf die Nase fällst.« Sie wirft den Kopf in den Nacken und lacht. »Du und dein Paul! Ihr bildet euch ein, dass immer alles rund läuft? Es läuft aber nicht immer rund. Das wirst auch *du* eines Tages kapieren. Vielleicht schneller, als du dir träumen lässt.«

Ihr Gesicht ist jetzt ganz nah vor meinem. Sie flüstert: »Du kriegst auch noch dein Fett weg, Prinzessin!«

Sie macht auf dem Absatz kehrt und lässt mich stehen.

19. Heimlichkeiten, Conny petzt und die Rentner-Party

Der Tag beginnt mehr als hektisch. Conny ruft an, ob ich die Zwillinge in die Schule fahren könne, sie habe ausgerechnet heute verschlafen, wo die Mädels in der ersten Stunde eine Mathearbeit schrieben. Und weil Ludmilla noch nicht da sei, könne sie wegen Max und Moritz nicht weg.

Mit einem Blick auf die Uhr stelle ich fest, dass das zeitlich gerade noch klappen könnte. Ich erkläre Paul, der sich rasiert, mit drei Worten, warum ich jetzt schon losfahre.

Ich haste auf die Auffahrt. Als ich den Autoschlüssel im Zündschloss drehe, gurgelt der Motor. Verflixt. Die Batterie ist leer. Ich rase zurück ins Haus und schreie nach Paul.

Wenig später kommt er in Boxershorts und Pantoffeln, samt Rasierschaum im Gesicht, zu Hilfe. Rasant lenkt er seinen Wagen vor meinen, öffnet die Motorhauben und hantiert mit einem Überbrückungskabel. Kurz darauf gebe ich Gas.

In der Lindenallee warten Hanni und Nanni mit ihren Schultornistern auf dem Gehweg. Vor ihren Füßen liegen Kindersitze.

Conny lehnt in der Haustür. Sie blickt mich so an, als sei ich schuld, dass sie verpennt hat. Meine Ohren freuen sich, als sie ein lautes »Danke!« ruft.

Ich lade ein, was einzuladen ist, und gebe wieder Gas.

Hanni gähnt. »Schade, dass du pünktlich bist. Scheiß Mathearbeit.«

»Mir ist schlecht. Ich habe Hunger.«

Ich sehe im Rückspiegel, dass Nanni sich den Magen reibt. »Habt ihr gefrühstückt?«

»Nein. Wann denn? Mama hat doch den Wecker nicht gehört. Wir hatten keine Zeit mehr.«

Es nützt nichts, wenn ich mich jetzt darüber aufrege. Ich bremse vor der nächsten Bäckerei, parke im Halteverbot, lasse den Motor laufen, sprinte in den Laden und kaufe vier appetitlich belegte Wurstbrötchen und zwei Flaschen Kakao.

Die Mädchen machen sich sofort darüber her. Als ich vor dem Schulgebäude eine Vollbremsung mache, ertönt die Schulklingel. Gerade noch geschafft.

Ich wünsche den beiden für die Klassenarbeit viel Glück.

Im Büro geht die Hektik weiter.

Bruni knallt eine Schreibtischschublade zu, dabei klemmt sie sich den Daumen. Sie rennt jammernd zum Kühlschrank und holt einen Becher Götterspeise hervor, ihr Finger wandert in die grüne Pampe. »Ahh, tut das *gut*.«

Es werden permanent Anrufe zu uns durchgestellt, die ich annehmen muss, weil Bruni verletzt ist. Irgendwie wollen alle irgendetwas erledigt haben. Und das möglichst schnell.

Paul kommt hereingestürmt. Er fragt nach der Pelle, die noch immer nicht im Büro ist. Er sagt »Verflixt. Ausgerechnet heute«, holt sein Handy hervor und wählt eine Rufnummer, noch während er in sein blickdichtes ›Reich‹ stiefelt.

Dann trudelt die Pelle ein. Sie strahlt wie die aufgehende Sonne und duftet wie eine Wiese voller Maiglöckchen. Eine Zeitung wandert auf unseren Schreibtisch.

»Schauen Sie mal, das Foto ist toll geworden. Der Artikel ist auch prima geschrieben.« Ohne anzuklopfen, betritt sie Pauls Büro.

Das Bild zeigt im Vordergrund lachende Kinder und zwei junge Kindergärtnerinnen, die Kaugummiblasen machen, dahinter steht Paul. In einem Arm hält er Frau Dombrowski-Winterscheid, im anderen die Pelle. Alle grinsen um die Wette. Die Pelle hat den Kopf nach rechts geneigt, ihr Gesicht berührt leicht Pauls Oberarm. Der Artikel interessiert mich nicht.

»Da soll man nicht eifersüchtig werden!« Wütend werfe ich die Zeitung zu Bruni hinüber. »Wäwäwä, schönes Foto. Das ist ein blödes Foto. Ein saublödes, dämliches Foto. So einfach ist das!«

Bruni kann wieder lachen.

Paul und Pelle tauchen auf. Paul schaut Bruni und mich abwechselnd an.

»Wir sind den ganzen Tag unterwegs. Wir haben etliche Termine …«

Die Pelle vollendet Pauls Satz: »… bei diversen Kunden und Zulieferfirmen.«

Paul wirft mir einen Handkuss zu. »Bis heute Abend, Möhrchen.«

Zurück bleibt der angenehme Maiglöckchenduft.

Ich schaue auf die Uhr. Es ist erst 8:50 Uhr. So viele gemeinsame Stunden? Mist.

Mir ist nach frischer Luft. Ich reiße alle Fenster auf. Dabei schimpfe ich laut. »Das stinkt billig. Ganz billig!«

Bruni grinst, sie weiß, dass ich lüge.

»Boah! Was geht mir die Pelle auf die Nerven, Bruni. Aber so was von.«

Das Telefon bimmelt erneut. Ich melde mich à la Conny, leicht gereizt und angenervt.

Ich muss mir ein Lachen verkneifen, weil meine Schwester die Anruferin ist. Sie fragt schroff, ob die Kinder pünktlich zum Unterrichtsbeginn in der Schule waren, was ich bejahe. Dann wird ihre Stimme zuckersüß. »Sag mal, Schwesterherz. Du hattest Mama erzählt, dass Paul am Samstag alleine nach Fehmarn gefahren ist?«

»Stimmt. Ja. Er hat sich erst auf der Insel mit Leuten einer Werbeagentur getroffen.«

»Hm. Anton hat Paul am frühen Morgen auf der Autobahn überholt. Er sagte, dass dein Mann eine Frau dabei hatte. Warte … Wie drückte er sich aus? ›Ein sehr schönes Geschoss, das krasse Gegenteil von Karo. Lange, schwarze Haare, zierlich …‹ Ich wollte es dir erst nicht sagen. Aber ich denke, du hast die Wahrheit verdient, Schwester.«

Conny schweigt. Sie wartet auf eine Antwort, die ich nicht geben kann, weil meine Stimmbänder streiken.

Sie legt nach. »Sag dem Moralapostel in deinem Herzen, dass er sich um deinen Mann … und nicht um mich kümmern soll.«

Jetzt nur nicht schwächeln. Ich lache laut. »Mein Gott, Conny. Das kann nur Pauls Sekretärin gewesen sein … eine Gundula in jung. Paul hat es mir wahrscheinlich nicht gesagt, weil es nicht der Rede wert ist.«

Bruni macht ein besorgtes Gesicht. Sie starrt mich an.

Es geht zuckersüß weiter. »Gib zu, Karo. Du bist verunsichert, das haut dich vom Hocker.« Dann lacht *sie* laut.

»Denk, was du willst.« Ich lege auf.

Bevor Bruni mich mit Fragen attackieren kann, kläre ich sie auf. »Paul hat Geheimnisse vor mir, Bruni. Er ist gemeinsam mit der Pelle nach Fehmarn gejuckelt. Und weißt du was? Ausgerechnet … ausgerechnet meine Schwester stellt ihn an den Pranger.«

Bruni denkt nach. »Ach, Karo … Es muss nicht so sein …«

Ich lasse sie nicht ausreden. »Hör auf, Bruni. Mittlerweile kann ich dein Geschwafel nicht mehr hören. *Paul ist nicht der Typ Mann … Dein Paul fällt nicht auf die Pelle rein …* Nonsens, Bruni. Paul lügt.«

Meine Freundin zuckt zusammen. »Und jetzt?«

Ich hole tief Luft. »Jetzt werde ich Kassandra anrufen. Meine Aura hat Löcher. Und zwar *so* große.« Mit beiden Händen forme ich einen großen Kreis in der Luft.

In meiner Handtasche herrscht eine fürchterliche Unordnung, so dass ich die Visitenkarte, die Ulrike mir gab, nicht finden kann.

Es klappert und scheppert, als ich den gesamten Inhalt der Tasche auf den Schreibtisch kippe.

Bruni beugt sich neugierig vor. »Was schleppst du denn alles mit dir herum?« Sie greift mit zwei Fingern nach einem ausgepackten Kondom und hält es in die Luft. »Das braucht ihr doch gar nicht mehr.«

Ich reiße ihr es aus der Hand. »Ne. In den nächsten Monaten nicht.« Ich sortiere alte Papiertaschentücher aus, an denen angelutschte Bonbons kleben.

Sabine kommt. Mein feines Näschen signalisiert sofort, dass sie nicht nur Obst vor sich herschiebt.

»Kleiner Gruß vom Küchenchef. Ein Vorgeschmack aufs Mittagessen.« Sie reicht Bruni und mir mit Folie abgedeckte Teller.

»Ohhh … Reibekuchen mit Apfelmus! *Lecker.*«

Auch Bruni stößt kurze, spitze Schreie aus. Messer und Gabel kommen sofort zum Einsatz.

Sabine stellt die Früchte in den Kühlschrank, dann begutachtet sie den Krimskrams aus meiner Handtasche.

»Darf ich den Knopf haben? So einen brauche ich, genau in dieser Farbe.«

Ich nicke.

»Kann ich auch das Kondom haben? Ich könnte es gut gebrauchen, wenn ich mit dem kleinen Moped unterwegs bin.«

Bruni hält mit dem Kauen inne. »Spinnst du? Das ist voll unhygienisch! Außerdem könnte es undicht sein.«

Sabine lacht. »Es ist nicht so, wie du denkst. Damit kann man ein Loch im Reifen notdürftig reparieren. Mit einem Schraubenzieher hineinstopfen … und weiterfahren.«

Bruni atmet erleichtert auf.

»Dafür kriegt ihr heute Mittag noch einen Reibekuchen extra.« Sabine stopft Knopf und Kondom in ihre Hosentasche und verabschiedet sich.

In meinem kleinen Notizbuch finde ich Kassandras Karte. Unschlüssig drehe ich sie hin und her.

»Du kommst aber mit, ja …?«

Bruni hebt die Augenbrauen, sie nickt. »Unbedingt …«

Ich wähle die Rufnummer.

Kassandras Stimme klingt so, als würde sie jeden Abend zu tief ins Whiskyglas schauen und dabei Stange rauchen. Sie nennt mir einen Termin für die kommende Woche. Ich frage, ob es nicht eher ginge, und erwähne, dass ich ihre Telefonnummer von Ulrike Assmann habe und es dringend sei.

»Oh. Das ist natürlich etwas anderes. Können Sie heute Nachmittag? 16 Uhr? Eine Sitzung kostet einhundert Euro.«

Ich stimme zu.

Bruni sinniert laut. »Ich bin richtig gespannt, was sie dir erzählen wird. Ulrike und Heike sollten wir nicht sagen, dass du dorthin gehst. Sie könnten grübeln und spekulieren, aus welchem Grund du Kassandra aufsuchst.«

Damit bin ich vollkommen einverstanden.

Sabine hält Wort. Bruni und ich bekommen einen Reibekuchen mehr auf unsere Teller gelegt. Am Tisch teilen wir mit unseren Kolleginnen.

Ulrike macht einen fahrigen Eindruck. Sie rückt ihren Stuhl so kräftig nach vorne, dass ihr fülliger Bauch den Tisch zum Wackeln bringt. Getränke schwappen über. Als sie die Pfützen mit einer Serviette beseitigt, kickt sie den Salzstreuer vom Tisch, ihre Gabel fliegt hinterher.

»Was ist denn mit dir los?« Ulrike ist normalerweise die Ruhe in Person. Ihr hektisches Verhalten muss einen Grund haben.

»Nichts! Jeder ist mal hibbelig, heute bin ich es.« Sie bückt sich und hebt Salzstreuer und Gabel vom Boden auf.

»Die haut alles um, das nicht festgetackert ist.« Heike schmatzt. »Erzähl mal Karo und Bruni, was deiner Bekannten passiert ist.«

Ulrike reinigt mit einer Serviette und Mineralwasser die Gabel und plappert sofort los. »Also, mich hat gestern Abend eine sehr gute Bekannte angerufen. Sie kommt von der Arbeit nach Hause und öffnet den Briefkasten. Darin findet sie einen dickeren Umschlag, auf dem der Name ihres Mannes steht, aber kein Absender. Sie reißt ihn auf und entdeckt darin … Geld! Außerdem eine kleine Notiz mit den Worten: Lieber Hol … ähm, lieber Hans, ich schenke Ihnen beiliegendes Geld. Viel Freude damit! Beste Grüße.«

Bruni und ich tauschen einen vielsagenden Blick. Uns ist klar, wer die edle Spenderin ist. Mir fallen die Worte der alten Frau von Zwickau ein: *Da ist schon so mancher Geldumschlag in den einen oder anderen Briefkasten gewandert. Ich bleibe im Hintergrund und spiele die gute Fee.*

»Das ist doch toll. Über derartige Post würde ich mich auch freuen.« Bruni grinst.

»Meine Freundin und ihr Mann wissen nicht so recht, wie sie reagieren sollen. Zur Polizei gehen? Das Geld aufs Konto legen? Stellt euch mal vor, das wäre geklaute Kohle.«

»Blödsinn. Wer raubt eine Bank aus und verschenkt die Beute im Nachhinein. Das wäre ja mehr als plemplem.« Bruni prustet los.

Ich straffe mich. »Ich bin der Meinung, dass deine Bekannten sich über das Geschenk freuen sollten. Und genau das würde ich ihnen auch sagen.«

Ulrike seufzt. »Tja, wenn du das so siehst ..., ich werde deine Meinung weitergeben.« Sie wirkt jetzt ruhiger.

»Um welche Summe handelt es sich eigentlich?« Heike sieht Ulrike fragend an.

Ulrike senkt den Blick. »Du, darüber hat sie nicht gesprochen.«

Bruni und ich löffeln am Schreibtisch den Joghurt, den wir als Nachtisch mit ins Büro genommen haben. Wir ahnen, dass Ulrike und ihre Familie in den Sommerferien auf Mallorca urlauben werden. Und das finden wir toll.

Wir erlauben uns heute, eine halbe Stunde eher Feierabend zu machen. Bevor wir zu Kassandra fahren, stoppen wir an einem Geldautomaten, denn ich habe nicht genug Bargeld dabei.

Die Fassade des Hauses, dessen Adresse auf der Visitenkarte steht, sieht nicht einladend aus. Der graue Außenputz blättert ab. Sämtliche Fenster im Erdgeschoss sind vergittert, die Haustür ist aus schwarzem Metall. Im großen Vorgarten stehen alte Eichen, deren dichtes Blattwerk wenig Licht durchlässt. Es dürfte ziemlich düster in der Hütte sein.

Bruni starrt auf das Mauerwerk, vor dem überquellende Mülltonnen stehen.

»Weißte was, Karo. Ich glaube, es ist besser, wenn wir nicht klingeln. Lass uns einen Kaffee trinken gehen ...«

»Nix da. Wir ziehen das durch. Denk an meine Aura. Denk an Paul und Pelle.« Ich ziehe sie mit.

Ich drücke den Klingelknopf, unter dem kein Name steht.

Als sich die Tür öffnet und die Frau vor uns steht, die Kassandra sein muss, bin ich angenehm überrascht. Sie sieht weder aus wie eine Hexe noch wie die typische Wahrsagerin, die früher auf dem Jahrmarkt in die Kugel blickte. Ich schätze, sie ist ungefähr so alt wie meine Mutter. Sie trägt ein bodenlanges, buntes Kleid, um ihren Hals und an ihren Armgelenken baumelt Schmuck. Ihre langen, grauen Haare sind im Nacken zusammengebunden.

Wir stellen uns gegenseitig vor, sie lächelt freundlich und bittet uns herein. In einer Ecke des Flurs schläft ein kräftiger Dobermann.

Bruni und ich beäugen ihn misstrauisch.

»Folgen Sie mir. Boris beißt nicht. Er ist lammfromm, schreckt aber Einbrecher ab.«

Sie bietet mir einen Platz vor ihrem Schreibtisch an, Bruni darf sich auf einen Sessel setzen, der vor dem Fenster steht.

Kassandra möchte wissen, was mir auf dem Herzen liegt. Ich erkläre ihr, dass ich mir Sorgen um meine Ehe mache. Ob sie mir sagen könne, was die Zukunft bringe.

Es folgt ein kurzes Frage- und Antwortspiel.

Sie fragt, wie ich mich fühle, ob ich häufiger unter schlechter Stimmung litte, müde sei usw.

Dann erklärt sie mir, dass Sie meine Aura reinigen wolle. Aus einer Karaffe schüttet sie Wasser in eine kleine Schüssel. Sie steht auf und bittet mich, meine Wirbelsäule gerade zu halten. Dabei soll ich mich entspannen, die Augen schließen, ruhig atmen und an eine Blumenwiese denken, was mir aber nicht gelingt. Ich habe ständig Opa Heinis und Gundulas Neubau vor Augen. Ich blinzele zwischendurch. Sie reibt ihre Handflächen schnell gegeneinander und fährt damit über meinen Körper, ohne mich zu berühren. Zwischendurch schüttelt sie ruckartig die Hände über der Schüssel aus.

Ich höre Bruni kräftig husten; ich weiß, dass sich ein Lachanfall dahinter verbirgt. Meine Lippen zittern verdächtig. Das Prozedere dauert einige Minuten.

Kassandra macht anschließend einen erschöpften Eindruck. Sie erklärt, dass die negative Energie nun im Wasser läge, das sie später ausgießen werde.

Nun kommt ein abgewetztes Kartenspiel zum Einsatz. Sie mischt flott und geschickt, lässt sie durch die Luft von einer zu anderen Hand sausen.

»Denken Sie bitte an das, was Sie wissen möchten, Frau Geiger.« Sie mischt weiter.

Ich schließe die Augen. *Pelle, Paul, Paul, Pelle.*

Und wieder habe ich nicht Paul und die Pellegrino vor Augen, sondern die Reibekuchen vom Mittagstisch.

Nun legt sie die Karten in Reihen, danach tippt sie mit dem Finger darauf herum.

»Es geht um eine Reise ... Die Pik-Sieben verrät, dass es um Berufliches geht ... Und hier ... Sie sind von vielen Freunden umgeben ... Sie haben eine Gegenspielerin ... Neid, Missgunst ...«

Dann hält sie inne und sackt ein wenig auf dem Stuhl zusammen. »Mehr kann ich Ihnen im Augenblick nicht sagen, meine Energie ist für heute erschöpft.«

Ich gestehe mir ein, dass ich mir von der Sitzung ein wenig mehr erhofft habe. Enttäuscht lege ich hundert Euro auf den Schreibtisch und verabschiede mich; Bruni macht ebenfalls ein belämmertes Gesicht.

»Wenn Sie möchten, kommen Sie noch einmal wieder.« Sie reibt ihre Schläfen.

Ich habe den Eindruck, dass Sie scharf auf das Geld ist und die Salamitaktik anwendet. »Danke. Ich überlege es mir noch.«

Sie schaut mir fest in die Augen. »Wünschen Sie sich Kinder?«

Ich halte ihrem Blick stand. Eine vorwitzige Lüge kommt über meine Lippen. »Im Moment nicht. Vielleicht später einmal ... in ein oder zwei Jahren.«

Sie nickt langsam. »Suchen Sie einen Gynäkologen auf, Frau Geiger. Sehr bald.«

Mir wird schwindelig, ich halte mich am Türrahmen fest.

Dann stolpern Bruni und ich aus dem Zimmer, treten fast auf den schlafenden Hund und sind froh, als wir vor unseren Fahrzeugen stehen.

Ich bin vollkommen außer Atem. »Ich glaube es nicht! Ich wette, sie hat in den Karten gelesen, dass ich schwanger bin. Ey ... ich denke, ich veräppele sie und die knallt Tatsachen auf den Tisch.«

Bruni ist auch beeindruckt. »Das ist wirklich unglaublich!«

Ich folge Bruni mit dem Auto, wir möchten bei ihr noch eine Tasse Kaffee trinken.

Während wir das starke Gebräu schlürfen, stellen wir fest, dass Kassandra zutreffende Aussagen machte. Wir unterhalten uns über ihre Äußerungen, die sie über die berufliche Reise gemacht hat und kommen zu dem Schluss, dass diese Frau ihr Handwerk tatsächlich versteht. Allerdings ... mit der Gegenspielerin könnte sie auch Conny gemeint haben.

»Ich denke, sie weiß *noch* mehr, als sie gesagt hat.« Bruni rümpft die Nase.

»Das glaube ich auch. Sie ist geschäftstüchtig. Ulrike musste auch mehrere Termine wahrnehmen, bevor sie mit der Sprache herausrückte.«

Paul schickt eine SMS. Er wird vor 21 Uhr nicht zu Hause sein. Er schreibt, ich solle etwas Leckeres kochen, er freue sich auf Kasper und mich. Ich könnte vor Wut platzen. Einen Teufel werde ich tun, und mich an den Herd stellen. Dass er die Pelle am Samstag heimlich mit auf die Insel genommen hat, ärgert mich so sehr, dass ich keine Lust habe, für Paul zu kochen.

Obwohl es schon ziemlich spät ist, nehme ich mir vor, zu meinen Eltern zu fahren. Dort werde ich mir den Bauch vollschlagen.

Bruni zeigt Verständnis.

Bevor ich mich verabschiede, zeigt sie mir die wunderschöne Wiege. Paul käme nicht auf die Idee, so etwas Schönes für Kasper zu fertigen.

Opa Heini steht auf einer Leiter und hängt eine Lampionkette an die Sträucher. »Los, Hermann! Gib Saft. Dann kann ich die Blindgänger sofort auswechseln.«

Mein Vater steckt den Stecker einer Verlängerungsschnur in die Terrassensteckdose.

Opa Heini schreit: »Alles im grünen Bereich! Keine Fehlermeldung!«

»Was ist denn *hier* los?« Der große Grill ist aufgebaut, auf der Wiese stehen zwei Tische mit etlichen Stühlen.

»Hallo, Kind.« Das Gesicht meines Vaters hat rote Flecken. Ein Zeichen der inneren Anspannung.

»Heute ist Party. Opapa hat die Nachbarn eingeladen.« Nanni überfällt mich, sie umklammert meine Hüften. »Es gibt viel Leckeres zu essen.«

Conny kommt aus dem Haus. »Ja. Aber erst, wenn wir weg sind. Die spinnen langsam alle hier. Eine Party an einem Dienstag. So was Bescheuertes!« Sie pfeffert Stuhlauflagen auf die Gartenstühle.

Opa Heini lacht laut. »Wenn das kein engstirniges Denken ist, Conny. Rentner können ausschlafen. Uns ist es scheißegal, ob wir am

Dienstag, Mittwoch oder Donnerstag feiern.« Er winkt mir zu, ich winke zurück.

»Na, dann bin ich gleich wieder weg. Kann ich noch etwas helfen?«

Conny lässt sich auf einen Gartenstuhl fallen. »Jetzt, wo alles erledigt ist, brauchst du nicht mehr fragen.«

Hanni attackiert mich von hinten. »*Wir* feiern am Freitagnachmittag eine Party. Wir laden dich und Paul auch ein.« Sie baut sich vor mir auf, stemmt die Hände in die Hüften und blickt mich streng an. »Du weißt ja wohl, warum?«

»Hm. Ich denke, weil die hübschesten Zwillingsmädchen der Welt ihren Geburtstag feiern?«

Die Kinder kichern. »Genau. Du weißt ja Bescheid, ihr sollt uns Geld schenken … und keinen Mist.«

Hanni beschließt altklug, dass einhundert Euro für jede von ihnen in Ordnung seien.

Conny schlägt die Hände vors Gesicht. »Mir graut vor Freitag. Die beiden haben sechzehn Kinder eingeladen. Mama, Gundula und Ludmilla helfen. Machst du mir auch Salate?«

»Klar. Sag mir bis Donnerstag, welche du haben möchtest.«

»Kannst du dich auch um die Kinder kümmern? Eierlaufen und so ein Gedöns veranstalten? Die Tochter von Rechtsanwalt Petersen kommt, der Sohn von Professor Kleinemeier ist auch dabei. Wir müssen was ganz Besonderes veranstalten, weißt du. Am besten, du lässt dir schöne Spiele einfallen.«

Das fehlt mir gerade noch. Mir fällt Frau Dombrowski-Winterscheid ein. Ich denke kurz nach, ob ich Conny das antun soll und beschließe, dass ich ihr es antun werde. Und zwar das gesamte Paket. Mit Werner!

»Du … da würde ich an deiner Stelle auf Nummer sicher gehen. Ich kenne die Leiterin eines Kindergartens. Frau Dombrowski-Winterscheid. Für ein paar Euro ist sie mit Begeisterung bei der Sache. Sie ist quasi eine Fachfrau, was Kindergeburtstage angeht.«

Connys Gesicht hellt sich auf. »Tatsächlich? Fragst *du* sie, ob sie kommen und helfen würde?«

Ich tätschele Connys Wange. »Aber sicher, Schwester. Allerdings … Sie hat einen niedlichen Knirps von fünf Jahren. Sie wird ihn mitbringen wollen. Ein ganz herziger kleiner Bursche.«

Conny nickt glücklich. »Das ist okay. Ist ja schließlich ein Kindergeburtstag.« Dann kichert sie, ich schmunzele.

Nanni reibt sich die Hände. »Toll, dann haben wir noch einen Gast mehr.« Sie rennt davon, ihre Schwester hinterher.

»Ach, was ich dir noch sagen wollte, Karo. Solltest du dich mal ausquatschen wollen … wegen Paul und so … du kannst jederzeit mit deinen Problemen zu mir kommen.«

Mir ist nach Lachen zumute. »Danke, Conny. Gut zu wissen. Du bist die Erste, bei der ich mich ausheulen würde. Mach dir aber keine Gedanken. Bei uns ist alles im grünen Bereich.«

Conny klopft auf die Stuhllehne. Sie ruft laut nach ihren Kindern. »Los! Packt eure Sachen. Ihr müsst morgen zeitig aus den Federn.«

Ich erkundige mich, wie die Mathearbeit war; meine Nichten antworten gleichzeitig, dass sie pipieinfach war.

Nachdem Conny und die Zwillinge gegangen sind, schlendere ich in die Küche. Auf dem Weg ins Haus höre ich, dass Papa und Opa Heini sich wieder einmal ein Wortgefecht liefern.

Gundula und Mama stehen mit hochroten Wangen an der Arbeitsplatte und pinseln Fleisch mit einer Marinade ein. Seufzend sagt meine Mutter, dass Opa Heini heute während des Frühstücks auf die spontane Idee kam, die Nachbarn einzuladen.

Ich erzähle den beiden, dass Paul heute spät heimkommt und ich darum noch um diese Uhrzeit auftauche.

Meine Mutter deutet auf den Kühlschrank. »Wenn du magst, kannst du dich durchprobieren …«

Von dem Angebot mache ich sofort Gebrauch. Die Salate schmecken, wie immer, köstlich.

Dann trete ich den Rückzug an und wünsche allen eine schöne Feier. Auf dem Heimweg kaufe ich einen großen Döner, den ich noch im Auto verputze.

Frau Dombrowski-Winterscheid überlegt nicht lange. Sie sagt sofort zu, am Freitag in die Lindenallee zu kommen. Es freut sie besonders, dass sie Werner mitbringen darf, der sonst in der Obhut ihrer Mutter bleiben müsste.

Die Reinigung meiner Aura zeigt erste Wirkungen. Mir geht es plötzlich gut, negative Energien scheinen tatsächlich an mir abzuprallen.

Ich habe das Gefühl, dass auch mein Rückgrat gestärkt ist. Klare Gedanken bekommen Oberwasser. Wenn ich Paul erzählen würde, dass Anton ihn am Samstag mit der Pelle im Auto gesehen hat, würde er eine Ausrede erfinden. Ich kann mir vorstellen, dass er seine Heimlichkeiten mit ›Vergesslichkeit‹ entschuldigen wird. Durch direktes Ansprechen werde ich nicht erfahren, ob die Pelle sein Herz erobert hat … oder umgekehrt. Je mehr ich frage, umso mehr wird er wissen, dass sein Verhalten auffällig ist.

Schweigen und schauen ist die klügere Variante. Fröhlichkeit statt Frust. Gelassenheit statt Neugier.

Den Gedanken, dass Paul mich wegen der Pelle verlassen könnte, schiebe ich beiseite. Daran mag und will ich nicht denken.

Den Plan, Paul heute Abend nur Brote zu servieren, verwerfe ich. Ich bereite Allgäuer Kässpatzen mit vielen Röstzwiebeln zu.

Paul isst mit großem Appetit, ich erkundige mich freundlich nach seinem Tag. Er weicht ständig aus, als ich ihn konkret auf die heutigen Termine mit diversen Geschäftspartnern anspreche. Ich falle absichtlich auf sein Ablenkungsmanöver herein, stelle mich dumm und bohre nicht weiter nach.

Ich mime Verständnis, als er eine Stunde nach dem Essen ins Bett möchte. Mit einem Buch und einem Glas Rotwein geht er nach oben. Ich folge ihm.

20. Sensible Antennen, die Urinattacke und die ersten Zähne

Im Büro steht die Pelle gebeugt vor unserem Schreibtisch und sortiert Blätter. Bruni beobachtet sie von der Seite. Meine Tasche wandert schwungvoll in den Schrank.

»Guten Morgen, Frau Pellegrino. Sie sehen aber nett aus heute. … Hi Bruni.«

Die Pelle sieht an sich herunter und lacht verunsichert. »Hallo, Frau Geiger. Danke. Sie sehen ebenfalls toll aus.«

Sie geht in Pauls Büro.

»Hä?« Bruni sieht mich verständnislos an. »Was ist denn mit dir los?«

»Hach, Bruni, Kassandra hat meine Aura repariert. Nachdem ich zu Hause war, ging es mir richtig gut.« Sachlich berichte ich ihr, was ich mir gestern Abend vorgenommen habe. Dabei verweise ich besonders auf das Schauen.

»Aha.« Bruni muss meinen Sinneswandel erst einmal verdauen, sie schüttelt ständig den Kopf.

Nach einer Weile fragt sie: »Meinst du jetzt ›schauen‹ im Sinne von gucken … oder im Sinne von Ulrike … also hinterherspionieren.«

»Beides Bruni. Beides.«

»Aber eines sage ich dir, Karo: Komm bloß nicht auf die Idee, um Mitternacht auf den Friedhof zu gehen.«

Ich lache. »Nein. Das verspreche ich dir … vielleicht.«

Ein Radiergummi fliegt an meiner Stirn vorbei.

Pelle und Paul haben heute viel zu bequatschen. Sie lösen sich erst um kurz vor 12 Uhr voneinander. Das aber nur für einen Moment, denn Paul und Pelle melden sich daraufhin ab.

»Wir sind im Haus unterwegs, Möhrchen. Euch einen guten Appetit!«

Ich springe auf, als die Tür hinter ihnen ins Schloss fällt. »Los, Bruni, hinterher!«

Sie ist ganz verdattert. »Hast du einen Vogel?«

Ich öffne die Tür und spähe auf den Flur. Paul und Pelle nehmen den Treppenabgang und nicht den Aufzug. Bruni steht dicht hinter mir. Auf Zehenspitzen schleichen wir bis zum Treppenhaus und folgen ihnen Etage für Etage. Sie laufen in die Tiefgarage. Als die schwere Stahltür mit lautem Knall zufliegt, trippeln wir schneller.

Bruni meckert leise. »Boah, Karo, wenn Paul merkt, dass wir hinter ihm her sind …«

Ich winke barsch ab, öffne die Tür einige Millimeter weit und spähe durch den Schlitz. Die Zwei laufen zu Pelles Auto. Sie öffnet den Kofferraum, beide stecken den Kopf hinein. Ich kann nicht verstehen, worüber sie reden. Nach wenigen Sekunden fliegt der Kofferraumdeckel zu.

»Wir müssen aufpassen, Maria, dass meine Frau uns nicht auf die Schliche kommt. Sie hat sehr sensible ›Antennen‹.« Seine Stimme hallt.

Die Pelle lacht. »Keine Sorge, Paul. Du kannst dich auf mich verlassen.«

Mein Mund öffnet sich so weit, dass ein gelber Tennisball problemlos hineinfliegen könnte.

»Hast du das gehört, Bruni? Sie duzt Paul.«

Bruni gibt ein leises »Puh« von sich.

»Sie kommen, nichts wie weg.« Ich renne vor, Bruni hinterher. Wir nehmen zwei Stufen auf einmal und hasten direkt in die Kantine.

Als wir an der Reihe sind, sind wir noch immer aus der Puste.

Wir schlingen das Essen in uns hinein. Heike und Ulrike staunen, weil wir bereits vom Tisch aufstehen, als sie kommen.

»So, Bruni. Jetzt Ohren auf, ob die beiden sich auch duzen, wenn wir dabei sind.«

Wir sind uns einig, dass Paul und Pelle irgendetwas aushecken, von dem ich nichts wissen darf. Auf die Frage, was die Pelle in ihrem Kofferraum liegen hat und warum sie es Paul gezeigt hat, finden wir keine Antwort. Ich beschließe, weiterhin eine aufmerksame Beobachterin zu sein.

Eine Stunde später kommen Pelle und Paul wieder. Wir arbeiten schweigend, unsere Ohren sind gespitzt. Es ergibt sich kein Gespräch mehr zwischen Chef und Sekretärin, aus dem wir entnehmen können, was uns so brennend interessiert.

Morgen hören wir weiter.

In einem Spielzeugladen kaufe ich für Hanni und Nannis Geburtstag schon mal Schmuckbastelsets und zwei ›Malen nach Zahlen‹-Bilder mit verschiedenen Katzenmotiven. Mit meiner Familie werde ich gleich bequatschen, worüber die Mädchen sich zusätzlich freuen würden. Meine Mutter ist mit Sicherheit bestens informiert.

Conny biegt vor mir in die Birkenstraße ein, auf dem Rücksitz sitzen keine Zwillinge. Sie ist also kinderlos unterwegs. Als sie aussteigt, weiß ich, warum. Sie ist aufgedonnert, eine Duftwolke schweren Parfüms weht zu mir rüber. Die Jeans und das blaue Oberteil stehen ihr sehr gut.

»Hast du eine Verabredung?« Ich begutachte sie von oben bis unten. »Du schaust toll aus.« Sie genießt sichtlich mein Kompliment.

»Hast du dich für Wellenbrink so aufgebrezelt?«

»Sei still … Nicht so laut.« Sie verdreht die Augen.

Als wir in den Garten laufen, ist es so still, als wären alle ausgeflogen. Vier bedröppelte Gestalten sitzen auf Stühlen und schweigen sich an.

»Nanu? Was ist denn hier los? Habt ihr noch immer einen Kater?« Conny lacht.

»Veralbere uns nicht.« Mein Vater streckt seinen Rücken.

»Wie war es denn gestern Abend? Habt ihr schön gefeiert?« Auf dem Tisch stehen Kaffeetassen, ich gieße meiner Schwester und mir eine Tasse ein.

Opa Heini kichert. »Jau.«

Gundula meint: »Naja, wie man's nimmt …«

Meine Mutter ist etwas redseliger. »Nun, bis 23 Uhr war es recht manierlich. Papa hat lecker gegrillt, wir haben gemütlich gegessen und ausgiebig gequatscht. Dann kam euer Großvater auf die Idee, den alten Schallplattenspieler aus dem Keller zu holen, samt Plattensammlung.«

Opa Heini unterbricht Mama. »Der funzt noch wie am ersten Tag. So was nennt man deutsche Wertarbeit, Hildegard.«

Mama blickt ihn böse an. »Das hat man auch gehört! Opa hat die Musik so aufgedreht, dass halb Sülldorf wachgeworden ist.«

Jetzt erzählt Gundula weiter. Dabei macht sie ein pikiertes Gesicht. »Dann hat Heini mit der Gerti von nebenan Polka getanzt. Auf der Wiese, bis zum Neubau. Nach einer Drehung ist die Gerti gestolpert und in die Baustelle geplumpst. Fünf Männer mussten der dicken Frau auf die Beine helfen.«

Mein Vater stöhnt. »Plötzlich stand der *Allgäuer Enzian* auf dem Tisch.«

Opa Heini reibt sich das Ohrläppchen. »Tja, wie der wohl dahingekommen ist …«

»Hör auf, Vater. Die Flasche hat keine Beine. Die hast *du* heimlich auf den Tisch geschmuggelt, du wolltest alle abfüllen.« Papa ist sauer.

»Um kurz nach 24 Uhr ist dann der Herr Hahn aus der entfernteren Nachbarschaft in Schlafanzug und Bademantel angerückt. Opa hat ihn überredet, einen mitzutrinken, damit er besser schlafen könne. Der hat sich gesetzt und ist nicht mehr aufgestanden, weil er es plötzlich nicht mehr zu laut fand. Nach kurzer Zeit kam seine Frau. Die ist auch geblieben.«

Conny und ich lachen, wir kriegen uns nicht mehr ein.

»Das ist nicht lustig, Kinder.« Meine Mutter schickt uns einen strengen Blick. »Gegen 1:15 Uhr kam die Polizei und hat uns ermahnt, in gedämpfter Lautstärke weiterzufeiern und die Musik leise zu stellen … Tja, und dann war Opa plötzlich verschwunden. Wir haben uns alle bei den netten Polizisten bedankt und sie zur Straße eskortiert. Und wisst ihr, wo euer Großvater abgeblieben ist?« Ihre Stimme wird laut. »Er steht mit offenem Hosenstall vor dem Streifenwagen und pinkelt auf die Motorhaube!«

Opa Heini korrigiert trocken. »Nein … Ich habe nicht gepinkelt … ich habe gepisst wie ein Wallach nach einem Zehnstundenritt! Und ich habe nicht die Motorhaube abgestrahlt, sondern die Windschutzscheibe getroffen. Und das in meinem Alter!«

Jetzt kreischen meine Schwester und ich so laut, dass Mama sich die Ohren zuhält.

Mein Vater wird ärgerlich. »Aus deinem Mund hört es sich so an, als wäre deine Urinattacke eine Heldentat. Du wirst eine fette Anzeige kriegen.«

»Und wenn schon. Für derartige Fälle habe ich ein Extra-Sparbuch. Das Ganze geht mir fünf Meter am Hintern vorbei.« Mein Großvater grunzt.

»*Ich* finde viel schlimmer, dass du so forsch mit der Gerti getanzt hast …« Gundula drückt ein Spitzentaschentuch vor die Nase.

Gundulas Verhalten zeigt, dass Eifersucht in diesem Alter auch noch ein Thema ist.

Opa Heini schmunzelt. Er drückt die Hand seiner Lebensgefährtin und schickt ihr einen so liebevollen Blick, dass sie leicht errötet. Eine Geste, die mehr als tausend Worte sagt.

Erst jetzt fällt meiner Mutter auf, dass Conny die Mädchen nicht dabei hat.

Conny strahlt. »Ich bin gleich verabredet, mit einer Bekannten. Wir möchten ins Kino, anschließend etwas essen gehen.«

»Donnert man sich so für eine Freundin auf?« Opa Heini begutachtet Connys Outfit.

»Ach, Opa. Du hast Ansichten wie aus dem vorigen Jahrhundert. Ich style mich nur für mich.«

»Diese Art von Eigenliebe hast du aber erst seit wenigen Tagen.« Seine Stimme wird lauter. »Wenn ich nicht genau wüsste, dass du eine verantwortungsvolle Ehefrau und Mutter wärst, würde ich sagen: Du gehst poussieren.«

Conny wird feuerrot. »Du redest Unsinn, Opa!«

Meine Mutter lacht. »Ach, Vater. Als wenn eine meiner wohlerzogenen Töchter auf derartige Gedanken käme. Dafür würde ich meinen Kopf verwetten.«

Ein gruseliges Bild erscheint vor meinem inneren Auge: Mama ohne Kopf.

Papa will wissen, ob Anton denn alleine mit den Kindern zurechtkäme.

Conny verzieht das Gesicht. »Schön wär's. Nein, leider nicht. Ludmilla bleibt ausnahmsweise über Nacht. Anton wäre alleine total überfordert.«

Meine Schwester erhebt sich grazil. »So, ihr Lieben, ich bin dann weg.«

Außer Opa Heini und mir wünschen alle viel Spaß im Kino.

Bevor mein Großvater weiterspekulieren kann, frage ich meine Familie, was sie den Mädels zum Geburtstag schenken wird.

Ich werde aufgeklärt: Opa, Gundula und meine Eltern haben zusammengelegt und neue Fahrräder gekauft, die am Nachmittag in die Lindenallee geliefert werden.

Mir rät Mama, beiden ein Keyboard zu sponsern. Nanni habe ihr vor einigen Tagen in der Küche anvertraut, dass ihre Schwester und sie sich sehnlichst eines wünschen, aber den Wunsch nicht äußern sollten. Conny trichterte den Zwillingen ein, sich Bares zu wünschen, weil ein Geldgeschenk praktischer sei.

Für diesen Tipp bin ich sehr dankbar.

Nachdem ich den Baufortschritt begutachtet habe, packt meine Mutter für Paul und mich Resteessen der gestrigen Party ein. Grillfleisch und Salate wandern in Tupperdosen. Als ich mich verabschiede, setzt kollektives Gähnen ein. Gundula sagt, dass heute die Lichter in der Birkenstraße Nummer 18 früh ausgehen werden.

Opa Heini hilft mir, die Plastikbehälter zum Auto zu tragen.

Das Keyboard ist schnell gekauft. In einem Musikgeschäft erstehe ich ein Instrument zu einem passablen Preis und lasse es in buntes Papier einpacken.

Weil ich nicht kochen muss, mache ich mich zu Hause sofort an die Gartenarbeit. Die Rosen müssen beschnitten werden. Paul kommt wenig später heim. Er sagt, dass er sich auf Bewegung an der frischen Luft freue, seine Nackenmuskeln seien total verspannt. Ich grinse. Das ist eine Anspielung auf eine fällige Rückenmassage, auf die ich nicht eingehe.

»Du solltest mal wieder eine Runde schwimmen, Paul. Das stärkt die Muskulatur. Du bist in der letzten Zeit aber auch wirklich *soo* viel unterwegs. Kein Wunder, dass du total verspannt bist ... du Armer.« Ich schicke ihm einen treuherzigen Blick und genieße meine intakte Aura.

Jetzt wirkt er etwas zerstreut. »Ja ... sicher. Schwimmen. Gute Idee, Möhrchen.«

Kurze Zeit später kommt er durchs Wohnzimmer in den Garten gejoggt und küsst mich zärtlich. Dann rennt er kreuz und quer über die Wiese, wirft sich auf den Boden, macht etliche Liegestütze, läuft zum Gartenhäuschen und kommt mit der elektrischen Buchsbaumschere zurück.

Während mein Gartengerät klappert, surrt seines leise. Ich berichte, was sich Opa Heini wieder einmal geleistet hat; das entlockt Paul viele Lacher. Er findet, dass mein Großvater ein Teufelskerl ist.

Das Geschenk für die Kinder findet er ebenfalls prima, will den beiden am Freitag gratulieren, sich aber dann aus dem Staub machen.

»Was machst du danach? Hast du noch etwas vor, du Fleißiger?«

Er grinst. »Schwimmen. Du weißt ja. Mein Nacken.«

Blödmann!

»Und sonst?« Ich schiele ihn von der Seite her an.

»Jo.« Er schielt zurück.

»Also, alles gut?«

»Jo.«

»Das ist schön, Paul.«

Wenn er jetzt noch einmal »Jo« sagt, haue ich ihn.

»Ja. Ich finde, dass alles prima läuft. Ich liebe dich, wir freuen uns auf Kasper, die Auftragslage ist wunderbar, Maria hat sich prächtig bei uns eingelebt …«

»Sag mal, Paul. Wieso duzt ihr euch eigentlich nicht … die Maria und du.«

»Jo … quatsch … Ich meine: Wir duzen uns doch. Seit gestern. Wenn man den ganzen Tag zusammen …«

Ich lasse ihn nicht ausreden. »Ach, das ist aber schön. Das ist ein wenig familiärer, nicht wahr, Paul?« Ich zwinkere ihm zu.

»Jo.«

Nach einer Weile des Schweigens dreht Paul sich um, und betrachtet ausgiebig den weitläufigen Rasen, dabei nimmt er mich in den Arm.

»Ich stellte mir gerade vor, dass Kasper auf der Wiese herumkrabbelt … Klein, rothaarig, wie du.«

»Ich bin aber nicht mehr klein.«

»Nein. Aber rothaarig.« Er lacht.

Paul arbeitet weiter, ich decke derweil den Terrassentisch. Das Grillfleisch liegt im heißen Backofen, die Salate richte ich auf kleinen Tellern an.

Nach einer halben Stunde räumt Paul die Gartengeräte weg, dann machen wir uns über Mamas und Gundulas Köstlichkeiten her. Dabei plaudern wir locker über dies und das.

Nach dem Essen geht Paul duschen.

Als ich in der Küche den Salatteller abschlecke, klingelt mein Handy.

Am anderen Ende meldet sich ein aufgeregter Anton.

»Conny hat ihr Handy ausgeschaltet. Gib sie mir mal … Ist dringend.« Im Hintergrund höre ich Max und Moritz jämmerlich schreien.

»Hä? Conny ist nicht bei uns. Paul und ich haben gerade zu Abend gegessen.«

»Was? Conny hat gesagt, dass sie heute am späten Nachmittag mir dir im Kino sei und ihr anschließend essen gehen wolltet.«

Ich kneife die Lippen zusammen. Conny ist sowas von beknackt! Eine Lüge, die auf so wackeligen Beinen steht, kann nur meiner Schwester einfallen. Das ist kräftig in die Hose gegangen. Ich stottere herum.

»Nein … Sie kann nicht mich gemeint haben. Also … ich … nicht.«

Er keift mich an. »Sie hat klar und deutlich gesagt: mit meiner Schwester! Und du bist doch ihre Schwester … oder nicht?«

Ich keife zurück, dass er mich da rauslassen soll und ich definitiv weder im Kino noch in einem Restaurant säße.

Dann erklärt er hektisch, dass Ludmilla über Nacht die Kleinen betreuen wollte, sie jedoch vor zwei Stunden mit dem Taxi nach Hause gefahren sei, weil sie einen Migräneanfall bekam. Er könne Max und Moritz nicht beruhigen, sie würden zahnen und seien nur am Schreien. Hanni und Nanni würden ihr Bestes geben, sie schafften es aber auch nicht, die Kleinen zu beruhigen.

Ich koche innerlich. Wie kann Anton es zulassen, dass Kinder Kinder betreuen? Die Großen sollten längst schlafen.

»Ich komme zu euch, Anton. Bis gleich.«

Paul erfährt nur die halbe Wahrheit. Ich erkläre ihm, dass ich Anton Medikamente aus der Apotheke bringen müsse, weil die Kleinen krank seien und Conny erst spät nach Hause käme.

Eine halbe Stunde später bin ich, mit Medikamenten und Ohropax bewaffnet, in der Lindenallee.

Nanni öffnet mir im Nachthemd die Haustür. Sie gähnt. »Hanni und ich haben schon Kopfschmerzen von dem Geschrei.« Sie sieht müde aus. Ihre Schwester sitzt auf den Treppenstufen und hält sich die Ohren zu.

»Ihr geht jetzt ab ins Bett. Damit werdet ihr wie kleine Prinzessinnen schlafen.« Ich drücke beiden die Ohrstöpsel in die Ohren. Sie strahlen mich an und huschen nach einem Gute-Nacht-Kuss in ihre Zimmer.

Anton kniet im Wohnzimmer vor dem Sofa, auf dem Max und Moritz liegen. Er redet beruhigend auf seine Söhne ein, die das jedoch herzlich wenig interessiert. Sie schreien im Duett. Die kleinen Kerle sind ganz verschwitzt.

»Danke, dass du uns hilfst.« Anton fährt sich durch die zerzausten Haare. »Ich habe die Medikamente nicht gefunden, die Conny in so einem Fall zur Hand hat …«

Ich drücke ihm eine Packung mit Zäpfchen auf pflanzlicher Basis in die Hand, die eine beruhigende Wirkung haben. »Lies den Beipackzettel. Die Apothekerin meinte, sie wären sehr gut.«

Ich verschwinde kurz ins Gäste-WC, dann massiere ich beiden ein Gel auf die geschwollenen kleinen Kiefer, das die Fachfrau ebenfalls empfahl.

Die Kinder schreien nicht mehr, sie nuckeln, Sabber läuft aus ihren kleinen Mündern.

»Die Zäpfchen scheinen wirklich gut zu sein.« Anton zieht die Kinder aus, während sie sich meinen Finger schmecken lassen, und putzt kleine Popos sauber.

Er verabreicht die Medizin und packt die Kinder wieder in Windeln.

»Weißt du, mit wem Conny unterwegs ist, Karo?« Seine Stimme klingt müde.

»Nein, Anton. Ich habe keine Ahnung. Frag sie einfach, wenn sie kommt.«

»Sie lügt mich an.« Er rollt die vollen Windeln zusammen.

»Sprich mit ihr.« Ich drücke ihm einen Zwilling auf den Arm. Als mein Finger aus dem kleinen Mund verschwindet, geht das Geschrei wieder los. Anton macht Anstalten, die Massage fortzuführen. Ich finde es schrecklich, dass ich ihn auffordern muss, erst die Hände zu waschen, die eben noch mit Kacka in Berührung kamen. Er hastet ins Bad und hockt innerhalb von zwei Minuten wieder neben mir.

Ich fasse es nicht! Conny ist Mutter von vier niedlichen Kindern. Wie kann sie das vergessen?

Anton scheint diversen Gedanken nachzuhängen, er schweigt und wiegt seinen Sohn im Arm, der zufrieden auf seinem Finger kaut. Ich bin froh, dass mein Schwager mich nicht weiter mit Fragen löchert.

Der kleine Mann, der auf meinem Arm liegt, verdreht nach einer viertel Stunde schläfrig die Augen.

Ich schleiche mit ihm nach oben und lege ihn ins Kinderbett. Dann übernehme ich Kind Nummer zwei. Nach einer halben Stunde schläft auch dieser Zwilling.

»Ich fahre jetzt, Anton, ich bin hundemüde. Viel Glück, ich hoffe, dass die Kleinen durchschlafen.«

Er begleitet mich bis zum Auto und drückt mich zum Abschied. »Nochmals vielen Dank, Karo. Ohne deine Hilfe hätte ich das nicht geschafft.«

Im Rückspiegel sehe ich, dass er mir nachwinkt.

In der ersten scharfen Kurve nach der Lindenallee kommt Conny mit ihrem Flitzer angeprescht. Sie macht eine Vollbremsung, als sie mein Auto erkennt; ich stoppe ebenfalls.

Wir öffnen die Seitenfenster, Conny starrt mich an. »Sag jetzt nicht, dass *du* es bist und von Anton kommst. Ich war nämlich mit dir unterwegs …«

»Ich weiß. Du hättest dein Handy nicht ausschalten sollen. Ludmilla ist wegen Migräne ausgefallen. Anton hat mich angerufen, weil er dich nicht erreichen konnte. Deinen Kleinen ging es nicht gut. Die Zähne. Sie haben nur geweint.«

Conny schlägt so fest aufs Lenkrad, dass eigentlich der Airbag herauspeitschen müsste.

»Verdammte Kacke!« Wieder schlägt sie zu.

»Hanni und Nanni schlafen mit Ohropax. Wundere dich nicht, wenn sie dein Rufen morgen früh nicht hören.«

Sie schreit mich wütend an. »Mensch, warum bist du auch ans Handy gegangen?«

Ich schreie zurück. »Hör auf, mir ständig die Schuld in die Schuhe zu schieben, für das, was du verbockt hast. Tschüss!«

Mit geöffnetem Fenster und quietschenden Reifen flüchte ich vor Connys Ungerechtigkeit.

Ich schließe leise die Haustür auf. Paul liegt auf dem Sofa, er schläft. Auf Zehenspitzen schleiche ich ins Wohnzimmer und setze mich neben ihn. Er wird wach und zieht mich zu sich herunter.

Schlaftrunken sagt er: »Schön, dass du wieder da bist, Möhrchen. Wir sehen uns in letzter Zeit viel zu selten.«

»Ja, das liegt aber nicht nur an mir, Paul.«

Ich nehme seine Hand und ziehe fest daran. »Ab nach oben, im Bett ist es gemütlicher. Ich erzähle dir dort, was bei den Jörgensens los war.«

21. Ulrike im Glück und eine freche Conny

Meine Freundin ist über das, was ich von Conny berichte, schockiert. Sie gibt mir den Rat, mich besser aus allem herauszuhalten, sonst zöge ich am Ende wieder den Schwarzen Peter, womit sie verflixt recht haben könnte.

Die Tatsache, dass Paul mir erzählt hat, dass er und die Pelle sich seit vorgestern duzen entlockt ihr ein leises »Hmm«. Sie findet es jedoch prima, dass Paul wenigstens daraus kein Geheimnis macht.

Wir arbeiten heute fleißig, währenddessen reden wir über unseren Nachwuchs und meinen Untersuchungstermin, den ich morgen früh bei Dr. Calamari habe. Am späten Vormittag ruft Simone an, sie plappert Bruni die Ohren voll.

Nach dem Telefonat plappert Bruni. Sie erzählt, dass Simone und Ratiba fast den ganzen Tag zusammenhockten und allen Spaß der Welt hätten. Sie gingen gemeinsam auf Haussuche und shoppen. Die beiden seien beste Freundinnen geworden.

Ich seufze. »Die haben es gut. Wir müssen arbeiten.«

»Im Grunde müssen wir nicht arbeiten, Karo. Du am allerwenigsten.«

Ich spiele den Trotzkopf. »Doch, müssen wir wohl. Ohne uns würde hier alles zusammenbrechen.«

Bruni nickt lachend. »Stimmt.« Ihr Daumen zeigt auf Pelles Büro. »Sie scheint sich langsam unserem Arbeitstempo anzupassen. Schau mal, die träumt vor sich hin, spielt mit ihren Haaren und wälzt Kataloge.«

»Ja, ja. So sind sie, die Management-Assistentinnen. Erst mit Vollgas einschleimen, dann …«

Genau in diesem Moment zuckt die Pelle zusammen, als wäre sie soeben aus dem Tiefschlaf erwacht, und lässt den Kugelschreiber übers Papier sausen.

Nach etlichen Kundenanrufen habe ich die Stimme meiner Schwester im Ohr. Sie sagt, dass sie für den morgigen Kindergeburtstag eine große Schüssel Nudelsalat und eine noch größere Schüssel Kartoffelsalat brauche. Dann sagt sie, dass sie mit Anton Krach habe und richtig sauer auf mich sei. Anschließend ist die Leitung tot.

Ulrike ist happy. Mehr als happy. Sie erzählt, dass Holger ihr endlich reinen Wein eingeschenkt habe. Es wäre alles genauso, wie sie nach unserer Verfolgungsjagd vermutet habe.

»Holger hat der einsamen alten Frau einige Räume tapeziert und angestrichen. Als Dank können wir uns heute Abend alte Sachen abholen; sie scheint froh zu sein, olle Möbel loszuwerden. Na ja, wenn sie ein-, zweihundert Euro bringen, wäre das prima. Holger und ich haben beschlossen, uns ein wenig um sie zu kümmern. Herrje, die sitzt sogar an Heiligabend alleine zu Hause. Ihr Neffe lebt in Berlin, der wird sich wohl erst nach ihrem Tod blicken lassen, wenn es Bares zu holen gibt.«

»Schlimm. Ich finde es schön, dass ihr euch um sie kümmert. Aber ... siehst du, Ulrike? Ich habe dir ja gesagt, dass du mir vertrauen kannst.« Ich strahle sie an.

Sie nickt und betrachtet etwas angewidert den großen Salatteller, der vor ihr steht. Kurzerhand saust ihre Gabel auf Heikes Teller, sie spießt ein Stück Gulasch auf.

»He, du! Warum kaufst du nur Salat, wenn du Gulasch essen möchtest?«

Jetzt stibitzt sie von meinem Teller Fleisch.

»Weil ich abnehmen will? Was glaubst du, aus welchem Grund ich mir sonst Salat reinwürge.«

Auch Bruni reagiert leicht gereizt, als sie ungewollt Spenderin ist. »So wird das aber nichts, Ulrike. Man muss das Grünzeug *essen*, um abzunehmen. Nicht nur anschauen!«

Ulrike geht nicht darauf ein. »Also, bis August muss ich mindestens zehn Kilo von den Hüften haben. Holger und ich haben gestern Abend einen Strandurlaub gebucht, zwei Wochen Mallorca. Eine einfache Pension in Cala Ratjada, dort soll es aber wunderschön sein. Mensch, wir freuen uns wahnsinnig, besonders Rebecca.«

Hinter uns meldet sich Dröpjes, der wieder jedes Wort aufgeschnappt haben muss.

»*Herzlichen* Dank für diese Information, Frau Assmann. Dann weiß ich ja, wo ich meinen Urlaub garantiert *nicht* verbringen werde.« Er lacht. »Nein, das war ein Scherz. Aber ... Mallorca ist ein Popel auf der Landkarte, auf dem nur Popel Urlaub machen. *Ich* fliege im Oktober nach Gran Canaria, mit einem Kollegen aus dem Segelclub. Der ist auch geschieden.«

Ulrike gackert. Ihre Hand wedelt in der Luft auf und ab, sie klimpert mit den Wimpern. »Dort sind Sie gut aufgehoben, Herr Dröpjes!« Mit weicher Stimme sagt sie sehr laut: »*Hattatatt.* Weil die Frauen nicht mehr wollen, greift der Dröpjes gern nach Knollen …«

An den umliegenden Tischen kreischen die Kollegen vor Lachen, wir können uns auch nicht beherrschen.

Dröpjes wird rot und beugt sich über seinen Teller.

Wir reden leise weiter.

Heike schlägt nach Ulrikes Hand, als ihr Essen erneut von ihrer Gabel attackiert wird. »Eure Pelle plant wohl einen Sylt-Urlaub. Heute früh hat sie im Aufzug in einem Sylt-Katalog geblättert.«

Ulrike grunzt. »Die will dort bestimmt nur einen reichen Knacker aufreißen …«

» … wobei wir ihr alles Glück der Welt wünschen.« *Ich* finde das toll von der Pelle.

»Kann sie nicht erst in einem halben Jahr Urlaub buchen? Sie ist doch noch nicht so lange in der Firma.« Bruni sieht Ulrike fragend an.

»Im Normalfall, ja. Das geht aber schon nach zwei Monaten, es müssen nur beide zustimmen … in dem Fall Geigenpaul und Pelle.«

Ich schiebe der klugen Buchhalterin meinen Teller hin, dankbar verputzt sie den Rest meines Essens.

Ich mache eine halbe Stunde eher Feierabend. Die Zutaten für die Salate müssen eingekauft werden.

Als ich den Parkplatz des großen Supermarktes ansteuere und den rechten Blinker gesetzt habe, saust Opa Heini im Affentempo mit seinem alten Drahtesel an mir vorbei. Er muss in Gedanken sein, denn er hat mich nicht wahrgenommen. Ich finde sofort eine Parklücke und sehe meinen Großvater am Fahrradständer mit den Hosenklammern kämpfen.

Ich löse zwei Einkaufswagen und ziehe sie hinter mir her.

Opa Heini hasst Supermärkte. Es ärgert ihn, dass zusammengehörige Dinge nicht nebeneinanderstehen. Zum Beispiel Margarine und Brot, Eier und Salz oder Bier und Chips. Man renne sich ja sonst den Wolf.

Wenn er in der Küche Bockmist gemacht hat, schickt Mama ihn darum zur Strafe einkaufen.

»Hallo, Opa. Was hast du wieder angestellt, dass ich dich hier treffe?«

Er fährt hoch. »Hallo, Karo.« Er küsst mich. »Meine Schwiegertochter bildet sich ein, dass ich sie ärgern wollte.« Er greift dankbar nach dem Einkaufswagen. »Deine Mutter und Gundula haben Kuchen für den Kindergeburtstag gebacken. Dann sind die Grazien zum Friseur, dein Vater ist in die Waschstraße gefahren. Ich habe *ein* Stück von dem Smarties-Kuchen gegessen, deswegen machen die so ein Tamtam!«

Wir steuern den Supermarkt an.

»Ich kann mir gar nicht vorstellen, dass Mama sich wegen eines fehlenden Stückes Kuchen aufregt. Komisch.«

Opa Heini studiert den Einkaufszettel und kratzt sich am Kopf.

»Gib her, Opa, ich werfe dir alles flott in den Wagen.«

Er schlendert hinter mir her.

»Dann kam der Wellenbrink, der hat zwei Stücke gegessen … Die Maurer wollte ich auch nicht zugucken lassen … na ja. Und die dicke Gerti kam kurz rüber, die hat drei Stücke verputzt.«

»Mensch, Opa. Du bist wirklich ein Rabauke.« Ich lache.

Innerhalb weniger Minuten liegen alle Backzutaten für einen neuen bunten Kuchen im Einkaufswagen.

Opa Heini bedankt sich und läuft erleichtert Richtung Kasse.

Nun gebe ich Gas.

Ich könnte ausrasten, als ich Conny auf den Treppenstufen unserer Villa sitzen sehe. Als sie mein Auto erblickt, springt sie auf und öffnet den Kofferraum ihres Cabrios.

»Was willst *du* denn hier? Ich habe jetzt zu tun, Conny.«

Sie wuchtet eine Einkaufstasche heraus. »*Ich* auch! Was bist du denn so spät? Hast du wieder bei Mama und Papa abgehangen?«

Ich frage noch einmal, was sie will.

»Anton und ich haben noch immer Krach. Ich brauche Ruhe beim Kochen, sonst gelingt mir das alles nicht.«

Mit zittrigen Händen schließe ich die Tür auf. Conny drängt sich an mir vorbei und läuft direkt in die Küche. Wasser läuft, dann klappern Schranktüren.

»Wo hast du eine Rührschüssel?«

»Unten links.« Ich schließe die Augen und atme tief durch. Wenn ich das umgekehrt so machen würde, würde meine Schwester mich im hohen Bogen aus dem Haus werfen.

Ich haste ins Schlafzimmer und ziehe bequeme Klamotten an, dann rase ich aufs ›Schlachtfeld‹.

»Du glaubst ja gar nicht, wie giftig mein kleiner Anton werden kann, Schwester.« Gehacktes fliegt in die Schüssel. Conny schlägt Eier drauf.

»Jeder wird giftig, wenn er hintergangen wird. Bei dir war es damals nicht anders.«

Wir rempeln uns an, als ich einen großen Topf aus dem Schrank holen will, um Wasser für die Nudeln aufzusetzen.

»Ha. Anton wird noch dumm aus der Wäsche gucken. Jasper und ich lieben uns. Wir … also ich sehe eine gemeinsame Zukunft. Ich habe Anton schon gesagt, dass ich mich von ihm trennen werde. Allerdings weiß er noch nicht, welcher Mann der Grund für die Trennung ist.«

Der Topf mit Wasser wandert mit Karacho auf den Herd. Es piept, als ich das Ceranfeld anstelle.

»Du hast doch einen Schuss, Conny. Als wenn der Wellenbrink sich eine Frau mit vier Kindern aufhalsen würde!«

»Jasper liebt Kinder, Karo. Abgöttisch.« Sie drückt eingeweichte Brötchen aus.

»Hör auf mit dem Käse! Er tobt sich eine Weile auf dir aus, dann lässt er dich fallen. Und dann? Dann stehst du mit deinen Kleinen alleine da.«

Conny hackt Zwiebeln, das Messer knallt auf das Holzbrett. Sie schweigt.

»Was glaubst du, was die Familie dazu sagt?«

Sie kneift die Augen zusammen. »Hör mir bloß damit auf. Mama … Papa … Opa … und diese alte Vettel Gundula. Die ersticken doch fast an ihrer eigenen Moral. Mama hat nie richtig gelebt, als sie jung war. Sie trug einen Wintermantel mindestens fünf Jahre lang! Jetzt ist sie alt. Da schaut kein Mensch mehr hin, wenn sie sich aufbrezelt.«

Ich werfe die Nudeln ins kochende Wasser. »Und warum kaufte Mama sich so selten neue Klamotten? Sie hat immer zuerst an uns gedacht. Wir waren immer hübsch gekleidet …«

Conny lässt ihre Wut am Hackfleisch aus. Sie knetet es rabiat durch. »Pah. Ständig scharwenzelte Mama um Papa herum. Hermann hier, Hermann da! Jeden Sonntag pünktlich Essen. Gongschlag 12 Uhr. Vorsuppe, Rindfleisch, Pudding. Punkt 16 Uhr Kaffee und Kuchen, mit Spitzendeckchen … Man, mich hat schon in jungen Jahren ihr biederes Verhalten sowas von *angekotzt*!«

Ich probiere die Nudeln und gieße sie in ein Sieb ab. »Du bist so ungerecht, Conny. Was ist mit dir los?«

Sie redet sich weiter in Rage. »Und Opa Heini? Jeden Geburtstag und Weihnachten gab es einen Umschlag mit genau einhundert Mark, später einhundert Euro. Der hätte uns locker das Doppelte geben können, der alte Geizhals. Der sitzt doch heute genauso auf seinem Geld. Bald habe ich das alles nicht mehr nötig.«

»Hör auf Conny, es reicht langsam.«

»Jasper verdient gut. Er hat mir die Pläne seines Hauses gezeigt, Baubeginn ist in Kürze. Er kommt morgen auch …«

»Was? Du bist so dreist und lädst deine Affäre zum Geburtstag deiner Kinder ein?«

Jetzt lacht sie. »Du bist ein Schaf. Jasper ist ahnungslos. Er weiß nicht, dass die Kinder Geburtstag haben. Ich habe ihn gebeten, einen Blick auf unsere Baupläne zu werfen. Es geht angeblich um den Ausbau des Dachbodens. Er denkt, ich sei allein …«

»Conny, das endet in einer Katastrophe. Mama wird auf der Stelle tot umfallen, wenn sie davon erfährt.«

Conny wäscht sich die fettigen Hände. »Ach, Schwesterherz, sterben müssen wir alle mal.«

Mir reicht es jetzt endgültig. Ich rufe laut »Stopp!«, als sie nach einer Bratpfanne kramt, sause im Laufschritt in die Abstellkammer und eile mit einem großen Wäschekorb zurück. Sämtliche Zutaten, die meine Schwester mitgebracht hat, fliegen hinein. Die Schüssel mit der fertigen Hackmasse ebenfalls.

»Raus, Conny. Geh zu deinem Jasper, brate dort die Frikadellen und Schnitzelchen für den Kindergeburtstag!«

»Hä? Drehst du am Rad? Hoppla. Wie siehst du denn aus?«

Ich weiß, dass ich blass bin; meine Beine zittern wie Espenlaub.

»Mir ist übel. Geh jetzt bitte.«

»Mein Gott … man wird ja wohl noch seine Meinung äußern dürfen.« Beleidigt klemmt sie den Korb unter den Arm. Ich bin unendlich froh, als ich die Tür ins Schloss fallen höre.

22. Der Kindergeburtstag

Das Sprechzimmer von Dr. Calamari ist rappelvoll. Paul und ich sitzen uns gegenüber, weil nebeneinander keine zwei Stühle frei waren.

Ich beobachte amüsiert, wie er die hochschwangeren ›Kolleginnen‹ beäugt, die überwiegend lesen. Dabei neigt er den Kopf mal zur rechten, mal zur linken Seite, als würde er Kunstwerke betrachten.

Der Mann, der neben Paul sitzt, blättert in einer Autozeitschrift. Er stupst die hochschwangere Frau, die neben ihm sitzt, an. »Guck mal, Schatz. Ist der nicht toll?«

Sie nimmt ihm unwirsch das Magazin aus der Hand und wirft es auf den kleinen Tisch. »Schau dir lieber Kinderwagen an, den alten können wir zum Sperrmüll bringen.«

Dann stupst er Paul an. »Es ist unser Sechstes.«

»Donnerwetter. Gratuliere.«

»Alles Mädchen.« Er zeigt auf den Bauch seiner Frau. »Das da drinnen auch.«

Paul hat den ›Was soll ich dazu sagen‹-Blick, er wiederholt seinen Kommentar von vorhin. »Donnerwetter. Gratuliere.«

Der Vater der Großfamilie greift erneut nach der Zeitschrift und studiert sie. Paul lehnt seinen Kopf an die Wand und schließt die Augen.

Der Mann schaut an die Zimmerdecke und zählt auf: »Apsara, Berra, Chenoah, Drilona, Ebony … und Flurina.«

Pauls Interesse ist geweckt. »Kenne ich gar nicht. Zeigen Sie mal … wie viel PS?«

Die Zeitschrift wandert mit lautem Knall zurück, Paul erntet einen strafenden Blick. Spätestens jetzt müsste er wissen, dass es sich um Mädchennamen und keine Automarken handelt.

Die Tür öffnet sich. Eine kleine, zierliche Sprechstundenhilfe lächelt mich an. »Kommen Sie bitte mit in die Zwei … Frau Geiger?«

Paul und ich springen auf.

Nach dem ganzen Untersuchungsprozedere kommt der Teil, auf den Paul und ich uns besonders freuen. Die Untersuchung per Ultraschall.

Der freundliche Doktor verteilt großzügig Gel auf meinem Bauch. »So, dann wollen wir mal schauen, welche Vorstellung Ihr Kleines heute liefert.«

Wir schauen gebannt auf den Monitor.

Dr. Calamari erklärt, dass die Nackenfalte vollkommen normal sei, er zeigt uns die Stelle mit dem Finger. Dann deutet er auf Kaspers Oberarm … Unterarm … Die Beine und die Herzaktion sind wunderbar zu erkennen. Unser Kind verhält sich so brav, dass wir es in Ruhe anschauen können. Wir freuen uns, dass Kasper eine beachtliche Scheitel-Steiß-Länge von 8,1 Zentimetern und ein Gewicht von circa fünfzig Gramm hat. Der Arzt ist mit der Entwicklung unseres Kindes vollkommen zufrieden.

Wir verlassen glücklich die Praxis. Auf der belebten Hauptstraße lotse ich Paul in ein Café. Dort lasse ich circa fünfzig Gramm Pralinen abwiegen, die ich Paul in die Hand drücke.

»So schwer ist Kasper! Na? Wie fühlt sich das an?«

»Das fühlt sich herrlich an! Prima Idee, Möhrchen.«

Anschließend ziehe ich Paul in eine Boutique, die auf dem Weg zum Parkplatz liegt. Ich kaufe zwei Umstandsjeans und drei Schwangerschaftstops, in denen mein kleines Bäuchlein schön zur Geltung kommt. Statt mir zu sagen, wie hübsch ich darin aussehe, schaut Paul auf die Uhr.

Wir fahren getrennt ins Büro, Paul fährt hinter mir her. Durch den Rückspiegel sehe ich, dass er spricht, lacht, spricht und wieder lacht. Er scheint über die Freisprechanlage zu telefonieren. Sein Gesprächspartner scheint ein Witzbold zu sein, denn Paul kommt aus dem Lachen nicht heraus. Dann muss er an einer Ampel stoppen, wir verlieren uns aus den Augen.

Bruni begutachtet das Ultraschallfoto und findet, dass unser Kind ein bildhübsches sei. Fast so schön wie ihres.

Ich werfe ihr die Pralinen zu. »So viel wiegt es.«

Sie schnappt danach und lacht. »Wow. Das ist ja schon ein richtiger Wonneproppen.«

Die Pelle hebt kurz die Hand, als ich zu ihr hinüberblicke. Ihr Handy klebt an ihrem Ohr.

»Die telefoniert die ganze Zeit. Sie lacht die ganze Zeit. Sie spielt die ganze Zeit mit ihren Haaren.«

»Hm. Würde mich nicht wundern, wenn sie mit Paul quatscht. Der telefonierte auch, während er hinter mir herfuhr. Der war ebenfalls nur am Lachen.«

»Na, das ist aber jetzt weit hergeholt, Karo.«

Im Kühli steht unsere Obstration, ich stelle sie auf den Tisch. »Komm, wir picken jetzt das Lieblingsobst der Pelle weg, dann hat sie nichts mehr zu lachen.«

Mit Fondue-Gabeln stochern wir uns durch die Früchte und futtern alle Erdbeeren auf.

Paul trudelt erst jetzt ein. Sein erster Weg führt zu Maria.

Ich lasse das Mittagessen heute ausfallen und verabschiede mich um 12 Uhr. Paul verspricht, so früh wie möglich in die Lindenallee zu kommen, um den Kindern zu gratulieren.

Zu Hause mache ich mich sofort an die Zubereitung des Kartoffelsalates. Gestern, nachdem ich Conny vor die Tür gesetzt hatte, schaffte ich nur einen Salat. Danach war ich so geschlaucht, dass ich es mir neben Paul auf der Couch gemütlich gemacht habe.

Um 15:30 Uhr lade ich die Geschenke für die Geburtstagskinder und das Essen in mein Auto. Die Stimmung zwischen Conny und Anton wird hundsmiserabel sein; ich wünsche mir, dass die Kinder von dem ganzen Theater nichts mitbekommen haben.

Conny ist herausgeputzt wie ein Pfau in der Balz. Sie zieht den Kopf zurück, als ich sie küssen will, und reißt mir die Schüsseln so rabiat aus den Händen, dass eine fast zu Boden geht.

Anton ist blass, er hat dunkle Ringe unter den Augen. Er nimmt mich in die Arme, hält mich viel zu lange fest und flüstert in mein Ohr: »Es geht mir beschissen, Karo. So beschissen.«

Ich löse mich aus seinen Armen, streichele ihm über die Wange. Mir fällt kein Satz ein, mit dem ich ihn trösten könnte. Über meine Lippen kommt lediglich ein gequältes »Ach, Anton«.

Dann kommen Hanni und Nanni angesaust. Sie fallen mir um den Hals. Ich singe laut das Happy-Birthday-Lied, sie hören ungeduldig zu. Anschließend laufen wir zu meinem Auto und tragen gemeinsam die Geschenke ins Haus.

Ungeduldige Hände reißen das Geschenkpapier von dem Paket und den kleinen Päckchen, dann kommt ein Freudenschrei nach dem anderen.

»*Boaah*. Ein Keyboard. Das haben wir uns so sehr gewünscht.« Sie hüpfen auf der Stelle. Mit den Malsachen und Schmuckbastelsets habe ich ebenfalls ihren Geschmack getroffen.

Ludmilla, die mit Max und Moritz auf den Armen im Türrahmen steht, freut sich mit. »Da könnt ihr jetzt machen Musik, bis Ludmilla raucht der Kopf.« Sie lächelt mich freundlich an. »Hallo, Frau Karo. Haben Sie getroffen Geschmack von Kinder.«

Der Akzent der gebürtigen Russin ist so niedlich, dass ich schmunzeln muss.

Die Zwillinge bedanken sich aufgeregt.

»Das ist viel schöner als Geld. Danke, Karo.«

Meine Eltern, Gundula und Opa Heini kommen als nächste. Auch sie werden sofort von den Kindern belagert.

Mama und Gundula überreichen Hanni und Nanni Regenschirme. Als die Kinder sie öffnen, fallen ihnen etliche Süßigkeiten entgegen, die mit bunten Bändern an die Speichen gebunden sind. Hanni dreht ihren Schirm, wobei Dauerlutscher und Co durch die Luft fliegen wie Kinder auf den Sitzen eines Kettenkarussells. Papa und Opa tragen viel zu kleine Fahrradhelme auf dem Kopf.

Nanni zeigt mit dem Finger auf die Männer und kichert. »Die sind euch ja viel zu klein ...«

Opa und Papa schauen sich verdutzt an, dann niesen sie gespielt, die Helme fallen den Zwillingen in die Hände.

Mein Vater sagt: »Na, dann schaut mal, ob sie *euch* passen.«

Opa legt nach: »Wenn sie gut sitzen, gibt es Weihnachten die passenden Fahrräder dazu.« Er schmunzelt.

Die Kinder sind viel zu clever, um ihrem Opapa das Märchen abzukaufen. Sie rennen vor die Tür und kreischen. Neben der Haustür stehen zwei tolle Räder an der Wand, eines in rot, eines in grün.

Sofort wird die erste Proberunde gedreht, wir schauen alle zu.

Währenddessen werden Anton und Conny begrüßt.

Meine Mutter macht ein besorgtes Gesicht. »Bist du krank, Anton? Du siehst richtig elendig aus.« Sie legt ihrem Schwiegersohn eine Hand auf die Stirn.

»Anton hat kein Fieber, Mama. Mach doch nicht immer aus einer Mücke einen Elefanten.«

Anton erklärt, dass er gestern zu spät ins Bett gekommen sei und schlecht geschlafen habe. Mama ist beruhigt.

Dann werden Kuchen aus dem Auto ins Haus getragen und auf den Wohnzimmertisch zwischen Luftschlangen, Schaumküssen, Keksen und Süßigkeiten gestellt.

»Nur vier Kuchen, Mama? Ich habe doch gesagt, ihr sollt sechs backen!«

»Die vier reichen vollkommen, du wirst sehen. Die Kleinen futtern doch nicht nur Kuchen. Wir haben kleine Stücke geschnitten. Es ist für alle genug da.«

Als die ersten Kinder eintrudeln, verabschieden sich Opa Heini und mein Vater, dafür kommt Paul. Er überrascht die Zwillinge mit einem Gutschein für einen Kinobesuch mit anschließendem Essen in einem Restaurant ihrer Wahl.

Die Türklingel ertönt in kurzen Abständen hintereinander, Kinder werden von ihren Eltern abgeliefert. Paul meint lachend, dass er gar nicht wusste, dass so viele Kiddies in Sülldorf leben, und sucht nach einem kurzen Smalltalk das Weite.

Dann wird es turbulent. Kreischende Kinder grabschen nach Süßigkeiten. Mama und Gundula versorgen die kleinen Gäste mit Kuchen, Conny und ich kümmern uns um Kakao, Limonade und Saft. Anton hilft Kindern, die auf den großen Kirschbaum geklettert sind und Angst vor dem Abstieg haben, herunter. Danach verabschiedet auch er sich mit der Entschuldigung, dass er noch einen Termin habe.

Ludmilla stöhnt und rettet die krabbelnden Zwillinge davor, von Kinderfüßen getreten zu werden. Sie klemmt beide unter die Arme und will mit ihnen oben auf dem Balkon spielen.

Gundula schwitzt. »Also, das ist für mich eine ganz neue Erfahrung. So etwas habe ich noch nie mitgemacht.«

Mama lacht. »Was glaubst du, was bei uns früher im Garten los war, wenn Conny oder Karo gefeiert haben.«

Conny stößt einen komischen Laut aus. Ironisch sagt sie: »Und *wie*, Gundula. Jedes Jahr der gleiche Käse. Nachmittags eine Schnitzeljagd durch Sülldorf und am Abend gab es ein Kartoffelfeuer, Grillwurst, Toastbrot und gefüllte Tomaten. Jedes Jahr dasselbe Programm.«

Meine Mutter streckt selbstbewusst ihr Kinn nach vorne und holt tief Luft. »Warum wohl? Weil du so feiern durftest, wie du es dir gewünscht hast! Und du wünschtest dir mehrere Jahre hintereinander eine Schnitzeljagd und ein Kartoffelfeuer. Meinst du, Papa fand es toll, dass er wegen des Feuers ein großes Loch in die Wiese buddeln musste?« Jetzt lacht sie wieder und klärt Gundula auf: »Karo wollte den Nachmittag immer im Zoo verbringen. Fast jedes Jahr ein Picknick in dem stinkenden Affenhaus machen. Mit dick belegten Sandwiches und Marmorkuchen. Was glaubst du, wie übel mir dort immer wurde. Anschließend wurde im Garten getobt und gegrillt.«

»Stimmt, Mama. Ich fand das aber immer wieder schön.«

Die Türklingel geht erneut. Conny rennt so schnell, dass sie sich fast langlegt.

Ich vermute, dass Wellenbrink im Anmarsch ist.

Wenige Sekunden später steht ein verdutzter Arschi vor uns im Wohnzimmer.

Meine Mutter scheint irritiert zu sein, dass der Architekt hier auftaucht. »Nanu? Was machen Sie denn hier?«

Conny sagt, dass sie Herrn Wellenbrink wegen des geplanten Dachausbaus angeheuert habe. Jasper erklärt sie scheinheilig, dass er sich wohl im Datum vertan habe, sie hätten sich für Samstag, also morgen, verabredet. Aber wo er schon mal hier sei, könne er gerne auf ein Stück Kuchen bleiben.

Der Arschi räuspert sich verlegen.

Meine Mutter scheint nichts zu kapieren, denn von einem Ausbau des Dachbodens war nie die Rede.

Conny zieht Wellenbrink zum reich gedeckten Tisch. »Unsere Mädels haben heute Geburtstag … Welchen Kuchen essen Sie denn gerne?«

Connys Plan ist aufgegangen, der Herr Architekt ist überrumpelt.

Hanni und Nanni freuen sich über den weiteren Gast. Etwas verlegen erklärt Jasper den Kindern, warum er kein Geschenk dabei habe, woraufhin Nanni eine Lösung vorschlägt.

»Wenn Sie Geld dabeihaben, ist das auch in Ordnung.«

Hanni nickt. »Zwanzig Euro reichen … also für jede von uns.«

Conny schimpft: »Ab in den Garten mit euch, seid nicht so unverschämt!«

Mama und Gundula lachen über den ›Kindermund‹. Herr Wellenbrink ruft ihnen hinterher, dass er morgen ein kleines Geschenk mitbringen werde.

Dann kommen Frau Dombrowski-Winterscheid und Werner. Während die Kindergärtnerin im Flur mit Conny einige Worte wechselt, kommt Werner angestürmt. Heute ist er schick angezogen. Ich überlege, wie lange seine weiße Dreiviertelhose weiß bleiben wird.

»*Paaaff* … ich bin ein Kinderzerstörbomber. *Wuuusch* …« Er macht Anstalten, in den Garten zu rennen, macht aber eine Vollbremsung, als er den Kuchen entdeckt.

Meine Mutter, Gundula und Wellenbrink können kaum an sich halten, als sich der schwergewichtige Werner breitbeinig vor dem Tisch aufbaut. Er kneift wie immer die Augen zusammen, als er mich ins Visier nimmt.

»Ich will Kuchen, Tante.« Er streckt einen Arm nach hinten … und noch während er zum Schlag ausholt, weiß ich, dass es gleich eine riesengroße Sauerei geben wird.

Ich mache einen Schritt zurück, Wellenbrink einen nach vorn. Er fängt Werners Faust, die fast in dem Mandarinenkuchen gelandet wäre, knapp davor ab und sagt: »*Paaaff* … *wuuusch* … Ich bin der Kuchenretter vom Sahneplaneten.«

Werner lacht. »Lass mich los, Onkel!«

Wellenbrink lässt seine Hand los und grinst ihn an. »Ich bin nicht dein Onkel. Ich heiße Jasper. Du kannst Jasper zu mir sagen.«

Werner legt den Kopf in den Nacken. »Ich heiß' Werner. Du kannst Werner zu mir sagen.«

Alle lachen.

Frau Dombrowski-Winterscheid nickt uns kurz zu und verschwindet mit einem großen Rucksack direkt in den Garten.

Ihre helle Stimme übertönt die der Kinder. »Hallo zusammen … Ich bin die Rieke … Kommt ihr bitte alle zu mir?«

Wellenbrink isst weiter, dabei beobachtet er Werners Mama, die es geschickt versteht, die Aufmerksamkeit der Kinder auf sich zu ziehen. Ich stelle mich in den Türrahmen und frage, ob ich ihr helfen könne. Sie winkt ab und streicht die Haare hinter die Ohren. »Danke … das ist mein Job. Das schaffe ich alleine.«

Mama und Gundula räumen draußen schmutziges Geschirr zusammen und wollen es sofort von Hand spülen.

»Hast du ein Likörchen für uns, Conny?«

Meine Schwester erklärt, dass im Kühlschrank eine Flasche läge.

Werner benimmt sich und löffelt manierlich seinen Kuchen. Ich genehmige mir auch noch ein Stück und ziehe einen Stuhl an den Tisch.

Der Arschi starrt noch immer auf Rieke. »Ich bin von Beruf Architekt, Werner. Weißt du, was das ist?«

Werner schmatzt und nickt.

Conny betrachtet mit großem Missfallen das dicke Kind, das am Tisch steht und Kuchen in sich hineinstopft. Sie fordert Werner auf, draußen zu essen; ihre Hand wedelt in der Luft, als wolle sie ein lästiges Insekt verscheuchen, doch der denkt nicht daran.

»Was arbeitet dein Vater?«

Werners Stimmung schlägt um. Von jetzt auf gleich fliegt sein Teller auf den Boden. Er rennt in den Garten. »Ich habe keinen Papa! Mein Papa hat uns im Stich gelassen … *Boom, bääng* … Ich bin ein Vaterzerstörbomber.«

Im Garten fängt Werner an, sämtlichen Blumen die Köpfe abzudrehen; jetzt ist Rieke überfordert. Ich springe auf, doch der Arschi ist schneller.

»Bleiben Sie sitzen, ich kümmere mich darum.« Er sprintet in den Garten und lenkt Werner mit einem Fußball von den Blumen ab.

»So eine Scheiße. So eine verdammte Scheiße.« Conny flüstert leise. »Dieses fette Kind hat der Teufel geschickt.«

»Tja. Du hattest recht, Schwester. Herr Wellenbrink ist tatsächlich wahnsinnig kinderlieb …«

Conny zischt mich an. »Halt die Klappe. Diesen Schlamassel habe ich wieder einmal dir zu verdanken. Du mit deinen doofen Ideen!«

Japser denkt nicht mehr daran, zu gehen. Er hievt Werner auf seine Schultern und hilft Rieke, der das sehr zu gefallen scheint. Er bläst Luftballons auf.

Conny schafft es nicht mehr, auch nur ein Wort alleine mit dem Architekten zu reden.

Nach der Schlacht am kalten Büffet werden die ersten Kinder von ihren Müttern oder Vätern abgeholt.

Gundula und meine Mutter sind leicht angeschickert, sie geben bei der Verabschiedung jedem Kind die Hand.

Ein Junge mit schwarzen Locken bedankt sich bei der Verabschiedung von Conny altklug für die Einladung.

»Es war wirklich sehr schön, Frau Jörgensen. Danke. Schade, dass Sie kein Kartoffelfeuer gemacht haben ...« Dann ist er weg.

Mama und Gundula lachen, bis die Tränen kommen. Mamas Stimme bebt. »Da reißen wir uns den Hintern bis an die Ohren auf ... und was wollen Kinder?«

Gundula kreischt: »Ein Kartoffelfeuer!«

Nachdem die Zwillinge und wir den letzten Geburtstagsgast verabschiedet haben, bleibt ein Chaos zurück.

Conny erlaubt den Geburtstagskindern, noch eine Runde Fahrrad zu fahren.

Meine Mutter und Gundula beginnen, im Wohnzimmer Ordnung zu schaffen. Dabei gackern sie in einer Tour.

Ludmilla kommt herunter, sie sagt, dass Max und Moritz soeben eingeschlafen seien. Sie krempelt die Ärmel ihrer Bluse hoch, um zu helfen.

Ich laufe in den Garten, räume das Geschirr auf den Tischen zusammen und freue mich, dass sich Jasper und Rieke angeregt unterhalten, während sie Luftschlangen vom Boden aufsammeln.

Werner liegt bäuchlings wie ein nasser Sack auf dem Rasen, er scheint total erschöpft zu sein.

Conny hat es eilig, Frau Dombrowski-Winterscheid und Werner zu verabschieden. Im Eiltempo rafft sie die Spielsachen, die die Kindergärtnerin mitgebracht hat, zusammen und stopft sie in den Rucksack.

»So, Frau Dombrowski-Winterscheid. Ich danke Ihnen sehr für Ihre Hilfe.« Dann schaut sie Werner an. »Na, du bist bestimmt froh, dass du jetzt mit deiner Mama nach Hause fährst. Deine Augen fallen ja gleich zu.«

Werner hebt kurz den Kopf. »Gar nicht. Ich bin nicht müde, ich will noch bei Jasper bleiben.«

Rieke sieht sich kurz um. »Ich würde Ihnen gerne noch ein wenig beim Aufräumen behilflich sein. Die Luftschlangen und Papierschnitzel habe schließlich *ich* mitgebracht. Werner kann morgen ausschlafen …«

Meine Schwester hebt abwehrend die Hände, ihre Stimme klingt zuckersüß. »Nein, das kommt gar nicht in Frage. Sie fahren jetzt schön heim und genießen den Abend mit Ihrem kleinen Werner.«

Dann drückt sie Rieke den Rucksack in die Hand und wirft Jasper einen vielsagenden Blick zu. »Wir haben eh noch etwas zu besprechen, nicht wahr, Herr Wellenbrink?«

Jasper weicht ihrem Blick aus.

Werner erhebt sich schwerfällig, seine weiße Hose weist etliche grüne Rasenflecke auf. Er macht ein weinerliches Gesicht.

Jasper klopft ihm auf die Schulter. »He, nicht weinen. Was hältst du davon, wenn ich deine Mama und dich am Sonntag einlade? Wir könnten gemeinsam in den Zoo fahren. Das wird bestimmt lustig.« Er zieht eine Visitenkarte aus seiner Jeans und reicht sie Werner. »Rufst du mich morgen an?«

Jetzt strahlt Werner. »Jau!« Er nimmt Anlauf und dreht schwerfällig eine Runde durch den Garten.

Frau Dombrowski-Winterscheid wird rot. Ich sehe Conny an, dass sie kurz vor einem Wutausbruch steht. Sie nimmt die Kindergärtnerin an die Hand und zieht sie hinter sich her. Das gleicht tatsächlich einem Rausschmiss.

Ich strahle Wellenbrink an. »Mein Gott, Werner ist ein so niedlicher kleiner Kerl, ich bin ganz verliebt in ihn.«

Er starrt Rieke und ihrem Sohn hinterher. »Ja. Ich habe mich auch ganz spontan verliebt …«

Mein Herz macht einen Luftsprung.

Wenige Minuten später ist Conny zurück. Sie bittet mich, ebenfalls nach Hause zu fahren und Mama und Gundula mitzunehmen. Herr Wellenbrink und sie würden den Garten in Ordnung bringen.

Ich lasse mich nicht zweimal bitten.

Meine Mutter, Gundula und ich verabschieden uns mit vielen Küsschen von Hanni und Nanni, die auf der Treppenstufe vor der Haustür sitzen und ihre neuen Räder nicht aus den Augen lassen.

Geduldig ertrage ich auf der Rückfahrt das Gelächter im Auto. Gundula und Mama werfen sich gegenseitig das Stichwort »Kartoffelfeuer« zu, dann kreischen sie los.

Ich muss Paul nicht fragen, womit er sich in der Zeit beschäftigt hat, während ich auf dem Kindergeburtstag war. In der Garage steht ein blitzeblankes Auto; die Durchgangstür, die in den Garten führt, ist weit geöffnet. Ich stolpere über lehmige Gummistiefel, neben denen diverse Gartengeräte liegen. Die Blumenbeete sind geharkt, aus dem Wasserschlauch, der auf der Terrasse liegt, sprüht eine kleine Wasserfontäne. Er hat seit Wochen eine undichte Stelle. Ich drehe den Wasserhahn zu. Die Terrassentür ist ebenfalls sperrangelweit geöffnet, auf den weißen Wohnzimmerfliesen sind schmutzige Fußabdrücke, deren Spuren bis zur Treppe ins Obergeschoss führen und sich auf den Stufen fortsetzen. In der Küchenspüle liegt eine Gartenschere, die voller Rostflecke ist. Daneben steht eine kleine Ölkanne, die ein Leck hat; die Spüle ist total versaut. Ich könnte ausrasten.

Angewidert betrachte ich die Sauerei und schimpfe vor mich hin. Zwischendurch rufe ich laut nach Paul, bekomme jedoch keine Antwort.

Ich hasse es, wenn er sich in den oberen oder unteren Räumen aufhält und im Erdgeschoss Tür und Tor geöffnet sind. Gelegenheit macht Diebe. Ich schließe die Terrassentür.

Nach einem Blick ins Schlafzimmer finde ich Paul im Bad. Sein Kopf lugt unter einem Berg Schaum aus der Badewanne hervor, seine Augen sind geschlossen, in seinen Ohren stecken Kopfhörer. Sein Handy liegt auf einem Hocker, auf dem Wannenrand steht ein Glas mit Rotwein.

Ich greife nach einem Stück Seife und pfeffere es mit voller Wucht ins Badewasser; Paul fährt erschrocken zusammen. Die Kopfhörer rutschen aus seinen Ohren und landen im Wasser.

»Mein Gott, Karo. Musst du mich so erschrecken? Schau mal, was du angerichtet hast …« Er tastet nach den Stöpseln.

»Weißt du eigentlich, wie leichtsinnig du bist? Du liegst hier in aller Seelenruhe, während unten jeder Penner durch die geöffnete Terrassentür ins Haus gelangen könnte. Sei froh, dass nur *ich* vor dir stehe und kein Einbrecher, der deine Kaugummis klauen will! Außerdem hättest du erst die Unordnung beseitigen sollen, bevor du dich deiner Körperpflege widmest.«

Er macht ein verdutztes Gesicht.

Ich keife weiter. »Die Wasserpfützen im Wohnzimmer und auf der Treppe kannst du selbst wegwischen! Und um den Krempel in Küche und Garten darfst du dich ebenfalls alleine kümmern!«

Paul reagiert sauer auf meine Vorwürfe. Er mokiert sich darüber, dass ich nur die Dinge registrieren würde, die er *nicht* erledigt habe, statt wahrzunehmen, welche Arbeiten er erledigt habe. Er merkt provozierend an, dass er die Stunden alleine *sehr* genossen habe. Kein Gekeife, kein Gemecker, er habe sich so wohlgefühlt wie in seiner Junggesellenzeit. Und an diese Zeit denke er jetzt, genau in diesem Moment, sehnsüchtig zurück.

Ich halte kurz inne. Dass Paul sich danach sehnt, ein Leben ohne mich zu führen, schmerzt.

Meine Retourkutsche folgt auf dem Fuß. »Glaubst du etwa, ich denke nicht oft mit Wehmut an mein Singleleben zurück? Ha! Was hatten Bruni, Simone und ich für einen Spaß miteinander. Dagegen ist das Zusammenleben mit dir eine Tragödie, ein … ein Trauerspiel. Wenn ich das vorher alles gewusst hätte, dann hätte ich dich nicht …« Ich schlucke herunter, was ich aus lauter Wut von mir geben wollte.

Mit Genugtuung registriere ich, dass meine Worte ihre Wirkung nicht verfehlt haben. Paul wird blass, er presst die Lippen aufeinander.

Wütend verlasse ich das Bad, raffe im Schlafzimmer mein Bettzeug zusammen und schlage die Tür des Gästezimmers hinter mir zu.

23. Anton ist im Bilde

Nach dem gestrigen Schlagabtausch sitzen wir am Frühstückstisch und schweigen uns an. Paul bereitet sich das Frühstück zu, danach verschanzt er sich hinter der *Hamburger Morgenpost.* Statt Pauls Gesicht habe ich gedruckte Buchstaben vor Augen.

Ich knabbere so schnell wie ein Häschen an meinem gerösteten Toastbrot und schlürfe geräuschvoll den heißen Kaffee. Normalerweise nerven Paul derartige Geräusche, heute scheinen sie ihn nicht zu stören. Ich täusche einen Hustenanfall vor; Paul erkundigt sich nicht, ob ich mich verschluckt habe.

Als er blind nach seiner Brötchenhälfte tastet und dabei seine Finger mit Marmelade beschmiert, lache ich laut. Auch darauf folgt keine Reaktion. Was für ein Miesepeter.

Ich überlege, ob ich mich bei Paul entschuldigen soll, entscheide mich jedoch dagegen. Schließlich hat *er* zuerst gesagt, dass er wieder Junggeselle sein möchte. Also muss er sich auch zuerst entschuldigen.

Pauls Handy klingelt. Er steht auf, die Zeitung flattert auf das Marmeladenbrötchen. Erst im Flur nimmt er das Gespräch an. Als er betont freundlich »Guten Morgen, Maria« sagt, könnte ich explodieren. Maria hier, Maria da. Mit der flachen Hand schlage ich so fest auf die Zeitung, dass sie auf der Brötchenhälfte kleben bleibt.

»Ja, ich weiß … Das hört sich wunderbar an. Wir können uns im Büro treffen … Prima, ich komme gleich.«

Ich schließe die Augen und atme tief ein und langsam wieder aus.

Pauls Kopf lugt um die Ecke. »Ich muss ins Büro.« Dann höre ich ihn die Treppe hinaufsprinten.

Ich laufe ihm bis zum Treppenabsatz hinterher und schreie so laut ich kann: »Schön, dass du wieder sprechen kannst! Nur damit du es weißt: Ich bin heute auch verabredet! Mit Bruni und Simone! Ha, was werden wir für einen Spaß haben!«

Paul schreit zurück. »Das habe ich mir schon gedacht! Genieß es, Möhrchen! Ihr seid ein gutes Team, du … und deine Mädels!«

Eine halbe Stunde später macht Paul sich auf den Weg.

Bruni, Simone und Ratiba haben Zeit für mich, jedoch erst morgen. Heiner und Bruni wollen heute gemeinsame Einkäufe erledigen, Willi und Simone sind mit Geschäftsfreunden verabredet, Ratiba begleitet die beiden. Wir verabreden uns also für morgen um die Mittagszeit; wir wollen uns bei Ratiba treffen.

Während ich die verklebte Zeitung im Altpapiercontainer, der in der Garage steht, entsorge, denke ich nach, ob ich lieber putzen oder shoppen gehen soll. Noch bevor ich mich entscheiden kann, kommt Conny im Affentempo über die Kiesauffahrt angesaust. Hanni und Nanni springen nach einer Vollbremsung aus dem Cabrio; sie tragen kleine Rucksäcke.

»Hallo, Karo. Mama hat gesagt, dass wir bei euch schwimmen dürfen!« Dann huschen sie durch die geöffnete Haustür.

Ich fühle mich wie immer hilflos, wenn ich von Conny und Konsorten überfallen werde. »Ja, aber …« Die Kinder hören mein »Aber« nicht mehr.

»Hallo, Schwesterherz.« Conny steigt grazil aus ihrem Flitzer, dessen Verdeck geöffnet ist. Mit kleinen Schritten kommt sie mit hochhackigen Sandalen auf mich zu. »Ach, Karo. Sprich doch mal mit Paul. Ihr solltet diese blöde Kiesauffahrt betonieren lassen. Man bricht sich ja fast die Beine auf den dummen Steinen.« Sie nimmt meine Hand und zieht mich hinter sich her. »So, nun ist es raus. Anton weiß, dass ich ihn wegen Jasper verlassen werde. Stell dir vor, er hat uns gestern Abend, nachdem ihr fort wart, in der Garage erwischt.«

»In der Garage?« Ich kapiere nichts.

»Wir wollten uns in Ruhe voneinander verabschieden. Damit uns Hanni, Nanni oder Ludmilla nicht dabei überraschen, sind wir in die Garage gegangen. Und genau in dem Moment, als Jasper mich küsste und seine Hände unter mein T-Shirt wanderten, kam Anton angefahren. Der war schockiert. Du hättest sein Gesicht sehen sollen …«

»Anton?« Ich bin entsetzt.

Conny wird sauer. »Boah, Karo. Wiederhole doch nicht alles. Ja, Anton.«

Mit einem Fuß schlägt sie die Haustür hinter uns zu und bugsiert mich in die Küche. Aus dem Keller dringt Kinderlachen zu uns hoch. Conny drückt mich auf einen Stuhl, stöckelt zur Kellertreppe und keift: »Seid nicht so wild!« Dann kommt sie zurück. »Wir haben die halbe

Nacht diskutiert. Anton hat mich angefleht, ihn nicht zu verlassen, aber ich habe ihm erklärt, dass mein Entschluss feststeht.« Sie schaut auf die Uhr. »Gleich bin ich mit Jasper verabredet. Anton geht dieses Wochenende nicht arbeiten, der Arme fühlt sich todkrank.« Sie verdreht die Augen. »Hanni und Nanni lasse ich so lange in deiner Obhut. Du kannst sie ruhig alleine im Schwimmbad lassen. Sie sind nun alt genug. Mein Gott, wenn ich dich nicht hätte, kleine Schwester. Jetzt wird sich zeigen, was Familienbande wert sind.« Sie tätschelt meine Wange, ich ziehe den Kopf ein und klimpere mit den Wimpern.

Sie schaut auf die Uhr und redet weiter. »Ich hole die Mädchen um 18 Uhr ab. Nach dem Schwimmen habe ich den beiden eine Pizza vom *Pizza-Flitzer* versprochen …«

Ich nicke matt.

»Wenn die Mädchen zu temperamentvoll sind, fahre mit ihnen zum Kaffeetrinken zu Mama und Papa. Dort sind sie immer lieb. Ich habe Hanni und Nanni erklärt, dass ich einer Freundin beim Umzug helfe und sie aus diesem Grund bei dir bleiben.«

Nach einigen Schmeicheleien, wie gut ich doch aussähe, verabschiedet sie sich lautstark von ihren Kindern und erklärt kurz, dass sie die Kindersitze vor die Garage legen werde.

Nachdem Conny das Haus verlassen hat, geht das Theater los. Hanni und Nanni kreischen im Gleichtakt so laut um Hilfe, dass mir das Blut in den Adern zu gefrieren droht. Ich rase so schnell die Treppe runter, dass ich mir fast die Beine breche. Dabei überlege ich innerhalb von Millisekunden, wie man Menschen wiederbelebt.

Als ich atemlos am Beckenrand stehe, kichern beide albern. Hanni rotzt in die nasse Hand. »Du bist drauf reingefallen … Wir brauchen gar keine Hilfe.«

Nanni gluckst. »Boah, kannst du schnell rennen.«

Ich stampfe wütend mit dem Fuß auf. »Macht das nie wieder! Nachher passiert wirklich etwas und ich reagiere nicht mehr darauf, weil ich denke, ihr wollt mich nur foppen … und dann ertrinkt ihr tatsächlich.« Mein Zeigefinger wedelt in der Luft.

»Das ist dann aber unterlassene Hilfe. Dann kommste ins Gefängnis«, klugscheißert Nanni.

Ich unterdrücke ein Grinsen.

Nach dieser Aktion haben die Kinder sich darauf eingeschossen, mich zu ärgern. Obwohl ich mich tierisch darüber aufrege, kommen sie alle paar Minuten auf Zehenspitzen pitschnass in die Küche gelaufen. Mal möchten sie Limonade, mal Milch. Kurze Zeit später entdecke ich nasse Fußspuren im Wohnzimmer, die bis zu der Schublade führen, in der Süßigkeiten und Knabbereien liegen. Nach einem Kontrollgang zum Schwimmbad stehe ich kurz vor einem Tobsuchtsanfall.

Im Becken treiben unzählige Erdnusslocken; die Mädchen schwimmen vorsichtig mit offenen Mündern und sammeln sie ein. Nach einem heftigen Wortgefecht und der Ansage, dass es zum Mittagessen statt Pizzen nur Pellkartoffeln gibt, parieren sie endlich und akzeptieren, dass die Schwimmstunde beendet ist. Bevor sie aus dem Wasser steigen, bestehe ich darauf, dass sie die fettigen Knabbereien einsammeln und an den Beckenrand legen.

Ein wenig Ruhe kehrt ein, als der Pizza-Bote die Bestellung liefert und die Kinder vor dem Fernseher sitzen und sich auf eine Kindersendung konzentrieren. Mit einem Blick in die Programmzeitschrift stelle ich zufrieden fest, dass im Anschluss bis zum frühen Nachmittag Zeichentrickfilme laufen.

Meine Eltern zupfen Unkraut aus den Beeten; Gundula hantiert mit einer kleinen Schere, sie beschneidet ein Rosenstämmchen. Aus dem Neubau ertönt Jodelmusik, Opa Heini jodelt laut mit.

»Endlich kommt jemand, der uns von der Arbeit abhält.« Mein Vater breitet die Arme aus, die Zwillinge kuscheln sich an ihren Opa.

Meine Mutter zieht die Arbeitshandschuhe aus. »Mögt ihr Stachelbeerkuchen mit Sahne?«

Ein einstimmiges »Ja« ertönt. Sie nimmt die Kinder an die Hand. »Na, dann kommt mal mit. Wo ist denn eure Mama?«

»Ach, die hilft einer Freundin bei der Arbeit.« Hanni reißt sich los und rennt vor.

Gundula erklärt stolz, dass sie ein neues Backrezept ausprobiert habe. Sie sei gespannt, wie der Kuchen schmecke.

Opa Heinis Kopf taucht hinter dem Mauerwerk auf, die Musik verstummt. »Verdorrich. Warum sagt mir denn keiner von euch, dass Karo da ist? Wieso ruft niemand nach mir?«

»Hallo Opa, ich bin doch erst vor zwei Minuten mit Hanni und Nanni gekommen.«

»Bei dem lauten Gedudel hättest du eh nichts verstanden.« Mein Vater steht vorsichtig auf.

Ich frage, wie es seinem Rücken gehe. »Alles wieder gut, Kind. Ich muss halt aufpassen, dass ich keine ruckartigen Bewegungen mache.«

Opa Heini winkt. »Komm her, Karo. Schau mal, wie der Betonboden aussieht. Glatt wie ein Babypopo.«

Ich eiere vorsichtig über die Bretter, die vor dem Neubau liegen, und ergreife Opa Heinis Hand, die er mir entgegenstreckt.

»Die Maurer haben ihn vollgekleckert; ich bin fast fertig mit dem Abschaben der Betonreste.« Er hält einen Spatel in die Luft. »Damit funktioniert das prima.«

Mein Großvater ist stolz wie Oskar.

Hanni und Nanni laufen mit ausgebreiteten Armen über die Bretter. »Ihr sollt kommen, der Kuchen steht auf dem Tisch.«

Gundula wird ausgiebig gelobt. Der Kuchen schmeckt wunderbar.

Mama streicht Nanni über den Kopf, dann isst sie weiter. »Wie geht es euren Brüdern und eurem Vater?« Die Kuchengabel meiner Mutter quietscht auf dem Teller, ich halte mir kurz die Ohren zu.

»Ich weiß es nicht.« Nanni presst die Lippen aufeinander.

»Wie? Du weißt es nicht?« Meine Mutter schüttelt lachend den Kopf.

Ich huste. »Och, denen geht es gut. Die Kleinen sind putzmunter, Anton geht es auch prima.«

Die Augen meiner Mutter wandern zwischen ihren Enkeltöchtern hin und her. »Arbeitet euer Vater heute wieder?«

Jetzt antwortet Hanni. »Ich weiß es nicht.«

»Na, sagt mal. Was ist denn mit euch los? Ihr wisst doch sonst alles.«

Wieder mische ich mich ein. »An diesem Wochenende arbeitet Anton nicht. Er ist … ein wenig erkältet.«

»Aber, du hast doch *gerade* gesagt, dass es Anton prima gehe. Wie kann es ihm gut gehen, wenn er eine Erkältung hat?« Ich ärgere mich, dass mein Vater logisch folgert.

»Ach, Papa, er ist doch nur ein klitzekleines bisschen erkältet.«

»Na ja, schlecht ausgesehen hat er ja gestern schon.« Meine Mutter schnauft leise. Erneut quietscht ihre Kuchengabel auf dem Teller.

Nanni pustet an meinem Kartenhaus. »Gar nicht. Papa und Mama haben sich gezankt, *darum* ist er nicht arbeiten gegangen.«

Ich spüre, wie eine Hitzewelle meine Wangen zum Glühen bringt, und rutsche unruhig auf dem Gartenstuhl hin und her.

»Ja, so ein Kindergeburtstag strapaziert die Nerven. Da kann schnell ein Wort das andere geben.« Meine Mutter zeigt Verständnis.

Gundula lacht, Opa Heini sagt: »Aha. So ist das also. Seid ihr denn heute schon mit den Rädern über die Lindenallee gesaust?«

Hanni presst die Lippen zu einem Strich zusammen.

Nanni plappert munter weiter. »Heute nicht. Wir sind doch bei Karo. Aber morgen flitzen wir wieder los.« Mit dem Handrücken wischt sie ihren Mund sauber. »Außerdem stimmt das gar nicht, dass Mama einer Freundin hilft … Sie hat uns angelogen. Sie trifft sich mit dem Arschi, das haben wir genau gehört.«

Meine Mutter denkt kurz nach, dann nickt sie. »Nun, Herr Wellenbrink wird mit eurer Mama den Dachausbau eures Hauses besprechen …«

Mein Vater stutzt. »Wieso Dachausbau? Darüber haben Anton und Conny nie gesprochen.«

»Ach, Hermann, als wenn die Kinder uns alles erzählen würden. Das müsstest du mittlerweile mitbekommen haben.«

Opa Heini mischt sich ein. »So ein Schwachsinn. Man braucht doch keinen Architekten, um aus einem Dachboden einen Wohnraum zu machen.« Seine Augen verengen sich zu schmalen Schlitzen, er scheint angestrengt nachzudenken.

Mir wird bewusst, dass wir uns jetzt so schnell wie möglich verabschieden müssen. Noch eine oder zwei Anspielungen der Kinder, und meine Eltern riechen ebenfalls Lunte. Ich trinke meinen Kaffee auf ex.

Mein Großvater bringt uns zum Auto. Nachdem die Kinder auf die Rücksitze geklettert sind, schließt er die Autotür.

»Mein Bauchgefühl sagt mir, dass etwas in Connys und Antons Beziehung nicht stimmt. Was ist los, Karo?«

»Ähm, nichts Opa. Gar nichts.«

»Mein Bauchgefühl sagt mir auch, dass das irgendwie mit diesem Jasper Wellenbrink zusammenhängt …«

Mir fehlen die Worte, ich werde rot.

Er streichelt meine Wange. »Es ist dir nicht gelungen, dich mit deiner Schwester unter einer Decke zu verstecken. Dein Rotschopf schaut bis zur Nasenspitze heraus …« Er drückt mir einen Kuss auf die Stirn und macht ein freundliches Gesicht.

Ich ziehe instinktiv den Kopf ein; ich hätte wissen müssen, dass ich meinen Großvater nicht täuschen kann. Jasper und Conny sind sich schon oft in meinem Elternhaus begegnet; wer weiß, wie meine Schwester den Arschi angeschmachtet hat. Opa Heini ist ein verflixt guter Beobachter. Während der Rückfahrt singen die Zwillinge laut.

Als Paul kommt, spielen die Kinder friedlich im Garten.

Er wirft die Autoschlüssel auf den Terrassentisch und winkt den Zwillingen zu. Sie kommen angerannt, umarmen Paul, dann sausen sie wieder davon.

»Nanu? Hanni und Nanni statt Bruni und Simone?« Er grinst. »Das sieht nach Langeweile aus.«

Ich feile mit großer Akribie den Nagel meines rechten Daumens und puste die Nagelfeile sauber. »Im Gegensatz zu deinem Leben ist meines so bunt wie ein Gemälde von Friedensreich Hundertwasser, mein lieber Paul. Heute Hanni und Nanni … morgen Simone und Bruni, und übermorgen schauen wir weiter. Ich bin dabei, die kommende Woche zu planen. *Du* kennst ja nur Maria.« Ich gähne. »Wie *laangweilig*.«

»Ne, du. Über Langeweile kann ich mich nicht beklagen. Aber das trifft sich gut. Plane ruhig die Woche. Wir sind von Mittwoch bis Freitag eh auf Fehmarn. Der Werbespot wird gedreht.« Er lehnt sich entspannt zurück und schließt die Augen.

Mein Kopf schnellt hoch. »Wir?«

»Ja. Wir. Meyering, das Team, Maria und ich.« Er breitet die Arme aus. »Von mir aus können deine Freundinnen in der Zeit auch gerne hier übernachten. Dann kannst du dich wieder wie ein Single fühlen.«

»Oh. Danke für den Vorschlag. Ich werde es mir überlegen. Genieß du ebenfalls die Tage mit dem Gefühl eines Junggesellen.«

Er klopft auf die Armlehnen des Gartenstuhls. »Tja. Warum eigentlich nicht, Möhrchen. Danke. Du bist sehr großzügig.« Er springt auf und geht ins Haus.

Ich könnte mich ohrfeigen. Habe ich das gerade wirklich gesagt oder war es der kleine Teufel, der manchmal auf meiner Schulter hockt?

Ich laufe ins Gäste-WC, um meine Hände zu waschen. Während kaltes Wasser über meine Finger läuft, betrachte ich mein Spiegelbild. Ups! Meine Wangen scheinen innerhalb weniger Stunden fülliger geworden zu sein. Ich erkenne mit Entsetzen, dass sich ein kleines Doppelkinn bildet, wenn ich mein Kinn in Richtung Brust senke. Mein Kopf schnellt ständig hoch und runter. Ich möchte nicht wissen, wie groß diese kleine Wulst in drei Monaten sein wird.

Die Pelle hat keine dicken Backen und auch kein Doppelkinn. Aber gut. Sie ist ja auch nicht schwanger. Wenn sie jedoch weiterhin nach alkoholischen Genüssen so wild tanzt wie in der Trattoria und der Rock ihr fast bis zu den Ohren fliegt, kann das schneller passieren als es ihr vielleicht lieb ist. Oder wenn sie halbnackt an einem Strand auf Fehmarn herumsitzt.

Vor meinem inneren Auge läuft ein Film ab, dessen Handlung mir *absolut* nicht gefällt.

Pelle und Paul sitzen in einem Strandkorb am Bojendorfer Strand. Paul schaut der Filmproduktion zu, die Pelle cremt seinen nackten Oberkörper ein. Paul scheint das zu gefallen, denn er sagt: ›Das ist nett, sehr nett.‹ Der Wind spielt mit Pelles langen Haaren, sie wehen in Pauls Gesicht, seine Lippen schnappen so gierig wie ein Piranha danach. Er sagt: ›Grrrr.‹

Dann revanchiert sich Paul, er cremt die Pelle ein. Und das macht er sehr gründlich, denn seine Fingerspitzen verschwinden bis unter den dünnen Stoff ihres knappen Bikinioberteils. Die Pelle räkelt sich unter Pauls Händen.

›Oh Paul, wenn Karo das sehen würde …‹

Paul sagt nur: ›Ach was. Die ist froh, wenn sie mich nicht sieht. Sie wäre nämlich gerne wieder Single, weil das Zusammenleben mit mir ein Trauerspiel ist.‹

Die Pelle schmachtet ihren Chef an und breitet die Arme aus. ›Komm zu mir. Ich tröste dich.‹

Paul beeilt sich aufzustehen, er wuchtet mit glitschigen Händen den Strandkorb so herum, dass niemand sehen kann, was darin vor sich geht.

Ich merke, dass mein Kopf noch immer von oben nach unten wippt. Mist. Ich lasse meiner Vorstellungskraft keinen Freiraum mehr und stelle mir vor, dass Paul und Pelle windgeschützt ein Brötchen essen.

Conny holt ihre Töchter pünktlich ab. Wir können nicht offen reden, weil Paul ständig in unserer Nähe ist. Während wir vor dem Haus die Kindersitze tauschen, legt sie los.

»Als wir unterwegs waren, rief dieser kleine Klops an, dieser Werner. Jasper telefonierte länger mit ihm, und anschließend sprach er mit Rieke. Er geht tatsächlich morgen Vormittag mit den beiden in den Zoo. Mensch, das passt mir gar nicht.« Sie pfeffert die Kindersitze auf den Rücksitz. »Ich finde es komisch, dass er morgen keine Zeit für mich hat. Er wird bestimmt den kompletten Sonntag mit dieser blöden Kuh und dem kleinen Monster verbringen. Nicht dass die Kindergartentussi mir meinen Goldfisch vor der Nase wegschnappt.«

Zu gerne würde ich meiner Schwester sagen, dass ich mir genau das wünsche, aber ich sage stattdessen: »Quatsch. Eine Conny Jörgensen hat keine Konkurrenz.«

Sie strahlt mich an. »Ach, kleine Schwester. Du bist so gut zu mir. Danke.«

Vorsichtig bringe ich Conny bei, dass Nanni in trauter Runde ziemlich redselig war. Ich erzähle, was sie ausgeplappert hat und welchen Verdacht Opa Heini hegt.

Sie grinst. »Langsam ist es mir egal. In Kürze wird die Familie ohnehin den Tatsachen ins Auge sehen müssen.«

Sie drückt mir feuchte Schmatzer auf beide Wangen. Dann nimmt sie Paul ins Gebet, der seinen Kopf aus dem Küchenfenster streckt.

»Du solltest endlich diese Auffahrt betonieren lassen, Paul. Es ist schrecklich, man bricht sich fast die Knochen auf dem Kies.«

Paul nickt langsam. »Natürlich, Conny. Wenn dir unsere Auffahrt nicht gefällt … Ich kümmere mich direkt am Montag darum. Sollte dich hier sonst noch etwas stören, ruf mich einfach an.« Dann ist er weg.

Conny ist perplex. »Sag mal, hat der mich eben verarscht?«

24. Vertrauen ist gut, Kontrolle ist besser

Die Vorstellung, einige Stunden mit meinen Mädels zu verbringen, macht mir richtig gute Laune. Ich schlüpfe in meine neuen Schwangerschaftsklamotten und fühle mich pudelwohl darin.

Paul beobachtet mich mit einem mürrischen Gesicht. Es scheint ihn zu fuchsen, dass ich so gut drauf bin.

Ich stichele. »Vielleicht hast du ja Lust, heute mal den Putzlappen zu schwingen. Das mache ich nämlich meistens, wenn du mit der Pelle zusammenhockst.«

»Klar. Mach ich gerne. Was glaubst du, wie ich die Hütte gewienert habe, als ich noch Junggeselle war. Da hast du keine Wollmaus auf dem Boden gefunden.«

Ich pudere kräftig meine Nase. »Also ich habe als Single nie viel Zeit mit der Hausarbeit verbracht. Ich war ständig unterwegs. Mein Gott, Freunde waren mir wichtiger als Putzlappen. Und weißt du was? Am Abend habe ich mit meinen Wollmäusen gekuschelt.« Ich trage Lippenstift auf. »Aber keine Sorge, Paul. Ich werde in der nächsten Zeit wieder viel unterwegs sein. *Ich* mache bestimmt nicht mehr viel Schmutz in diesem Haus.«

»Schön. Das hört sich toll an.« Er bückt sich und hebt vom Fußboden Socken auf, die unter der Couch hervorschauen. Er klopft Staubflusen ab und hält sie mit angewidertem Blick in die Luft. Er schüttelt den Kopf. »Ständig lässt du deine Strümpfe hier liegen.«

Ich reiße ihm die Söckchen aus der Hand, pfeffere sie wieder auf den Boden und schiebe sie mit der Schuhspitze zurück an ihren Platz. »Die gehören dort hin, ich brauche sie heute Abend wieder. Bring mir meine Ordnung nicht durcheinander.«

Paul grunzt vor Lachen.

Ich rausche hoheitsvoll an ihm vorbei und laufe mit wiegenden Hüften Richtung Haustür. Statt mich zu verabschieden, pfeife ich Rainhard Fendrichs Lied »Macho Macho«.

Im Haus von Ratibas Schwiegereltern werde ich stürmisch von meinen Freundinnen und lauter Reggaemusik empfangen. Die Mädels tragen bunte Kaftane; auf dem großen Tisch auf der Terrasse stehen etliche Aluminiumschalen, in denen sich, dem Duft nach, leckeres Essen befindet.

Ratiba reicht mir einen Kleiderbügel, auf dem ein Kaftan hängt. »Erst umziehen, dann wird gegessen.«

Ich gehorche. Innerhalb weniger Minuten sitze ich mit am Tisch und genieße das bequeme Kleidungsstück.

Während wir mit den Fingern Pommes mit Majo, Chickenwings mit Chilisauce und Currywurst in uns hineinstopfen, plappern wir in einer Tour.

Ich freue mich mit Ratiba, dass sie endlich ein passendes Haus für sich und ihre kleine Familie gefunden hat. Sie beschreibt die Räumlichkeiten, den großen Garten, in dem alte Bäume stehen, und die ruhige Lage.

»In einer Woche kommen Machungwa und Tutu, dann unterschreiben wir bei einem Notar den Kaufvertrag.« Sie schleckt ihre Finger ab. »Ihr könnt euch gar nicht vorstellen, wie sehr ich meinen Sohn vermisse. Was bin ich froh, ihn endlich wieder in die Arme nehmen zu können.«

Tutu ist das Stichwort: Wir reden schmatzend über unsere Schwangerschaften und die Zukunft mit den Kleinen. Bruni schwärmt wieder von Heiners handwerklichen Fähigkeiten. Jetzt sei er dabei, Figuren für ein Mobile aus Laubholz zu sägen. Es soll an der Decke über der Wiege hängen.

Simone berichtet, dass Willi kleine Sitzmöbel entworfen hat, die er mit einem langjährigen Angestellten eigenhändig bauen wird. Sie sollen mittig auf der großen Dachterrasse ihrer Wohnung zu stehen kommen.

Ratiba erklärt glücklich, dass auch Machungwa für das neue Haus plane. Wenn der Umzug überstanden sei, werde er für Tutu ein Baumhaus bauen.

Ich zerknülle meine Serviette und werfe sie auf den Tisch, dabei lache ich kurz auf. »Ihr habt echt tolle Kerle. Und was macht Papa Paul? Der interessiert sich nur für einen dämlichen Kaugummiwerbespot und seine Management-Assistentin Maria Pellegrino.«

Simone schmatzt weiter. »Ich dachte, dass sich das mittlerweile gelegt hat. Ich meine, dass in eurem Büro niemand mehr seine Augen auf jemand anderen wirft.«

Bruni seufzt und klärt Ratiba auf. »Paul schleppt die Pelle zu fast jedem Termin mit. Das kommt uns schon manchmal seltsam vor.«

Ich nicke heftig. »Genau. Außerdem verbringt Paul neuerdings auch an den Wochenenden viel Zeit in der Firma. Gestern war er wieder stundenlang im Büro. Mit Maria. Am Nachmittag hat er mir gesagt, dass er von Mittwoch bis Freitag auf Fehmarn sei. Wegen der TV-Werbung. Natürlich ist die Pelle wieder mit dabei.«

Bruni legt eine Hand vor die Augen, ich rede weiter.

»Vor einigen Tagen haben Bruni und ich ein Gespräch zwischen den beiden in der Tiefgarage der Firma belauscht. Paul hat gesagt: ›Wir müssen aufpassen, Maria, dass meine Frau uns nicht auf die Schliche kommt. Sie hat sehr sensible Antennen.‹ Daraufhin sagte die Pelle lachend: ›Keine Sorge, Paul. Du kannst dich auf mich verlassen.‹«

Simone rückt ihre Brille zurecht. »Also, das klingt ja schon mal prima, Karo. Scheiden lassen will sich Paul also nicht.« Sie hebt den Finger. »Sonst wäre ihm nämlich *egal*, ob du es erfährst oder nicht. Da punktest eindeutig du, weil es ihm eben *nicht* egal ist. Die Pelle ist wahrscheinlich nur so eine Art Trampolin für Paul, auf dem er sich austobt.«

Bruni unterdrückt ein Gackern, Ratiba räuspert sich. Ich weiß nicht, ob ich über diese Spekulation lachen oder weinen soll.

»Wisst ihr, was ich machen würde, wenn ich an Karos Stelle wäre?« Simone kratzt die Reste der Mayonnaise aus der Schale. »Ich würde einfach mit nach Fehmarn fahren. Also mitfahren, ohne dass Paul es mitbekommt. Und dann würde ich mich vergewissern, was tatsächlich Sache ist.«

»Hu.« Ratiba verzieht das Gesicht und legt eine Hand auf meinen Arm. »Ich weiß nicht, ob das eine gute Idee ist. Vielleicht sollte Karo Paul vertrauen und ihn nicht kontrollieren.«

Simone hält dagegen. Sie blickt in die Runde. »Stellt euch mal vor, ihr hättet in der Küche einen Gasherd stehen. So. Dann liegt ihr am Abend im Bett und wisst nicht, ob ihr den Gasherd zugedreht habt oder nicht. Und? Was würdet ihr machen? Ich jedenfalls würde es lieber kontrollieren, bevor die Hütte in die Luft fliegt.«

Ich sehe Bruni an, dass Simone sie soeben schwer beeindruckt hat. »Das finde ich auch. Kontrolle wäre auf jeden Fall angebrachter, als einfach zu vertrauen.«

Auch Ratiba nickt. »Ja. So gesehen wäre Kontrolle die bessere Variante.«

Ohne lange nachzudenken, melde ich mich zu Wort. »Bruni … wir fahren am Mittwoch nach Fehmarn.«

Simone strahlt über das ganze Gesicht. »Und Ratiba und ich kommen mit. Sollte Paul sich daneben benehmen, halten ihn zwei fest und zwei verkloppen ihn.«

Ratiba nickt begeistert.

Dann schmieden wir Pläne und besprechen die Vorgehensweise.

Simone und Bruni werden ihren Männern erzählen, dass wir gemeinsam drei Tage auf der Insel ausspannen wollen.

Paul wird am Mittwoch mit der Tatsache konfrontiert, dass Bruni und ich wegen Schwangerschaftsübelkeit arbeitsunfähig sind. Da sich Paul, Willi und Heiner weder oft sehen noch sprechen, dürfte von dieser Stelle unser Vorhaben nicht durchsickern. Simone will sich um ein Ferienhaus kümmern und Willi bitten, mit dem großen neuen Firmenwagen fahren zu dürfen, weil die hinteren Scheiben getönt sind und wir uns nicht zu ducken brauchen. Ratiba soll das Fahrzeug lenken, denn Paul und Ratiba sind sich noch nicht begegnet.

Zwei Stunden später bin ich vom vielen Denken so erschöpft, dass ich mich auf den Heimweg mache. Den wunderschönen Kaftan darf ich behalten. Ich bedanke mich bei Ratiba ganz herzlich für das schöne Geschenk.

Mir kommt spontan der Gedanke, vor Mittwoch noch einmal meine Aura reinigen zu lassen, denn wer weiß, was mich auf Fehmarn erwartet, was mich aus den Socken hauen wird. Ich parke am Straßenrand und wähle Kassandras Telefonnummer. Mit etwas Glück bekomme ich vielleicht für morgen oder übermorgen noch einen Termin.

Statt eines Anrufbeantworters höre ich ihre heisere Stimme, die mir versichert, schon auf meinen Anruf gewartet zu haben. Mir ist etwas mulmig zumute. Es ist ein komisches Gefühl, dass sie von mir etwas weiß, das ich vorher selbst nicht gewusst habe. Ich nehme das Angebot der spirituellen Lebensberaterin an, jetzt gleich zu ihr zu kommen.

Dobermann Boris ist heute gar nicht schläfrig. Er knurrt mich an und fletscht die Zähne, als ich durch den düsteren Flur hinter Kassandra herlaufe. Auch nach einer Zurechtweisung seiner Halterin, sich auf die Decke zu legen, ändert der Köter mir gegenüber seine feindliche Haltung nicht.

Kassandra dreht sich um. »Boris spürt, dass negative Energien von Ihnen ausgehen. Sie werden sehen, nach der Sitzung leckt er Ihnen die Hand.«

Nach dem Prozedere der Aurareinigung lässt sie wieder die Karten zwischen ihren Händen tanzen. Nach dem Auslegen schenkt sie ihnen jedoch kaum Beachtung. Stattdessen sitzt sie kerzengerade auf ihrem Stuhl und massiert mit geschlossenen Augen ihre Schläfen. Sie wimmert erst leise, dann lauter. Viele Worte sprudeln aus ihr heraus. Sie murmelt minutenlang Kauderwelsch. Ich kann nicht verstehen, was sie sagt. Das Ganze sieht wie eine Inszenierung aus. Doch dann höre ich laut und deutlich, was sie von sich gibt. Sie redet mit singender Stimme.

»Ich sehe Glas ... eine Frau ... Sie ist schön ... Pechschwarze Haare ... Sie folgt ihm auf Schritt und Tritt ...« Danach sackt sie erschöpft zusammen, so wie nach der ersten Sitzung. »Meine Kräfte lassen nach. Mehr kann ich Ihnen heute nicht sagen.«

Ich bin perplex. Pelles Büro ist aus Glas. Sie ist schön und hat pechschwarze Haare, und sie folgt Paul auf Schritt und Tritt. Ein Schauer läuft über meinen Körper. »Können Sie es nicht noch einmal versuchen? Bitte. Es liegt mir viel daran, noch mehr zu erfahren.«

Sie schüttelt den Kopf. »Tut mir leid, Frau Geiger. Ich muss erst wieder Kräfte sammeln. Wenn Sie mögen, kommen Sie noch einmal am kommenden Freitag.«

»Geht es nicht morgen? Oder übermorgen?«

Sie schüttelt den Kopf. »Nein. Tut mir leid. Während der nächsten Tage mache ich Hausbesuche. Es gibt leider Menschen, die wegen körperlicher Gebrechen nicht zu mir kommen können. Ich kann Ihnen frühestens am Freitag einen Termin anbieten.«

Ich nicke verständnisvoll, sage ihr, dass ich mich bei Bedarf melden werde, und lege ihr das Geld auf den Schreibtisch. Als ich durch den Flur laufe, steht Boris vor mir. Er leckt zwar nicht meine Hand, dafür aber beide Schuhe.

Den gesamten Abend über fühle ich mich so wohl, dass ich mich über jede Kleinigkeit kaputtlache. Ich finde es toll, dass ich auf Fehmarn dabei bin, ohne dass Paul es weiß. Es ist ein erhabenes Gefühl, über den Dingen zu stehen. Kassandra versteht ihr Handwerk. Geld hin, Geld her. Ich fühle mich mental gestärkt. Paul versteht meinen Humor nicht. Wie auch. Er ahnt ja nicht, was mich so belustigt. Er dreht jedes Mal den Fernseher lauter, wenn ich gackere.

25. Zwei blaue Schwerter und Opa Heini hat den Durchblick

»Erzähl nochmal.« Bruni hängt halb über dem Schreibtisch, als ich ihr zum dritten Mal berichte, welche Aussagen Kassandra gemacht hat.

Sie rollt mit den Augen. »Das ist echt unglaublich. Es stimmt alles auf den Punkt. Die Frau ist tatsächlich jeden Cent wert.«

Pelle und Paul kommen wieder gemeinsam. Maria grüßt so freundlich, dass Paul jetzt sagen würde: »Nett, sehr nett, Maria.«

Ich genieße das Gefühl, schlauer als der Rest der Welt zu sein. Es ist schön, wenn einen jemand hintergehen will und man ihn beim Hintergehen hintergeht. Das ist quasi die Ecke in der Ecke.

Paul haucht mir einen Kuss auf die Stirn. So weit ist es also schon gekommen. Er ist zu faul, sich etwas tiefer zu beugen, um meine Wange oder meinen Mund zu küssen.

Ich lasse mich zu einem albernen Kommentar hinreißen. »Also Paul, wenn du deine Haare wachsen lassen würdest, könntet ihr fast als das doppelte Lottchen durchgehen.«

Maria lacht, Pauls Finger wandern zu seinem Ohrläppchen.

Bruni prustet los, springt auf und rennt aus dem Büro. Ich renne hinterher, weil ich ebenfalls so lachen muss, dass ich spontanen Harndrang verspüre. Wir schlagen beide den Weg zu den Toiletten ein und verschanzen uns hinter den weißen Türen.

Nach dem Pullern brauchen wir noch einige Minuten, bis wir uns vollends wieder eingekriegt haben.

Als wir zurück im Büro sind, hockt Theken-Sabine vor dem Kühlschrank und räumt unsere Verpflegung ein. Wir wechseln drei Worte, dann ist sie wieder weg.

Maria kommt aus Pauls Büro.

»Ach, Frau Geiger. Ich war kurz an Ihrem Schrank, als Sie draußen waren. Ihr Mann wollte die Statistiken aus dem Jahre 2010 haben.« Dann geht sie in ihr Büro.

Mir wird schwindelig, ich halte mich am Schreibtisch fest.

Bruni schnäuzt die Nase. »Ich habe Heiner gestern Abend gesagt, dass wir von Mittwoch bis ... He, was hast du denn? Du bist ja ganz blass.«

Ich plumpse auf den Stuhl. »Bruni ... Paul hat den Ordner mit den Statistiken 2010.«

Sie lacht. »Schön. Und was ist daran so schlimm?«

»Die Absagen für die Sekretärinnen ... Ich habe doch Kopien in diesen Ordner geheftet. Für den Fall einer Nachfrage. Ich habe nicht mehr daran gedacht, sie zu vernichten.«

Bruni macht ein kieksendes Geräusch und schlägt eine Hand vor den geöffneten Mund. »Schnell ... lauf schnell.«

Jetzt kommt Leben in meine Beine. Ich rase in Pauls Arbeitszimmer. Der geöffnete Aktenordner liegt vor ihm. Mit drei Schritten bin ich an seinem Schreibtisch und greife nach dem Ordner.

»Darf ich? Ich suche dir die Unterlagen heraus. Das ist nämlich meine Akte, weißt du? Die gehört mir. Damit kenne nur ich mich aus.« Ich zerre an der schwarzen Pappe, Paul hält sie fest.

»Was soll das, Möhrchen? Ich habe doch längst, was ich brauche. Ich muss nur umblättern, mehr nicht.« Und er blättert um. »Ich suche die handschriftlichen Notizen, die ich gemacht habe, nachdem mein Vater starb.«

Aufgeben ist nicht mein Ding. »Oh. Ja. Ich weiß genau, wo sie sind. Deine Notizen. Darf ich?« Erneut zerre ich. Pauls Hände umklammern den Aktenordner jetzt so fest, dass ich akzeptieren muss, wer hier der Chef ist. Und wieder blättert er. Ich schließe die Augen.

Paul beugt sich tief über das Blatt Papier. »Hier ist aber etwas Falsches abgeheftet.« Er liest laut vor. »Sehr geehrte Frau Altenhofen ...« Dann beugt er sich noch tiefer über das Blatt und studiert den Text, den ich verfasst habe. Letztendlich nimmt er die Unterschrift in Augenschein. »Aber das ist doch nicht meine Unterschrift ... Und der Name Altenhofen ist mir vollkommen unbekannt.« Er begutachtet die nächsten Seiten, die nur aus Absagen bestehen, insbesondere die Signaturen.

An seinem Blick sehe ich, dass er nicht lange nachdenken muss, um zu wissen, was ich angestellt habe.

Er deutet auf den Stuhl, der vor seinem Schreitisch steht. »Setz dich, Möhrchen … Du kannst dir nicht vorstellen, wie gespannt ich auf deine Erklärung bin.«

Er lehnt sich entspannt zurück, als würde er im Kino sitzen, und verschränkt die Hände vor dem Bauch.

Ich nehme die gleiche Haltung ein. Der Ledersessel ist so wuchtig, dass ich nach unten rutsche und wie ein nasser Kartoffelsack auf dem Polster liege. Wenn ich jetzt hektisch reagiere, weiß Paul sofort, dass ich ein schlechtes Gewissen habe.

Ich rede in aller Seelenruhe. »Du, das ist flott erklärt. Die Mädels waren Zeiträuber, warum sollte ich dich damit belasten. Schlechte Ausbildung …«, mein Finger zeigt auf den Ordner. »Die Altenhofen zum Beispiel konnte noch nicht einmal mit zehn Fingern tippen. Sie war es nicht wert, dass du die Absage persönlich unterschrieben hättest. Die Nächste hatte keine Englischkenntnisse, die Dame Nummer Drei sprach dagegen *nur* Englisch. Nein, Paul. So etwas musst du nicht unterschreiben, das liegt unter deinem Niveau.«

Paul schnellt nach vorne. »Das möchte ich bitteschön selbst entscheiden. Du kannst doch nicht einfach meine Unterschrift unter Briefe setzen.«

Es kostet mich ein wenig Mühe, mich hinzusetzen, dann schnelle ich ebenfalls nach vorn. »Wer sagt eigentlich, dass das deine Unterschrift sein soll, hä? Schließlich heiße ich ebenfalls Geiger … Und was steht unter den Briefen? Liest du dort irgendwo den Namen Paul? Geiger steht dort, nur Geiger.«

Paul starrt mich mit offenem Mund an. »Also, jetzt …«

Ich stehe auf. »Lass gut sein, Paul. Du brauchst dich nicht zu entschuldigen. Bevor du mich das nächste Mal verurteilst, studiere die Akten etwas genauer.«

Pauls Gesichtszüge entgleisen.

Mit schnellen Schritten verlasse ich sein Büro, weil ich schon wieder vor einem Lachanfall stehe.

Bruni wirft mir einen Schulterblick zu. »Und? Informiert Paul die Polizei?«

Jetzt darf ich endlich lachen. »Quatsch. Du kennst mich doch. Ich habe Paul mal wieder in die Tasche gesteckt.« Meine linke Hand wedelt in der Luft. »Mit links.«

Jetzt lacht Bruni.

Wir gehen noch einmal den Plan durch, den wir gestern gemeinsam mit Ratiba und Simone geschmiedet haben. Von unserer Krankmeldung am Mittwoch bis zu unserer Ankunft auf Fehmarn. Vor Ort müssen wir spontan handeln.

Kurz darauf ruft Simone an. Sie erklärt, dass Fehmarn ziemlich ausgebucht sei. Sie habe aber im Außenbezirk von Burg in einer neuen Ferienwohnungssiedlung noch ein Ferienhaus ergattert. Ich notiere die Adresse. Von Willi hat sie grünes Licht bekommen, mit dem neuen Firmenwagen fahren zu dürfen. Ich sage Simone, dass ich stolz auf sie und ihr Organisationstalent sei.

Die Pelle macht sich rar; sie sitzt in ihrem Glashaus und tippt so schnell auf der Tastatur ihres PCs, als würde sie der Teufel mit einer Peitsche antreiben. Ihre Augenlider öffnen und schließen sich im Sekundentakt. Und wieder beschleicht mich ein erhabenes Gefühl. Wenn die wüsste! Eine Karo Geiger, geborene van Goch, hintergeht niemand so schnell. Dazu sind meine Antennen tatsächlich zu sensibel.

In der Kantine machen sich erneut meine sensiblen Antennen bemerkbar. Als Bruni und ich an unseren Tisch kommen, steckt Ulrike fröhlich mehrere Geldscheine in ihr Portemonnaie.

Heike flüstert: »Dröpjes, der Idiot, hat Ulrike gerade für eine kitschige Porzellanschale und eine noch kitschigere Porzellandose zweihundert Schleifen gegeben, obwohl sie nicht so viel wert sind.«

Ulrike gackert laut. Dann flüstert sie ebenfalls. »Das Porzellan war in einer alten Kiste, die Frau von Zwickau uns in der letzten Woche gab. Der ist so blöd, wie er lang ist. Holger und ich waren gestern auf dem Flohmarkt und wollten die Teile an Händler verkaufen. Die zeigten sich schon interessiert, haben aber weniger geboten. Also im Moment läuft alles so gut, aber sowas von gut.« Sie macht sich über ihr Jägerschnitzel her.

Ich horche auf. »Ist es Markenporzellan?«

Ulrike nickt. »Die Händler meinten ja, aber keine herausragende Manufaktur. Auf dem Boden war ein Stempel mit Schwertern.«

Ich halte inne. »Gekreuzte blaue Schwerter?«

»Ja.« Ulrike futtert weiter.

»Mensch, danach googelt man doch erst einmal. Das ist Meißner Porzellan. Was meinst du, wie wertvoll das sein kann. Die Händler wollten euch mit Sicherheit abzocken. Die merken doch sofort, wenn jemand keine Ahnung hat. Ihr hättet damit zu einem seriösen Fachmann gehen sollen.« Ich halte die Hand auf. »Gib mir das Geld …«

Ulrike rückt nur widerwillig die Scheine heraus. »Ey, Karo. Wehe, wenn das nicht stimmt, was du sagst. Zweihundert Euro sind richtig viel Geld.«

Ich ignoriere ihre Bedenken und stopfe mir einen Bissen Fleisch in den Mund. Anschließend stehe ich auf, schlage Dröpjes kräftig auf die Schulter und lege die Scheine auf den Tisch. »Hier. Frau Assmann hat es sich anders überlegt. Sie möchte das Porzellan wiederhaben.«

Dröpjes grinst. »Wie immer engagiert und hochmotiviert, was, Frau Geiger?« Er presst die kleine Baumwolltasche vor den Bauch, die eben noch vor ihm lag. Dann steht er auf und baut sich vor mir auf. »Nein! Geschäft ist Geschäft.« Seine Stimme klingt hart.

»Sie haben wieder mal nicht richtig zugehört, werter Herr Kollege. Ich sagte eben, dass Frau Assmann es sich anders überlegt hat.«

»Und wenn Sie mich auf Knien anflehen … Nein!«

»Sie sind ein schlechter Mensch, Dröpjes, sowas von schlecht.«

»Tja, Frau Geiger. Die Welt ist schlecht, so schlecht, dass einem schlecht werden könnte.« Er schüttelt mit gespieltem Ernst den Kopf, dann lacht er.

Ich raffe das Geld wieder zusammen, Dröpjes verlässt siegessicher die Kantine.

Ulrike flucht. Bruni lenkt das Gespräch auf Ulrikes geplanten Urlaub auf Mallorca, damit sie auf andere Gedanken kommt. Ich gebe Bruni ein Zeichen, schneller zu essen.

Als ich im Laufschritt wütend den Flur zum Büro entlangstampfe, weiß Bruni, dass ich Dröpjes nicht ungeschoren davonkommen lasse.

»Was hast du vor, Karo? Mach bloß keinen Blödsinn. Im Grunde hat er ja recht … Ich meine …«

»Wie bitte? Du gibst Dröpjes recht?«

»Nein. Nicht direkt. Aber, du kannst nichts machen, wenn er den Krempel behalten will.«

»Ha. Und ob ich was machen kann. Du weißt ja: Aufgeben ist nicht mein Ding.«

Im Büro wühle ich mich durch sämtliche Schränke des kleinen Küchenbereichs, krame zwei Tupperdosen hervor und stopfe sie in eine Plastiktüte.

»Jetzt hör gut zu, Bruni. Sobald ich aus der Tür bin, rufst du Dröpjes an und sagst ihm, dass er sofort zum Chef kommen soll. Und wenn er hier auftaucht, erklärst du ihm, dass du dich vertan hast.«

»Du willst wirklich …?«

Statt zu antworten, mache ich mich auf den Weg zum Treppenhaus und laufe hinunter in die zweite Etage. Auf der dritten Stufe des geschlossenen Treppenhauses warte ich, bis ich Dröpjes Tür zuschlagen höre. Er läuft singend zum Aufzug. Sobald sich der Fahrstuhl in Bewegung setzt, renne ich in sein Büro und finde den Jutebeutel auf Anhieb in dem kleinen Kleiderschrank. In Windeseile tausche ich Plastik gegen Porzellan und bin innerhalb weniger Sekunden wieder auf dem Weg nach oben. Ich horche kurz an der Bürotür. Dahinter ist es still, die Luft ist also rein.

Bruni freut sich mit, als ich die Beute in meiner Schreibtischschublade verschwinden lasse.

Die Pelle war auch am Nachmittag nicht in Pauls Büro.

Wir machen einige Minuten eher Feierabend; die Verabschiedung von Paul lasse ich ausfallen. Der wird mit Sicherheit noch immer beleidigt sein, mit welcher Nonchalance ich ihm den Wind aus den Segeln genommen habe.

Wir beeilen uns, in die Tiefgarage zu kommen. Ich lege das Porzellan in meinen Kofferraum, dann lehnen Bruni und ich uns gegen eine Betonsäule und warten auf Ulrike und Heike. Wenn wir Glück haben, erwischen wir auch noch Dröpjes.

Wir haben Glück. Zuerst kommt unser Prokurist angesaust. Als er mich erblickt, rastet er förmlich aus. »Ich habe es sofort gemerkt. Sofort als ich den Beutel aus dem Schrank genommen habe. Das können nur Sie gewesen sein. Sie haben das Wertvolle gegen Müll getauscht.« In seinen Mundwinkeln bilden sich kleine Spuckebläschen, was ich total ekelig finde.

Ich halte seinem Blick stand. »Ich weiß gar nicht, wovon Sie reden.«

Jetzt kommen Ulrike und Heike angelaufen.

Dröpjes hält mir die Tupperdosen unter die Nase, ich beuge mich nach vorn. »Aber das ist doch kein Porzellan, Herr Dröpjes. Das Zeug nennt man Plastik. Dafür haben Sie eindeutig zu viel bezahlt. Da hat Frau Assmann Ihnen aber einen Käse angedreht.«

Er schäumt vor Wut und stiefelt zu seinem Auto.

»Die Welt ist schlecht, Herr Dröpjes. So schlecht«, rufe ich ihm laut hinterher. »Vielleicht ist Frau Assmann ja so nett und gibt Ihnen morgen den Betrag Ihrer Fehlinvestition zurück.«

Er hebt den Stinkefinger, steigt in sein Auto und braust mit Vollgas aus der Tiefgarage.

Ulrike freut sich unbändig, als ich ihr die Plastiktüte überreiche.

Vor dem Haus meiner Eltern parken drei Autos. Connys Cabrio, Wellenbrinks Fahrzeug und das Auto von Rieke. Über letzteres wundere ich mich sehr, denn mir fällt kein Grund ein, warum die Kindergärtnerin meine Eltern besuchen sollte.

Hanni und Nanni spielen mit Werner Fußball. Meine Nichten begrüßen mich und halten zwei Bücher hoch, die auf der Decke liegen. »Guck mal, Karo. Der Arschi hat uns Bücher geschenkt.«

Ich zeige ihnen den erhobenen Daumen.

Werner kommt schwerfällig angelaufen und reicht mir die Hand, dabei lacht er mich tatsächlich an.

»Tach, Tante.«

Ich mache es wie der Arschi und biete Werner an, mich Karo statt Tante zu nennen.

Er zieht Nasenrotz hoch. »Okay, Tante.« Dann läuft er schleppend zu den Mädchen zurück.

Außer Conny, die mit versteinerter Miene und roten Flecken im Gesicht Kaffee einschenkt, scheinen alle in bester Stimmung zu sein.

Opa Heini übernimmt die Gesprächsführung. »Stell dir vor, Karo. Gundula und ich waren gestern Vormittag im Zoo. Und wen treffen wir dort? Herrn Wellenbrink, Frau Rieke und Werner. Und weil wir heute noch Einiges wegen des Anbaus besprechen wollten, haben wir Werner und Frau Rieke direkt mit eingeladen. Mit der habe ich nämlich auch noch etwas zu besprechen.«

»Opa will für seine Freunde ein Sommerfest veranstalten. Rieke soll ihm helfen, das Fest und einige Spiele zu organisieren.« Mein Vater schmunzelt.

Conny grunzt. »Opa, du wirst langsam echt peinlich. Statt dir in die Hosen zu pinkeln, wie normale alte Menschen, willst du Eierlaufen und Sackhüpfen veranstalten.«

»Conny!« Meine Mutter schlägt auf den Tisch. »Jetzt schießt du aber übers Ziel hinaus.«

Statt beleidigt zu sein, kichert Opa Heini. »Nur zu deiner Information, liebe Conny. Solche Spiele meine ich nicht. Ich balanciere jeden Tag mit Eiern, und über Sackhüpfen kann ich auch nicht klagen.«

Bis auf meine Mutter und Conny lachen alle.

»Bitte, Vater! Musst du immer so zotige Sprüche von dir geben?« Die Wangen meiner Mutter verfärben sich knallrot.

»Warum meckerst du mich an, Mama? Du findest Opa Heini doch selbst peinlich.«

Jasper legt eine Hand um Riekes Schulter und lacht Conny an. »Ich finde Ihren Großvater überhaupt nicht peinlich … Was sagst du, Rieke?«

Die Kindergärtnerin rückt ein Stück näher an Wellenbrink heran. »Aber nein. Herr van Goch ist köstlich. Es gibt genug Elend auf der Welt, da tut es gut, einmal richtig lachen zu können.«

Conny knallt ihre Kaffeetasse so heftig auf den Unterteller, dass es laut scheppert. Es wird ihr tierisch auf die Nerven gehen, dass Jasper und Rieke sich duzen und so einvernehmlich, vor allem aber sehr nah beieinandersitzen. Wenn Blicke töten könnten, würde die Kindergärtnerin jetzt mausetot vom Stuhl kippen.

»Ich habe eine kleine Karaoke-Anlage, Herr van Goch. Die könnte ich Rieke für Ihre Party überlassen. Sie glauben gar nicht, was ich damit schon für Feten gerockt habe.«

Opa Heini findet die Idee toll. »Dann rocken wir mal gemeinsam Jasper, Sie sind natürlich auch herzlich eingeladen.« Dann blickt er in die Runde. »Und der Rest meiner Sippe sowieso.«

Conny klappert bockig mit ihrer Kuchengabel auf dem Teller. »Denkt vielleicht mal jemand daran, den Kuchen auf den Tisch zu stellen?«

Gundula springt auf. »Mein Gott, ja. Der Kuchen. Da haben wir Gäste und vergessen, den Kuchen auf den Tisch zu stellen.«

Ich rufe die Kinder; Hanni und Nanni kommen leichtfüßig angehüpft. Werner versucht ebenfalls zu hüpfen, was ihm aber nicht gelingt.

Meine Mutter nimmt Gundula das Blech mit Apfelkuchen ab, ich greife nach der Sahne.

Hanni und Nanni halten ihre Teller hin und möchten im Garten essen, was Conny ihnen erlaubt. Als ich Werner bedienen will, sagt er: »Warte mal, Tante.«

Dann betatschen seine fleischigen Hände Wellenbrinks Oberarme. »Was hast du noch mal gesagt, von welchem Essen du so dicke Muskeln gekriegt hast?«

Der Arschi schmunzelt. »Ich esse selten Kuchen und Süßigkeiten. Höchstens einmal die Woche. Ansonsten esse ich viel Obst, rohes Gemüse, und ich *lieebe* Hähnchenfleisch. Das gibt richtig kräftige Muckis.« Er spannt den Oberarmmuskel an.

Werner staunt. Dann zupft der kleine Kerl meine Mutter am Arm. »Hast du Hähnchenfleisch, Tante?«

»Sicher. Ich habe leckere Hähnchenwurst im Kühlschrank, komm mal mit.«

Rieke blickt verlegen zu Boden. »Es ist nicht einfach, Werner auf Schonkost zu setzen.«

Sie schweigt, als Werner mit einem Teller, auf dem etliche Wurstscheiben liegen, aus dem Haus kommt und mit lautem »Wuuum, bäääång … Ich bin ein Fleischfresser« zu Hanni und Nanni läuft.

Meine Mutter setzt sich wieder zu uns. Rieke isst langsam, dabei redet sie weiter. »Mein Ex-Mann hat uns vor 18 Monaten verlassen. Werner hat sehr darunter gelitten und leidet noch heute darunter. Mein Ex lebt in einer neuen Beziehung, wir sind frisch geschieden. Seit dem Tag, als er Werner zu seiner Lebensgefährtin mitnahm, die selbst zwei kleine Jungs hat, frisst das Kind regelrecht alles in sich hinein. Außerdem redet Werner Erwachsene nicht mehr mit ihren Namen an. Für ihn sind alle Frauen Tanten und alle Männer Onkel. Ich habe es aufgegeben, ihm zu erklären, dass das nicht in Ordnung ist. Vielmehr ertappe ich mich dabei, dass ich es ihm nachmache.«

»Wenn der so weiterfrisst, kriegt er mit zwölf Jahren einen Herzinfarkt oder platzt.« Conny stochert mit der Kuchengabel auf ihrem Teller herum, dabei lacht sie blöd. »Wenn das meiner wäre …«

Am Tisch herrscht verlegenes Schweigen, ich schüttele unmerklich den Kopf. Conny schießt heute einen Vogel nach dem anderen ab. Rieke übergeht die unverschämte Äußerung meiner Schwester. Sie lacht. »Seitdem mein Ex sich von mir getrennt hat, habe auch ich einen Klaps. Für mich sind alle Männer dieser Welt hinterhältige Betrüger.«

Der Arschi presst die Lippen zusammen.

Opa Heini strafft sich und nimmt einen großen Schluck aus seiner Kaffeetasse. »Frau Rieke, es tut mir sehr leid, was Sie erlebt haben. Aber es sind nicht nur die Männer, die betrügen.« Dabei bleiben seine Augen an Conny haften, seine Stimme wird lauter. »Es gibt auch Frauen, die hinterhältig sind und heimlich schäkern gehen, während sich ihre Männer den Hintern wund schuften, damit im Garten ein Pool gebaut werden kann. Und nicht nur das. Es sind genau *die* Weibsbilder, die nur nach Geld gieren und nur aus diesem Grund gut situierten Kerlen den Kopf verdrehen, weil sie sich eine bessere Partie wünschen. Manche stürzen sich und ihre vier Kinder ins Unglück … den künftigen Traummann ebenfalls.«

»Was? Vier Kinder? Mein Gott, so wie Conny und Anton. Schrecklich.« Meine Mutter macht ein entsetztes Gesicht.

Opa Heini lässt sich nicht aus dem Konzept bringen. »Jetzt mal ganz ehrlich. Welcher Mann, der einigermaßen bei Verstand ist, würde nicht merken, dass er nur ausgenutzt wird? Was meinen Sie, Jasper? Würden Sie auf so eine schäbige Anmache hereinfallen oder würden Sie einen so eiskalt kalkulierten Plan durchschauen?«

Der Arschi bekommt einen Hustenanfall, Rieke klopft ihm auf den Rücken. Mir wird klar, dass Opa Heini sich sicher ist, dass meine Schwester und Wellenbrink ein Techtelmechtel haben.

Conny ist jetzt regelrecht grau im Gesicht. Unter ihren Augen liegen dunkle Schatten. Sie zischt Opa Heini an. »Du redest und redest, Opa. Und wenn es Liebe ist. Wahre Liebe?«

Opa Heini beugt sich vor. »Wenn es Liebe ist, ist nichts dagegen einzuwenden. Aber, Conny. Es gibt Menschen, die können andere nicht lieben. Sie spüren hier drinnen nix.« Sein Zeigefinger tippt auf seinen Brustkorb. »Die sind längst tot, bevor sie gestorben sind.«

»Mensch, Vater. Du redest dich ja heute in Rage. Ich hole uns mal ein Schnäpschen. Und dann stoßen wir darauf an, dass es in *unserer* Familie derartige Probleme Gott sei Dank nicht gibt.«

Es gibt so viele Aktionstage auf der Welt. Den ›Weltschlaftag‹, den ›Girls' Day‹ oder den ›Tag des deutschen Bieres‹. Für Conny ist der heutige Tag der ›Tag der Arschkarte‹.

Opa Heini nimmt kein Blatt vor den Mund. Er stänkert weiter an Conny herum. Dabei passt er auf, dass es nicht offensichtlich ist, dass Conny diejenige ist, die er mit seinen Doppeldeutigkeiten anspricht. Erst nach drei Schnäpschen wechselt seine Stimmung. Er schwärmt Wellenbrink und Rieke vor, was er doch für eine wunderbare Familie habe. Seine Enkeltöchter würden in harmonischen Beziehungen leben, das würde ihn als Familienoberhaupt mit einer tiefen inneren Zufriedenheit erfüllen. Und genau aus diesem Grund sei er noch so fit und unternehmungslustig. Rieke wünscht er alles Gute für die Zukunft, einen liebevollen Vater für Werner und dass ihr die ganz große Liebe begegnen solle. Dabei klopft er Jasper kräftig auf die Schulter.

Als Wellenbrink das Thema auf den Neubau lenkt, verabschiede ich mich.

Während ich im Supermarkt frische Bohnen und Suppengemüse für einen Eintopf kaufe, entdecke ich Paul an dem gut sortierten Weinregal, das am Ende des Gangs steht. So wie ich es aus der Entfernung erkennen kann, liegen in seinem Einkaufswagen etliche Flaschen. Ich wundere mich sehr über die Menge, die er einkauft, denn unser Weinkühlschrank in der großen Abstellkammer ist eigentlich sehr gut bestückt.

Als ich den Einkaufswagen in Pauls Richtung schiebe, kommt die Pelle aus einem der Seitengänge. Sie hält in jeder Hand eine Flasche, die sie ihm überreicht. Dabei redet sie auf Paul ein, der interessiert die Etiketten studiert. Langsam wird es mir zu bunt. Jetzt darf die Pelle schon unseren Wein aussuchen. Nur noch zweimal schlafen, dann weiß ich mehr.

Ich verschwinde in einem Seitengang und warte einige Minuten, dann spähe ich vorsichtig um die Ecke. Sie sind weg. Kurze Zeit später hocke ich mich hinter einen Stapel mit Sonderangeboten und beobachte Paul, der an der Kasse steht. Er schiebt seine Scheckkarte in das Lesegerät. Die Pelle packt die Flaschen, die ihr vom Laufband entgegenrollen, in Kartons, die im Einkaufswagen stehen.

Ich lasse mir mit meinen Einkäufen Zeit und bin gespannt, ob Paul mir erzählt, dass er gemeinsam mit der Pelle einkaufen war.

Paul erzählt nicht, dass er mit Pelle im Supermarkt war. Aber gut. Der Abend ist noch jung. Vielleicht sagt er es mir später.

Normalerweise ist Paul nicht nachtragend, heute schon. Während wir gemeinsam die Bohnen für die Suppe schnippeln, schneidet er noch einmal das Unterschriftenthema an, was ich total überzogen finde. Ich lächele verhalten über seine Moralpredigt, dass ich mich in vielen Dingen zu weit aus dem Fenster lehnen würde. Dann gähne ich gelangweilt.

»Ich meine es ernst, Karo.« Zwischen seinen Augenbrauen bildet sich eine Zornesfalte.

Laber, laber. Ich zeige Paul unmissverständlich, dass ich mich weigere, auf alten Kamellen herumzukauen. Ich erhebe mich gemächlich, laufe in den Vorratsraum und greife nach einer neuen Rolle Müllbeutel. Dabei kontrolliere ich mit einem Blick den Inhalt des Weinkühlschranks. Nein, dort liegen keine neuen Flaschen. Auch auf den Regalen finde ich Pauls Einkäufe nicht. Ich wette, die Pelle hat den Fusel im Kofferraum ihrer Karre gelagert. Am Mittwoch wird er in Pauls Auto umgeladen und tritt die Reise nach Fehmarn mit an.

Paul zeigt sich kurze Zeit später versöhnlich, er redet begeistert von unserem Kasper und schlägt vor, dass wir in der kommenden Woche die Einrichtung des Kinderzimmers planen sollten.

Ich räuspere mich leise. »Heiner hat eine wunderschöne Wiege gefertigt; momentan ist er dabei, aus Sperrholz ein Mobile zu sägen. Und Willi baut kleine Sitzmöbel für den Nachwuchs. Machungwa …«

Paul lässt mich nicht ausreden. »Oh. Das ist nett. Sehr nett.«

Ich hasse diesen Spruch so sehr, dass ich Paul am liebsten einen Kinnhaken geben würde.

Dann erkundigt er sich, wie es meiner Familie gehe. Ich berichte, jedoch nur die halbe Wahrheit.

26. Schwangerschaftsübelkeit

Mein Mund steht nicht still. Ich überschütte Bruni mit den Neuigkeiten. Obwohl wir alleine im Büro sind, erzähle ich mit leiser Stimme, dass ich Paul und Pelle im Supermarkt beim Weinkauf beobachtet habe, dass Paul per Scheckkarte bezahlt habe, die Pullen jedoch nicht im Vorratsraum unserer Küche lägen.

»Ich vermute mal ganz stark, dass die beiden für das eine oder andere Besäufnis auf Fehmarn vorgesorgt haben. Die werden sich am Abend auf dem Bett lümmeln und Wein aus Flaschen trinken.« Ich kaue an meinem Daumennagel.

Bruni schlägt mit einem Lineal nach meiner Hand. »Hör auf zu knibbeln …«

Ich knibbele weiter. »Oder nach Drehschluss am Strand. Bäh, was ist das billig. Während auf Fehmarn die Sonne im Meer versinkt, kalifornischen oder französischen Roten aus Pappbechern süppeln.«

»Mensch, denk doch mal logisch, Karo. Warum sollten sie sich die Mühe machen und Alkohol mitschleppen, wenn die Supermärkte auf der Insel voll davon sind?«

Ich winke ab. »Was weiß denn ich? Du weißt doch selbst … Menschen, die ineinander verliebt sind, denken nicht logisch, das …«

»Pst.« Bruni unterbricht mich. Ihr Blick wandert zur Bürotür, sie kneift die Augen zusammen und horcht angestrengt. Sie legt den Zeigefinger auf den Mund, steht leise auf und schleicht auf Zehenspitzen zur Tür, die sie mit einem Ruck aufreißt. Theken-Sabine, die vor der Tür hockt, erschreckt so sehr, dass sie das Gleichgewicht verliert und vor Brunis Füßen auf die Knie fällt. Sie wird feuerrot und stammelt etwas, das ich nicht verstehen kann.

Bruni atmet tief ein, dann wird ihre Stimme laut. »Sabine! Sag mal, kann es sein, dass du uns belauschst?«

»Nein … nein … ich … Obst bringen.«

Bruni macht einen Schritt in den Flur. »Und warum hast du den Rollwagen am Ende des Flurs stehen gelassen? Gib zu, dass du dich ohne den Wagen, der ordentlich Radau macht, angeschlichen hast, um zu lauschen.«

Sabine beeilt sich, auf die Beine zu kommen. »Du spinnst ja. Du redest Stuss.« Ihre Stimme zittert. Ich höre schnelle Schritte, die sich entfernen.

Bruni setzt sich wieder an den Schreibtisch. Im Gang scheppert es, Sabine kommt mit dem Rollwagen angefahren.

Sie ist noch immer knallrot im Gesicht. »Ich habe euch wirklich nicht belauscht. Ich wollte mich nur vergewissern, ob ihr schon im Büro seid.«

Diese Ausrede klingt so dämlich, dass Bruni und ich grinsen müssen.

Sabine stellt die Schüssel voller Früchte und Saftkaraffen statt in den Kühlschrank nur darauf und macht sich flott vom Acker.

Ich schaue ihr kopfschüttelnd hinterher. »Hoffentlich hat sie nicht mitbekommen, worüber wir geredet haben.«

»Ach was. Hat sie mit Sicherheit nicht. Du hast so leise geredet … Mach dir keine Gedanken.«

Wenig später kommen Paul und Pelle.

Auch heute läuft unsere Management-Assistentin nicht dauernd ins Büro ihres Chefs, sondern bleibt brav in ihrem Glaskasten sitzen und telefoniert recht häufig. Ich stelle zufrieden fest, dass auch der beste Besen irgendwann einige Borsten verliert.

Die Pelle ist ein wenig ruhiger geworden, was das Umkrempeln des Büroablaufs angeht. Unsere Blicke treffen sich mehrmals, sie lächelt mich jedes Mal versonnen an.

Am späten Vormittag kommt sie zu uns und bittet uns, einige ihrer Arbeiten in den kommenden Tagen zu erledigen, die sie bis heute Abend nicht vom Tisch bekommt.

Brunis Mundwinkel wandern nach oben. »Aber ja, Frau Pellegrino. Machen Sie sich keinen Stress, legen Sie uns alles in die Ablage. Wir kümmern uns schon darum, nicht wahr, Karo?«

Ich nicke übertrieben. »*Natüürlich*. Das ist doch selbstverständlich. Lassen Sie's langsam angehen, auf Fehmarn wird es bestimmt stressig. Sammeln Sie Kräfte.«

Die Pelle wirkt ein wenig verunsichert.

Als sie wieder an ihrem Platz sitzt, schniefe ich laut. »Die kann mich mal! Die soll ihren Mist schön brav alleine abarbeiten … Danach wird sie gefeuert.«

»Genau.« Brunis Lachen ist ansteckend.

Theken-Sabine bedient uns ziemlich kleinlaut. Als sie Bruni eine große Scheibe Krustenbraten auf den Teller legt, spitzt Bruni die Lippen. »Ich denke mal, Sabine, heute passt ein Stück Fleisch mehr auf den Teller.« Sie wirft der kleinen Spionin einen strengen Blick zu.

Mir reicht Sabine unaufgefordert eine XXL-Portion.

Am Tisch wird die ›Beute‹ sofort mit unseren Kolleginnen geteilt.

Dröpjes hadert mit seinem Schicksal. Nachdem Ulrike ihm die zweihundert Euro auf den Tisch gelegt hat, mosert er vor sich hin. Er führt Selbstgespräche. Ich amüsiere mich köstlich darüber, was er bruchstückhaft hinter meinem Rücken von sich gibt: »Willenserklärung … mündlicher Kaufvertrag … Verkäufer hat Käufer gegenüber Pflichten … Diebstahl.«

Letztendlich fällt die Bemerkung »unverschämtes, kriminelles Weibsstück«. Ich bin mir sicher, dass er mich damit meint.

Wir ignorieren diesen Trottel und stoßen mit Mineralwasser auf unseren gelungenen Coup an.

Ulrike erzählt leise, dass sie gestern Abend gegoogelt habe und ähnliches Porzellan über eintausend Euro wert sei.

Sie drückt meine Hand. »Ich bin dir unendlich dankbar.«

Danach lassen wir es uns richtig schmecken.

Kurz vor Büroschluss sprechen wir uns noch einmal mit Simone und Ratiba ab. Simone wird um 7:00 Uhr zuerst Ratiba, dann Bruni abholen, anschließend will sie in der Nähe unseres Hauses parken und mich abholen, sobald ich mich per Handy melde.

Meine Kopfhaut kribbelt, als Bruni und ich uns in der Tiefgarage so innig mit einer Umarmung voneinander verabschieden, als würden wir uns Monate nicht sehen. Ich bin innerlich sehr angespannt.

Obwohl ich ein wenig unter Zeitdruck stehe, nehme ich mir vor, kurz zu meiner Familie zu fahren. Ich möchte sie schon heute darauf vorbereiten, dass ich mich während der nächsten Tage nicht bei ihnen blicken lassen werde. Allerdings darf ich mit meinem Unwohlsein nicht übertreiben, ansonsten würde meine Mutter mit einem Haferschleimsüppchen vor unserer Haustür stehen und mich umsorgen wollen.

Während der Fahrt überlege ich, was ich heute Abend kochen soll, und entscheide mich für Spaghetti Bolognese mit viel Knoblauch. Die wenigen Zutaten, die ich dafür benötige, werde ich nach dem Besuch bei meinen Eltern einkaufen.

Mein Vater und Opa Heini sind dabei, hinter der Garagenauffahrt Zaunpfosten für einen neuen Gartenzaun ins Erdreich zu setzen.

Beide halten mir ihre Wangen hin. »Na, ihr fleißigen Handwerker …« Ich bemühe mich, meine Stimme nicht zu fröhlich klingen zu lassen. Schließlich ist mir leicht übel.

»So langsam wird es wieder, wie es einmal war, Karo.« Der Handrücken meines Vaters fährt über seine verschwitzte Stirn. Er steht langsam auf. »Wenn diese Teile einbetoniert sind, können wir in den nächsten Tagen die Zaunlatten montieren.«

»Nix da. So schnell schießen die Preußen nicht. Die Pampe muss mindestens eine Woche lang trocknen.« Opa Heini vermischt mit einer großen Schippe Zement und Sand, mein Vater schüttet aus einer Gießkanne Wasser dazu.

»Mensch, nicht so viel Wasser, Hermann! Der Beton wird doch zu dünn, du Dussel. Da kippen doch die Pfosten schneller als du gucken kannst.«

»Dann gib halt mehr Zement und Sand dazu …«, mein Vater verdreht die Augen.

Ich lasse die beiden weiter werkeln.

Meine Mutter und Gundula sind in der Küche. Ich umarme sie von hinten. Gundula backt in Oma Fines altem Waffeleisen Waffeln. Auf dem Herd steht ein Topf, in dem Kirschen leise vor sich hinköcheln, um die sich meine Mutter ›rührend‹ kümmert.

Gundula holt sofort einen Kuchenteller aus dem Küchenschrank, legt eine Waffel darauf und hantiert mit Puderzucker. Dann hält sie mir das duftende Gebäck unter die Nase. »Bitte sehr. Du darfst vorkosten. Kirschen und Sahne kannst du selbst dazugeben.« Sie schiebt mir eine gut gefüllte Schüssel mit Sahne zu.

»Mir ist zwar ein wenig übel, aber … so eine kleine Waffel werde ich schon hinunterwürgen können.« Ich bediene mich selbst mit Sahne.

Meine Mutter beobachtet, wie ich mit Heißhunger zuschlage. »Also ich konnte während meiner Schwangerschaften nie essen, wenn mir elendig war. Dann kam im hohen Bogen alles wieder raus.«

Gundula hört aufmerksam zu. »Ich kann da leider nicht mitreden. Mein Gott, wie so ein kleiner Wurm die Hormone eines Frauenkörpers auf den Kopf stellen kann.«

Ich nicke und rede mit vollem Mund. »Ja, die Hormone haben die Hosen an. Sie bestimmen, wo es lang geht. Aber, ich lasse mich nicht hängen. Eine Schwangerschaft ist ja schließlich keine Krankheit.« Ich halte Gundula den Teller hin. »Gibst du mir noch eine?«

Gundula legt mir direkt zwei Stück nach.

»Das ist viel wert, wenn du nicht koddern musst, Karo. Da kannst du froh sein … Magst du auch Kirschen?« Meine Mutter hält mir den Topf mit Löffel hin. Ich will und lange zu.

»Bei mir ist es eher so, dass ich dann Ruhe brauche. Nichts als Ruhe. Keine Telefonate, keinen Besuch empfangen, keine Besuche machen, das hilft mir. Sonst nichts. Wundert euch also nicht, wenn ich mich in den nächsten Tagen rarmache. Wenn es mir morgen noch schlecht geht, bleibe ich zu Hause.« Ich lecke den Teller ab. »Und übermorgen auch. Vielleicht auch noch überübermorgen, also Freitag.«

»Tja, so ist das. Jeder hat andere Bedürfnisse und weiß, was ihm guttut. Wir können ja telefonieren, Kind.«

»Genau, Mama. So machen wir das. Verbleiben wir so, dass *ich* mich melde, ja?«

Opa Heini und mein Vater rufen aus dem Wintergarten, dass sie eine Stärkung bräuchten.

Ich verabschiede mich. Opa Heini macht ein enttäuschtes Gesicht. »Was? Du willst schon gehen?«

Gundula klärt ihn auf. »Karo ist ein wenig übel. Sie braucht Ruhe.«

Mein Vater streichelt über meine Haare. »Ruh dich aus, Kind.«

Auf dem Parkplatz des Supermarkts ist um diese Uhrzeit immer die Hölle los. Erst nach dreimaligem Kurven um die Fahrzeugkolonnen wird ein Parkplatz frei.

Ich haste zu den Einkaufswagen und eile in den Laden. Als ich Conny, die eine Sonnenbrille trägt, an der Obsttheke hantieren sehe, mache ich so eine Vollbremsung, dass ich mir einbilde, dass es nach verbrannten Schuhsohlen müffelt. Neben Conny stehen zwei Einkaufswagen. In einem sitzen Max und Moritz, in dem anderen liegt ein großer Sack mit Kartoffeln. Noch bevor ich mich durch einen anderen Gang davonschleichen kann, hat sie mich jedoch entdeckt.

Sie macht einen hektischen Eindruck. »Hallo, Schwester, was für eine göttliche Fügung. Dich schickt der Himmel. Ich wäre nach dem Einkauf eh zu dir gekommen. Anton zieht heute Abend in eine Ferienwohnung, das finde ich prima. Er will meinem Glück nicht länger im Wege stehen.« Sie lüftet die Sonnenbrille und blinzelt mit geschwollenen Augenlidern. Ihre Augen füllen sich mit Tränen. »Nun die Schattenseite. Ausgerechnet heute hat sich Ludmilla für eine Woche krankschreiben lassen. Angeblich wegen Migräne.« Sie stampft mit dem Fuß auf. »Menno. Die ist doch nie im Leben krank. Ich habe Anton gebeten zu bleiben, bis sie wiederkommt, er hat sich jedoch nicht darauf eingelassen. Nun muss ich mich alleine um vier Kinder kümmern. Ist das nicht schrecklich?«

Ich beuge mich zu meinen Neffen hinunter und küsse sie zärtlich. Sie glucksen und strahlen mich an. Ich genieße die kleinen Patschhändchen, die mit meinen Haaren spielen.

»Und Jasper konnte ich heute nicht erreichen. Er ging nicht ans Telefon. Wahrscheinlich steckt er bis über beide Ohren in Arbeit.«

Ich schnelle hoch und rede Tacheles. »Mensch, Conny. Komm endlich zu dir! Hast du gestern nicht mitbekommen, wie sehr *dein* Jasper von Rieke und ihrem kleinen Werner angetan ist? Er hat die Frau förmlich mit den Augen aufgefressen, er suchte ständig Körperkontakt zu ihr. So blind kannst selbst du nicht sein!«

Sie kiekst hysterisch. Wieder stampft ihr Fuß auf den Boden. »Hat er nicht! Er wollte nur nicht, dass jemand ahnt, was zwischen uns läuft. Ich kenne ihn …«

Ich zische sie leise an. »Du lebst in einem Luftschloss, Princess of Sülldorf.« Ich schnippe mit den Fingern und äffe Werner nach. »Wuusch … Bäääng … Knall! Du befindest dich im freien Fall von Wolke sieben auf den harten Beton der Realität. Werde endlich wach.«

Sie ist weiterhin bockig. »Das stimmt nicht. Du kennst Jasper nicht so gut wie ich … Können Hanni und Nanni heute bei euch schlafen?

Ich würde sie später bringen. Du musst doch morgen sowieso früh raus, dann könntest du sie zur Schule fahren. Mir wird das zu viel, ich bin mit den Nerven am Ende.«

Meine Hände verkrampfen sich um den Griff des Einkaufwagens. »Nein, können sie *nicht*. Paul verreist morgen für drei Tage geschäftlich, und mir geht es nicht gut. Mir ist übel. Verdammt übel. Ich werde mich morgen krankmelden müssen. Wenn dein Jasper dich so liebt, wird er neben dir stehen, wenn Anton weg ist.«

Conny macht einen Schritt auf mich zu. »Sag mal, wie redest du eigentlich mit mir, du verwöhntes kleines Gör?«

Ich mache einen Schritt zurück, aber nur, um meinen Einkaufswagen an Conny vorbeischieben zu können. »Ich melde mich wieder bei dir, wenn es mir besser geht, Schwester. Viel Glück.« Dann bin ich weg.

Vielleicht fällt Conny jetzt auf, wie sehr Anton sie im Haushalt und bei der Kinderbetreuung in den Abendstunden unterstützt hat.

Die Hackfleischsauce schmeckt köstlich. Nach dem dritten Abschmecken finde ich, dass die Zugabe einer weiteren Knoblauchzehe nicht schaden kann. Es wandert die siebte Zehe in den Topf. Nachdem ich in der Küche fertig bin, laufe ich ins Schlafzimmer.

Meine kleine Reisetasche ist schnell gepackt. Das Wichtigste kommt zuerst hinein. Das kleine Fernglas, ein paar Klamotten und Toilettenartikel wandern hinterher, obenauf lege ich einen Strohhut mit breiter Krempe und eine Sonnenbrille mit großen Gläsern.

Paul kommt bestens gelaunt nach Hause. Als er Anstalten macht, mich zu küssen, weicht er, kurz bevor seine Lippen meine berühren, zurück, dabei wedelt seine Hand in der Luft. »Puh. Hast du Angst vor Vampiren? Erinnerst du mich daran, dass ich für die Reise genügend *Jummy-fresh*-Kaugummis einpacke?«

»Oh. *Entschuldige* bitte. Ich habe gar nicht mehr an deine Geschäftsreise gedacht.« Ich verziehe schuldbewusst das Gesicht. »Das wird für Frau Pellegrino aber sehr unangenehm werden.«

Paul lacht. »Nein, ganz im Gegenteil. Sie liebt den Duft von Knoblauch. Ich weiß aber nicht, ob der Rest der Truppe darauf steht … Ich hüpfe kurz unter die Dusche.« Er verschwindet in die obere Etage.

Die ist doch pervers. Wer weiß, was die noch alles liebt. Mit einem Löffelchen fische ich kleingeschnittene Stücke der Zehen aus der Sauce; sie wandern direkt in meinen Mund. Die Pelle soll sich nicht über Pauls Ausdünstungen freuen.

Als Paul zurück in die Küche kommt, ist der Tisch gedeckt. Er gießt die Spaghetti in ein Sieb ab.

»Für mich nur ganz wenig, Paul. Mir ist seit heute Nachmittag übel. Bruni ging es auch nicht gut.«

»Ist es sehr schlimm?«

Ich winke ab. »Das ist halt während einer Schwangerschaft so.« Mir fallen Gundulas Worte ein. »So ein kleiner Wurm kann den Hormonhaushalt eines Frauenkörpers ganz schön auf den Kopf stellen.«

Nachdem ich aufgegessen habe, nehme ich mir noch eine kleine Portion. Auch die ist schnell vertilgt.

»Soll ich dir einen Tee machen?«

»Nein. Ich esse lieber noch etwas. Ich habe das Gefühl, das hilft.«

Paul beobachtet amüsiert, wie ich zulange. »Also, ich muss dich bewundern. Wenn mir schlecht ist, kann ich nichts essen.«

Ich fühle mich ertappt. »Du bist ja auch nicht schwanger. Du weißt gar nicht, wie es sich anfühlt, schwanger zu sein. Man sagt ja nicht umsonst, dass eine Schwangerschaft etwas ganz Besonderes ist.« Meine Antwort fällt patziger aus als beabsichtigt.

Nach dem Essen lege ich mich aufs Sofa und überlasse es Paul, die Küche aufzuräumen.

Dann werde ich endlich aufgeklärt, wo Paul und Pelle absteigen.

»Wir werden in Burg im Hotel *Zum Wattwurm* einchecken. Auf meinem Handy kannst du mich rund um die Uhr erreichen, Karo. Das weißt du ja. Sollte irgendetwas mit dir sein, es dir schlechter gehen, rufe mich umgehend an, ich komme sofort zurück.«

»Ach, Paul. Mach dir keine Gedanken. Ein wenig Übelkeit ist weiter nicht schlimm. Ich gönne mir ein wenig Ruhe. Sollte es mir morgen nicht gut gehen, bleibe ich einfach zu Hause.«

»Unbedingt, Möhrchen. Bruni soll nur das Notwendigste erledigen.« Er schmunzelt und breitet die Arme aus. »Komm zu mir, lass dich ein wenig verwöhnen.«

Paul streichelt zärtlich meinen Rücken, nachdem ich es mir auf seinem Schoß bequem gemacht habe. Er berichtet weiter von den kommenden Tagen. Dass die Crew der Werbefirma in einem anderen Hotel untergebracht sei, dass der Dreh am Strand, in der Nähe des Niobe-Denkmals, gemacht werde und dass er schon jetzt wisse, dass er mich und Kasper vermissen werde.

Mich überkommt plötzlich ein so schlechtes Gewissen, dass mir tatsächlich leicht schlecht wird. Ich spioniere *dem* Mann hinterher, dessen Hände mich spüren lassen, wie sehr er mich mag.

»Paul?«

»Ja?«

»Wenn wir in der Küche einen Gasherd stehen hätten und du jetzt nicht genau wüsstest, ob du das Gas abgedreht hast oder nicht … würdest du dir durch Kontrolle Gewissheit verschaffen?«

Paul hält kurz inne. »Ja … sicher. Glaubst du, ich würde wollen, dass wir beim kleinsten Funkenschlag in die Luft fliegen?«

Ich kuschele mich noch enger an ihn. »Danke. Das beruhigt mich. Vielen Dank.«

27. Auf Fehmarn und Mittagspause der Vogelscheuchen

Nachdem der Radiowecker uns mit einer flotten Melodie geweckt hat, erkundigt sich Paul sofort, wie es mir gehe.

Ich reibe meine Augen. »Bäh. Nicht gut. Ich glaube, heute kann ich nicht frühstücken … und erst recht nicht ins Büro fahren.« Ich richte mich langsam auf.

Paul drückt mich zurück auf mein Kissen. »Du bleibst schön da, wo du bist, Möhrchen. Bevor ich fahre, komme ich noch einmal und bringe dir Kaffee und Toast.«

Ich erhebe mich erneut und schwinge die Beine aus dem Bett. »Ich will aber nicht liegen bleiben.« Meine Füße tasten auf den Fliesen nach meinen Puschen.

Paul schüttelt ärgerlich den Kopf. »Ich kann dich manchmal wirklich nicht verstehen, Karo. Warum zwingst du dich, Dinge zu tun, die du nicht tun musst?«

Da ich Paul schlecht erklären kann, aus welchem Grund ich was *muss*, winke ich gähnend ab.

Während Paul in die Küche geht, um die Kaffeemaschine einzuschalten, husche ich unter die Dusche und stelle fest, wie schnell ich sein kann, wenn ich unter extremem Zeitdruck stehe.

Paul hebt erstaunt die Augenbrauen, als er wieder nach oben kommt und ich in ein Badelaken gehüllt bereits meine nassen Haare kämme.

Ich kleide mich so weit an, dass ich gleich nur noch in eine Jeans und in ein T-Shirt schlüpfen muss, dann streife ich einen Bademantel über und eile in die Küche.

Bevor sich Paul blicken lässt, esse ich einige Scheiben Wurst, um den gröbsten Hunger zu stillen.

Jetzt beweist Paul, dass er schnell sein kann. Er frühstückt im Rekordtempo, schaut dabei ständig auf die Uhr und erklärt mir leicht nervös, dass er Maria um 8 Uhr abholen wolle.

Kurze Zeit später steht er mit seiner gepackten Reisetasche vor mir. Ich kann Paul nicht in die Augen schauen, rigoros schiebe ich ihn zur Tür.

»Machen wir's kurz, Paul. Pass auf dich auf.«

Er küsst mich. Ich schmecke *Geigers Jummy-fresh-Gum*. »Ihr auch. Melde dich bitte ab und an, damit ich weiß, wie es dir geht.«

Ich verspreche es.

Dann sagt er, dass ich nicht in der Firma anrufen bräuchte, er werde im Personalbüro Bescheid sagen.

Mit der rechten Hand winke ich Paul hinterher, mit der linken ziehe ich mein Handy aus der Bademanteltasche. Als Paul von unserem Grundstück fährt, wähle ich Simones Rufnummer. Ihre Stimme klingt fit, im Hintergrund höre ich Bruni und Ratiba lachen. Sie wollen innerhalb weniger Minuten bei mir sein.

Ich renne die Treppe hinauf ins Schlafzimmer, schlüpfe in meine Klamotten, greife im Kleiderschrank nach Reisetasche, Hut und Sonnenbrille und sprinte wieder zurück ins Erdgeschoss. Nach einer kurzen Vergewisserung, ob in der Küche die Kaffeemaschine und der Elektroherd ausgeschaltet sind, hupt es vor dem Haus.

Die hintere Tür des schicken schwarzen BMWs fliegt auf. Simone springt heraus und öffnet die Heckklappe. Sie nimmt eine kleine Kühltasche heraus und ich lege meine Reisetasche hinein, dann setzen wir uns zu Bruni auf die Rückbank.

Der Knoblauchgenuss von gestern Abend rächt sich. Bruni und Simone halten sich die Nasen zu.

Bruni ruft mit näselnder Stimme. »Boah, geht's noch, Karo?«

In dem Moment bin ich froh, dass wir keine Kekse, sondern Kaugummis herstellen, denn darum habe ich genug von der frischen Kaumasse in meiner Handtasche und mache großzügig Gebrauch davon. Die Mädels atmen auf. Ratiba lenkt den Wagen, wie die Stimme des Navigationsgeräts sie leitet.

Ich schmatze. »Wir können ruhig langsam in Richtung Autobahn fahren, Paul holt erst die Pelle ab.«

Dann erzähle ich, wie es gestern Abend und heute Morgen gelaufen ist und wie ich überzeugend die Leidende gespielt habe. Bruni erklärt, dass sie bereits in der Personalabteilung angerufen und sich krankgemeldet habe. Dann richten Simone, Ratiba und Bruni liebe Grüße von ihren Männern aus, die uns viel Spaß auf der Insel wünschen.

Ich habe noch nie in einem Pkw gesessen, der getönte Scheiben hat, und spähe nach draußen. Es ist so, als ob ich meine Umwelt durch eine Sonnenbrille betrachten würde.

Simone hat mitgedacht. Sie erklärt fröhlich, dass Willi in aller Herrgottsfrühe knusprige Brötchen besorgt hat, die sie mit leckerem Aufschnitt und Käse belegt habe.

Ratiba streckt die Hand nach hinten und wird prompt bedient.

Während wir das leckere Frühstück genießen, erkläre ich Ratiba, dass sie im Rückspiegel auf einen schwarzen Mercedes achten solle, und nenne das Kennzeichen von Pauls Auto.

Im Rückspiegel sehe ich Ratibas große Kulleraugen, wie sie zwischen Fahrbahn und Heckscheibe hin- und herwandern. Ihre krausen Haare sind zu einem Puschel auf dem Oberkopf zusammengebunden, der über der Kopfstütze wie ein kleiner Besen hervorlugt.

Als Ratiba auf der Autobahn einem kleinen Lkw folgt, kündigt sie an, dass ein schwarzer Mercedes herangerauscht käme. Wenige Sekunden später sagt sie, dass es Paul sei. Instinktiv ducke ich mich und beuge mich weit nach vorne.

Simone lacht. »Bleib sitzen, Paul kann dich durch die Scheiben nicht erkennen. Der sieht nur schwarz.«

Ratiba lacht. »Und wenn er durch die ungetönten Frontscheiben blickt, sieht er ebenfalls nur schwarz.«

Wir prusten los.

»Soll ich ihn vorbeilassen oder hinter uns halten?« Ratiba beschleunigt leicht, denn der Lkw schert rechts ein.

Ich drehe mich um. »Für eine Weile sollten wir ihn nicht vorbeilassen. Mal schauen, wie die beiden sich benehmen. Gib Gas, Ratiba.«

Der Wagen reagiert sofort auf den Befehl, den Ratiba mit ihrem rechten Fuß gibt; wir bleiben in Führung.

Es ist unglaublich anstrengend, angeschnallt in einem Auto sitzend zu beobachten, was hinter dem Rücken vor sich geht. Meine Nacken- und Rückenmuskeln verkrampfen sich schon nach wenigen Minuten. Bruni und Simone sind etwas dichter nebeneinandergerückt, sodass ich mehr Bewegungsfreiheit habe.

Die Pelle reicht Paul einen Becher. Ich hoffe mal, dass sich darin Kaffee statt Rotwein befindet.

Pelle und Paul reden in einer Tour. Sie lacht, er lacht. Sie lacht, als sie ihm irgendetwas in die Hand drückt, Paul lacht, als er es annimmt. Paul beißt in etwas hinein, die Pelle schaut ihn an, Paul hält dieses Etwas etwas höher in die Luft, betrachtet es anerkennend, dann wieder dieses bescheuerte Lachen.

»Entspannt euch, Mädels … Gleich hängen wir im Stau.« Ratiba verlangsamt die Geschwindigkeit.

Es ist mir fast unmöglich, wieder eine normale Sitzhaltung einzunehmen, meine Muskeln schmerzen höllisch. Sobald wir im Stau stehen, öffnen wir gleichzeitig die Gurtschnallen.

Simone kramt in der Kühltasche und verteilt Äpfel, dann knien wir uns auf die Rückbank und haben Paul und Pelle voll im Visier.

Ich reibe mein Genick, dann beiße ich herzhaft in das Stück Obst und stütze meinen Kopf auf die Hände.

Simone knabbert an ihrem Granny Smith, dann saugt sie schmatzend daran. »Die sitzen doch ganz friedlich nebeneinander. Also ich würde sagen, die wirken echt wie Sekretärin und Chef. Mensch, die sieht aber wirklich toll aus.«

Ich werfe Simone einen bösen Blick zu.

»Die sieht aus wie Rapunze.« Erneutes Schmatzen ertönt.

Ratiba kreischt vor Lachen. »Rapunzel, Simone. Nicht Rapunze.«

»Mensch, Leuchtturm«, Bruni seufzt. »Rapunzel hatte blonde Haare. Du meinst wahrscheinlich Schneewittchen.«

»Ist doch egal, ob Rapunze oder Schneewittchen. Auf jeden Fall sieht sie gut aus.«

Ich überhöre Simones Kommentar und genieße es, nicht gesehen zu werden und gleichzeitig alles sehen zu können. Ich zeige der doofen Pelle den Stinkefinger. Meine Zähne arbeiten sich langsam in Richtung Apfelgehäuse voran.

»Gleich geht es weiter. Der Stau löst sich langsam auf.« Ratiba beschleunigt ein wenig.

Plötzlich tut sich etwas hinter uns, das bemerke nicht nur ich. Paul streckt seinen rechten Arm in die Luft, er zappelt regelrecht auf seinem Sitz.

»Hä? Was ist denn mit Paul los?« Bruni flüstert.

Ich beuge mich so weit über die Ablage, dass es in meinem Rücken reißt. »Keine Ahnung …«

Pelles Kopf verschwindet blitzschnell von der Bildfläche. Es sieht jetzt so aus, als würde Paul alleine in seinem Auto sitzen. Nach wenigen Sekunden zuckt Paul noch heftiger. Seine Augen werden groß, sein Mund ist weit geöffnet.

Meine Hände krallen sich in die Polster des Fahrzeugs. »Was soll das? Was treiben die am frühen Morgen auf der Autobahn?«

Simone spricht das aus, was ich denke. »Ey … kann es sein, dass die Pelle Paul einen bläst?«

Bruni schlägt ihrer Cousine so fest auf den Kopf, dass Simones Brille auf die Nasenspitze rutscht.

»Menno. Hau mich nicht. Ich bin schwanger.« Simone rückt die Brille zurecht.

»Karo auch. Setz ihr also keinen Floh ins Ohr.«

Ich starre noch immer gebannt auf Paul. Seiner Mimik nach zu urteilen ist er dabei, einen kleinen Tod zu sterben. Mir wird flau im Magen. Die Franzosen bezeichnen den Orgasmus auch als »la petite mort«, was übersetzt »kleiner Tod« bedeutet. Meine Kehle ist wie zugeschnürt, ich kann nicht sprechen.

Jetzt setzt Paul den Blinker, um sich rechts einzufädeln. Die Pelle ist noch immer nicht aus der Versenkung aufgetaucht.

Ratiba beteiligt sich nicht an Simones Spekulationen. Sie sagt, dass der Stau sich aufgelöst habe, und beschleunigt wieder. Wir verlieren Pelle und Paul aus den Augen.

Wir schnallen uns wieder an, es herrscht betretenes Schweigen.

Nach einer Weile drückt Bruni sanft meine Hand. »Das muss alles nichts zu bedeuten haben, Karo. Kopf hoch.«

Simone verteilt jetzt Kekse. »Kopf hoch … Das musst du Karo nicht sagen. Sag das lieber der Pelle.« Sie versucht ein Lachen zu unterdrücken, vergeblich.

Ich kann nicht anders, ich lache mit.

Wir wollen Pauls Interesse nicht auf unser Fahrzeug lenken, darum beschließen wir, zügig auf die Insel zu fahren.

Ratiba ist eine umsichtige Fahrerin. Wir lehnen uns entspannt zurück.

Als wir über die Fehmarnsundbrücke fahren, ist Ratiba von der herrlichen Aussicht begeistert. Sie quiekt vor Freude wie ein kleines Ferkel.

Ich bin immer sehr gerne auf die Insel gefahren, mein Herz machte jedes Mal beim Überqueren der Sundbrücke Freudensprünge. Jetzt wirkt die Stahlkonstruktion düster und bedrohlich auf mich. Die Vorstellung, dass zwischen Paul und mir alle Brücken abgebrochen werden könnten, macht mir Angst. Ich lege die rechte Hand auf meinen Bauch. Egal, was kommt, ich muss stark sein für Kasper. Ich sollte mich auf das Schlimmste vorbereiten, dann wird es mich nicht ganz so arg vom Hocker hauen, wenn Paul und Pelle tatsächlich eine Affäre haben sollten.

Das Ferienhaus, das Simone gebucht hat, ist großräumig und sehr gepflegt. Die freundliche Vermieterin zeigt uns die Räumlichkeiten. Zuerst zwei Schlafzimmer, die mit hellen Kiefermöbeln ausgestattet sind. Danach das Badezimmer, das eine übergroße Badewanne mit einer Falttür hat und deshalb auch als Dusche benutzt werden kann. Die Küche ist im Wohnzimmer integriert und bietet alles, was ein Hausfrauenherz begehrt. Von dort aus gelangt man auf eine kleine Terrasse. Bei der Verabschiedung erklärt sie, dass wir das Auto unter dem schattigen Carport parken können, der vollkommen mit Efeu überwuchert ist.

Nachdem sie uns alleine gelassen hat, richten Simone und Ratiba sich in einem Schlafzimmer ein, Bruni und ich in dem anderen.

Wir machen uns ein wenig frisch, dann binde ich meine Haare zu einem Knoten zusammen und setze den großen Strohhut so auf den Kopf, dass die breite Krempe die Hälfte meines Gesichts verdeckt. Bruni kontrolliert, ob keine rote Haarsträhne darunter hervorlugt.

Ratiba schlägt vor, dass ich besser eines ihrer T-Shirts anziehen solle. Nach kurzem Nachdenken stimme ich zu. Ich habe zwar Anziehsachen dabei, die ich schon länger nicht getragen habe und die Paul bestimmt nicht mehr in Erinnerung hat, aber sicher ist sicher. Also Hut wieder ab und Klamotten wechseln. Simone verschwindet im Bad, um ihre Brille gegen Kontaktlinsen auszutauschen.

Danach setzen sie und Bruni ebenfalls große Hüte auf, dann kommen unsere Sonnenbrillen zum Einsatz. Wir gackern los, als wir uns gegenseitig betrachten. Wir sehen so blöde aus, dass wir in dieser Aufmachung erst recht auffallen.

»Und nun?« Simone klatscht in die Hände. »Was machen wir nun?«

Ich gebe zu, dass ich selbst nicht weiß, wie es jetzt weitergehen soll. »Es wäre zu auffällig gewesen, wenn ich Paul mit Fragen gelöchert hätte, wo und wann er und die Pelle sich mit dem Filmteam treffen werden.«

»Hm. Die Insel ist zwar nicht sehr groß, aber zu groß, um jemanden zu finden, von dem man nicht weiß, wo er sich aufhält.« Ratiba reibt ihre Nasenspitze.

In dem Moment klingelt mein Handy. Meine Hände zittern, als ich es hektisch aus meiner Hosentasche ziehe. »Ach, du Scheiße. Paul … es ist Paul … Was mache ich denn nun?« Ich trippele auf der Stelle. Das bimmelnde Gerät tanzt in meinen Händen, als wäre es glühend heiß.

»Mensch, Karo, geh einfach ran.« Bruni verzieht das Gesicht.

Bruni, Simone und Ratiba beeilen sich, das Schlafzimmer zu verlassen.

Mein Zeigefinger zittert so stark, dass er dreimal Anlauf nehmen muss, um über das Display zu wischen, damit die Verbindung zustande kommt.

»Hallo, Möhrchen. Ich wollte gerade auflegen und dich auf dem Festnetzanschluss anrufen …«

»Ähm … nein. Gut, dass du das nicht gemacht hast, denn dort bin ich gar nicht. Ich meine … ich wäre nicht drangegangen, weil ich oben bin.«

»Aber dort liegt doch auch ein Schnurloses.«

Ich werde pampig, denn wenn ich lüge, ist Pauls Logik vollkommen fehl am Platz. »Hast du nur angerufen, um mir zu sagen, an wie vielen Stellen in unserem Haus mobile Telefone liegen?«

Seine Stimme überschlägt sich. »Nein, Quatsch. Wie geht es dir?«

»Na ja, wie vor wenigen Stunden, nicht besser und nicht schlechter.«

»Prima. Ich wollte dich schon während der Fahrt anrufen, dachte aber, dass du vielleicht schlafen würdest. Ich wollte dich nicht stören. Wir sind auf der Insel, das Hotel ist ganz nett. Die Matratzen sind schön hart, genau wie ich es mag.«

Ich balle meine rechte Hand zur Faust. »Wie war die Fahrt? Ich meine … irgendwelche besonderen Vorkommnisse?« Ich beiße mir auf die Oberlippe.

»Du … alles lief wunderbar. Nur ein kleiner Stau, nicht der Rede wert. Maria und ich haben uns bestens unterhalten.«

»Ach. Das ist nett, Paul. Sehr nett.« Ich beiße mir auf den Daumen.

»Genau das dachte ich mir auch, Möhrchen. Äh … gleich treffen wir uns mit dem Filmteam am *Niobe Denkmal* … Herr Meyering erklärt, wie morgen alles ablaufen wird. Und heute Abend gehen wir gemeinsam essen.«

Ich horche auf. Wenn Paul das Wort »gleich« ausspricht, dann meint er auch »gleich«. Sofern wir vor Paul, Pelle und dem Filmteam vor Ort sein wollen, ist Eile angesagt. Darum sprudeln die nächsten Worte nur so aus mir heraus. »Das hört sich prima an, Paul. Dann wünsche ich euch eine schöne Besprechung. Ich werde mich dann mal wieder ins Bett kuscheln.«

Mit einer Hand krame ich in meiner Reisetasche nach meinem Fernglas, verfrachte es in meine kleine Handtasche und höre ungeduldig zu, wie Paul mir bei der Verabschiedung sagt, wie sehr er mich und Kasper liebe und dass er uns vermisse.

Bruni und Ratiba springen sofort von den Terrassenstühlen auf, als ich mit knappen Worten erkläre, dass Paul und Pelle jetzt Richtung

Gammendorf führen und wir uns sputen müssten, um vor ihnen dort zu sein. Simone räkelt sich auf dem Stuhl und mault, dass sie Hunger habe und erst etwas *Richtiges* essen wolle, z.B. Pommes oder Tintenfischringe, ihr sei schon ganz flau im Magen.

Mit Engelsstimmen schaffen wir es, sie davon zu überzeugen, dass zwei Äpfel zum Mittagessen bei der Wärme besser für Mutter und Kind seien als ein Essen aus der Fritteuse.

Dann sprinten wir so schnell zum Auto, dass wir unsere Hüte festhalten müssen, damit sie uns nicht vom Kopf wehen.

Da ich als Kind und Jugendliche mit meiner Familie viele Sommer auf dem Bauernhof von Tante Leni und Onkel Egon, dem Bruder von Opa Heini, in Todendorf verbrachte, verfüge ich über gute Ortskenntnisse.

Innerhalb kürzester Zeit dirigiere ich Ratiba auf die Landstraße, die nach Gammendorf führt. Dort tritt Ratiba das Gaspedal so tief hinunter, dass dem Motor genügend Benzin zugeführt wird und die Räder so schnell rollen, dass wir beim Beschleunigen regelrecht in die Sitze gepresst werden.

Bruni fährt die Seitenscheibe herunter, breitet die Arme aus und kreischt. »Jujuhuuu! Nur Fliegen ist schöner.«

Ich halte meinen Hut fest und bekomme einen Lachflash. Simone umklammert mit beiden Händen ihren Sicherheitsgurt und schreit: »Ni … ni … nicht so schne … schnell!«

Ratiba befiehlt Simone lachend: »Ni … nicht so la … laut!«

Als Ratiba, jetzt im Schritttempo, den Wagen auf den Parkplatz lenkt, sind Paul und Pelle noch nicht da. Ich bitte Ratiba, den Wagen ganz hinten zu parken, und erkläre, dass wir von dort aus mit wenigen Schritten in den kleinen Wald verschwinden können, der zwischen Parkplatz und Strand liegt, denn von dort aus haben wir einen genialen Überblick über alle ankommenden Fahrzeuge.

Wenige Minuten später sitzen wir hinter hohen Sträuchern im Gras und harren der Dinge, die kommen. Ich schlage vor, dass wir unsere Handys auf stumm schalten.

»Igitt!« Simone schlägt nach lästigen Brummern, die vor ihrem Gesicht kreisen. Dann beugt sie sich vor; durch ihre dunkle Sonnenbrille ist nicht zu erkennen, wen von uns sie anschaut. »Hast du mein Mittagessen mitgenommen? Die Äpfel?«

»Ich? Nein.« Mein Fuß juckt. Irgendetwas scheint mich gestochen zu haben. Ich kratze wie verrückt meinen Fußknöchel.

Sie winkt barsch ab. »Ach, Karo, dich habe ich nicht gefragt, sondern dich!«

Bruni zieht ein Schüppchen. »Mich?«

Simone wirft den Kopf in den Nacken. »Ey, wollt ihr mich hochnehmen? Wen gucke ich wohl an? Ich meine *dich*, Ratiba. Du bist doch zuletzt ausgestiegen.«

Wir lachen. Simones Zornesfalte verrät, dass sie nicht weiß, was uns dermaßen amüsiert.

»Nein. Ich dachte, du hast sie selbst mitgenommen.« Ratiba, die keine Sonnenbrille trägt, kullert mit den Augen.

»Boah! Würde ich dich sonst fragen? Mennooo. Mein Kind braucht was zu essen.« Simone macht Anstalten, aufzustehen. »Ich laufe noch einmal zum …«

»Stopp. Hiergeblieben.« Ich halte sie fest, sie plumpst zurück auf den Hosenboden. »Wenn jemand geht, dann nur Ratiba.«

»Seid still. Paul kommt.« Bruni biegt die Zweige des Strauches ein wenig auseinander. Wir rücken ganz dicht zusammen und spähen durch das Grün.

Simone flüstert. »Dann soll Ratiba gehen. Jetzt. Sofort.«

»Halt die Schnute, Simone. Jetzt geht niemand mehr.« Ich konzentriere mich auf Pauls Auto und das große Wohnmobil, welches ihm langsam folgt.

Bevor Paul in eine enge Parklücke fährt, steigt die Pelle aus und winkt dem Fahrer des Caravans fröhlich zu, der das lange Fahrzeug ebenfalls ganz nach hinten lenkt und neben unserem Gefährt zu stehen kommt. Paul und mich trennen circa acht Meter. Hinter dem dichten Buschwerk fühle ich mich sehr unsichtbar.

Die Pelle läuft mit kleinen Schritten hinterher, Paul folgt ihr auf dem Fuße.

»Mensch, die sieht wirklich obergeil aus. Wie ein Model.«

Und wieder spricht Simone das aus, was ich denke. Die Pelle trägt knappe, schwarze Shorts, dazu ein rückenfreies, schwarzes Oberteil mit weißen Punkten. Ihre Füße stecken in weißen, hochhackigen Sandalen, ihre Haare sind zu einem dicken Zopf geflochten, der …

wie kann es anders sein … über ihrem linken Busen liegt, worüber ich mich tierisch aufregen könnte. Das hat die sich doch mit Sicherheit von mir abgeguckt!

»Die spinnt doch.« Ratiba grunzt verächtlich. »Mit diesen Schuhen will die im Sand laufen?«

Bruni lacht hämisch. »Wenn die sich mal nicht die Hacken bricht.«

»Hallo, Herr Meyering … ähm, Waldemar.« Paul begrüßt den schwergewichtigen Mann, der sich mit einem Taschentuch über die Halbglatze wischt, mit einem kräftigen Handschlag, die beiden jungen Männer, die aus dem Wohnmobil steigen, ebenfalls. »Hallo, Frank, hallo, Timo.«

Die Pelle wird mit einem Handkuss begrüßt, auch von den jüngeren Männern.

Meyering breitet die Arme aus und dreht sich schwerfällig im Kreis. »Was für ein Drehwetter! Es soll die nächsten Tage so schön bleiben. Himmlisch. Wir werden morgen was ganz Feines produzieren, etwas ganz Feines.« Dann zwickt er die Pelle väterlich in die Wange. »Dass Sie dabei sind, freut mich ganz besonders.« Er schlägt Paul freundschaftlich auf die Schulter. »Passen Sie gut auf, mein Freund, dass ich Ihnen Maria nicht ausspanne.« Dann lacht er schallend. Timo und Frank lachen mit. Paul lacht nicht.

Mein Mund wird trocken.

»Da habe ich ja wohl auch noch ein Wörtchen mitzureden.« Pelles Lachen klingt hell, sie hakt sich bei Paul ein. »Bei *Geigers Jummy-Gum* habe ich genau das gefunden, was ich immer gesucht habe. Es tut mit leid, Waldemar.«

Jetzt strahlt Paul. Er verbeugt sich knapp vor Meyering, dann legt er einen Arm um die Pelle und zieht sie kurz an sich. »Ich hoffe, Sie sind ein guter Verlierer.«

Mit sichtlich guter Laune schlendern sie langsam Richtung Parkplatzeinfahrt, von der aus ein kurzer Weg direkt zum Strand führt.

Ich hole tief Luft. Tonlos bitte ich Ratiba, nicht nur die Äpfel, sondern auch einige Dosen Mineralwasser aus dem Auto zu holen.

Bruni drückt mich. »Das war doch nur Spaß. Ehrlich, Karo. Das habe ich an der Stimmlage erkannt. Noch ist nichts, aber auch nichts vorgefallen.«

Simone setzt die Sonnenbrille ab und kaut auf deren Bügel. »Das stimmt. Es ist nichts passiert. Außer, dass die Pelle Paul eventuell einen gebla …«

Simone hält sofort die Klappe, als Bruni ihr einen Klaps auf den Hut versetzt.

Als Ratiba zurückkommt, zischen Dosenverschlüsse. Simone beißt gierig in einen grünen Apfel.

Ratiba reicht jeder von uns die Hand, um uns auf die Beine zu helfen.

Ich entferne von meiner Jeans irgendwelche Kleintiere, die auf meinen Hosenbeinen um die Wette laufen. »Wir müssen uns nicht beeilen. Die Komiker-Gang braucht eine Weile, bis sie am Niobe-Denkmal ist. Sie müssen erst den Strand entlanglaufen. Durch den Wald sind wir flott auf einem Spazier- und Fahrradweg. Dann können wir in das nächste Waldstück laufen, dahinter befindet sich direkt der Strand.«

Als wir den Forst hinter uns gelassen haben und auf dem Weg sind, weht eine kräftige Brise. Durch das Fernglas entdecke ich die Pelle, die vorausläuft und ausgelassen wie ein kleines Mädchen durch die seichten Wellen hüpft. Die Hacken wird sie sich eher nicht brechen, weil sie ihre Schuhe in der rechten Hand trägt. Ab und an bückt sie sich und hebt Steine auf, die sie ins Wasser wirft.

Jetzt bereue ich, dass wir uns nicht sorgfältiger mit Proviant versorgt haben, denn mein Magen hängt mittlerweile dort, wo ich sehr kitzelig bin. In den Kniekehlen.

Damit uns nicht so langweilig ist, wechseln wir uns mit Fernglasgucken ab. Nachdem die Pelle schon zehn Minuten am Strand gehockt und bewundernde Blicke der männlichen Badeurlauber genossen hat, kommt endlich Paul samt Anhang dazu.

Es ist sehr ärgerlich, aber wir können nicht verstehen, was die Truppe bespricht, denn zwischen dem Wald und dem Strandufer liegen so viele Meter, dass Zuhören unmöglich ist. Selbst wenn wir in unmittelbarer Nähe gesessen hätten, wäre bei den heutigen Windverhältnissen ein Lauschangriff unmöglich. Wir können nur erkennen, wie Meyerings Arme durch die Luft wirbeln, seine Finger auf dies und jenes zeigen und Timo und Frank Papiere herumreichen, die jeder nickend begutachtet. Paul und Pelle berühren sich nicht ein einziges Mal, was mich ungemein erleichtert.

Jetzt grummelt auch Brunis Magen so bedenklich, dass wir beschließen, unsere Zelte vorzeitig abzubrechen. Ich habe in Pauls Auto im Handschuhfach verschiedene Kekspackungen liegen, die ich gleich dreisterweise plündern werde. Eine weitere Stunde ohne etwas Essbares werde ich nicht überleben, und Bruni wahrscheinlich auch nicht. Wir laufen so zügig, dass wir beim Erreichen des Parkplatzes sicher sein können, dass in absehbarer Zeit weder Paul noch Pelle auftauchen werden.

Mit einem Griff in meine Handtasche halte ich den Schlüssel zum Fressalienbunker in meiner Hand. Bruni und ich gehen händchenhaltend mit kleinen, schnellen Schritten zu Pauls Auto; dieses Ding stehen wir wieder einmal gemeinsam durch. Innerhalb weniger Sekunden halten wir unsere Beute in Form von drei Kekspackungen in den Händen und hüpfen fröhlich zurück.

Der Kreis schließt sich, als wir wieder hinter den Büschen hocken und genussvoll an dem köstlichen Gebäck knabbern und auf die Rückkehr der Männer und Pelles warten.

Ratiba kaut im Zeitlupentempo, sie macht ein nachdenkliches Gesicht. »Uns muss etwas einfallen, damit wir morgen näher an die Truppe herankommen.«

Ich stimme zu. »Hat jemand eine Idee?«

Simone schnippt mit den Fingern. »Wir könnten große Kleckertürme aus nassem Sand bauen und uns dahinter verstecken. Oder ein Loch buddeln, uns hineinlegen und drumherum einen Sandwall anhäufen.«

»Sag mal, hast du einen Sonnenstich, Leuchtturm?« Brunis Stimme klingt gereizt.

Simone gibt nicht auf. »Hm. Wenn ihr keine Lust habt, mit Sand zu bauen, dann könnten wir uns in eine Strandmuschel setzen.«

»Mensch, bist du clever, Simone. Und dann winken wir Paul fröhlich zu und rufen laut: Huhuuu!«

Ich horche auf. »Wartet mal. Die Idee ist gar nicht so übel. Wir könnten das Teil so hinstellen, dass es mit der Rückseite zu Paul und Co. zeigt. Vor die Öffnung hängen wir Badehandtücher, schneiden ein kleines Loch in die Rückwand, durch das wir die Truppe beobachten können …«

»Perfekt! Das hört sich prima an.« Ratiba hält einen Daumen hoch.

»Sag ich doch.« Simone schmollt.

Bruni späht durch den Busch. »Redet leiser, sie kommen …«

Vier Augenpaare nehmen wieder die Zielobjekte ins Visier.

Paul und der Rest der Mannschaft reden so leise, dass wir kein Wort verstehen können. Ab und an wird genickt und gestikuliert. Erst bei der Verabschiedung werden die Stimmen wieder lauter.

»Prima. Wir sehen uns dann morgen früh um 10 Uhr. Der Jet-Ski wird dann auch vor Ort sein. Ich denke mal, dass wir den Werbespot schnell im Kasten haben. Unser Model Justus ist ein Profi, der rockt das Ding mit links.« Meyering putzt seine Brille.

Dann folgt gleiches Prozedere wie bei der Ankunft: Pelle wird die Hand geküsst und Paul kräftig die Hand geschüttelt.

Frank und Timo steigen ins Wohnmobil, die Pelle lässt Meyering und Paul allein. Sie joggt Richtung Toilettenhäuschen, das mittig auf dem Parkplatz steht.

Meyering zwinkert Paul zu. »Ich danke Ihnen für Ihr Vertrauen … und dass Sie mich eingeweiht haben. Sie sind ein Teufelskerl, Paul! Wenn jemand weiß, wie man Frauen glücklich macht, dann sind Sie es.« Er lacht so laut, dass ich zusammenzucke.

»Wissen Sie, im Moment ist alles sehr aufregend, die Ereignisse haben mich quasi überrollt. Wenn wir uns in der nächsten Woche in meinem Büro sehen sollten … lassen Sie sich bitte nichts anmerken, Waldemar. Meine Frau hat sehr sensible Antennen.«

Meyering grinst. »Das kenne ich von meiner Ex. Die hat bereits den Braten gerochen, obwohl das Schwein noch quicklebendig im Stall stand.« Meyering legt die rechte Hand auf sein Herz. »Sie haben mein Ehrenwort, Geiger. Silencio. Ich schweige wie ein Grab.«

Paul nickt ihm noch einmal zu. Dann joggt er pfeifend zum Auto, vor dem eine lächelnde Pelle wartet.

Beide steigen ein und warten noch so lange, bis Meyering den Parkplatz verlassen hat, dann fährt Paul langsam hinterher.

Wir springen auf und rennen zu unserem Auto. Ratiba startet den Wagen, noch bevor wir angeschnallt sind.

»Jetzt wird es eng. Wir dürfen die beiden nicht mehr aus den Augen verlieren. Das Ganze stinkt doch zum Himmel, wie zehn Tonnen verdorbener Fisch! Und ich blöde Kuh lasse mich von denen auch noch an der Nase spazieren führen!« Ich schreie kurz auf, dann lache ich hysterisch. »Von wegen, zusammen mit der Filmagentur zu Abend essen! Die beiden machen es sich schön kuschelig ... und zwar alleine!«

Ratiba folgt Pelle und Paul in großem Abstand. »Das hörte sich echt nicht gut an, was dein Mann von sich gegeben hat, Karo. Verdammt!« Sie schlägt mit voller Wucht aufs Lenkrad.

Bruni seufzt und nimmt meine Hand. »Ich bin gerade voll fertig. Ich weiß echt nicht, was ich dazu sagen soll.«

Simone schweigt und streichelt kurz über meine Wange, dann legt sie einen Arm um meine Schultern und drückt mich fest an sich. »Sollte Paul dich wegen der blöden Pelle verlassen, Karo, dann ...«

Ich unterbreche Simone. Mit fester Stimme sage ich: »Paul wird mich nicht verlassen, darauf könnt ihr Gift nehmen. Eine Karolina Geiger, geborene van Goch, wird nicht verlassen. *Sie* verlässt!« Und das meine ich tatsächlich so. Irgendwann kommt einem zugute, was einem in die Wiege gelegt wurde. Bei mir ist es der Stolz. Ich würde niemals zu Kreuze kriechen, betteln oder hinter jemandem herlaufen. Meine Familie, außer Conny, und meine Freunde haben mir, seit ich denken kann, gezeigt, wie wertvoll und wichtig ich bin. Wenn ich für Paul nicht wertvoll bin, gerade jetzt, wo ein kleiner Sonnenschein unter meinem Herzen strahlt, ist er es für mich auch nicht mehr. Ich straffe die Schultern. Das Einzige, was mir noch fehlt, ist Gewissheit. Und die werde ich mir heute oder morgen holen. Dann schlage ich zurück.

Ich genieße die Wangenküsschen, die mir von beiden Seiten gleichzeitig aufgedrückt werden.

Paul lenkt sein Fahrzeug nach Burg und fährt in den Hinterhof des Hotels *Zum Wattwurm*. Ratiba quetscht sich rückwärts in eine Parklücke, von der aus wir das komplette Gebäude im Blickfeld haben.

»Was für ein kalorienarmer Tag.« Ich schnalle mich ab. »Ich brauche jetzt ganz dringend etwas zu essen.«

Bruni atmet auf. »Super. Wenn Karo ans Essen denkt, geht es ihr gut.« Sie zeigt auf einen Imbisswagen, der auf dem Parkplatz eines

Supermarktes steht. »Wir könnten flott dort hinlaufen. Paul und Pelle sind doch eben erst ins Hotel gefahren.«

Ich überlege kurz. »Stimmt. Vielleicht fahren sie ja auch gar nicht mehr weg.« Bei dem Gedanken krampft sich mein Magen noch mehr zusammen, und das liegt mit Sicherheit nicht am Hunger.

Wir kontrollieren gegenseitig den Sitz unserer Hüte, die Augen verschwinden wieder unter den großen Brillengläsern, dann öffnen sich gleichzeitig drei Autotüren. Wir eilen im Laufschritt dem köstlichen Duft entgegen.

Der Verkäufer, der bereits schwitzt, kommt noch mehr ins Schwitzen, als wir nach flottem Studieren der Speisekarte unsere Bestellung aufgeben. Vier große Portionen Pommes, einmal schön salzig, zweimal normal, einmal ohne Salz, dafür umso mehr Paprikapulver. Zweimal doppelt Majo mit Currysauce, einmal einfach Majo, einmal nur mit Ketchup. Vier Schälchen Tintenfischringe mit Knoblauchsauce und zweimal Backfisch mit hausgemachter Remoulade, und das Ganze bitte knusprig, in getrennten Tüten und all das sehr zügig.

»Sie müssen wohl wieder flott auf'n Feld, was?«

»Aufs Feld?« Bruni lacht.

»Jau.« Er zeigt mit einem Finger auf unsere Hüte und weiten T-Shirts. »Mittagspause der Vogelscheuchen …« Dann lacht er dermaßen über seinen Megawitz, dass wir mitlachen müssen.

Simone bekommt den Auftrag, das Hotel im Auge zu behalten und sofort Alarm zu schlagen, falls Pauls Wagen das Gelände verlassen sollte.

Während der Imbissverkäufer geschäftig hantiert, laufen wir abwechselnd in den Supermarkt, um das Kunden-WC zu benutzen. Ich lasse allen den Vortritt.

Als ich zurückkomme, gackern Bruni und Ratiba. Der Verkäufer scheint beide gut zu unterhalten, er redet wie ein Wasserfall.

Simone sitzt auf der Anhängerkupplung des Wagens und lässt die Einfahrt neben dem Hotel nicht aus den Augen. »Von Paul und Pelle keine Spur, Karo.«

Fünfzehn Minuten später sitzen wir wieder im Auto und lassen es uns schmecken.

Simone isst mit den Fingern. »Der kann echt gut kochen, der Imbisskoch, lecker.«

Ich starre wieder auf die Einfahrt. Nichts. Keine Spur von Paul und Pelle.

Simone stopft als Erste leergegessene Schälchen in ihre Papiertüte und knüllt sie zusammen. Anschließend benetzt sie ein Papiertaschentuch mit Mineralwasser und reinigt ihre fettigen Finger.

Paul ist echt ein Teufelskerl, denn er und die Pelle verlassen das Hotel genau in dem Moment, als Ratiba den letzten Bissen in den Mund gestopft hat. Wenn das kein Timing ist. Allerdings laufen sie nicht in den Hinterhof, sondern entfernen sich zu Fuß. Die Pelle hat sich umgezogen, sie ist in ein buntes Sommerkleid geschlüpft; Paul hat ebenfalls seine Klamotten gewechselt. Ich kneife die Augen zusammen. Paul trägt einen kleinen, in Folie verpackten Geschenkkorb, in dem einige Flaschen Wein liegen.

»Was soll das denn werden?« Brunis Finger fährt unter ein Sonnenbrillenglas, sie reibt sich das Auge. »Wollen die sich auf eine Bank setzen und sich besaufen?«

Sämtliche Papiertüten fliegen zu Boden, ich schwinge meine Beine aus dem Wagen. »Hinterher ...«

Innerhalb von fünf Sekunden klären wir die Vorgehensweise. Ratiba drückt Simone die Autoschlüssel in die Hand. Anschließend zückt sie ihr Handy. »Okay. Ich laufe vor und dirigiere euch hinterher. Sollten wir uns aus den Augen verlieren, setzt ihr euch ins Auto und wartet, bis ich komme.« Sie wählt meine Handynummer, ich nehme das Gespräch an und Ratiba heftet sich an Pauls und Pelles Fersen.

Sie rennt mit dem Handy am Ohr über die Straße, ich höre sie laut atmen.

Als die beiden links um die Ecke biegen, hasten wir hinterher.

Ratiba redet mit gedämpfter Stimme. »Sie befinden sich etwa fünf Meter vor mir ... Keine Berührung, Karo. Alles gut.«

»Kannst du verstehen, worüber sie reden?«

Pause.

»Nein. Sie überqueren jetzt die Straße, sie werden gleich um die linke Ecke biegen ... Ihr könnt langsam aufrücken.«

Ich gebe Bruni und Simone ein Zeichen. Wir geben Gas.

»Sie sind um die Ecke gebogen, ich habe sie nicht mehr im Blickfeld.« Ratibas Atem geht schneller. »So, ich bin wieder dran ... Sie laufen weiter geradeaus.« Sie hustet. »Stopp. Wartet … Bleibt, wo ihr seid. Sie verschwinden in einen kleinen Hauseingang.«

Ich presse mein Handy ans Ohr. »Was ist das für ein Geschäft, Ratiba? Sag jetzt nicht, dass er mit der Pelle einen Juwelier aufsucht, um ihr einen Klunker zu sponsern.«

Ratiba lacht leise. »Ich stehe jetzt vor dem Eingang. Hier hängt ein kleines, weißes Schild, darunter befindet sich nur ein Klingelknopf …« Sie liest vor. »Dr. Marcello Venti.«

Ich gebe Ratibas Informationen an Simone und Bruni weiter. Bruni gähnt. »Der Name hört sich italienisch an, vielleicht ist dieser Dr. Venti ein Verwandter oder Bekannter von der Pelle.«

Über diese Spekulation denke ich einen Moment nach. »Nein. Das glaube ich nicht. Sollte es so sein, hätte Paul es doch erzählen können.«

Simone zuckt die Schultern. »Hm. Vergessen?«

Ich zeige ihr den Vogel. »Blödsinn.«

Ratiba meldet sich wieder zu Wort und schlägt vor, dass wir zügig zu ihr kommen sollten. In einem Ladenlokal gegenüber wäre eine Bäckerei, in der wir gemütlich einen Kaffee trinken könnten. Von dort aus hätten wir auch den Hauseingang des Dr. Venti im Blick.

Bruni, Simone und ich beratschlagen uns kurz. Es ist sehr unwahrscheinlich, dass Paul und Pelle in die Bäckerei kommen könnten, und ein leckerer Kaffee mit einem kleinen Stück Kuchen täte uns allen gut.

Wir sprinten los. Als wir um die Ecke biegen, winkt uns Ratiba, die bereits vor dem Bäcker steht, zu. Wir wählen einen Tisch in der Ecke; kurze Zeit später stehen süße Köstlichkeiten und starker Kaffee in großen Tassen vor uns.

Während wir den Kuchen essen, simsen meine Freundinnen ihren Männern. Simone schießt ein Foto von uns ›Vogelscheuchen‹ und kichert, als sie das Bild an ihren lieben Willi sendet. Bruni und Ratiba machen es nach. Auch ihre Männer dürfen sich an unserem Anblick erfreuen. Ich stelle mein Handy wieder auf laut und tippe eine Nachricht für meine Mutter ein. Ich schreibe, dass es mir etwas besser ginge und ich mich morgen telefonisch melden würde. Zwischendurch schaut eine von uns immer wieder zu dem Hauseingang. Damit meine Mutter sich keine Sorgen macht, füge ich hinzu, dass ich heute zwei Spiegeleier mit Speck essen konnte, außerdem drei leckere geriebene Äpfel verspeist hätte. Sie schreibt prompt zurück, dass sie sich schon Sorgen gemacht habe, nun aber beruhigt sei und sich auf den morgigen Anruf freuen würde.

Wir haben im richtigen Moment das Falsche getan, nämlich nicht sorgfältig genug beobachtet. Im letzten Moment sehen wir, dass unsere Vermutung, Paul und Pelle kämen nicht in den Laden, etwas für die Tonne war. Sie laufen direkt auf die Bäckerei zu.

Während Ratiba vor Kopf sitzen bleibt, rücken Bruni und ich unsere Stühle in letzter Sekunde so zurecht, dass wir mit dem Rücken zur Verkaufstheke sitzen. Mein Herz hämmert in meiner Brust, ich schicke ein Stoßgebet zum Himmel, dass die beiden sich hier nicht häuslich niederlassen, denn neben uns ist noch ein Tisch frei. Ich greife nach Brunis Hand, die auf meinen Druck mit Gegendruck reagiert.

»Zwei Kaffee to go, bitte, und zwei Baguette-Brötchen mit doppelt Käse und Salat.«

Dann ertönt die Stimme der Verkäuferin. »Sehr gerne. Es dauert fünf Minuten, wir haben die Brötchen nur mit einfach Käse vorrätig. Ich bin gleich wieder da.« Hinter meinem Rücken klappern Absätze.

Jetzt redet Paul mit gedämpfter Stimme. »Du kannst dir gar nicht vorstellen, Maria, wie glücklich ich bin. Ich bin mir nur noch nicht sicher, ob der Plan, wie ich es ihr beibringen möchte, der richtige ist. Ich könnte auch die Hauruckmethode wählen.«

Meine Fingernägel krallen sich in Brunis Hand, ihr Oberkörper sackt leicht zusammen.

Die Pelle lacht. »Ich würde bei der Theatervariante bleiben. Daran wird sie noch denken, wenn sie alt und grau ist.« Dann seufzt sie. »Ich freue mich auf heute Abend. Ich bin dir sehr dankbar, dass wir die Nacht nicht im Hotel verbringen müssen, das wäre mir echt peinlich.«

»Du brauchst dich nicht zu bedanken. Das ist doch selbstverständlich.«

Ratiba, die mit dem Gesicht zur Verkaufstheke sitzt, reißt die Augen so weit auf, dass ihre Augäpfel so groß wie Tischtennisbälle werden.

Brunis Oberkörper hängt jetzt halb über dem Tisch; sie presst die rechte Hand auf den Mund, weil ich meine Fingernägel noch tiefer in ihre Handfläche grabe.

Simones Stuhl knarzt unter ihrem Hintern, weil sie ununterbrochen die Innenflächen ihrer Beine gegeneinanderschlägt, was zur Folge hat, dass der Tisch wackelt. Und da der Tisch wackelt, klappern die Kaffeetassen und Kuchengabeln auf den Tellern, dass man meinen könnte, die Erde bebt.

Ratiba tritt unter dem Tisch nach Simones Beinen. Die gibt statt »Aua« nur ein dumpfes »Umpf« von sich.

Brunis Handy kündigt mit einer Reggae-Melodie den Eingang einer SMS an. Ratiba reißt das Mobilteil an sich und drückt wild darauf herum, bis dieses schreckliche Gedudel aufhört.

Paul räuspert sich laut. Ich höre, dass er einige Schritte hin- und herläuft. Wir ›behüteten‹ Mädels ziehen die Schultern hoch und senken die Köpfe tief hinab.

Wieder klappern Absätze. »So, schauen Sie mal, ist es so recht?«

»Perfekt.« Paul lacht.

Papier raschelt, Münzen klimpern leise ... Nach einem freundlichen »Auf Wiedersehen« verlässt mein untreuer Noch-Ehemann mit seiner Büromatratze die Bäckerei.

Bruni stöhnt laut auf, zieht mit Karacho ihre Hand zurück und begutachtet fluchend deren Innenfläche. »Auaaa. Schau mal, was du angerichtet hast.«

Ich schlage ihre Hand burschikos beiseite. »So. Jetzt reicht es mir. Jetzt weiß ich alles, was ich wissen muss. Finito. Aus. Vorbei.« Ich springe auf und krame aus meiner Hosentasche einen Geldschein heraus, den ich auf den Bäckereitresen werfe. Die Verkäuferin macht einen Schritt nach hinten, als ich laut herumschnauze. »Wissen Sie was? Paul soll sich bloß nicht einbilden, dass ich ihm eine Träne nachweine. Nicht eine! Ha! Der kann mich mal ... Und zwar genau an der Stelle unter meinen Bandscheiben, die aussieht wie ein Brötchen, aber kein Brötchen ist.«

Dann stürme ich aus dem Laden, meine Freundinnen rennen hinter mir her.

Die Teilchentussi ruft uns irgendetwas nach, was nach »Wechselgeld« klingt, ich winke wütend ab.

Paul und Pelle sind wie vom Erdboden verschluckt. Sie sind weder auf dem rechten noch linken Gehweg zu entdecken. Ich reiße den Hut vom Kopf und fächere mir Luft zu, Simone nimmt ihn mir aus der Hand und drückt ihn wieder auf meinen Kopf. Mit schnellen

Schritten laufen wir zu unserem Auto zurück; auf dem ganzen Weg lasse ich Luft ab und schimpfe laut vor mich hin.

Im Auto nehme ich mein Handy zur Hand. »Wie war noch der Vorname des Dr. Venti?«

»Marcello …« Ratiba schnallt sich an.

Ich füttere mein Handy mit den Informationen, nach drei Sekunden lese ich laut vor. »Dr. Marcello Venti, Rechtsanwalt. Kanzlei Burg auf Fehmarn.«

»Hm. Komisch. Wieso sucht er auf Fehmarn einen Rechtsanwalt auf?« Simone nimmt die Sonnenbrille ab.

»Was ist daran komisch? Paul fühlt sich wahrscheinlich wohler, wenn er sich nicht in Hamburg beraten lässt. So eine Scheidung will gut vorbereitet sein. Und wenn man sich mit einem Präsentkorb Wein einschleimt, gibt es eventuell zusätzliche Tipps, wie man die Ehefrau über den Leisten ziehen kann.« Meine Stimme trieft vor Zynismus.

Ich verstehe die Welt nicht mehr. Wie konnte ich mich so in Paul täuschen.

»Gut. Nun wissen wir, dass die beiden heute Nacht zusammen in die Kiste hüpfen werden, und zwar nicht im gebuchten Hotel. Und das bedeutet, dass wir so schnell wie möglich die Strandmuschel und Lebensmittel, die wir für morgen brauchen, besorgen sollten, um uns genau wieder hier, an dieser Stelle, auf die Lauer zu legen.«

»Du willst selbst einkaufen? Was ist, wenn Paul und Pelle ebenfalls einen Stadtbummel machen und uns entdecken? Sollte Ratiba nicht besser alleine gehen, und wir bleiben so lange im Auto sitzen?« Bruni macht ein ängstliches Gesicht.

Obwohl ich Bruni recht geben muss, bleibe ich bei meiner Entscheidung. »Nein. Ich kann bald nicht mehr sitzen. Mir tut der Hintern weh. Wenn jede von uns die Gegend im Auge behält, dürfte nichts schiefgehen.«

»Also, ich bin auch froh, wenn ich aus dem Auto komme.« Simone streckt sich. »Außerdem möchte ich Willi ein Souvenir mitbringen, das müsste ich schon selbst aussuchen. Ratiba kennt ja Willis Geschmack nicht.«

»Als wenn das jetzt wichtig wäre, Leuchtturm. Wir kaufen nur das Notwendigste ein, um das Risiko, entdeckt zu werden, so gering wie möglich zu halten.« Bruni schlägt Ratiba auf die Schulter. »Gib Gas.«

Rabtiba startet den Motor. »Dann sagt mir mal, wie ich fahren muss.«

Bevor wir im Stadtkern von Burg das Auto verlassen, schauen wir in alle Himmelsrichtungen, ob die Luft rein ist.

Zuerst steuern wir ein Geschäft an, in dem es Lenkdrachen und diverse Strandartikel zu kaufen gibt, und fragen gezielt nach einer Strandmuschel, in der vier Personen ausreichend Platz haben. Wir entscheiden uns für eine blaue XXL-Muschel, deren Aufbau kinderleicht sein soll.

Simone begutachtet den verpackten Wind- und Sonnenschutz von allen Seiten. »Gibt es die auch in grün? Grün finde ich viel schöner.«

Bruni reißt ihr das Teil aus der Hand. »Mensch, Simone. Es ist doch pupsegal, welche Farbe die hat.«

Simone hat das letzte Wort. »Wenn es egal ist, dann können wir auch eine grüne mitnehmen.«

Bruni winkt ab.

Zusätzlich kaufen wir vier kleine Klapphocker, damit wir nicht ständig auf dem Boden sitzen müssen. Wieder nörgelt Simone, weil sie rot statt grün sind.

Nachdem ich alles bezahlt habe und wir zügig zu einem Lebensmittelgeschäft fahren wollen, meckert Simone wieder herum.

»Menno. So eilig haben wir es nun auch wieder nicht. Ich will mir für morgen so ein langes Walle-Walle-Kleid kaufen. Das ist luftiger als eine Hose.«

Bruni verzieht das Gesicht und äfft ihre Cousine nach. »*Walle-Walle-Kleid* … Mensch, du meinst ein Walla-Walla-Kleid. Warum nennst du die Dinge ständig beim falschen Namen?« Sie keift: »Langsam wird es peinlich, du dumme Rapunze!«

Ratiba und ich schließen die Augen.

»Also gut, Simone. Du sollst dein Kleid haben.« Ich ziehe sie an der Hand hinter mir her. »Dort drüben ist eine Boutique. Aber mach keine Modenschau daraus. Das erste Kleid, das passt, wird gekauft.«

Die Verkäuferin begutachtet uns misstrauisch, als wir überfallartig in das kleine Geschäft gestürmt kommen. Erst als wir unsere Hüte und Sonnenbrillen abnehmen, lächelt sie uns an.

Es bewahrheitet sich wieder einmal, dass Uhren anders ticken, wenn Frauen in einem Klamottenladen stöbern.

Simone hat sich an die Regel eines flotten Kleiderkaufs gehalten. Sie steht längst mit einer Papiertüte vor der Boutique, um frische Luft zu schnuppern, als Ratiba, Bruni und ich noch immer in verschiedene Kleidungsstücke schlüpfen und uns vor dem Spiegel drehen.

»Das hier nehme ich auch.« Bruni wirft ein rotes, langes Kleid aus zartem Stoff auf den Verkaufstresen.

Ich werfe drei Kleider hinterher. Zwei lange und ein kurzes, blaues.

»Hm. Was meint ihr dazu? Neunundsiebzig Euro.« Ratiba dreht sich im Kreis. In dem weißen Fummel kommt ihr strammer Hintern voll zur Geltung.

Mein Daumen wandert nach oben. »Mitnehmen. Unbedingt. Machungwa wird es lieben.«

Die Verkäuferin räuspert sich. »Wir haben auch farblich passende Sandalen zu der Garderobe.«

Unsere Köpfe schnellen hoch. Ein gleichzeitiges »Wo?« verlässt unsere Lippen. Die geschäftstüchtige Frau lächelt zufrieden, als wir uns über ein Regal, das in der hinteren Ecke der des Ladens steht, hermachen. Wir schauen uns gegenseitig auf die Füße.

Bruni ruft laut nach Simone. »Komm her, Leuchtturm, hier gibt es tolle Schuhe!« Simone antwortet nicht.

Wir sind uns einig, dass unsere rot lackierten Fußnägel in diesen herrlichen Sandalen noch besser zur Geltung kommen. Nach dem Schuhkauf entdeckt Bruni in den oberen Regalen wunderschöne Hüte mit großen Krempen. Sie stehen uns ausgezeichnet. Wieder ruft sie nach ihrer Cousine, die jedoch wieder nicht antwortet. Nach dem Einkauf von sechs modischen Kopfbedeckungen freuen wir uns, dass wir Paul und Pelle morgen TOP gestylt bespitzeln.

Während die Verkäuferin sich daran macht, die Etiketten der Kleidungsstücke zu scannen, werden wir gleichzeitig unruhig, weil Simone nicht mehr vor dem Eingang der Boutique steht. Bruni läuft einige Schritte vor die Tür, blickt nach rechts und links und kommt aufgeregt zurück.

Sie flucht laut. »Verdammt! Sie ist weg! Simone ist verschwunden.«

Die Verkäuferin denkt mit. Sie überschlägt sich fast bei der Kaufabwicklung und schiebt eine Kreditkarte nach der anderen in das Lesegerät. Ich helfe und lege derweil die ordentlich gefalteten Kleidungsstücke in eine Tüte, die ich, ohne zu fragen, aus dem Seitenfach der Verkaufstheke genommen habe.

Rabita hantiert mit ihrem Handy. »Besetzt. Sie spricht.«

»Ich wette, sie sitzt irgendwo auf einer Bank und quatscht mit Willi.« Bruni nimmt ihre Scheckkarte in Empfang und stopft sie, während sie erneut flucht, in ihre Brieftasche.

»Nein, das glaube ich nicht. Simone wollte doch für Willi ein Geschenk kaufen. Sie hält sich bestimmt in einem Geschäft auf und schaut nach Schneekugeln und Co.«

Mit einem Blick auf die Uhr stelle ich entsetzt fest, dass wir uns über eine Stunde in dem Geschäft aufgehalten haben.

»Wir müssen Simone so schnell wie möglich finden.«

Unsere Haare verschwinden wieder unter den alten Hüten, die Sonnenbrillen kommen vor die Augen.

Auf dem Gehweg entscheiden wir uns, den linken Weg einzuschlagen, einen kurzen Blick in jedes Geschäft zu werfen, um laut nach Simone zu rufen.

Während wir zügig laufen, die Köpfe in jeden Laden stecken, versucht Ratiba ununterbrochen, sie auf dem Handy zu erreichen. Als wir nach einer Viertelstunde die Geschäfte abgeklappert haben, wechseln wir die Straßenseite. Hier gleiches Spiel. Kopf rein, nach Simone rufen und wieder raus.

Als ich kurz vorm Ausrasten bin, entdecken wir sie in einem Geschäft, in dem es Schätze aus Bernstein zu kaufen gibt. Simone steht, mit dem Handy am Ohr, vor einer Glasvitrine. Wir sind außer Atem, aber überglücklich, sie endlich gefunden zu haben. Als sie uns erblickt, winkt sie.

Als ich wie verrückt auf meine Armbanduhr tippe und die Augen verdrehe, deutet sie an, dass ich sie nicht unterbrechen solle. Wir folgen ihren Augen und hören ungeduldig zu.

»Nein, *du* musst es sagen, Willi. Es ist alles aus Bernstein. Willst du lieber das Geschenk, das circa fünfzehn Zentimeter hoch und ungefähr drei Zentimeter breit ist … oder das Geschenk, das vier Beine hat und zwei Augen. Ähm … es hat auch das, was ich immer zu dir sage, wenn wir … du weißt schon.« Sie lacht leise. »Warte … hier gibt es noch etwas Schönes. Man kann etwas hineinlegen und es ist ungefähr so groß wie eine Zigarettenschachtel … oder hier … damit kann man spielen. Es ist viereckig auf allen Seiten.«

Ich denke kurz nach, worüber sich Willi am meisten freuen würde. Über den kleinen Leuchtturm, über das kleine Schwein, über die Bernsteindose oder über den Würfel.

Ohne lange Vorrede nehme ich Simone das Handy aus der Hand und übernehme das Gespräch. Nach einer lieben Begrüßung rate ich Willi, sich unbedingt für Geschenk Nummer eins zu entscheiden, weil er sich darüber mit Sicherheit freuen wird. Dann drücke ich Simone das Gerät zurück in die Hand und zeige erneut auf die Uhr. Endlich kapiert sie und nickt heftig.

Wir bahnen uns den Weg aus dem überfüllten Laden nach draußen.

Als Simone glücklich mit einer weiteren kleinen Tüte neben uns steht, keift Bruni sofort los. »Hast du einen Knall? Ohne ein Wort zu sagen einfach abzuhauen und herumzutrödeln? Weißt du, wie lange wir nach dir gesucht haben?«

Simone giftet zurück. »Dafür habt ihr in dem Klamottenladen gebummelt! Und wenn ihr herumbummelt, darf ich das auch. Gleiches Recht für alle! So. Und jetzt will mein Kind ein Eis. Die Zeit werde ich mir auch noch nehmen, ob es dir passt oder nicht. Mein Kind steht nämlich an erster Stelle.«

Sie macht auf dem Absatz kehrt und läuft mit großen Schritten vor, wir hinter ihr her.

Bruni schimpft weiter. »Dein Kind will dies, dein Kind will das! Mal Tintenfischringe, mal ein Eis. Pass mal schön auf, liebes Cousinchen, was bei euch nach der Geburt abgeht, wenn es schon jetzt jeden Willen bekommt. Es wird dir und deinem kleinen Willi auf der Nase herumtanzen, wie Fred Astaire in seinen besten Zeiten.«

Ich lache mich schlapp.

Ratiba kramt nach ihrem Portemonnaie. »Ach, Bruni. Ein Eis wird auch dir nicht schaden. Es beruhigt dein erhitztes Gemüt. Ich lade euch ein.«

Wir verlangsamen das Tempo, als wir auf die Eisdiele zusteuern. Ich checke im Eilverfahren die Menschen, die es sich auf den weißen Möbeln vor der Eisdiele gemütlich gemacht haben und sich diversen Köstlichkeiten widmen. Alles clean.

Beruhigt gehen wir zum Straßenverkauf und werden sofort bedient. Bruni äußert zuerst ihren Wunsch. Sie bestellt eine große Schlemmertüte mit Erdbeeren, die sehr schnell gereicht wird. Sie löffelt genussvoll an dem Sahneberg, auf dem frische Erdbeeren liegen. Ich drehe mich wieder nervös um. Anschließend bestellen Ratiba und ich. Wir haben uns für Früchtebecher entschieden. Die Bedienung arbeitet flott und routiniert. Als Bruni ein leises Geräusch von sich gibt, blitzschnell in die Hocke geht und mich so kräftig an meinem weiten T-Shirt mit hinunterzieht, komme ich ins Straucheln und lande fast auf dem Hosenboden.

»Was ist? Ist dir schwindelig?«

Ihre rechte Hand umklammert die große Schlemmertüte, ihre linke Hand zuppelt aufgeregt an meinem T-Shirt, der kleine Eislöffel steckt in ihrem Mund.

»Kaul und Kelle.« Sie zeigt jetzt auf die Eisdiele. »Kanz hinken … am Kisch.«

»Scheiße.« Ich muss mich beherrschen, um nicht wegzulaufen.

Als Ratiba mir den Früchtebecher herunterreicht, nehme ich ihn mit zittrigen Händen an. Sie kapiert mit einem Blick auf uns und unsere Fingerzeichen, was Sache ist. Sie raunt Simone zu, in die Hocke zu gehen, die sich jedoch vehement weigert.

»Ne du, lass mal. Ich habe so viel gesessen, ich bin froh, dass ich stehen kann. Hm. Was nehme ich denn? Okay. Dann will ich auch eine Schlemmertüte, mit doppelt Sahne.«

Ratiba scheint Simone mittlerweile zu kennen. Lange Diskussionen und Erklärungen bringen nichts, darum beugt sie sich runter und verpasst Simone einen derben Schlag in eine Kniekehle, woraufhin das lange Elend einknickt. Bruni und ich ziehen gleichzeitig fest an ihren hinteren Jeanstaschen, sodass wir es endlich schaffen, sie in die Hocke zu zwingen.

Nach einigen Worten im Flüsterton ist auch sie im Bilde. In Hockstellung laufen wir zum nächsten Einkaufsladen.

Wir bieten ein tolles Schauspiel für die Gäste vor der Eisdiele, einige beobachten unser Treiben lächelnd.

Ich bin schweißgebadet, meine Sonnenbrille rutscht in Richtung Nasenspitze. Ratiba kommt mit vollbeladenen Händen angedüst.

»Entwarnung, Mädels, Paul hat euch gar nicht wahrgenommen. Er unterhielt sich die ganze Zeit mit Pelle.«

Wir atmen erleichtert auf und treten in Windeseile den Rückzug zu unserem Auto an.

Meine Nerven liegen blank. »Das war knapp. Verdammt knapp.«

Kurze Zeit später parken wir vor einem großen Supermarkt; die Einkäufe werden im Eiltempo erledigt. Die große Kühlbox, in die alle frischen Waren wandern, ist Gold wert; ohne dieses elektrische Gerät wären wir aufgeschmissen.

Als Ratiba um 18:10 Uhr wieder vor dem Hotel *Zum Wattwurm* parkt, bete ich inständig, dass wir Paul und Pelle nicht verpasst haben. Es interessiert mich brennend, wo sie die Nacht verbringen werden. Kurze Zeit später kommen sie, in gebührendem Abstand, angeschlendert und betreten das Hotel.

Ich fühle mich wie ein Fahrradreifen, der einen Platten hat, die Luft ist raus. Meinen Freundinnen scheint es ebenso zu ergehen, denn die Mädels schweigen, ab und an wird gegähnt.

Unsere Geduld wird auf eine harte Probe gestellt, denn erst gegen 20 Uhr kommen Paul und Pelle aus der Hofeinfahrt gefahren.

Ratiba lässt einige Autos vor, dann hängt sie sich an Pauls Mercedes dran. Wir sind jetzt wieder hellwach. Nach wenigen Kilometern weiß ich, dass ihr Weg sie nach Bojendorf führt.

Aus großer Entfernung beobachten wir, wie Paul vor einem großen Haus parkt, das etwas abseits des Straßendorfs liegt. Ich nehme mein Fernglas zu Hilfe. Eine Frau, die am Kofferraum ihres Pkws hantiert, begrüßt Paul und Pelle. Wahrscheinlich eine nette Vermieterin, die nicht weiß, dass die Unterkunft für heute und wahrscheinlich auch morgen Nacht als billige Absteige benutzt wird. Die Frau kommt zehn Minuten später wieder aus dem Haus, wenige Minuten danach lenkt sie ihr Fahrzeug an uns vorbei und nickt uns freundlich zu.

Wir warten noch zehn Minuten ab, dann wagen wir uns etwas näher an das Haus heran. Wir betrachten es abwechselnd durch das Fernglas. Es ist ein gepflegtes Haus, mit roten Backsteinen und einem Reetdach, das in der Abendsonne rötlich strahlt.

Ich bitte Ratiba, zurück nach Burg zu fahren.

Nachdem wir geduscht haben und in gemütliche Jogginganzüge geschlüpft sind, bereiten Simone und Bruni das Fleisch vor, das später auf den kleinen Terrassengrill wandern soll. Nicht nur auf der Rückfahrt, sondern auch jetzt werde ich von meinen Freundinnen mit Glacéhandschuhen angefasst.

Ich darf nicht bei der Küchenarbeit mithelfen, die Mädels bestehen darauf, dass ich mich schon mal nach draußen setze.

Bruni macht Anstalten, mir ein Extrakissen in den Rücken zu stopfen, ich lehne es ab. Simone stellt ein großes Glas Milch vor mich auf den Tisch. Ratiba will nach meinen Füßen greifen, um sie auf einen der neuen kleinen Klapphocker zu legen; ich ziehe blitzschnell die Beine weg, dann springe ich auf.

»Hört bitte auf, mich wie ein rohes Ei zu behandeln!« Meine Freundinnen zucken erschreckt zusammen. »Millionen Frauen geht es so wie mir, Millionen Männern geht es so wie mir. Man glaubt, einen Menschen gefunden zu haben, mit dem man alt werden will, dann kommt Frau Schicksal daher und funkt gehörig dazwischen. Dagegen bin ich machtlos; ich werde Pauls Entscheidung akzeptieren. Ich trage eine große Verantwortung und ich werde alles dafür tun, damit es Kasper auch weiterhin gut geht.« Ich breite die Arme aus und umarme meine Mädels. »Ich habe euch und meine wundervolle Familie; Paul ist eine armselige Wurst, er hat nur die dünne Pelle.«

Nach diesem Spruch müssen wir alle lachen.

Ratiba nimmt mich an die Hand und zieht mich hinter sich her in die Küche. »Schneidest du die Zwiebeln für den Salat?«

Nach einem köstlichen Abendessen räumen wir gemeinsam auf; anschließend kuscheln wir uns auf das große Sofa und schmieden Zukunftspläne, in denen der Name Paul nicht vorkommt. Wir nehmen uns vor, sehr viel Zeit miteinander zu verbringen. Ratiba will mich künftig begleiten, wenn ich einen Termin bei Dr. Calamari habe, zur Schwangerschaftsgymnastik käme sie ebenfalls mit. Einmal in der Woche soll ich jeweils eine Nacht in einem der Gästezimmer bei Simone, bei Bruni und eine weitere bei Ratiba verbringen. Außerdem nehmen wir uns vor, die Lebensmitteleinkäufe ebenfalls gemeinsam zu erledigen.

Als Simone beschließt, dass Kasper in dreißig Jahren ihre Tochter heiraten wird, applaudieren wir kräftig.

Letztendlich vergieße ich doch noch ein paar Tränchen. Ich bin sehr gerührt, dass Ratiba, Simone und auch Bruni mir bei der Geburt zur Seite stehen wollen.

Nach einem langen und anstrengenden Tag reicht die Kraft gerade noch aus, um die Weckfunktion unserer Handys zu aktivieren. Dann geht es ab in die gemütlichen Betten.

28. Die Strandmuschel und Gesichtsmuskeltraining

Um 6:30 Uhr werden wir von einem Handykonzert aus dem Schlaf gerissen. Vier verschiedene Weckmelodien zwingen uns, die Beine aus dem Bett zu schwingen.

Bruni und ich schütteln die Betten auf und sind zuerst in der Küche. Während Bruni sich um Kaffee und Tee kümmert, decke ich den Tisch.

Ich bin froh, dass ich von meinen Freundinnen mental so unterstützt werde. Nach den Zukunftsplanungen gestern Abend finde ich, dass es Schlimmeres gibt, als verlassen zu werden. Es ist ein gutes Gefühl, nicht ständig spekulieren zu müssen, sondern den Tatsachen ins Auge zu schauen.

Im Wohnbereich poltert es. Ratiba muss wohl dringend aufs Klo, denn sie rennt an uns vorbei Richtung Toilette, als wolle sie einen davonfahrenden Bus einholen. Simone kommt gähnend angeschlurft. Unter ihrem Arm klemmt ein Teddybär, dem ein Ohr fehlt. Sie setzt ihn auf die Fensterbank. »Ich bin gleich wieder da, Willi. Du kannst so lange aus dem Fenster schauen.«

Dann dreht sie sich um, ruft laut »Hau rein, Ratiba! Ich muss auch!« und verschwindet wieder im Schlafzimmer.

Bruni und ich schauen zuerst ungläubig auf den Teddy, dann treffen sich unsere Blicke. Wir prusten los.

»Manchmal ist die echt nicht ganz dicht.« Brunis Zeigefinger kreist vor ihrer Stirn.

Dann geben wir uns gegenseitig die Klinke in die Hand. Für eine halbe Stunde dominieren die Geräusche der WC-Spülung, des laufenden Duschwassers sowie das laute Rauschen eines Föhns.

Nach einem ausgiebigen Frühstück packen wir die Kühlbox mit allem, was wir gestern eingekauft haben, und sind fast startklar.

Wir schlüpfen in die neuen langen Kleider und setzen dazu die farblich passenden Hüte auf. Simone darf sich einen Hut aussuchen, der ihr gefällt, weil sie gestern vor dem Einkauf der Kopfbedeckungen ausgebüxt ist.

Bevor wir uns auf den Weg nach Gammendorf machen, kaufen wir bei einem Bäcker frische Brötchen und Teilchen, die uns die Zeit in der Strandmuschel versüßen sollen.

Der Parkplatz vor dem Gammendorfer Strand ist schon gut besucht, als wir um 9 Uhr dort ankommen. Das Wetter ist herrlich, für sonnenhungrige Touristen der perfekte Tag, um Sonne, Strand und die Ostsee zu genießen. Ratiba parkt den Wagen wieder ganz hinten in unmittelbarer Nähe des kleinen Waldes. Wir laden zügig aus, was auszuladen ist, und machen uns durch den Forst auf den Weg zum Strand. Es weht eine kräftige Brise.

Schon von Weitem sehen wir einen Traktor, der am Strand parkt, auf dessen Anhänger ein Jet-Ski steht. Drei Männer sind dabei, ihn mithilfe einer Rutsche auf den Strand gleiten zu lassen.

Als wir endlich den Badestrand erreicht haben, fährt der Trecker fort. Wir überlegen, wo wir unsere Zelte aufschlagen sollen, und entschließen uns, die Strandmuschel so dicht wie möglich am Drehort aufzubauen.

Simone studiert die Aufbauanleitung unseres ›Strandhauses‹. »Zuerst müssen wir die Windrichtung bestimmen und das Teil mit der Rückwand so aufstellen, dass der Wind darauf pustet.« Sie hält ihren dünnen, langen Schal in die Luft. »Der Wind kommt von dort.« Sie zeigt nach rechts. »Also muss die Rückwand dorthin zeigen.«

»So können wir sie aber nicht aufbauen, Simone. Dann zeigt die Öffnung genau in Richtung Drehort. Und so kann Paul uns sehen.« Ich nehme ihr die Anleitung aus der Hand.

»Dann ist sie aber nicht korrekt aufgebaut. Was meinst du, warum das in der Anleitung steht? Die Herren Entwickler werden sich schon etwas dabei gedacht haben.« Simone schmollt und bindet sich wieder den Schal um den Hals.

Wir lassen sie reden und widmen uns dem Polyester sowie den Zubehörteilen. Bruni versteht nichts, ich ein wenig, Ratiba hat den Durchblick. Routiniert verankert sie als Erstes die Strandmuschel mit Heringen im Sand, steckt danach diverse Stangen zusammen, die sie durch schmale Stofftunnel schiebt. Als Letztes fixiert sie die Muschel mit der sogenannten Sturmleine, und wieder wandert ein Hering in den Boden. Sie strahlt. »Fertig. Das war wirklich kinderleicht.«

Wir sitzen Probe und finden, dass es sich in der Behausung wunderbar aushalten lässt. Die Sonne scheint herein, das ist sehr angenehm, denn der Wind ist etwas frisch.

Mit einer Nagelschere schneide ich Löcher in die Rückwand der Strandmuschel; ein Probeblick durch das Fernglas zeigt, dass auch diese Aktion perfekt gelungen ist. Ich habe den Drehort im Blickfeld.

Anschließend richten wir uns häuslich ein. Die Kühlbox dient als kleiner Tisch, auf den wir Pappbecher und eine Thermosflasche mit Kaffee stellen.

»So, der Feind kann kommen.« Ratiba bedient uns mit dem heißen Gebräu. Unser zweites Frühstück besteht aus gezuckerten Backwaren, die wir ruckzuck vertilgen.

Simone schleckt ihre Finger ab. »Iiieh. Das klebt entsetzlich. Ich laufe schnell zum Wasser …«

Ich spähe durch die Löcher, denn aus der Ferne höre ich das Motorengeräusch eines Treckers. »Jetzt wird es ernst. Sie kommen. Die gesamte Mannschaft sitzt auf dem Anhänger.«

Bruni kniet auf allen vieren, streckt den Kopf aus der Strandmuschel und schreit gegen den Wind. »Simone! Beeil dich! Sie kommen!« Als Bruni laut böse Wörter aneinanderreiht und erneut nach Simone ruft, strecken wir ebenfalls die Köpfe hinaus und rufen nach ihr.

Simone winkt uns zu und hüpft über seichte Wellen. Sie bückt sich, hebt Seetang auf, den sie mit Schwung ins Wasser schleudert. Dann erregt ein Stein ihre Aufmerksamkeit. Sie begutachtet ihn, hält ihn gegen das Licht und lässt ihn wieder zu Boden fallen. Sie schreit in unsere Richtung. »Ich dachte, es sei ein Bernstein!«

Während Ratiba lossprintet, um Simone einzufangen, geht die in die Hocke und fängt an, nassen Sand auf eine Stelle tröpfeln zu lassen. Ratiba greift rabiat zu und zieht sie im Laufschritt hinter sich her.

Das Motorengeräusch kommt immer näher; ich lege beide Hände vor das Gesicht und nehme sie erst wieder weg, als Ratiba und Simone angehechelt kommen.

Simone macht einen Hechtsprung in die Strandmuschel. »Ey, seid ihr doof? Ihr hättet mich doch auch rufen können.«

Bruni und ich lassen uns entnervt nach hinten fallen.

Abwechselnd beobachten wir das bunte Treiben. Waldemar Meyering gibt Anweisungen, Frank und Timo laden große Lichtreflektoren und Kisten aus Metall vom Anhänger. Paul redet mit einem Gott von Mann, dessen durchtrainierter Körper in Shorts und T-Shirt steckt. Das muss das Model Justus sein. Ein weiterer Mann, der bei dem gestrigen Treffen nicht dabei war, stellt Faltstühle auf, wuchtet einen großen Koffer vom Anhänger des Treckers, aus dem er eine Videokamera hervorholt, und beginnt zu filmen.

Durchs Fernglas betrachtet, sieht die Pelle heute eher bescheiden aus. Sie macht einen müden Eindruck. In dem weiten T-Shirt, das ihr bis zu den Oberschenkeln reicht, kommt ihre Figur nicht wirklich zur Geltung. Paul dagegen macht einen sehr ausgeschlafenen Eindruck.

Bruni nimmt mir das Fernglas weg. »Ich bin wieder dran.« Sie schaut durch die Löcher und kichert. »Die Pelle hat am Hals ein großes Pflaster kleben. Darunter befindet sich bestimmt ein Knutschfleck.«

Ich könnte mich aufregen. »Mit Sicherheit nicht, Bruni. Paul ist doch keine vierzehn mehr. Mir hat er noch nie einen Knutschfleck gemacht.«

Simone spielt mit ihrem Schal. »Ich habe mal gelesen, dass Männer mit anderen Frauen meist sexuelle Dinge machen, die sie mit ihren eigenen nicht machen … Weil sie es mit ihnen nicht wollen … oder dürfen.«

Jetzt rege ich mich auf. »Zum letzten Mal! Paul *macht* keine Zuzlflecken!«

Bruni sieht ihre Cousine von der Seite an. »Was du auch immer liest. Besorg dir lieber mal das gelbe Buch, auf dem dick und fett ›Duden‹ steht.«

Bruni reicht Ratiba das Fernglas, sie ist an der Reihe. »Der tolle Kerl wird geschminkt, der Typ mit der Kamera filmt die Pelle, die auf dem

Jet-Ski sitzt. Paul und Meyering unterhalten sich angeregt, wedeln mit den Armen in der Luft herum und zeigen in unsere Richtung. Jetzt geht Paul zu Leuten, die weiter hinten liegen. Er erklärt ihnen etwas. Sie stehen auf und packen ihre Sachen zusammen. Ach, du Scheiße. Legt euch hin, er kommt angelaufen.«

Ratiba lässt das Fernglas fallen, sie stößt uns beiseite und überschlägt sich fast, um aus der Strandmuschel zu gelangen. Und als Pauls Stimme ein fröhliches »Guten Morgen« ruft, steht sie breitbeinig wie eine Ringerin vor dem Eingang. Mit fester Stimme erwidert sie Pauls Gruß, der sofort weiterredet.

» … dort starten in Kürze Dreharbeiten für einen Werbespot. Wenn Sie so freundlich wären und Ihre Strandmuschel einige Meter nach rechts versetzen würden? Wir benötigen den Platz für Strandkörbe, die gleich gebracht werden. Sie sollten ursprünglich näher am Wasser stehen, wir haben jedoch umdisponiert. Wenn ich Ihnen kurz helfen darf?«

Jetzt überschlägt sich Ratibas Stimme. »Aber ja … Ähm, nein … nicht helfen. Wir sind gleich weg, stellen Sie alles auf, was Sie aufstellen müssen. Wir wollten eh gehen. Sie werden sehen, wir sind gleich weg.«

Bruni, Simone und ich liegen zusammengekauert, mehr auf- als nebeneinander, mit dem Rücken zu Ratiba und Paul. Mein Herz hämmert so wild in meiner Brust, dass ich das Gefühl habe, es wird gleich herausspringen.

Paul bedankt sich höflich, dann ist er weg.

Kurz darauf hören wir Ratibas leise Stimme. »Bleibt noch liegen, er spricht mit Leuten, die rechts vor uns sitzen.«

Fünf Minuten später könnten wir alle zur Beruhigung einen Baldrian-Tee gebrauchen. Mir ist flau im Magen, meine Beine zittern leicht. Ich gestehe mir ein, dass der Nervenstress dieser Art mich jetzt überfordert. Ich fühle mich, als hätte ich einen Spaziergang auf einem Minenfeld hinter mir.

Paul ist jetzt mit Meyering so beschäftigt, dass Bruni, Simone und ich uns davonstehlen können. Wir laufen mit gepackten Taschen schnellen Schrittes zum Waldstück. Dort warten wir auf Ratiba, die dabei ist, die Strandmuschel abzubauen.

Mir ist nicht mehr nach Hinterherspionieren. Simone, Bruni und Ratiba sind sofort einverstanden, als ich den Vorschlag mache, noch heute die Insel zu verlassen.

Unsere Klamotten sind schnell gepackt; die Vermieterin ist nach Brunis Anruf innerhalb von einer Viertelstunde da, um die Summe der Übernachtungskosten zu kassieren. Nachdem ich ihr erklärt habe, dass wir aus familiären Gründen unseren Kurztrip abbrechen müssen, kassiert sie kulanterweise nur das Geld für eine Übernachtung.

Simone fährt zurück. Als wir die Fehmarnsundbrücke hinter uns gelassen haben, schließe ich die Augen. Das Bild, das ich vor meinem inneren Auge sehe, macht mir eine Gänsehaut. Die schwere Stahlkonstruktion, die Festland und Insel verbindet, fällt in sich zusammen. Übrig bleibt eine riesige Staubwolke.

Es macht keinen Sinn mehr, der Vergangenheit nachzutrauern. Wenn der liebe Gott gewollt hätte, dass wir Menschen ständig nach dem schauen, was hinter uns liegt, könnten wir den Kopf um 180 Grad drehen.

Als Simone zwei Stunden später vor unserer Villa parkt, bin ich wesentlich ruhiger. Simone, Ratiba und Bruni werden die schlechten Neuigkeiten vorläufig vor ihren Männern verschweigen. Und zwar so lange, bis ich Paul schachmatt gesetzt habe. Den vorzeitigen Abbruch des Kurzurlaubes wollen sie Heiner, Willi und Machungwa so erklären, dass ich plötzlich unter starkem Unwohlsein mit Brechattacken gelitten habe.

Zum Abschied werde ich liebevoll gedrückt. Jede meiner Freundinnen versichert, sofort zu mir kommen, falls ich seelische Unterstützung bräuchte. Dann beschließen Bruni und ich, morgen früh wieder arbeiten zu gehen. Nach diesem ereignisreichen und folgenschweren Tag würde uns zu Hause nur die Decke auf den Kopf fallen.

Sobald ich die Haustür hinter mir geschlossen habe, möchte ich sie wieder aufreißen und den Mädels hinterherlaufen, um nicht alleine zu sein. Ich gebe dem Impuls nicht nach. Ich darf mich jetzt nicht auf andere Schultern stützen. Mein Motto sollte ab heute lauten: Hilf dir selbst, sonst hilft dir keiner. Ein Blick in den Flurspiegel zeigt, dass meine Mundwinkel nach unten hängen; ich ziehe sie mit beiden Zeigefingern nach oben. So sieht es schon viel besser aus! Ich muss meine

Gesichtsmuskeln kräftig anspannen, damit ich weiter vor mich hingrinsen kann.

Ich schultere meine Reisetasche, mache grinsend einen Schlenker ins Wohnzimmer, durchforste grinsend die Schublade, in der sich Knabbereien und Co. befinden, nach Schokolade, die ja bekanntlich glücklich machen soll. Da ich einmal gelesen habe, dass es jedoch hierbei auf die Dosis ankommt, nehme ich so viele Tafeln, wie ich in einer Hand tragen kann, mit in die obere Etage.

Meine Reisetasche fliegt aufs Bett, ich packe grinsend eine Zartbitterschokolade aus und wundere mich, dass ich auch grinsend kauen kann.

Selbst als mein Handy klingelt und ich Pauls attraktives Gesicht auf dem Display erkenne, grinse ich weiter und melde mich schmatzend. Mir fällt auf, dass ich mich kein bisschen deprimiert anhöre. Das hätte ich nie gedacht! Mit lachenden Mundwinkeln kann man *unmöglich* unfreundlich reden.

»Ach, Möhrchen! Warum meldest du dich nicht *einmal* von alleine? Du hast mir doch versprochen, dich ab und an zu melden. Ich denke ständig an dich.«

Wieder probiere ich, mürrisch zu antworten. Es funktioniert nicht. Mit freundlicher Stimme sage ich, dass ich nicht ständig an ihn denke, dass es mir schon sehr viel besser gehe und ich gerade an einer Tafel Schokolade knabbern würde.

»Hm. Schade, dass du nicht an mich denkst. Dass es dir besser geht, ist jedoch eine gute Nachricht. Wo bist du?«

»Im Schlafzimmer. Ich wollte gerade mein Gepäck auspacken.«

Paul lacht. »Gepäck? Welches Gepäck?«

Mir fällt das Grinsen aus dem Gesicht. Ich könnte mich ohrfeigen. »Ähm … Gebäck. Nicht Gepäck. Ich wollte eine Packung Kekse öffnen.« Ich huste laut, meine Mundwinkel wandern wieder nach oben.

»Oh. Ja. Ich verstehe. Karo, würdest du bitte kurz in mein Arbeitszimmer gehen? In der Ablage liegt ein Zettel, auf dem die Telefonnummer einer Münchner Zuliefererfirma steht. Kannst du mir die Nummer durchsagen?«

»Klar.« Während ich die Treppe hinunterlaufe, halte ich das Gespräch aufrecht. »Und … wie fühlst *du* dich?«

»Jo. Alles gut, Möhrchen. Es läuft so, wie es laufen sollte. Den Werbespot haben wir im Kasten. Morgen werden wir die ganze Geschichte noch einmal am Monitor durchgehen.«

»Wie hast du geschlafen?« Ich setze mich an Pauls Schreibtisch.

»Jo. Gut. Eigentlich wie immer. Nur dass niemand neben mir lag, der geschnarcht hat.« Er macht ein schnarchendes Geräusch.

Mir ist danach, einen Streit anzufangen und Paul damit zu konfrontieren, was ich weiß. Ich besinne mich jedoch eines Besseren. Ich muss an die Worte der alten Frau von Zwickau denken. *›Die Quittung kommt zuletzt. Immer zuletzt.‹* In einem Ablagekorb finde ich sofort die Telefonnummer. Ich gebe sie grinsend durch.

Wir wechseln noch einige Worte. Ich sage Paul, dass ich wohl morgen wieder ins Büro gehen werde, und höre, dass er nach dieser Ansage tief ein- und ausatmet.

Pauls Worte sind bei der Verabschiedung an Dreistigkeit nicht zu überbieten. Er sagt noch einmal, wie sehr er mich liebe und dass er morgen am frühen Abend zu Hause sei.

29. Und noch einmal Kassandra

Die Stimme meiner Mutter klingt überglücklich, weil ich mich vom Büro aus bei ihr melde. Sie freut sich, dass es mir wieder gut geht.

»Du hörst dich auch prima an, Kind. So heiter, so gelöst. Und das, obwohl dein Paul quasi Urlaub macht, während du arbeiten musst. Er fehlt dir bestimmt, was?«

Ich spitze kurz die Lippen, dann spanne ich wieder diverse Gesichtsmuskeln an. Es kommt mir sehr gelegen, dass meine Mutter mir eine Steilvorlage bietet. »Nein. Paul fehlt mir nicht.«

»Nicht? Hm.«

»Nein, Mama. Verpetz mich nicht bei Paul, aber ich genieße es regelrecht, alleine zu sein. So wie früher, verstehst du? Ich kann tun und lassen, was ich will; irgendwie ticken die Uhren anders, wenn der

Partner nicht daheim ist. Von mir aus könnte er noch ein paar Tage dranhängen.« Bevor sie etwas entgegnen kann, kündige ich meinen Besuch für heute Mittag an.

Ich lege langsam den Hörer auf. Der erste Schritt ist getan.

Bruni lehnt sich auf ihrem Stuhl zurück, ihre nackten Füße wandern auf den Schreibtisch. »Hör endlich auf, so dämlich vor dich hinzugrinsen. Das sieht nicht nur total bescheuert aus, sondern wirkt auch übertrieben gekünstelt. Jeder sieht sofort, dass dein Lächeln nicht von Herzen kommt.«

»Das mag ja sein, liebe Bruni. Aber mein Gehirn weiß nicht, dass es unecht ist. Dem ist es egal. Es reagiert auf die Muskelanspannung mit guter Laune.« Ich halte kurz inne. »Da soll mal einer sagen, dass ein Gehirn schlau ist. Ich bin schlauer.«

Bruni gluckst vor Lachen. »Du klingst gerade wie der Leuchtturm.« Sie verschränkt ihre Hände vor dem Bauch, ihre Daumen kreisen umeinander. Sie schließt die Augen. »Ich muss dich bewundern, Karo. Du bist, bis auf dein dümmliches Grinsen, fast die Alte.«

»Weißt du, Bruni, ich trage etwas Wunderbares in mir, für das ich stark sein möchte. Denk mal an Frau Dombrowski-Winterscheid. Sie stemmt ihr Leben mit Werner auch alleine. Noch jedenfalls. Wenn ich jetzt nicht den Kopf oben behalte, wird es noch komplizierter.«

Bruni blinzelt mich an, sie nickt und seufzt gleichzeitig. »Das kann jede von uns treffen. Heute läuft alles rund, und morgen liegt ein Scherbenhaufen vor uns.«

Bruni scheint sich eingesessen zu haben. Ihr PC ist noch immer nicht hochgefahren, sie macht auch keine Anstalten, es zu tun. Ich kitzele mit einem Papierfetzen ihre Fußsohlen, sie reagiert nicht. Erst als die Tür auffliegt, fährt sie erschrocken zusammen und will ihre Beine vom Schreibtisch schwingen. Als sie sieht, dass es *nur* Ulrike ist, die hereingeschneit kommt, lehnt sie sich wieder entspannt zurück.

»Na? Wieder gesund? Was war denn mit euch los?«

Bruni nickt. »Ja, wir sind wieder fit. Uns war übel, nichts Gravierendes.«

Ulrike knallt eine Mappe auf den Tisch. »Für die Pelle. Die soll sich den Inhalt zu Gemüte führen.« Sie hievt sich wie immer auf die Ecke meines Schreibtischs. »Dafür ist heute Theken-Sabine krank. Magen und

Darm.« Dann schaut sie mich an, lacht und zwickt mich in die Wange. »Was machst du denn für ein komisches Gesicht? Tut das nicht weh?«

»Nein, Ulrike, lächeln tut nicht weh.«

Ihr Finger zeigt auf meine Lippen. »Also, dass du lächelst, darauf wäre ich jetzt echt nicht gekommen. Sieht eher so aus, als würdest du unter Muskelkrämpfen leiden.«

Sie hüpft wieder auf den Boden. »Bevor ich es vergesse, heute Mittag gibt es Labskaus und saure Linsen. Ich gehe mal davon aus, dass Heike und ich in der Mittagspause alleine am Tisch sitzen werden.«

Bruni wackelt mit den Zehen und macht ein angewidertes Gesicht. »Oh ja, Ulrike. Davon kannst du ausgehen.«

Als wir alleine sind, beschließen wir, später den Imbiss um die Ecke aufzusuchen. Das, was Ingo heute gekocht hat, mögen wir beide nicht.

Damit wir in Ruhe essen können, verlassen wir eine halbe Stunde eher das Bürogebäude und schlendern eingehakt in Richtung Imbissbude.

Als wir um die Ecke biegen, entdecken wir gleichzeitig die arme, kranke Sabine, die trotz einer Magen- und Darminfektion in Lederklamotten vor der Imbissbude steht und ihren Helm in einen Motorradkoffer legt.

»Schau, schau. Die Theken-Sabine macht blau.« Bruni lacht.

Jetzt ist mein Grinsen echt. »Gönnen wir's ihr.«

Sabine schließt den Koffer ab, öffnet ihre Lederjacke und läuft in den Imbissbetrieb. Ich laufe schneller. »Komm, wir überraschen sie von hinten. Dann wird sie sich vor Schreck *bestimmt* in die Hosen machen.«

»Au ja.« Bruni stöckelt hinter mir her.

Als wir leise die Eingangstür des Ladens öffnen, steht eine längere Schlange vor dem Tresen. Sabine bildet das Rücklicht. Neben ihr steht eine Frau, ebenfalls in Lederklamotten, mit der sie sich angeregt unterhält. Ich halte Bruni am Arm fest und deute mit großen Augen auf Sabines Begleiterin, deren lange graue Haare mit einem Gummiband im Nacken zusammengebunden sind. Diese langen Haare ... Sie erinnern mich an Kassandra. Bei Bruni scheint auch der Groschen gefallen zu sein, denn sie macht ein ungläubiges Gesicht und bläht die Wangen auf.

Als ich die tiefe, rauchige Stimme der Frau höre, die wir nur von hinten sehen, bin ich mir sicher, das *ist* Kassandra.

»Ich brauche mehr Informationen, verstehst du? Nur so kann ich die Geiger weiter melken.«

»Karo und diese Bruni waren vorgestern und gestern krank, ich kann dir nichts Neues berichten. Ich bin nur heute krankgeschrieben, ab Montag hocke ich mich wieder vor die Tür. Ich muss Ulrike noch mehr löchern, die weiß genug Privates über Karo. Aber die hält sich immer sehr bedeckt, aus der ist schlecht etwas herauszukriegen. Sag mal, kannst du mir nicht mehr Provision zahlen, als nur die zwanzig Prozent? Neben der Assmann und der Geiger habe ich dir schon so viel Kundschaft besorgt … Meine Kinder brauchen neue Klamotten, die wachsen momentan so schnell wie ein gedüngter Rasen. Außerdem trage ich immer das Risiko, erwischt zu werden. Vor einigen Tagen war es richtig eng. Die haben mich auf frischer Tat ertappt.«

Drei Männer verlassen mit großen Tüten den Imbiss, die Schlange rückt auf. Bruni und ich verhalten uns mucksmäuschenstill.

Kassandras Stimme klingt jetzt noch tiefer. »Mehr ist nicht drin. Wenn du damit nicht mehr zufrieden bist, dann musst du dir einen anderen Nebenjob suchen.«

»Nein, nein. Natürlich bin ich zufrieden.« Sabines Stimme überschlägt sich fast.

Wieder verlassen zwei Einkäufer das Geschäft, jetzt sind Sabine und Kassandra an der Reihe. Sie bestellen zweimal Currywurst mit Pommes.

Kassandra lacht. »Für die Spritztour am Wochenende spendiere ich dir eine volle Tankfüllung. Sozusagen ein kleiner Sonderbonus.«

Dann schweigen beide. Ich lege meinen Zeigefinger vor die Lippen, Bruni nickt.

Sabine bezahlt als Erste, sie dreht sich mit ihrer Futtertüte um und rempelt mich an, weil ich sehr dicht hinter ihr stehe. Wir stehen uns Auge in Auge gegenüber. Sie starrt mich an, als wäre ich der Mork vom Ork.

Sie stammelt: »Ka … Ka … Ka … Ka …«

Ich hebe den Finger und unterbreche sie schulmeisterhaft. »Ja, in der Tat, Sabine, das ist Kacka. Ein rie … sen … grooßer Haufen Kacka.«

Bruni grinst und widmet sich der Bestellung unseres Mittagessens.

Kassandra fährt herum. Sie macht, im Gegensatz zu Sabine, einen sehr gelassenen Eindruck. »Hallo, Frau Geiger.«

»Hallo, Frau Kollegin. Ich lerne schnell. Jetzt kann ich auch hellsehen.«

Sie hebt spöttisch die Augenbrauen. Dann folge ich beiden nach draußen. Theken-Sabine ist blass.

Ohne lange Vorrede lege ich los. Ich blicke abwechselnd Kassandra und ihre Komplizin an. »Jetzt sage *ich* euch mal die Zukunft voraus.« Ich straffe mich. »Euren Imbiss werdet ihr«, ich schaue auf die Uhr, »innerhalb von genau acht Minuten in euch hineingestopft haben.« Mein Finger zeigt auf die schweren Motorräder. »Dann werdet ihr mit euren kleinen Mopeds so schnell ihr könnt zu Kassandra juckeln und mit einem gezielten Griff eines der prallgefüllten Sparbücher greifen, die in irgendeinem Schrank liegen. Anschließend gebt ihr Gas und tuckert zur nächstgelegenen Bank- oder Sparkassenfiliale. Dort erleichtert ihr das Sparbuch um exakt achthundert Euro. Das ist genau die Summe, die ihr ergaunert habt. So. Und jetzt gut zuhören. Danach wirst du, liebe Sabine, mit der Kohle bei uns im Büro antanzen.« Ich wiege den Kopf hin und her. »Ich sage voraus, dass du mir spätestens in fünfundvierzig Minuten das Geld auf den Schreibtisch legen wirst.«

Kassandra lächelt mich an; sie wirkt weder schuldbewusst noch verunsichert. Sabine dagegen steht das schlechte Gewissen ins Gesicht geschrieben.

»Es tut mir so leid, Karo. Aber …«

Mein Zeigefinger tanzt vor ihrer Nase. »Wir sprechen uns gleich, liebe Sabine.«

Bruni kommt mit einer großen Tüte aus dem Imbiss, ich kehre den Betrügerinnen den Rücken zu. Mehr gibt es im Augenblick nicht zu sagen.

Ulrike glaubt an einen schlechten Scherz, als ich ihr telefonisch berichte, was Bruni und ich vor wenigen Minuten zufällig erfahren haben. Sie ist in kürzester Zeit bei uns.

Auf der Schreibtischseite, an der Bruni normalerweise alleine sitzt, stehen drei Stühle. Wir haben Pauls Chefsessel und Pelles Stuhl aus Arbeitszimmer und Glaskasten dazugeholt. Mein Stuhl ist frei, darauf darf sich gleich die ›Angeklagte‹ niederlassen. Wir sind ein wenig angespannt und vertreiben uns die Zeit mit einer sinnlosen Tätigkeit. Ich zeichne Bleistiftstriche auf ein Blatt Papier und schiebe es Bruni zu. Sie radiert die Striche weg, anschließend übernimmt es Ulrike, die die kleinen Fussel auf den Boden pustet.

So richtig beherrsche ich die Kunst des Hellsehens noch nicht, denn Sabine kommt nicht nach fünfundvierzig, sondern nach genau achtundfünfzig Minuten angehastet. Ihr Atem geht stoßweise; sie reicht mir einen Umschlag und will sich sofort wieder vom Acker machen.

»Hiergeblieben, Sabine.« Ich deute auf meinen Stuhl. »Hinsetzten … wir hören.«

Ulrikes künstliche Fingernägel klappern ungeduldig auf dem Tisch. »Ja. Leg los.«

Sabine rutscht nervös hin und her. »Ka … Kassandra und ich kennen uns aus dem Motorradclub. Ihre Geschäfte gingen schlecht. U… und als Ulrike mir erzählte, dass ihr Mann sie wahrscheinlich betrügen würde, habe ich ihr empfohlen, zu Kassandra zu gehen. Ich habe ihr vorgelogen, dass sie mir auch schon mal geholfen habe. Da … dann bin ich, zusammen mit Kassandra, Holger hinterhergefahren. Wir haben beobachtet, dass er Farbeimer mit roter Farbe und Plastikanzüge einkaufte, und am Abend durch beleuchtete Fensterscheiben gesehen, dass er bei der alten Frau anstreicht.«

Ulrikes Hand knallt auf den Tisch, Sabine zieht den Kopf ein. »Das hätte ich niemals von dir gedacht, Sabine. Niemals! Du hast uns alle perfekt verarscht. Mann, das ist doch krank.«

Ich deute Ulrike an, den Mund zu halten; Sabine beichtet weiter.

»Ulrike hat mir dann irgendwann erzählt, dass sie Karo die Visitenkarte von Kassandra gegeben hat. Kassandra wusste also genau Bescheid, als eine Frau Geiger um einen Termin bat, dass es sich um meine schwangere Chefin handelt. Ich habe jeden Morgen an eurer Tür gelauscht und … und Kassandra alles erzählt, was ich gehört habe … ihr wisst schon. Vom Chef und der Pellegrino, dass Karo gewisse Vermutungen hat … mehr kann ich nicht sagen.«

Ich schlage die Hände vor mein Gesicht. »Sag mal, spinnst du? Wem hast du noch davon erzählt? Raus mit der Sprache.«

»Außer Kassandra niemandem. Ich schwöre, Karo. Echt nicht.«

Ich beuge mich vor. »Was treibt einen Menschen an, so hinterhältige Dinge zu tun?«

Es tut mir weh, als ich sehe, wie sehr Sabine sich anstrengt, nicht zu weinen. Ihre Mundwinkel zucken, ihr Unterkiefer zittert.

Sie senkt den Kopf. »Wir wissen vorne und hinten nicht, wie wir finanziell klarkommen sollen. Mein Mann ist seit drei Jahren arbeitslos. Er war fast zwanzig Jahre bei einer Firma als Elektriker beschäftigt. Dann kam die Insolvenz, er fand keinen Job mehr in der Branche. Momentan arbeitet er bei einem privaten Postdienst. Obwohl ich Vollzeit mitarbeite, kommen wir kaum über die Runden. Das Geld, das ich von Kassandra für die Vermittlung von Klienten bekam, investieren wir in unsere zwei Mädels. Die Große hatte in diesem Jahr Konfirmation. Das war richtig teuer.«

Während sich in meinem Hals ein dicker Kloß breitmacht, zeigt sich Ulrike vollkommen unbeeindruckt. »Ja, ne. Aber Pommes essen gehen und mit dem Hintern auf dem fetten Motorrad durch die Gegend kutschieren. Ehrlich, Sabine. Ich finde das unmöglich.«

Sabine ballt die Fäuste und giftet zurück. »Halt du mal schön die Klappe. Du jagst doch auch dem Luxus hinterher. Mallorca! Wenn ich das schon höre, könnte ich kotzen. Und am Essen sparst du auch nicht gerade. Außerdem verdient dein Mann ebenfalls nebenher, wie wir alle wissen.«

Ulrike springt auf und beugt sich über den Schreibtisch. »Ja, du blöde Kuh. Aber nicht durch Betrügereien, sondern durch ehrliche Arbeit.«

Bruni spricht ein Machtwort. »Hööört auf!«

Bevor sich Sabine und Ulrike eine Keilerei liefern, mische ich mich ebenfalls ein. »Gut. Alles ist gesagt. Ich habe das Geld zurück. Was du in Zukunft machst, Sabine, ist dein Ding.«

»Redest du mit dem Chef darüber? Ich meine …«

»Nein. Natürlich *nicht*. Ich bin kein Kollegenschwein.«

Sie wird rot, stammelt ein leises »Danke«, dann ist sie weg.

Ulrike lässt sich auf dem Stuhl nach hinten fallen. »Scheiß Geld. Immer geht es nur ums Geld.«

Der Umschlag wandert in meine Jeanstasche. »Oder um die Liebe …«

Im Garten meiner Familie ist Action. Hanni und Nanni vergnügen sich im Schwimmbecken, Opa Heini läuft Gundula, die barfuß vor ihm flüchtet, mit prall gefüllten Wasserbomben hinterher.

Sie kreischt vergnügt. »Nicht am Kopf treffen, Heini! Meine Wasserwelle …«

Opa Heini kichert. »Was glaubst du wohl, warum die Wasserwelle Wasserwelle heißt? Wenn ich treffe, krieg ich einen Kuss.«

Die beiden Turteltauben winken mir zu.

Meine Nichten kommen angehüpft, nasse Arme schlingen sich um meine Hüften.

Nanni legt ein Handtuch um ihre Schultern. »Wir haben Besuch, Karo. Werner ist hier. Seine Mama und der Arschi sind einkaufen. Weißt du was? Wir haben eine Überraschung für dich.«

Hanni schlägt nach ihrer Schwester. »Sei still. Nichts verraten.«

Dann kommt Werner angekeucht. An seinen Oberarmen trägt er Schwimmflügel. »Tach, Tante. Ich war gerade auf Klo.« Er stolpert über seine Füße, legt sich fast lang, fängt sich aber wieder.

Ich muss lachen, als ich sehe, dass der kleine Klops eine Badehose von Opa Heini trägt. »Hallo, Werner. Das ist schön, dass du mit Hanni und Nannis spielst.«

Er grinst.

Meine Eltern und Conny sitzen im Wintergarten. Der Tisch ist bereits gedeckt. Mama und Papa lächeln, wir tauschen Küsschen aus. Connys Laune ist ganz offensichtlich im Keller. Sie stößt mich von sich, als ich sie umarmen will. Ihr Gesicht ist hochrot.

»Es scheint, dass wir heute fünf Kinder im Garten haben.« Mein Vater zeigt auf Opa Heini und Gundula.

Conny schüttelt den Kopf. »Wenn ich die beiden anschaue, schäme ich mich fremd.«

Mein Vater steht auf und streckt sich. »Ach, Conny. Kannst du nicht einmal deine Zunge im Zaum halten?«

Meine Mutter geht nicht auf die Stänkerei meiner Schwester ein. Sie gießt Kaffee in unsere Tassen. »Herr Wellenbrink war vor einer Stunde hier, er wollte nach dem Anbau sehen. Rieke hat ihn hergefahren. Werner war auch dabei.« Sie zwinkert mir zu. »Ich glaube, zwischen den beiden hat es richtig gefunkt. Sie haben sich an den Händen gehalten.« Sie kichert. »Die wollten nach dem Termin bei uns zusammen einkaufen gehen, Werner wollte aber nicht mit. Als er das Schwimmbecken sah, hat er entschieden, lieber mit Hanni und Nanni zu spielen. Sie holen das Kind später ab.«

Conny springt auf. Mit einem Tritt befördert sie einen Gartenstuhl beiseite und stampft wütend ins Haus.

Meine Eltern ignorieren Connys Wutanfall.

Opa Heini und Gundula haben genug von ihrer Wasserschlacht. Gundulas Wasserwelle ist verschont geblieben, sie liegt noch immer perfekt.

»So. Jetzt brauche ich einen starken Kaffee. Karo, hast du gesehen, dass das Dach gegossen ist? Die sind heute in aller Frühe mit schwerem Gerät angerückt.« Opa Heini rückt seiner Lebensgefährtin den Stuhl zurecht, dann setzt er sich.

»Nein, ich bin aber schon ganz neugierig darauf. Ich schaue es mir gleich an.«

Dann werde ich gelöchert und muss berichten, wie es mir erging. Ich passe höllisch auf, dass ich mich nicht verplappere, wie ich den Mittwoch und Donnerstag verbracht habe. Anschließend erkundigen sie sich, wie es Paul geht. Auch hier ist Vorsicht geboten, keinen verräterischen Kommentar loszulassen.

Conny schreit nach mir; widerwillig folge ich ihrer aggressiven Stimme. Gundula ruft mir hinterher, dass ich gleich den Kuchen, der im Kühlschrank steht, mitbringen solle.

Conny lehnt mit verschränkten Armen an der Küchenspüle und wirft mir einen giftigen Blick zu. »Wenn die dämliche Kindergärtnerin kommt, lenkst du sie ab, kapiert? Du zeigst ihr dein ehemaliges Kinderzimmer, darauf steht die Öko-Tussi bestimmt. Ich muss Jasper alleine erwischen. Er geht nicht mehr ans Telefon, wenn ich ihn anrufe, und in der Firma lässt er sich verleugnen.« Sie reibt ihre Schläfen. »Diese Kanaille. Ich lass mich nicht so einfach abservieren.«

Ich setze mich an den Küchentisch. »Warum drängst du dich so auf, Conny? Ist dir das nicht peinlich?«

»Spar dir deine dämlichen Fragen. Tu einfach das, was ich dir sage.« Sie geht zurück in den Wintergarten.

Einen Teufel werde ich tun!

Die Kühlschranktür quietscht leise, als ich sie öffne. Mich lacht ein schön verzierter Apfelkuchen an.

Mama erlaubt den Kindern, im Schwimmbecken zu essen. Werner möchte keinen Kuchen, er bekommt im wahrsten Sinne des Wortes eine

Extra-Wurst. Er leckt sich die Lippen und sagt »Jam, jam« als meine Mutter ihm einen Teller mit etlichen Scheiben Hähnchenbrust in Aspik reicht.

Als er davonstampft, schaut sie ihm liebevoll hinterher. »Was für ein herziges Kerlchen. Den könnte ich knuddeln.«

»Hast du keine eigenen Enkelsöhne, Mama?« Conny grunzt leise.

»Doch. Habe ich. Aber die Jungs sehe ich ja leider nur alle halbe Jahre, weil sie entweder bei Ludmilla oder … wie heute … bei deiner Nachbarin sind.«

Conny schiebt den Teller von sich. »Mir ist der Appetit vergangen. Dieses fettleibige Kind ist so widerlich, dass mir die Lust aufs Essen vergeht.«

Opa Heini lacht. »Es wird dir nicht schaden. Du hast sowieso wieder zugenommen. Deine Klamotten sitzen so spack, dass du von hinten wie das Michelin-Männchen aussiehst.«

Mein Vater beugt sich zur Seite und prustet dermaßen los, dass Kuchenkrümel auf die Fliesen fliegen.

Conny ist beleidigt, sie schweigt.

Nach dem Kaffeetrinken begutachte ich den Baufortschritt. Ich gehe nicht in den Anbau; die vielen Stahlstützen sind mir unheimlich. Opa Heini zeigt Verständnis.

Eine halbe Stunde später kommen Rieke und Jasper zurück. Connys Fingernägel trommeln nervös auf der Armlehne des Stuhls. Als Jasper einen Arm um Rieke legt, wird Connys Blick eiskalt. Ich möchte nicht wissen, was ihr jetzt durch den Kopf schießt.

Die nette Kindergärtnerin trägt einen kleinen Strauß gelber Rosen in der Hand, den sie meiner Mutter überreicht und sich bedankt, dass Werner hierbleiben durfte.

Während Gundula noch zwei Gedecke auflegt, holt Opa Heini eigenhändig Schnaps und Gläser.

»So, lieber Jasper. Sie werden ja heute von Rieke chauffiert, dann können wir zusammen ein Gläschen trinken und auf Du und Du anstoßen.«

Opa Heini befüllt großzügig vier kleine Gläser, die er verteilt.

Jasper reibt sich die Hände. »Da sage ich nicht nein, Herr van Goch.«

Opa hebt das Glas. »Nix da. Herr van Goch ist Vergangenheit. Ab heute bin ich für dich der Heini.«

Das Eis ist gebrochen. Jeder nennt seinen Vornamen. Conny hebt die Kaffeetasse. »Wir finden bestimmt noch eine Gelegenheit, Jasper, mit einem Glas Sekt anzustoßen …«, dann schaut sie meine Mutter an. »Habe ich eigentlich erzählt, Mama, dass Anton auf Geschäftsreise ist? Er nächtigt für mehrere Tage in einem Hotel.« Dann schmollt sie albern. »Manchmal fühle ich mich richtig alleine, besonders in der Nacht.« Sie wirft Wellenbrink einen koketten Blick zu, der das nicht mitbekommt, weil er das Etikett der Schnapsflasche studiert.

Meine Mutter streichelt Connys Arm. »Tatsächlich? Du hast doch so viel Arbeit mit den vier Kindern; man sollte glauben, du schläfst wie eine Tote. Und über Langeweile kannst du bestimmt auch nicht klagen.«

»Quatsch, Mama. Vier Kinder sind gar nicht so stressig, wie du glaubst. Die sind so lieb, man merkt sie kaum. Manchmal muss ich nachschauen, ob Hanni und Nanni im Haus sind, weil es so ruhig bei uns ist. Außerdem ist es so, dass Kinder Freude und keine Arbeit machen.«

Am Tisch herrscht betretenes Schweigen.

Opa Heini horcht auf. »Manchmal denke ich wirklich, Conny, dass du nicht alle Latten am Zaun hast.«

Conny versucht ihren Plan, Wellenbrink unter vier Augen in die Zange zu nehmen, umzusetzen. Sie bittet ihn, ihr im Anbau zu zeigen, an welcher Stelle der Kamin gemauert werden soll, das würde sie brennend interessieren. Jasper stammelt etwas von »später«. Conny bleibt am Ball und sagt, dass es »später« vielleicht in Vergessenheit gerate.

Sie steht langsam auf, Jasper erhebt sich ebenfalls langsam. Er greift nach Riekes Hand. »Kommst du mit?«

Rieke nickt begeistert.

Jetzt ist Conny wieder am Zug. »Ach, Rieke. Meine Schwester wollte dir ihr ehemaliges Kinderzimmer zeigen. Was *die* als Kind alles gebastelt hat. Das ist viel spannender als nackter Beton.«

Opa Heini erhebt sich nach dieser Äußerung nicht langsam, sondern recht schnell. Er strahlt Conny an. »Das ist aber schön, dass du auch einmal Interesse an unserem schönen Hausbau zeigst. Ich komme mit und erkläre mit …«

Conny zeigt deutlich, was sie von diesem Vorschlag hält, sie verdreht die Augen. Zu dritt schlendern sie davon.

Rieke findet mein ehemaliges Kinderzimmer sehr gemütlich. Sie schmunzelt über die ersten Einträge meines Tagebuchs, in das ich geschrieben habe, als ich noch in die Grundschule ging. Ich schaue ihr über die Schulter und lese mit.

Heute habe ich Ertnüsse gegessen und mit Mama ein Fenster gepuzt.

Sie blättert weiter.

Heute hat die Sonne geschiehnen. Conny und ich haben neue Badeanzühge bekommen. Conny hat mich gehauen und an meine Haare gezogen. Das war nicht nett.

Wir waren heute mit Papa schwimen. Conny hat mich immer lange unter Wasser gedrükt. Ich wär beinah ertrunken weil ich keine Luft gekriekt habe. Darum durfte ich zwei große Kugeln Eis Conny hat nur eine gekriekt.

Ich seufze. »Wir haben uns früher nur gestritten. Meine Eltern hatten ihre liebe Not mit uns.«

Sie legt das Heft zurück an seinen Platz und macht einen nachdenklichen Eindruck. »Und heute? Versteht ihr euch heute besser?«

Noch bevor ich antworten kann, spricht sie leise weiter. Dabei betrachtet sie den Abfalleimer, der mit bunten Bildern beklebt ist. »Ich mag Jasper sehr. Ich hoffe nicht, dass ich jemandem in die Quere komme. Deine Schwester ...« Sie presst die Lippen aufeinander und spricht den Satz nicht zu Ende.

Ich bin mir sicher, dass sie längst bemerkt hat, dass Conny auf Jasper scharf wie eine Habanero ist.

»Wir giften uns auch heute noch an. Es knallt ständig zwischen uns. Dennoch lieben wir uns.« Ich druckse ein wenig herum. Ich versuche Rieke etwas zu sagen, ohne das auszusprechen, was sie wahrscheinlich ohnehin ahnt. »Nun, während der letzten Wochen ist Conny ein wenig neben der Spur. Sie will ihren Willen durchsetzen und etwas besitzen, von dem sie glaubt, dass es ihr gehört. Es spornt sie an, wenn jemand Widerstand leistet.«

»Und was macht dich so sicher, dass sie es nicht bekommen wird?«

Ich verspüre das Bedürfnis, sie zu beruhigen. »Was man nie besessen hat, kann man auch nicht zurückfordern. So einfach ist das.«

Rieke macht einen erleichterten Eindruck.

»Übrigens, es ist nicht zu übersehen, dass Jasper dich und Werner ebenfalls sehr mag.«

Nachdem Rieke noch hier und dort gestöbert hat, gehen wir wieder zurück in den Wintergarten. Opa Heini, Jasper und Conny sind auch wieder da.

Meine Mutter drängt mich regelrecht, dass ich nach Hause fahren solle. Denn wenn der Ehemann von einer Geschäftsreise käme, sollten ein nett gedeckter Tisch, ein leckeres Essen und eine hübsch zurechtgemachte Ehefrau auf ihn warten.

Ich würde meiner Mutter sehr gerne sagen, dass dieser Ratschlag ein sehr biederer und angestaubter ist, lasse es jedoch bleiben. Conny lacht sich ins Fäustchen; sie scheint mir anzusehen, dass ich zu feige bin, meine Meinung zu äußern.

Ich schiebe den Einkaufswagen langsam durch die Gänge des gut sortierten Supermarktes. Nach drei Tagen Fast Food freue ich mich darauf, wieder selbst zu kochen. Mir ist nach einem dicken, saftigen Steak. Dass Paul von meinen Gelüsten profitiert, ist mir egal. Die Pelle kann bestimmt nicht so gut kochen wie ich, aber das muss sie ja im Grunde auch nicht, weil sie vermutlich jeden Tag in der Trattoria ihrer Eltern kulinarisch verwöhnt wird. Dass Paul in Zukunft dort ebenfalls zulangen kann, ist mir auch egal.

An der Fleischtheke schlage ich richtig zu und lasse mir vom Metzgermeister zwei dicke Rinderfilets schneiden. Einmal vor Ort, kaufe ich direkt die Lebensmittel für das Wochenende mit ein. Zusätzlich Kalorienbomben, wie fünf Tafeln Schokolade und drei Packungen Kekse, die meinen Glücksgefühlen auf die Sprünge helfen sollen.

Während ich die gewohnte Strecke nach Hause fahre, drehe ich die Musik laut auf. Howard Carpendale singt von irgendwelchen Spuren im Sand, das *Hulehulelulei* geht mir total auf den Geist. Sollten Paul und Pelle den gleichen Sender hören, kann ich mir sehr gut vorstellen, wo sich in diesem Moment Pelles Kopf befindet. Ich wähle einen anderen Sender. Andrea Berg verkündet singend: *Ich sterbe nicht noch mal.* Eine CD mit diesem Song liegt in unserem Wohnzimmerschrank, ich sollte mich damit in der nächsten Zeit dauerbeschallen. *Das* Lied gefällt mir! Ich schmettere laut mit: *»Du, ich brauch dich nicht. Wohin du gehst, ist mir egal, ich schaff's auch ohne dich …«*

Nachdem ich mein Auto in der Garage geparkt habe, ruft Conny an. Sie ist die Nächste, die mir auf den Geist geht. Sie heult wie ein Schlosshund und erklärt, sie sei gerade nach Hause gekommen. Sie habe Jasper vor dem Gäste-WC meiner Eltern alleine erwischt und einige Worte mit ihm wechseln können. Sie schluchzt. »Und weißt du … weißt du, was er gesagt hat? Er will mich nicht mehr … nicht mehr sehen. Er sei verliebt … verliebt in Rieke. Und das ganz … ganz doll.«

Jetzt werde ich richtig sauer. Ich keife meine Schwester an. »Conny! Akzeptiere Jaspers Entscheidung! Lass ihn endlich in Ruhe und mich auch. Ich finde es unmöglich von dir, dich so billig zu benehmen.«

Sie versucht, mir ein schlechtes Gewissen einzureden. »Du bist so kalt, Karo. Du verstehst immer nur dich, andere Menschen sind dir egal. Weißt du eigentlich, wie sehr ich leide?« Sie schnäuzt in irgendetwas kräftig hinein.

Ich täusche vor, dass ich es sehr eilig habe. Ich kann und will mir das Gejammer meiner großen Schwester nicht mehr länger anhören.

Als ich Pauls Wagen über den Kiesweg rollen höre, renne ich ins Wohnzimmer und drücke den Startknopf des CD-Players, in dem längst Andrea Berg auf ihren Einsatz wartet. Der nächste Knopf wird gedrückt, die digitale Anzeige, die die Lautstärke anzeigt, wandert nach oben. Der Bass dröhnt so laut durchs Haus, dass ich das Gesicht verziehe. Ich streife meine Pantoffeln von den Füßen, greife nach der TV-Fernbedienung, die als imaginäres Mikrofon herhalten muss, drehe mich im Kreis und bewege mich im Takt der Musik. Dabei versuche ich, die Stimme der Sängerin zu übertönen:

»Glaub mir
ich sterbe nicht noch mal,
du, ich brauch dich nicht.
Wohin du gehst, ist mir egal,
ich schaff's auch ohne dich.
Hab meine Seele aufgeräumt,
Tränen sind genug geweint,
glaub mir …«

Bei der nächsten Drehung sehe ich Paul, der lässig am Türrahmen lehnt und mich amüsiert beobachtet. Er breitet die Arme aus, lacht und schreit gegen die lautstarke Musik: »Hallo, Möhrchen!«

Ich schreie zurück. »Oh. Hallo! Ich habe dich gar nicht kommen hören!« Ich winke Paul zu und regele die Lautstärke herunter.

»Was für ein Empfang.« Er kommt auf mich zu, weil ich seine offenen Arme ignoriert habe. Als er mich küssen will, drehe ich den Kopf beiseite; sein Schmatzer landet auf meiner Wange.

Statt mich an ihn zu kuscheln, schiebe ich ihn weit von mir. »Möchtest du erst duschen?«

»Duschen?«

Ich verdrehe die Augen. »Ja. Duschen.« Mein Blick bleibt an seinem Hosenschlitz haften. »Die lange Fahrt, man verliert viel Flüssigkeit, außerdem schwitzt man.« Dann lache ich albern. »Papa schwitzt immer besonders in der Poritze ... sagt Mama.«

Paul verzieht das Gesicht und hält Abstand und schlägt sich vor die Stirn. »Klar! Duschen. Gute Idee, Möhrchen. Ich hätte auch von allein darauf kommen können, dass ich müffele.« Er hebt die Arme und schnüffelt an seinen Achselhöhlen. Er schultert sein Gepäck und verschwindet in die obere Etage.

Es gefällt mir, dass ich ihn verunsichert habe. Jetzt werden neue Saiten aufgezogen, und zwar die, die Pauls Ego einen Knacks geben werden. Bevor er heute Abend einen Streit anfangen und Theater machen kann bzw. die Hauruckmethode anwenden wird, um mir reinen Wein einzuschenken, werde ich ihm zuvorkommen.

Warum ist mir bloß nicht eher aufgefallen, wie unsensibel Paul ist? Es scheint ihn nicht zu stören, dass ich mich auch nach seiner Dusche weder umarmen noch küssen lasse.

Als er mir in der Küche hilfreich zur Hand gehen will und ich ihn rabiat beiseitestoße, setzt er sich an den Tisch und lässt mich alleine rödeln, was mich wiederum ärgert.

Er konzentriert sich auf das Öffnen einer Weinflasche. »Weißt du eigentlich, wie sehr ich dich vermisst habe, Möhrchen?«

Ich lege die Steaks in die Bratpfanne, Fett spritzt. »Klar. Weil du mich liebst, nicht wahr?«

Es macht ›plopp‹, anschließend gluckert es.

Paul schlürft den Wein so, wie es richtige Weinkenner machen. »Genau.«

»Nimm es mir nicht übel, Paul. Aber … ich habe dich nicht vermisst. Üüüberhaupt nicht. Von mir aus hättest du noch Monate auf Fehmarn bleiben können.« Ich mache eine wegwerfende Handbewegung.

Er lacht. »Tatsächlich?«

»Ja. Frag Mama. Ihr habe ich bereits gebeichtet, dass es mir ohne dich sehr gut geht. Ich wollte es dir schon längst gesagt haben …«, ich wende das Fleisch. »Ich glaube, wir haben zu überstürzt geheiratet.«

Meine Hauruckmethode verfehlt ihre Wirkung. Er prustet los. »Entschuldige, Karo.« Er räuspert sich, danach lacht er erneut. »Seit wann hast du das Gefühl, dass du dich ohne mich wohler fühlst?«

Ich drehe mich blitzschnell um, stütze meine Hände auf den Küchentisch und blicke Paul fest in die Augen. »Schon ewig lange! Aber glaub ja nicht, dass das etwas mit dieser … dieser dummen Pelle zu tun hat, weil du, wann immer es ging, mit ihr zusammen warst. Und auch nicht damit, weil du mich *nicht* gefragt hast, ob ich mit nach Fehmarn fahren möchte, zu diesem … diesem bescheuerten Dreh. Und auch nicht, weil du mich alleine schwanger sein lässt und keine Wiege für unseren Kasper gebastelt hast, so wie Heiner es aus Vaterfreuden für sein Baby getan hat. Ich wusste es schon vorher. Wochen vorher!«

Paul zeigt auf den Herd und springt auf. »Das Fleisch … es riecht angebrannt.«

Ich gifte ihn an. »Das muss so sein! Du hast vom Kochen keine Ahnung. Und von der Liebe erst recht nicht! Ich habe in den letzten Tagen genug gesehen und gehört.« Ich beiße mir auf die Lippen und verbessere mich. »Ich meine, ich habe gesehen, wie schön es ohne dich ist, weil ich in mich hineingehört … ähm … gehorcht habe. Zwischen uns stimmt es doch schon lange nicht mehr. Im Grunde sehnen wir uns beide nach der Zeit vor unserer Hochzeit zurück.«

Die angebrannten Steaks fliegen in eine Auflaufform, die ich in den Backofen stelle.

Als ich mich erneut umdrehe, sitzt Paul wieder am Tisch. Eine Hand liegt vor seinem Mund, er grunzt leise. Seine Augen lachen so unverschämt, dass ich große Lust verspüre, ihm ein Veilchen zu verpassen. Hinter vorgehaltener Hand sagt er: »Ich glaube, ich weiß, was du meinst. Auch ich habe in den letzten Tagen viel gesehen, gehört und in mich hineingehorcht.«

Ich balle die Fäuste und stampfe mit dem Fuß auf. »Sag mal, kann es sein, dass du dich über mich lustig machst?«

Paul hebt die Hände. »Nein, um Gottes willen. Ich nehme dich schon sehr ernst, aber …« Er steht langsam auf, nimmt meine Hände, verschränkt sie hinter meinem Rücken und drückt mich mit sanfter Gewalt gegen den Kühlschrank. Sein Atem streift meine Wange. Dann küsst er zärtlich meinen Hals, der prompt mit einer Gänsehaut reagiert. Seine Lippen wandern zu meinem Ohr. Er fährt flüsternd fort: » … dein Körper spricht eine andere Sprache als dein Mund. Kann es sein, dass du nicht ausgiebig genug in dich hineingehorcht hast?«

Ich befreie mich aus der Umarmung und knalle die Fensterflügel zu. »Mir ist kalt, Herr Geiger. Und wenn mir kalt ist, bekomme ich eine Gänsehaut. Bilde dir bloß nichts ein.« Ich lege das Fleisch auf die Teller. »Meine Gefühle für dich sind ziemlich erkaltet … Ich rieche nämlich schon den Braten, obwohl das Schwein noch quicklebendig im Stall steht. Und weißt du, warum das so ist? Weil ich sehr sensible Antennen habe.«

Paul hält kurz mit dem Schneiden des Fleisches inne, als ich das Gespräch, das er mit Meyering führte, wiederhole.

»Vielleicht solltest du die«, er fuchtelt mit der Gabel vor meinem Kopf herum, »Antennen neu ausrichten. Sie scheinen Empfangsstörungen zu haben.«

Ich lächele ihn vielsagend an. »Vielleicht solltest du die Brötchen nicht mit doppelt Käse belegt essen. Dein Bauch ist dicker geworden.«

Er reagiert vollkommen gelassen. »Du bist schwanger, Karo. Manche Männer leiden unter dem Couvade-Syndrom. Sie essen mehr, weil sie sich parallelschwanger fühlen.«

»Du bist ein richtiger Teufelskerl, du weißt, wie man Frauen glücklich macht, nicht wahr, Paul? Und wie *klug* du bist.« Ich schiebe meinen Teller beiseite.

»Danke, Möhrchen. Dafür bist du schöner als ich. Du solltest dir große Hüte kaufen. Ich kann mir vorstellen, dass sie dir ausgezeichnet stehen.« Paul forscht in meinem Gesicht.

Meine Mundwinkel wandern nach oben, seine ebenfalls. Wir schweigen. Wir wissen beide, was Sache ist. Ich überlege krampfhaft, wie ich die ›gemeinsame Nacht‹ mit der Pelle noch an den Mann bringen soll, doch Paul spielt nicht mehr mit. Er legt das Besteck auf seinen Teller und erhebt sich.

»So, ich geh dann mal mein Gebäck … ähm, Gepäck auspacken. Danach bin ich im Arbeitszimmer. Ich muss noch einige Telefonate führen.« An der Tür stoppt er noch einmal. »Mensch, das hätte ich jetzt um ein Haar vergessen. Ich bin auf dem Heimweg kurz in die Birkenstraße gefahren, ich habe deine Familie für morgen Nachmittag zum Grillen eingeladen. Deine Schwester weiß auch Bescheid. Ich habe sie angerufen. Ach ja. Und Maria kommt auch.« Er dreht sich um und läuft pfeifend die Treppe hinauf.

Ich rufe Paul hinterher. »Ja, aber … gibt es denn einen Grund zum Feiern?«

Er wirft mir einen Schulterblick zu. »Ja.«

»Wozu kommt die Pelle? Sie gehört doch gar nicht zur Familie!«

Er bleibt mir eine Antwort schuldig. Ich bin total verunsichert.

Ich kann mir beim besten Willen nicht vorstellen, dass Paul morgen bekannt geben wird, dass er und die Pelle ineinander verliebt sind. Diese Spekulation kann ich vergessen. Mein Vater würde Paul einen Kinnhaken verpassen, und Opa Heini würde ihm so eine Ansage machen, dass ihm Hören und Sehen verginge.

Ich platze fast vor Neugierde, was der Grund zum Feiern sein könnte. Mit wenigen Handgriffen sorge ich für Ordnung. Dann lege ich mich im Wohnzimmer auf die Couch, beruhige meine Nerven mit Schokolade und versuche mich auf die Ratesendung *Wer wird Millionär* zu konzentrieren, was mir jedoch nicht gelingt. Ständig schweifen meine Gedanken in die Ferne.

Ich habe durchblicken lassen, dass ich weiß, dass Paul und Pelle ein Verhältnis haben. Paul hat preisgegeben, dass er weiß, dass ich auf Fehmarn war. *Er* muss anfangen zu reden. Paul ist am Zug, denn er hat Schlimmeres zu beichten. Ich beschließe, zu schweigen.

Paul kommt zwei Stunden später. Er hat die Box, in der sich unsere Medikamente befinden, unter den Arm geklemmt.

Er legt seinen linken Fuß auf den Tisch und krempelt sein Hosenbein hoch. Ich beobachte kauend, was das werden soll. Paul entfernt ein großes Pflaster von seinem Fußknöchel, dabei verzieht er das Gesicht. Ich beuge mich neugierig vor. Er hat am Knöchel eine große Schwellung, die stark gerötet ist.

»Autsch. Das sieht böse aus. Kann ich helfen?« Die Schokolade wandert auf den Tisch.

Paul winkt ab. »Danke, die Cortison-Salbe wird es richten … Das ist auf der Hinfahrt nach Fehmarn passiert. Eine Wespe … so groß.« Er zeigt mit den Fingern die Länge eines Feuerzeugs.

Ich muss lachen. Paul übertreibt mal wieder.

»Sie war im Fußraum, hat dort fröhlich vor sich hingesummt. Maria wollte sie mit einem Taschentuch erwischen, vergeblich. Das Tier hat brachial seinen Stachel in meinen Fuß gerammt. Was glaubst du, wie ich gejault habe … Ich bin fast gestorben. Anschließend haben wir die Autobahn verlassen und an der Raststätte Eiswürfel gekauft, um die Schwellung zu kühlen.« Er cremt die Stelle behutsam ein. Dann pflastert er sie zu.

»Aber … das ist doch wunderbar, Paul! Das ist … ist doch genial! Das freut mich so sehr …« Mein Gute-Laune-Pegel steigt.

Paul schüttelt den Kopf. »Du schlägst echt nach deinem Opa Heini. Du hast manchmal einen komischen Humor, über den ich echt nicht lachen kann.«

30. Paul, Maria und Marcello

Ich hocke mit dem Handy im Anschlag auf dem Toilettendeckel und warte darauf, dass Paul endlich das große Pflaster abzieht, das über dem Wespenstich klebt. Statt es mit einem Ruck zu entfernen, knibbelt er vorsichtig an einer Ecke und zieht Grimassen.

»Darf ich?« Noch bevor er zustimmen oder ablehnen kann, macht es »ratsch«.

Paul jault wie ein Wolf in einer Vollmondnacht, anschließend wischt er sich einen Schweißfilm von der Stirn. Ich muss so lachen, dass die ersten beiden Fotos verwackeln. Das dritte ist gestochen scharf.

In der Küche simse ich Bruni, Simone und Ratiba, warum Pelles Kopf in der Versenkung verschwunden war, und füge das Foto hinzu. Danach entsorge ich den Einkaufszettel, den ich nach dem Aufstehen zu schreiben angefangen habe. Paul hat während des Frühstücks beiläufig erwähnt, dass wir uns lediglich um die Besorgung des Fleisches, der Grillsaucen und der Getränke kümmern müssten. Salate und diverse Kleinigkeiten würden von lieben Helfern mitgebracht, die um 16 Uhr kämen.

Ansonsten hält er sich bedeckt, redet nicht viel; er macht aber einen entspannten Eindruck. Von meinen Freundinnen bekomme ich keine Rückmeldung, was mich sehr wundert. Gewöhnlich reagieren meine Mädels schneller.

Während des Fleischeinkaufs im Supermarkt könnte ich ausrasten. Paul kauft so viele Stücke von Schwein, Rind und Lamm, dass es locker für dreißig Personen reichen würde. Als ich ihn ankeife und frage, ob er einen Knall habe, zeigt er auf meinen und seinen Bauch und lacht. »Es sind gute Esser dabei …«

Ich zeige ihm einen Vogel, die Verkäuferin kichert.

Wieder zu Hause, kümmere ich mich um die Lagerung des Fleisches, Paul baut den großen Schwenkgrill auf. Nach einem kleinen Imbiss schlägt Paul vor, dass ich mich schlafen lege, denn es könnte sein, dass es ein langer Abend werde. Dem Vorschlag folge ich nur zu gerne.

Als ich mich ins Bett kuschele, beobachte ich durch das geöffnete Fenster kleine Wolken, die langsam am Himmel vorüberziehen. Ich flüstere leise: »Bitte, Oma Fine. Mach, dass alles wieder gut wird.« Meine Augen werden feucht. »Ich will nicht, dass Paul die Pelle liebt.« Dann fallen meine Augen zu; eine kleine Träne bahnt sich langsam den Weg in Richtung Nasenwurzel, das kitzelt.

Nach dem Aufwachen ärgere ich mich, dass ich einen Mittagsschlaf gehalten habe. Manchmal bin ich nach einem Nickerchen müder als vorher, heute ist das der Fall. Es ist sehr heiß draußen, ich freue mich auf eine kühle Dusche.

Paul steckt den Kopf durch die Tür. Mit langem Arm stellt er eine Tasse Kaffee auf die Ablage. »Na? Gut geschlafen?«

Er wartet meine Antwort nicht ab und ist so schnell weg, wie er gekommen ist. Ich strecke ihm die Zunge hinterher.

Meine Haare bearbeite ich nach dem Föhnen mit einem Lockenstab, anschließend bürste ich sie durch. Sie fallen in leichten Wellen über meine Schultern. Vorsichtig schlüpfe ich in das neue blaue Kleid mit weißen Punkten, das ich auf Fehmarn erstanden habe. Dann kommen Mascara und Kajalstift zum Einsatz.

Das Augen-Make-up fällt kräftig aus, die Lippen schminke ich rot, passend zu meinem Nagellack. Zuletzt pudere ich die Wangen und meine Nase.

Als ich auf die Terrasse gehe, steht Paul auf einer kleinen Trittleiter und bindet eine Schnur um einen Baum. Er verliert fast das Gleichgewicht, als er mich erblickt. Seine Arme wedeln durch die Luft. Während er sich wieder fängt, ruft er: »Schei… Scheiße … ein Pflaster reicht. Du siehst toll aus.«

Punkt 16 Uhr klingelt es.

Simone und Willi stehen vor der Tür. Sie rufen gleichzeitig: »Überraschung!« Ich werde gedrückt. Simone verschwindet in die Küche und stellt die Schüssel, die sie trägt, in den Kühlschrank. Willi geht in den Garten.

»Ich wusste nicht, dass ihr …«

Simone lacht. »Wir wissen es auch erst seit gestern Abend.« Sie dreht sich um und lässt mich stehen.

»Warte …« Ich stöckele hinter ihr her. »Hast du meine MMS bekommen?«

Sie überhört meine Frage. Es klingelt erneut. Ich haste wieder zur Haustür. Ratiba und Machungwa lachen mich an; zwischen ihnen steht ein kleiner Knirps mit lockigen Haaren. Auch er zeigt seine weißen Zähne. »Ihr? Was wollt ihr denn … Ähm, schön, dass ihr auch kommt.«

Ratiba drückt mir einen Kuss auf die Stirn, Machungwa streichelt meinen Arm.

»Machungwa und Tutu sind heute früh gekommen. Du kannst dir nicht vorstellen, wie glücklich ich bin. Endlich sind wir wieder vereint.« Ich sage ihr, wo die Küche ist, damit sie die abgedeckte Schüssel ins Kühle stellen kann. Ich gehe in die Hocke und streichele Tutu über die

Locken. »Hallo, Tutu. Ich freue mich, dass du mich besuchen kommst. Ich heiße Karo.« Dann winke ich Vater und Sohn durch.

Sekunden später rollt das Auto meines Vaters über den Kies, dicht gefolgt von Antons Van.

Ich winke kurz, dann rase ich in die Küche. »Hast du meine MMS bekommen, Ratiba?«

Auch sie geht nicht auf meine Frage ein, sondern erkundigt sich, wo sich das Gäste-WC befindet.

Sekunden später hängen Hanni und Nanni an meinen Armen. Nach einem kurzen »Hallo« hüpfen sie nach draußen. Conny und Anton kommen in stiller Eintracht angeschlendert. Anton hält Conny im Arm, die eine Auflaufform trägt, die sie mir in die Hand drückt.

Sie schmiegt sich an Anton. »Stell dir vor, Karo, wohin wir in die Sommerferien fliegen.« Sie streichelt Antons Arm. »Nach Nicaragua. Ein Geheimtipp, es muss bezaubernd dort sein, wir freuen uns schon auf die herrlichen Karibikstrände. Und das Tollste ist, Ludmilla fliegt mit. So kann ich mich auch ein wenig erholen.«

Ich nicke verdattert. Conny kann schnell versöhnlich sein, solange das Trostpflaster nur groß genug ist. Sie beugt sich zu mir und flüstert mir ins Ohr, dass zwischen ihr und Anton alles wieder in Ordnung sei. Er habe ihr den kleinen Ausrutscher mit Jasper verziehen.

Opa Heini schließt auf; er verpasst Conny einen Schubs. »Blockier den Eingang nicht mit deinem fetten Hintern.« Gundula, Opa Heini, meine Mutter und mein Vater küssen mich; sie strahlen mich an. Gundula nimmt mir die Auflaufform ab, weil sie ohnehin zum Kühlschrank laufen muss.

Conny hakt meine Mutter unter, die sich suchend umschaut. Sie lenkt sie durchs Wohnzimmer in Richtung Terrasse. »Nicht meckern, Mama. Die Kleinen wären heute echt fehl am Platz, sie würden nur stören. Rate mal, wo wir während der Sommerferien urlauben …«

Dann wird es turbulent. Die Männer laufen in den Keller und tragen Stühle nach draußen, weitere Tische werden aufgestellt. Große Holzpaletten werden auf die Wiese gelegt, Opa Heini rollt unseren alten Arbeitszimmerteppich darauf aus.

Ich kann keinen klaren Gedanken fassen, denn Bruni und Heiner kommen angetrudelt. Ich sehe Bruni flehendlich an. »Sagst du mir, ob du meine MMS bekommen hast?« Sie tätschelt meine Wange. »Ja, ich habe sie erhalten. Ich bin nur nicht dazu gekommen, dir zu antworten. Du siehst umwerfend aus … Ich stelle den Zaziki kühl.«

Noch erstaunter bin ich, als Rieke, Jasper und Werner vor der Tür stehen. Jasper sieht sich interessiert um. »Tolle Architektur, ihr wohnt wunderschön.«

Rieke trägt ein Backblech, das mit einem Küchentuch bedeckt ist. »Ich habe Knoblauchbrot gebacken. Wo soll ich es hinstellen?« Ich deute auf die Küchentür.

Werner zupft mich am Kleid. »Tach, Tante Karo. Ich heiße heute Paul …« Dann presst er sich eine Hand vor den Mund und pest los.

Jasper lacht. »Na, die Anrede ist zwar noch verbesserungswürdig, aber wir arbeiten dran.«

Ich lache.

Es haut mich fast aus den Schuhen, als die Pelle samt einem Begleiter im Türrahmen steht, während ich Jasper bitte, in den Garten zu gehen.. Sie ist bei diesem Pressetypen eingehakt, der vor gut zwei Wochen den Artikel über den Kindergartenbesuch geschrieben hat und das tolle Foto schoss, auf dem sich die Pelle ein klein wenig an Paul kuschelt. Unter seinem Arm klemmt eine dicke Mappe.

»Darf ich vorstellen? Das ist Jens. Jens Zillecke, mein Freund.«

Jens hebt kurz den Finger. »Wir haben uns ja schon einmal kurz gesehen. Hallo, Frau Geiger.«

»Ihr Freund? Sie haben einen Freund?« Meine Stimme kiekst.

Sie nickt glücklich. »Ja. Jens hat nach dem Termin in der Firma nicht lockergelassen.«

Herr Zillecke wischt sich über die Stirn. »Das war ein hartes Stück Arbeit, Marias Herz davon zu überzeugen, für mich zu schlagen.«

Sie knufft ihn in die Rippen. »Paul … ähm, Ihr Mann war auch ganz erstaunt. Ich habe es ihm auf der Hinfahrt nach Fehmarn erzählt …« So gelöst habe ich die Pelle noch nie erlebt.

Jetzt kommen Hanni und Nanni angerannt, sie ziehen mich hinter sich her. »Los, jetzt wird sich hingesetzt.«

Maria und Jens folgen uns auf die Terrasse und schütteln fleißig Hände. Die Zwillinge drücken mich auf einen Stuhl, der mittig steht.

Auf den Tischen stehen gefüllte Gläser, jeder greift jetzt ein Getränk seiner Wahl. Gläser klirren.

Bruni zwinkert mir zu. Simone schickt mir einen Luftkuss, und Ratibas Daumen zeigt nach oben. Auf einer Schnur, die zwischen zwei Bäumen gespannt ist, hängen große Bettlaken, mit denen mein Bett in der Jugendzeit bezogen wurde.

Hanni, Nanni und Werner verschwinden hinter dem Vorhang, Rieke läuft hinterher. Tutu kommt angetrippelt und hockt sich zu meinen Füßen.

Ich blicke mich um; Paul lehnt sich gegen den Türrahmen der Terrassentür. Er nippt an einem Glas Wein und grinst mich an.

Dann werden die Bettlaken beiseitegeschoben. Werner, Hanni und Nanni verbeugen sich.

Werner trägt ein weißes Hemd, um seinen Hals ist eine von Pauls Krawatten gebunden. Er sagt grinsend: »Ich bin der Paul.«

Wir lachen.

Hanni trägt eine Perücke mit langen, schwarzen Haaren, ihre Lippen sind rot geschminkt. »Ich spiele die Maria.«

Nanni trägt eine graue Kurzhaarperücke, unter ihrer Nase klebt ein Schnauzbart. »Und ich spiele Dr. Marcello Venti, den Rechtsanwalt.«

Auf der kleinen Bühne steht ein Tisch, auf dem ein geöffneter Laptop steht, ein schnurloses Telefon sowie einige Akten liegen.

Paul setzt sich auf einen der Stühle und starrt auf den Monitor.

Plötzlich schreit er laut. »Maria! Maria! Komm mal schnell!«

Maria kommt angehüpft. Sie wirft die Haare in den Nacken. »Ja? Was ist denn, Paul?«

Paul kratzt sich den Kopf. »Ich will am Wochenende nicht mehr so viel arbeiten, weil ich keine Lust mehr dazu habe. Ich will lieber schwimmen gehen und am Strand eine Burg bauen.«

Ich pruste los. Opa Heini klatscht Beifall, die anderen stimmen mit ein.

Maria setzt sich auf den anderen Stuhl. »Das ist aber schön.«

Paul streckt die Zungenspitze heraus und zeigt auf den Monitor. »Ich will *das* Haus hier kaufen. Das steht auf …« Er denkt kurz nach. »Fährmann.«

Maria kichert. Sie verbessert *Paul.* »Mensch, das heißt Fehmarn!« Dann redet sie weiter. »Oh. Das ist aber schön.«

Paul zieht die Augenbrauen zusammen. »Das will aber auch jemand anderes haben!«

Rieke ruft dazwischen. »Werner, du musst noch sagen, dass der Mann, der das Haus verkauft, ein italienischer Rechtsanwalt ist.«

Paul schlägt sich vor den Kopf und verdreht die Augen. Er grinst *Maria* an. »Der Mann ist italienisch. Wie du. Der heißt Marcello und ist Rechtsanwalt.«

Maria greift nach dem Telefon. »Ich rufe Marcello an. Wollen wir mal schauen, was ich da machen kann. Mit Italienern kenne ich mich aus.«

Maria verlässt kurz die Bühne. Dann kehrt sie zurück. »Ich habe mit Marcello gesprochen. Du kannst dir das Haus ansehen, wenn du willst. Es ist noch nicht verkauft.«

Paul ruft laut: »Du musst aber mitkommen! Alleine habe ich Angst!«

Wieder lachen alle.

Maria nickt. »Du musst keine Angst haben, Werner … ähm … Paul. Ich bin bei dir.«

Jetzt ist *Paul* wieder dran. »Wir dürfen es nur Karo nicht sagen, weil das eine Überraschung sein soll. Die hat nämlich eine große Antenne.«

Wieder nickt *Maria.* »Ich petze nicht. Keine Sorge.«

Rieke springt auf und zieht den Vorhang zu. Dann verschwindet sie ebenfalls dahinter.

Wir applaudieren kräftig, ich drehe mich zu Paul um. Er zwinkert mir zu. Die anderen reden alle begeistert durcheinander.

Meine Mutter lacht laut. »Köstlich. Die Kinder machen das toll.«

Und schon geht es weiter. Nanni verbeugt sich kurz. »Wir sind jetzt auf der Insel Fehmarn.« Sie erinnert noch einmal daran, dass sie Dr. Marcello Venti spielt, und rückt den Schnauzbart zurecht, der ein wenig schief hängt.

Marcello läuft um den Tisch herum. Seine Hände sind hinter dem Rücken verschränkt.

Paul und *Maria* kommen hinzu.

Marcello reicht beiden die Hand und spricht mit tiefer Stimmlage. »Ich bin der Marcello.« Er zeigt in den Garten hinter der Bühne, in dem ein größerer Gegenstand liegt, der verhüllt ist. »Das ist mein Haus. Es liegt fast am Strand. Sie müssen nur um die Ecke laufen.«

Paul wird abgelenkt, er geht in die Hocke, sein Finger verfolgt etwas, das wohl am Boden krabbelt. *Maria* tritt sanft nach ihm.

Rieke steht auf. Sie ruft: »Werner, du bist dran. Du musst jetzt fragen, wie teuer das Haus ist.«

Paul ist jetzt wieder bei der Sache. »Wie viel kostet das?«

Marcellos Finger berührt seine Nasenspitze. Er räuspert sich: »Zwei Millionen Euro.«

Maria ist empört. Sie streicht die schwarzen Haare hinter die Ohren. »Spinnen Sie? Das ist viel zu teuer!«

»Das ist nicht zu teuer, weil da wertvolle Möbel drinstehen und alles da ist, was man braucht. Das Geld haben Sie schon gespart.« *Marcello* verschränkt die Arme vor der Brust.

»Nein. So viel Geld hat Paul nicht.« *Maria* presst die Lippen zusammen.

Marcello stupst *Paul* an. »Na gut. Wie viel können Sie denn bezahlen, Paul?«

Paul tritt von einem Bein auf das andere. Er denkt nach. Er stemmt seine fleischigen Arme in die Hüften. »Ich habe neunundfünfzig Euro.«

Marcello überlegt kurz. »Der andere Käufer würde etwas mehr bezahlen. Aber weil die Maria so nett ist und auch aus Italien kommt, können Sie es kaufen.«

Das Gelächter ist jetzt so groß, dass die Kinder kurz innehalten.

Paul greift in die Hosentasche seiner Shorts. »Abgemacht. Hier ist das Geld.« Er drückt *Marcello* ein Papiertaschentuch in die Hand.

Dann pest er kurz von der Bühne und greift nach einer Flasche Saft, rennt zurück und überreicht sie *Marcello.* »Hier. Ich habe noch ein Geschenk für Sie. Das ist der beste Wein, den es gibt.«

Marcello greift ebenfalls in die Hosentasche. »Danke sehr. Das ist nett. Hier haben Sie die Hausschlüssel.« Er überreicht *Paul* einen Schlüsselbund. »Das Haus soll Ihnen viel Glück bringen.«

Maria wippt auf den Zehenspitzen. »Und Ihnen soll das viele Geld Glück bringen, auf Wiedersehen.«

Dann reißen sich Hanni und Nanni die Perücken von den Köpfen, Werner fummelt an der Krawatte, die Kinder fassen sich an den Händen und verbeugen sich.

Rieke springt auf. »Bravo. Das habt ihr ganz toll gemacht!«

Dann stehen alle auf und applaudieren kräftig.

Werner grinst, sein Finger zeigt auf mich. »Jetzt musst du kommen, du bist dran, Tante Karo.«

Ich bin überwältigt. Stein auf Stein fügte sich innerhalb der letzten halben Stunde zusammen. Maria ist liiert, Paul hatte einen guten Grund, gewisse Dinge vor mir zu verheimlichen. Ich fühle mich leicht wie eine Feder. Die Überraschung ist Paul gelungen.

Paul steht neben mir, reicht mir seine Hand und zieht mich auf die Bühne. Dann knallen Sektkorken. Mama, Gundula und mein Vater befüllen die Gläser und verteilen sie. Opa Heini und Bruni kümmern sich um das Einschenken alkoholfreier Getränke, die Simone auf einem Tablett anbietet.

Paul legt einen Arm um mich und zieht mich eng an sich. Dann wendet er sich an Hanni, Nanni und Werner. »Danke, dass ihr mir geholfen habt, Karo beizubringen, was ich auf Fehmarn ausgeheckt habe.«

Werner hält Paul die Schlüssel hin, die er an mich weiterreicht. Dann wendet er sich an unsere Gäste. »So … und gleich stoßen wir an. Auf unser Wochenenddomizil, in dem ihr alle jederzeit herzlich willkommen seid. In einem Haus aus roten Backsteinen, das einen ganz besonderen Namen tragen wird. Einen Namen im übertragenen Sinne, der unser Leben in Zukunft auf den Kopf stellen wird.«

Wieder zieht Paul mich hinter sich her zu dem Gegenstand, der mit einem Tuch verhüllt ist. Alle folgen uns und brabbeln aufgeregt durcheinander.

»Schau nach, Karo, was sich darunter verbirgt.« Paul lächelt mich an.

Mit einem Ruck entferne ich das Tuch und stoße einen begeisterten Schrei aus, als ich einen bunt bemalten, großen, geschnitzten Kasperkopf vor mir liegen sehe, der mich lustig anlacht. Er ist so schön, dass mir vor Freude Tränen in die Augen schießen. Ich falle Paul um den Hals, der sein Glas hebt und laut ruft: »Ein dreifaches Hoch auf *Haus Kasper*. Dieser schöne Kasperkopf wird über dem Hauseingang unseres neuen Hauses angebracht.« Gläser klirren.

Nachdem ich mit Maria angestoßen habe, drücke ich ihr einen herzhaften Kuss auf die Wange. »Danke, dass Sie … ich meine, *du* Paul so unterstützt hast. Du bist die beste Management-Assistentin der Welt.«

Sie wirkt verlegen. »Für dich habe ich das sehr gerne gemacht.«

Bruni und Simone wischen sich über die Augen. Willi und Heiner schmunzeln sich an. Paul und ich werden von allen Seiten herzlich gedrückt.

Conny wirft mir einen ironischen Blick zu. Sie hebt die Augenbrauen. »Mein Gott, wie *aufregend.* Ein Haus auf *Fehmarn.* Wie ich dich beneide.« Sie wirft den Kopf in den Nacken und lacht schallend. Dann wendet sie sich an Jasper. Sie prostet ihm zu.

»Nun schaffen wir es doch noch, mit Sekt auf Du und Du anzustoßen, Jasper … du kleiner Kasper.« Sie kichert und hält ihm die Wange hin, die der Architekt ignoriert. Niemand lacht über Connys geschmacklose Äußerung.

Anton klopft Jasper freundschaftlich auf die Schulter. Er verfällt ohne lange Vorrede ins Du. »Mach dir nichts daraus, Conny ist, wie sie ist. Ein klein wenig kennst du sie ja auch. Wir sollten uns in den nächsten Tagen mal auf ein Bier treffen …«

Jasper hebt sein Glas. »Gerne.«

Opa Heini lenkt von Conny ab. Er knufft meinen Vater in die Rippen. »Prost, Hermann. Dann wissen wir ja, wo wir bald wieder Urlaub für umme machen können.« Er kichert.

Papa schmunzelt. »Genau, Vater. Wir sollten einen Angelschein machen. Wo es doch nicht so weit bis zum Strand ist.«

Dann wird *Haus Kasper* ordentlich begossen. Ob mit oder ohne Prozente. Jens reicht die Mappe, die er mitgebracht hat, herum. Er hat das Haus von außen und innen fotografiert, es ist wunderschön. Als Paul erzählt, dass das Grundstück links daneben zum Verkauf steht, horcht Conny kurz auf. Anton wird auf seinem Stuhl immer kleiner.

31. Ein Schmetterling und eine Seifenblase

Paul und ich finden erst heute, als wir uns auf dem Weg nach Fehmarn befinden, Zeit, uns ausgiebig über die Ereignisse der letzten Tage zu unterhalten.

»Weißt du, Möhrchen, das alles zu organisieren, ohne dass du Wind davon bekommst, war nicht einfach. Maria hat mir wirklich sehr dabei geholfen. Sie hat den Kasperkopf von einem Künstler in Oldenburg abgeholt und ihn für mich aufbewahrt. Den Auftrag für die Schnitzarbeit habe ich schon vor vielen Wochen erteilt. Sie sollte irgendwo in unserem Haus ihren Platz finden; damals habe ich noch nicht an einen Hauskauf gedacht.«

Ich gieße starken Kaffee in einen Becher.

»Als ich den ersten Termin mit Meyering hatte, hatte er die Unterlagen des Hauses auf seinem Schreibtisch liegen. Erst interessierte er sich dafür, dann hat er jedoch die Finger davon gelassen, weil ihm das Haus zu groß war. Als ich die Fotos gesehen habe, war ich sofort verliebt in das Anwesen, das einem italienischen Rechtsanwalt in gesetztem Alter gehört. Er ist seit einem Jahr Witwer und schon vor geraumer Zeit nach Heiligenhafen in eine Eigentumswohnung gezogen. Er ist selten auf Fehmarn; in seiner kleinen Kanzlei berät er nur noch ab und an Klienten.«

Ich beiße herzhaft in ein Brötchen und schmatze. »Gut, dass es Meyering zu groß war, sonst hätten wir es jetzt nicht.«

Paul lacht. »Ja. Aber, die Verhandlungen stellten sich als schwierig heraus. Der Preis, den er verlangte, war mir einfach zu hoch. Es gab einen anderen Interessenten, der den Kaufpreis bezahlt hätte. Maria hat ein Telefonat mitbekommen, als ich mit Dr. Venti verhandelte. Sie bot an, sich mit in die Verhandlung einzuklinken. Ich stimmte zu. Wann immer wir einen ganzen Tag lang, angeblich wegen Geschäftsterminen, unterwegs waren, fuhren wir nach Fehmarn und haben uns mit Marcello getroffen. Maria hat ihn zugetextet, die beiden waren sich sofort sympathisch. Das hat letztendlich dazu beigetragen, dass *ich* den Zuschlag bekommen habe.«

Ich streichele Pauls Arm. »Das habt ihr prima gemacht.«

»Natürlich habe ich gespürt, dass du eifersüchtig auf Maria warst. Manchmal stand ich kurz davor, dir die Wahrheit zu sagen, dann habe ich mich aber dagegen entschieden. Es hat mich schon geärgert, dass du mir so wenig vertraust.«

»Kein Wunder. Was sollte ich auch denken?«

Paul blickt mich von der Seite an. »Schon am Mittwoch habe ich gewusst, dass du und deine Mädels hinter mir hergefahren seid. Mein

Hotelzimmer lag zur Straßenseite. Während eines Telefonats habe ich das bunte Treiben draußen beobachtet. Ob du es glaubst oder nicht, die Frau, die mit den komischen Klamotten vor dem Imbisswagen stand, hat mich sehr stark an dich erinnert. Die Körperhaltung und der Gang … Ich habe dich mit meinem Handy fotografiert. Danach bestand kein Zweifel mehr. Wer deine Begleiterinnen waren, darüber musste ich nicht lange nachdenken.« Er nippt an seinem Kaffee. »Maria und ich haben am Mittwoch die Schlüssel des Hauses abgeholt, das Rechtliche und Finanzielle war längst geregelt. Nun, wir sind uns dann ja mehrfach über den Weg gelaufen. In der Bäckerei stand ich kurz vor einem Lachanfall. Wie die Hühner auf der Stange habt ihr am Tisch gesessen.«

»Und wie kommst du jetzt aus der Nummer raus, dass die Pelle dir gedankt hat, nicht im Hotelzimmer übernachten zu müssen?«

»Ganz einfach. Seit der Hinfahrt wusste ich, dass Maria mit Jens zusammen ist. Mir ist schon bei dem Fototermin mit den Kindergartenkindern aufgefallen, dass er Maria mit den Augen nur so verschlungen hat. Jens kündigte spontan für den späten Mittwochabend seinen Besuch auf der Insel an. Er hatte beruflich in Oldenburg zu tun. Maria hat mir erklärt, dass sie im Hotel nachfragen wolle, ob Jens mit in ihrem Einzelzimmer übernachten dürfe, was ihr im Grunde ein wenig unangenehm war. Ich habe ihr angeboten, mit Jens im neuen Haus zu übernachten, in dem es an nichts fehlt. Es sind ja genügend Gästezimmer vorhanden. Dieses Angebot hat sie gerne angenommen. Am Abend habe ich sie dorthin gefahren und die Schlüssel, die eine Reinemachefrau noch hatte, in Empfang genommen. Sie ist vorher noch einmal mit dem Putzlappen durch das gesamte Haus gegangen. Anschließend bin ich zurück ins Hotel gefahren.«

»Du hättest doch auch dort schlafen können. Warum hast du überhaupt das Hotel gebucht?«

»Ohne dich? In unserem neuen Haus? Nein, Möhrchen, das hätte mir nicht gefallen. Die erste Nacht dort will ich nur gemeinsam mit dir verbringen, und zwar alleine.«

Ich pudere meine Nase. »Das hast du sehr schön gesagt, Paul.«

»Am Donnerstag habe ich Ratiba sofort wiedererkannt, als ich sie vor der Strandmuschel ansprach. Du konntest also nicht weit entfernt sein. Am Abend, als ich dich anrief und dich bat, mir die Telefonnummer der Münchner Zuliefererfirma zu nennen, wollte ich dich ein wenig foppen und in die Enge treiben. Ich habe nicht damit gerechnet, dass du wieder zu Hause bist.«

»Hm. Menno, Paul. Du hast mich ausgetrickst. Wie bist du auf die Idee gekommen, mir den Hauskauf durch eine Theateraufführung beizubringen?«

»Weil ich es für eine schöne Idee hielt. Rieke hat mit Hanni, Nanni und Werner seit Donnerstag geübt. Am Freitagabend habe ich deine Mädels eingeweiht. Ich wollte nicht, dass sie dich weiter in den falschen Annahmen unterstützen. So einfach ist das.«

Anschließend erzähle ich Paul ausführlich, warum ich mich so sehr darüber gefreut habe, dass ihn eine Wespe gestochen hat.

Er macht ein gespielt entsetztes Gesicht. »Was? An solche Sachen denkst du?« Dann grinst er.

Ich lehne mich entspannt zurück. Paul nimmt meine Hand und streichelt sie zärtlich.

Haus Kasper ist eine Sensation. Es hat mir schon auf den Fotos gefallen, aber in natura ist es überwältigend.

Ich stehe davor und weiß gar nicht, wo ich zuerst hinschauen soll. Es ist zweigeschossig, hat große Sprossenfenster, weiße Fensterläden und einen großen Erker, neben dem unzählige Stockrosen blühen. An den Fenstern hängen Rüschengardinen mit roten Punkten, im Vorgarten blüht ein Meer aus Blumen in allen erdenklichen Farben. Vor dem kleinen Weg, der zu einer Garage führt, steht ein Torbogen, an dem üppige, dicke rote Rosen ranken.

Ich schlage eine Hand vor den Mund. »Mein Gott, Paul, das ist ein Traum. Was hat das bloß gekostet …?«

Paul grinst. »Das weiß du doch … neunundfünfzig Euro.«

Wir lachen und kabbeln uns kurz wie die kleinen Kinder.

Ich darf die Tür aufschließen; Paul besteht darauf, mich über die Schwelle zu tragen.

Meine Begeisterung nimmt und nimmt kein Ende. Aufgeregt laufe ich durch jeden Raum im Erdgeschoss. Jedes der vielen Zimmer ist hübsch möbliert, die Küche ist im Friesenstil gehalten.

Während ich die Schränke öffne und über das schöne Geschirr staune, holt Paul den schweren Kasperkopf aus dem Kofferraum seines Autos und legt ihn im Wohnzimmer auf den Tisch.

Der Garten ist riesengroß und mit dem unserer Villa keinesfalls zu vergleichen. Hier blüht es ebenfalls so üppig wie im Vorgarten. Im hinteren Teil des Grundstücks stehen alte, knorrige Obstbäume, um deren Baumstämme runde Bänke gebaut wurden.

Wir setzen uns auf eine Bank, ich blinzele durch das Grün in den Himmel. Meine innere Stimme spricht mit Oma Fine; ich sage ihr, wie glücklich ich bin.

Als könne Paul Gedanken lesen, umfassen seine warmen Hände mein Gesicht. In dem Moment, als er mich küssen will, ertönt ein lautes: »Huhuu! Störe ich?«

Wir fahren herum.

Eine junge, blonde Frau, die aussieht, als sei sie gerade aus einem der Mode-Hochglanzmagazine gepurzelt, steht am Zaun zum linken Grundstück. Neben ihr steht ein älterer Mann in edlem Zwirn. Er hält einen Plan in der Hand und winkt uns zu, dann schreitet er mit großen Schritten den Boden entlang des Zaunes ab.

Die blonde Schönheit wirft ihre Locken in den Nacken und schmachtet Paul an. Ihre falschen Wimpern klimpern. »Das Grundstück steht zum Verkauf. Mein Vater und ich interessieren uns *sehr* dafür. Wie lebt es sich denn hier?«

Paul räuspert sich. »Ähm, nett lebt es sich hier. Sehr nett …«

Der ältere Mann krakeelt dazwischen. »Hier in der Nähe soll es einen FKK-Strand geben. Meine Tochter ist begeisterte Anhängerin der Freikörperkultur.«

»Paps, ich muss nicht unbedingt an einem Strand liegen, der Garten wird groß genug sein.« Wieder schickt sie Paul einen Blick. »Wenn *Sie* es nicht als störend empfinden …?«

Pauls Augen taxieren die scharfen Kurven der blonden Schönheit, er schluckt schwer.

Ich ergreife das Wort und hänge mich bei Paul ein. »Ach was. Uns stört das nicht. Wir wären dankbar und froh, endlich Nachbarn zu bekommen. Wir sind nämlich sehr gesellige Menschen. Das hier ist quasi ein Mehrgenerationenhaus. Wir lieben nackte Menschen und das Leben überhaupt. Normalerweise toben hier ständig vier Kinder herum, und an den Wochenenden nächtigen mitunter fünfzehn Personen hier. An den Abenden wird in fröhlicher Runde gegrillt und ausgiebig gefeiert.«

Paul zuckt ständig zusammen. Er befreit sich aus meinem Griff, murmelt einen Gruß und rennt in Richtung Haus. Ich weiß, dass er vor einem Lachanfall steht.

Ich doziere weiter. »Mein Vater und mein Großvater streiten ständig. Bei der Gartenarbeit sind sie aber meistens ein Herz und eine Seele. Allerdings nur, wenn mein Opa dabei Marsch- oder Jodelmusik hören darf. Aber er ist auch zufrieden, wenn meine Nichten auf dem Keyboard üben und ihn mit ihren schrägen Melodien unterhalten. Tja, was soll ich sagen? Wir sind also sehr unempfindlich, uns stört ein kleiner nackter Popo nicht.«

»Hm.« Im Gesicht der Blondine arbeitet es. Sie flötet: »Komm, Paps. Ich glaube, das ist doch nicht das Richtige für uns.«

Als Paul nach mir ruft, entdecke ich ihn an einem der oberen Fenster, das weit geöffnet ist.

Er wedelt mit den Armen und schreit: »Möhrchen, ich kann die Ostsee sehen!«

Ich nicke Vater und Tochter zu, dann laufe ich, so schnell ich kann, zurück ins Haus.

Die Terrassentür fällt leise ins Schloss. Vor dem Wohnzimmertisch gehe ich in die Hocke und betrachte noch einmal den lustigen Kasperkopf. Meine Finger fahren sanft über die geschnitzte Figur. Ich flüstere : »Weißt du was, Kasper? Unsere Nachbarn suchen wir uns selbst aus, nicht wahr? FKK im Garten … so weit kommt es noch. Was sagst du dazu?«

Plötzlich halte ich inne. Da ist etwas in meinem Bauch, ich spüre den Hauch einer Bewegung. Dann hört es auf … und ist wieder da. Es fühlt sich so an, als flatterte ein Schmetterling in meinem Bauch, dessen zarte Flügel mit einer Seifenblase spielen.

»Ohhh … Ohhh … Paaaul! Kasper hat mich gekitzelt!«

Während ich die Treppe hinaufeile, weiß ich, dass Kasper meinen Vorschlag gut findet.

Danksagung

Der erste Dank geht an Sie, meine liebe Leser. Denn ohne die vielen Stimmen von Menschen, die meinen Debüt-Roman »Lügen haben rote Haare« gelesen haben und mehr von Karo & Co lesen wollten, wäre die Idee, »Eifersucht hat rote Haare« zu schreiben, niemals entstanden.
Es war eine schöne Zeit. Ich habe jede Stunde, die ich mit dem Schreiben der Geschichte verbracht habe, genossen. Die Figuren sind mir so ans Herz gewachsen, dass ein wenig Wehmut aufkam, als ich den letzten Punkt setzte.
Ich hoffe, Sie hatten ebenso viel Spaß beim Lesen des Fortsetzungsromans, wie ich ihn beim Schreiben hatte.

Lieben Dank an meinen Mann Rainer, der mir viele Aufgaben des alltäglichen Lebens abgenommen hat.
Es war ein schönes Gefühl, ein Heinzelmännchen im Haus zu wissen, das sich weder scheute den Putzlappen noch den Kochlöffel in die Hand zu nehmen.
Er teilte die Begeisterung für Karos Welt mit mir. Ohne seine Unterstützung wäre es mir nicht möglich gewesen, so viele Stunden am Tag am Schreibtisch zu verbringen.

Ein herzliches Dankeschön geht an Corinna Rindlisbacher (www.ebokks.de). Seit ich Geschichten schreibe, ist sie ein wichtiger Bestandteil meines Lebens geworden. Wenn meine Arbeit beendet ist, fängt ihre an. Sie übernimmt: das Korrektorat, das Layout und letztendlich die Covergestaltung. Sie ist die gute Fee, die aus meinen Manuskripten das macht, was sie werden sollen: eBooks und Taschenbücher.

Darüber hinaus hat sie immer ein offenes Ohr, erledigt mit einem Klick das, wofür ich Stunden bräuchte.
Liebe Corinna, danke für alles! Du bist wie eine Mutter zu mir ;-) Ich freue mich auf weitere gemeinsame Projekte mir dir und deinem Team, dem natürlich auch mein Dank gilt.

Bei Margit, Bärbel und Traudi bedanke ich mich fürs Probelesen, für die vielen Guten-Morgen-Mails mit lieben Worten und den Ansporn, am Ball zu bleiben. Mädels, ihr habt mir sehr geholfen.

Katharina Maaß (›Die kleine Stube‹, Fehmarn) danke ich für die freundliche Unterstützung, die von mir gestalteten Lesezeichen an den Mann zu bringen.

Inhalt

1. Ein Tic mit Folgen 5
2. Die Guten ins Töpfchen 18
3. Opa Heini heckt was aus 24
4. Eigentor und Aktion Friedhof 27
5. Clickertraining und ein Mümmelmann 37
6. Vom neuen Besen und dicken Titties 50
7. Opa Heini hat den Plan 57
8. Aktion Friedhof, beknackte Bohnen und die Fachkraft. 62
9. Geliebt und unvergessen. Uwe Gerling 71
10. Unterhaltung à la Opa Heini 82
11. Die Nerven liegen blank 87
12. Komisch ... Bio ... und die ollen Kochklamotten 100
13. Das Fundament, Conny explodiert und Herr Zubo 110
14. Der Pitcher, Glasbruch und der Arschi 119
15. Die Verfolgungsjagd und inniger Singsang 129
16. Edles Design, die Sonderzahlung und Opa Heinis Trickkiste137
17. Der sündige Apfel und ein Notfall 151
18. Besuch des Kindergartens und Zoff mit Conny 159
19. Heimlichkeiten, Conny petzt und die Rentner-Party 166
20. Sensible Antennen, die Urinattacke und die ersten Zähne 178
21. Ulrike im Glück und eine freche Conny 189

22. Der Kindergeburtstag 195
23. Anton ist im Bilde 207
24. Vertrauen ist gut, Kontrolle ist besser 216
25. Zwei blaue Schwerter und Opa Heini hat den Durchblick ... 221
26. Schwangerschaftsübelkeit 233
27. Auf Fehmarn und Mittagspause der Vogelscheuchen 241
28. Die Strandmuschel und Gesichtsmuskeltraining 269
29. Und noch einmal Kassandra 276
30. Paul, Maria und Marcello 294
31. Ein Schmetterling und eine Seifenblase 303

Danksagung 310

Printed by Amazon Italia Logistica S.r.l.
Torrazza Piemonte (TO), Italy

33184788R00180